Dans la chaleur de l'éternité

Habarcal

Copyright © 2015

Hani BARADIER

All Rights Reserved

ISBN (livre) :   978-2-9547965-1-2
ISBN (ebook) :   978-2-9547965-0-5

Image de couverture NASA

Dépôt légal n° DLE-20150109-1688

Dédicace

Je tiens à remercier Carole E. pour son amitié sans failles
et ses encouragements à ne jamais baisser les bras,
et sans qui ce roman serait encore inachevé...

Table des matières

Dans la chaleur de l'éternité

Introduction

Si j'ai choisi le thème de la science-fiction ce n'était pas pour me conformer à un style « à la mode », mais en réalité pour l'utiliser en termes de « support physique », une « onde porteuse », un prétexte en somme, permettant ainsi à mes personnages de se libérer de leur masque social et d'avoir le courage de se dévoiler.

Un esprit un peu trop cartésien, ou simplement habitué à une écriture classique et formatée, devra se préparer à une confrontation avec un cheminement qui pourrait lui paraître décousu, s'obligeant ainsi à une attention particulière, et parfois même épuisante, pour en suivre le fil, nécessairement non-linéaire.

Cette méthodologie de l'effort s'adresse sciemment à l'inconscient, en induisant une imprégnation profonde des émotions, allant même jusqu'à générer, chez les êtres sensibles, une véritable appropriation.

D'où le paradoxe, volontairement déroutant, d'avoir utilisé le thème d'une aventure spatiale « apparemment » engoncée dans une pseudo techno-science aux concepts obscurs, et à la présentation de théories destinées à un public d'initiés...

Pour silencieusement en arriver, à une réflexion éclairée sur sa vie et ses choix...

Les esprits simplificateurs, qui ne s'attendaient qu'à du « space-opera classique », ne pourront que décrocher rapidement de sa lecture.

Pour ceux qui accepteront de donner un défi à leur intellect, en surmontant l'appréhension de « réveiller en eux quelque chose de profondément enfoui », la lecture de cette histoire devrait laisser quelques traces.

Mon « univers imaginaire » est peuplé de Mondes vivants, débordants d'une vie insoupçonnée, ou désolés, selon l'angle et le niveau de perception, où le concept d'un univers « fini », qui aurait donc nécessairement un « commencement et une fin » ne serait qu'une interprétation étriquée et anthropomorphique d'esprits primitifs terrorisés par la réalité d'un infini absolu…

Ce roman relate l'histoire du premier équipage à avoir quitté la Terre, pour la première exploration, humaine, de Mars.

Rien ne se passera comme prévu et aucun n'en reviendra, mais ils n'en demeureront pas moins tous heureux, en trouvant ce qu'ils ont toujours cherché…

Les personnages

Sexe	Nom	Fonction	Pays
Homme	Marc Mac-Person	Commandant de bord	USA
Femme	Carole Hope	Le médecin de bord	USA
Homme	Manuel Rodriguez	Commandant en Second	Mexique
Femme	Nathalia Korlakov	Biologiste	Russie
Homme	Abbes Abdelbaki	Ingénieur	Koweït
Femme	Carmines Berthier	Astrophysicienne	France
Homme	Surya Bhadrapada	Mathématicien	Inde
Femme	Elisheba Neohorion	Informaticienne	Grèce
Homme	Hans Muller	Biochimiste	Allemagne
Femme	Anne Switt	Ingénieur	Australie
Homme	Xiang Li	Cartographe	Chine
Femme	Monica Pesci	Géologue	Italie
	L.E.A.P.	Ordinateur Central	

Dans la chaleur de l'éternité

L'histoire commence ainsi…

Je me souviens des débuts d'autres mondes, des débuts de Votre monde, mais aussi de la fin de bien des mondes.

Bien au-delà de toute mémoire, je me souviens…

Ces mots, étranges, résonnent encore dans mon esprit.
Moi non plus, je n'ai rien oublié…

Pourrais-je oublier ?

Pourrais-je oublier cette peur,
cette fascination,
cette soif de savoir,
cette soif de percevoir ?

Pourrais-je oublier ce qu'IL m'a montré,
ce qu'IL m'a donné,
ce qu'IL m'a pris…

Les faits que je vais vous conter sont-ils SES souvenirs,
ou mes souvenirs ?

Je ne suis même plus certain d'être moi-même…

Un voyage si… Instructif

New York, la grande salle de conférences de l'imposant immeuble de l'ONU accueille, dans un brouhaha général, les vedettes des médias internationales, les hommes politiques de tous bords mais aussi, et surtout, les représentants de toutes les confessions de notre monde.

Une élection s'était déroulée, en huis clos, la semaine précédente. Elle avait réuni les chefs d'État des Nations participantes à cette opération spatiale de la dernière chance. Il fut voté, après une âpre délibération, la divulgation et la transparence totale sur la première mission humaine, extra-planétaire, de retour de Mars.

Un œil attentif aurait remarqué, parmi cet aréopage hétéroclite, non seulement une curiosité somme toute légitime, mais surtout une sombre angoisse. Certains d'entre eux tentaient de la cacher, par des rires bruyants, ou des histoires, essentiellement xénophobes et d'une élégance « redoutable », au sujet de la sexualité supposée des « extraterrestres ».

Une sonnerie retentit.

Le tumulte général s'interrompit peu à peu. Seul persistait un quasi-silence de cathédrale. L'humain étant ce qu'il est, un bruit de fond, composé de chuchotements et de quelques rires, reprit possession des lieux.

Les yeux se tendirent alors vers l'imposant écran. Une voix amplifiée, traduite simultanément dans les casques individuels de chaque participant, énumérait en détail les raisons et les espoirs suscités par cette aventure.

À la fin de cette interminable litanie, empêtrée dans un jargon protocolaire et ressemblant, au final, à un véritable plaidoyer électoral, commença enfin le visionnage du précieux enregistrement, entrecoupé çà et là, par des précisions tirées des ajouts du commandant de la mission.

En tournant le regard sur le reste de l'assemblée, nous pouvions percevoir une tension étrange, quelque chose entre la peur viscérale et l'incrédulité.

Des dignitaires religieux, soigneusement séparés par des rangs de laïcs écoutaient, visiblement agacés, ces paroles qu'ils ont déjà jugées comme profanes ou profondément blasphématoires.

Mais alors, me direz-vous, que faisaient-ils donc tous là ?

Serait-ce l'espoir d'apercevoir enfin la preuve tangible, validant leur certitude en leur foi, qui confirmerait ainsi « leur » vérité aux yeux de l'humanité ?

À moins que ce ne soit la peur de découvrir « Une » inacceptable vérité qui aurait l'insolence d'être en totale contradiction avec la leur ?

Mais pour certains esprits, un peu plus ouverts, cela ne concrétiserait-il pas l'espoir de recevoir enfin « LA VRAIE » vérité ?

La route de l'Humanité sera à jamais marquée par ce qui leur avait été annoncé comme la plus grande révélation sur sa véritable identité, les véritables raisons de son existence ainsi que sa place dans cet Univers. En cet instant, votre attention aura remarqué que je ne dis pas l'Univers mais « cet » univers.

Ce n'est effectivement pas une erreur typographique.

Vous comprendrez, un peu plus tard, la nature de cette nuance.

Mais je m'égare, et je n'arriverai pas à vous décrire cette page d'Histoire, si je devais continuer à polémiquer sur les innombrables interrogations qui envahirent nos esprits ce jour-là.

Je reprends donc la suite de ce récit, en essayant de ne rien omettre, car le temps presse.

En effet, je pars dès ce soir, afin d'étudier de mystérieuses ruines découvertes récemment sur un petit bout d'astéroïde qui serait, dit-on, les restes d'une planète, dans la constellation du Taureau à une soixantaine d'années-lumière environ. Un minuscule saut de puce, un déplacement de banlieusard, aujourd'hui.

Ce 6 décembre 2059 avait vu le retour si controversé de la première mission habitée Terre Mars. Cette opération, d'une si grande importance pour l'avenir d'une Humanité affamée, et désespérée, nous apporta pourtant tellement plus de questions que de réponses.

Ou plutôt si…

Elle nous apporta, en quelque sorte, « LES » réponses à notre quête d'identité et de spiritualité :

Qui sommes-nous ?

D'où venons-nous ?

Où allons-nous ?

Notre Monde allait enfin connaître la vérité sur ce retour imprévu, mais surtout nous allions accéder à d'impensables réponses aux questions que chacun se posait sur l'absence insensée de tout son équipage. Il fallut trois étapes, parfaitement orchestrées, afin de commencer à appréhender le changement de paradigme qui s'amorçait pour cette Humanité qui ne croyait déjà plus en son avenir, depuis de trop nombreuses années.

La première, qui interpella douloureusement les esprits, fut cette brutale et incompréhensible interruption des communications qui laissa chacun d'entre nous dans l'expectative, la peur et le chagrin de les avoir à jamais perdus.

La seconde enflamma littéralement les mentalités. Elle réveilla un fol espoir, lorsque le retour du vaisseau fut soudainement confirmé, comme surgit du néant, par les radars du système NORAD (North American Aerospace Defense Command, ou défense aérospatiale de l'Amérique du Nord). Lorsqu'il aborda enfin l'orbite lunaire, les communications se rétablirent instantanément, comme si rien ne s'était passé.

Cependant, elles ne se limitèrent qu'à d'impersonnelles données télémétriques, ne nous renseignant que sur l'état mécanique de son fonctionnement. Après avoir contourné notre satellite naturel, il amorça enfin la trajectoire finale de retour. À cet instant précis, une voix visiblement humaine, mais que personne n'acceptait de reconnaître, résonna bruyamment dans les haut-parleurs. Après de fébriles, et angoissantes vérifications, il s'avéra qu'ils étaient bien en présence de celle de l'ordinateur central du vaisseau.

Elle avait tant changé qu'elle laissait une impression d'étrangeté au point d'en être dérangeante en employant des intonations et des tournures de phrase qu'il n'aurait jamais dû utiliser. La décision de « mécaniser » la voix de l'ordinateur avait été prise après une longue expertise des psychologues de la NASA. Ils avaient mis en garde les concepteurs de risques émotionnels liés à l'isolement prolongé de l'équipage. La déception de n'être pas en conversation avec un membre humain de l'équipage fut corrélée à la hauteur de l'immense espoir suscité par cette arrivée inopinée. Il ne restait plus qu'une profonde rancœur contre ce voyage sans retour, confirmant ainsi la victoire amère de ceux qui s'y étaient opposés.

Le vaisseau suivait méthodiquement la « procédure standard » d'identification en s'adressant directement aux techniciens, tout en ajoutant des remarques et des bonjours personnalisés. Ses intonations, et tournures de phrases, avaient quelque chose d'anormalement humain et résonnaient d'une émotion troublante. Il nous informa ainsi, en s'interrompant de temps à autre, comme s'il reprenait son souffle, comme s'il retenait un sanglot, qu'il n'avait pas eu d'autres choix que de revenir seul.

Quelques instants plus tard, il décida de ne plus répondre à leurs sollicitations effrénées lorsqu'ils le submergèrent de questions dans le vain espoir de tenter d'élucider les raisons de son improbable retour.

La troisième, nous bouscula littéralement, quelques instants plus tard. Elle se produisit lorsque les relais radio, du Consortium Spatial International, reçurent une demande de communication venant de directement de Mars et la voix, cette fois-ci, était réellement humaine.

Chacun pu reconnaître, dès la première intonation le médecin de bord, Carole Hope, qui était toujours là-bas en cet instant précis. Elle avait amorcé une conversation qui devint rapidement un quasi-monologue, avec le directeur du Centre Spatial, sur des sujets inattendus et n'ayant que peu de rapport avec l'objet de la mission. Elle était si volubile qu'elle ne laissait guère à notre pauvre terrien le temps de lui répondre, ni même de poser la moindre question, alors que ce dernier brûlait d'impatience de l'interroger sur la raison de son impossible présence sur la planète rouge. De cette situation improbable, se dégageait une impression, assez perturbante, et même inquiétante, un peu comme si le temps dont elle disposait était limité. En dehors de tout contexte, elle changea de sujet, subitement. Elle entreprit une curieuse polémique existentielle, ou ce qui semblait comme tel, comme notre place dans l'Univers et les raisons même de notre existence. Cet exposé aux consonances ésotériques et totalement inhabituelles pour ce médecin d'habitude si cartésien, laissa pantois d'étonnement le pauvre homme. Son esprit commençait à vaciller, et toutes ses certitudes scientifiques s'envolèrent en éclat, lorsqu'il prit enfin conscience qu'elle n'aurait pas dû pouvoir lui répondre aussitôt à ses questions. La distance entre les deux planètes était censée ôter toute spontanéité à cette conversation par l'immuable vingtaine de minute de décalage, ce qui mettait aussi les nerfs à vifs des techniciens qui commençaient à gesticuler en tous sens, au bord d'une panique générale qui n'attendait que le dernier élément déclencheur finit par balayer cette assemblée.

Soudain, l'un d'entre eux ne put s'empêcher de retenir un cri guttural d'étonnement, tout en se renversant dans son fauteuil comme si quelque chose de repoussant venait de lui sauter à la gorge. Cachant son visage d'une main tremblante, et de l'autre se cramponnant à l'accoudoir de son fauteuil, il répétait inlassablement, comme une litanie, des mots qui n'avaient pas leur place dans ce temple de la haute technologie :

– Oh Mon Dieu !
Oh Mon Dieu !

L'assemblée se tourna vers lui, dans un même mouvement.

Incapable de prononcer le moindre mot il s'arrêta de psalmodier et, en se figeant dans une raideur catatonique, il tendit un index fébrile sur un endroit bien particulier de son écran. De son autre main, il continuait à cacher des yeux qui ne voulaient plus voir ce qu'ils ne comprenaient, ni ne pouvaient accepter.

Fortement intrigués, ses voisins immédiats se levèrent dans le désordre le plus total, emplis d'une curiosité teintée d'une excitation juvénile et bien décidés à identifier ce qui pouvait le bouleverser ainsi. À leur tour, ils furent tous saisis de la même stupeur.

Le directeur des vols interrompit sa conversation avec notre martienne d'adoption et s'adressa vertement à l'attroupement qui commençait à ressembler à une incontrôlable mêlée.

– Mais que se passe-t-il donc ici !

Exaspéré d'avoir été ainsi interrompu dans sa réflexion qui le terrorisait à mesure que les secondes passaient.
En guise de réponse, il ne reçut qu'un brouhaha inintelligible.
Certains levèrent les bras, la mine empourprée, gesticulant en tous sens et vociférant contre des instruments de mesure qu'ils considéraient comme obsolètes, et d'une qualité de fabrication scandaleusement insuffisante pour une telle mission.
D'autres comme paralysés, restèrent immobiles, silencieux et le regard lointain.
Quelqu'un prit enfin la parole pour nous donner, d'une voix presque atone, l'explication de tout ce remue-ménage. Il plongea l'assemblée dans un mutisme inhabituel, en nous annonçant que le médecin se trouvait, en ce moment même, en décalage temporel avec nous, avec la Terre, et peut-être même avec notre Univers tout entier. Le jour de son calendrier, présentait un impossible retard d'une demi-année avec le nôtre. Le directeur des vols resta plongé, quelques instants, dans une perplexité incrédule. Il s'en serait amusé s'il ne connaissait pas personnellement le niveau exceptionnel de connaissances, et de professionnalisme de tous ses techniciens. Il réclama d'une voix aigüe, qu'il ne reconnaissait plus, une contre-expertise. Les données télémétriques et autres communications du module d'habitation martien, étaient toutes relayées par un satellite placé idéalement à mi-chemin entre les deux planètes. Les experts n'avaient pas attendu son injonction pour procéder aux vérifications, contre-vérifications, et contre-contre vérifications et demeuraient formels sur ce qu'ils constataient.
Ce décalage temporel, totalement insensé au regard des lois connues de la physique, était pourtant bien réel.

Ce fut le mot de trop.

Certains s'enfuirent de la salle, dans un désordre quasi hystérique, bousculant tout sur leur passage, pour quitter enfin ce lieu qui leur apparaissait avoir sombré dans un occultisme qui les dérangeait, au point de les terroriser. Une vague de panique parcourue, tel un tsunami, cette assemblée d'ingénieurs réputés pourtant pour être un véritable temple du cartésianisme, au point d'en être exaspérants.

D'autres au contraire, confortés dans leur croyance ou leur théorie, arboraient un sourire jubilatoire, illuminés par un regard émerveillé de contentement.

Mais revenons au vaisseau…

Cette arrivée solitaire avait quelque chose de déconcertant au point d'en être objectivement inquiétante. La programmation originelle de son ordinateur central ne lui permettait d'instrumentaliser un tel voyage de retour qu'à la condition exclusive d'une totale disparition de l'équipage.

Mais le médecin de la mission, discutait avec le directeur des vols en cet instant. Il devait donc être physiquement présent sur le sol martien, au moment de la prise de décision du vaisseau. Pourtant, ce dernier était bien là, impassible et majestueux à la fois, ignorant les instructions impératives que lui envoyaient les techniciens, non pas par une quelconque défaillance, mais parce qu'il l'avait décidé.

Et si, à l'époque, je n'avais pas été aussi terre à terre j'aurais remarqué, comme tous ceux que les médias avaient traités un peu trop rapidement d'illuminés, qu'il se comportait avec une agilité, voire avec une certaine élégance. Il en ressortait une impression, ou plutôt une vibration animale, comme si ce n'était plus tout à fait une machine.

En y repensant maintenant…

À moins que…

Lorsqu'il quitta Mars, il y a six mois maintenant, Carole Hope n'était peut-être déjà plus là-bas. Certains affirmèrent que nous étions confrontés à l'un de ces fameux paradoxes temporels, que certains scientifiques tentent encore d'expliquer de nos jours, par des pirouettes mathématiques, ou des allusions ésotériques, voire, ce qui est à la mode depuis cet évènement, d'un subtil mélange des deux. Nous aurions entendu sa voix, par un exotique « effet quantique de miroir temporel » à moins que ce ne soit par un hypothétique entrebâillement, plus ou moins accidentel, d'une porte sur la trame d'une… Réalité alternative.

Mais toute incursion dans un autre futur serait terriblement menaçante, et même autodestructrice, pour celui qui oserait s'y aventurer.

Ne serait-ce que par l'imparable interaction provoquée par la simple observation, elle générerait un futur différent, par l'inévitable modification des choix pris, dans un passé qui n'existerait déjà plus.

Il risquerait ainsi, par un phénomène d'emballement rétroactif, de se retrouver dans une mortelle sphère de « bouclage temporel ». Les conséquences induites par ces paradoxes de temps, mais aussi d'espace, ne peuvent avoir de véritable sens dans une seule réalité.

Et comme nous commençons timidement à le théoriser aujourd'hui, la coexistence d'une infinité d'univers, qui ne répondraient pas nécessairement aux mêmes lois de la physique, ne saurait se faire autrement qu'avec la présence d'espace-temps différent.

De plus ils seraient nécessairement en décalages et leurs frontières seraient obligatoirement immuables et définitivement infranchissables, tout au moins d'un point de vue mathématique. La résultante d'une telle tentative d'incursion, d'un Univers à un autre, entraînerait une fatale contamination temporelle, ce qui créerait, mécaniquement, une infinité de paradoxes, un peu comme deux miroirs qui se font face et se renvoient leur image à l'infini.

Cela ne saurait se solder autrement que par la création d'une négation absolue, un « quelque chose » de comparable à un formidable trou noir aux dimensions cosmiques, capable d'effacer les Univers ainsi contaminés.

Du fait des liens multidimensionnels, assurant une coexistence « pacifique » pour cette infinité d'Univers parallèles, il en résulterait la FIN, instantanée, de « Tout ce

qui existe », le Néant absolu et généralisé, La Fin « DES »
Mondes en somme…

Mais « Dame Nature » dispose, depuis la nuit des temps,
d'une parade radicale pour se prémunir d'une telle
annihilation en se pliant à une loi immuable qui serait, en
quelque sorte, la manifestation d'une « tolérance zéro », ou
plus précisément une réaction de défense auto-immune des
univers « contaminés ». Les mathématiciens ont beau
retourner les équations dans tous les sens, il ne saurait y avoir
d'autre solution que la négation définitive et instantanée de la
partie de chaque espace contaminé par l'emballement d'une
telle boucle temporelle. La contraction de cet « espace-
temps », en un point précis, deviendrait ainsi une zone de
« non-espace » où aucune réalité ne saurait exister.

D'ailleurs, les théoriciens d'aujourd'hui convergent sur le
concept que de telles singularités seraient à l'origine de ces
innombrables anomalies de la géométrie spatiale. Elles
peuvent apparaître soudainement devant votre vaisseau et
vous engloutir en un instant, en vous effaçant du monde réel
et jusqu'au souvenir même de votre existence. Ces
singularités, plus ou moins identifiées, apparaissent et
disparaissent soudainement, comme des bulles de champagne
qui éclateraient à la surface.

Seul un commandant de bord, aux tendances définitivement
suicidaires, prendrait le risque de décider de lui-même sa
route ou pire, de s'obstiner dans un délire irrationnel, de
s'engager sur un chemin tracé en ligne droite. Vous pourriez
imaginer cela comme un aveugle qui aurait décidé de piloter à
toute vitesse une voiture de course au milieu d'un champ de
mines.

En fait, la seule solution viable, dans l'état actuel de nos
connaissances, et de notre évolution, est de confier sa destinée
à l'ordinateur de bord, seul capable de vous amener sur les
« zones de certitude » dans lesquelles un vaisseau peut
effectuer, en toute sécurité, une arrivée ou un départ d'un

« saut quantique ».

Ce mode de déplacement, fruits de l'hallucinante technologie de cette incompréhensible civilisation qui nous a jadis précédés, sur une Terre pré-humaine, permet de s'affranchir de la quasi-totalité du temps nécessaire au parcours des gouffres séparant les étoiles. De l'étude minutieuse de leurs antiques cartes stellaires, rapportées lors de la première expédition humaine sur Mars, en est sortie un catalogage que l'on espère aussi complet que possible, des points de saut statistiquement viables. Mais puisqu'il date du jour de la création de ces cartes, il ne peut en aucun cas garantir qu'un vaisseau ne sera jamais confronté à ces lieux, à la physique non conventionnelle et irrémédiablement mortelle, et qui se seraient créés depuis, sans oublier de prendre en compte aussi la plasticité aléatoire de la courbure non-linéaire de l'espace.

Nous devons, en fait, les qualifier de véritables zones d'interdiction, pour la matière qui nous compose.

Ce phénomène d'annihilation, apparente, s'exerce aussi pour la lumière qui, par sa seconde nature en tant que particule serait, elle aussi, totalement effacée. L'univers apparaît ainsi parcellé d'un nombre incalculable de « points obscurs » qui sont aussi irrésistiblement mortels que ces effrayantes étoiles terminant leur cycle de vie en s'écrasant sur elle-même. Dans une formidable course contre le temps, elles concentrent et amplifient leur force d'attraction en avalant tout ce qui a le malheur de croiser leur route et même des cortèges d'étoiles, et leurs systèmes planétaires. En y ajoutant leur masse dans un même espace, elles évacuent l'excédent d'énergie dans de monstrueux geysers de particules, visibles en tout point de la galaxie et, puisque toute cette matière ne peut pas occuper « tout à fait » le même espace, au même moment, elles n'ont d'autres choix que d'en dilater le temps, dans la spirale infernale de leur « horizon des évènements ».

Contrairement à ces cataclysmiques objets, les « points obscurs » s'en différencient en se « contentant » de vous effacer tout aussi discrètement qu'instantanément.

La rencontre de tels dangers mortifères rendent la navigation stellaire très dangereusement probabiliste, au regard de nos maigres connaissances dans ce domaine. Nous n'envisagerons donc pas, avant plusieurs siècles de maîtrise, de nous engager dans les gouffres sombres et définitivement vides de vie, d'énergie et d'espoir qui séparent les galaxies.

Comme vous l'aviez remarqué, je me suis permis de simplifier mon récit, puisque chacun sait que la ligne droite n'existe pas, dans Notre univers, où seule la courbe a le droit de citer…

Cependant, ces « anomalies spatiales » restent capables, pour qui ose se vanter de maîtriser les équations du saut quantique, d'agir comme une inimaginable et prodigieuse catapulte gravitationnelle. Lorsqu'un vaisseau s'approche de sa zone d'influence et à l'exacte vitesse de contact, qui se doit d'être proportionnelle à sa dimension, mais pas de trop près afin de ne pas se laisser happer dans son piège mortel, il se retrouve instantanément projeté, comme lors d'un saut quantique, mais des milliards de fois plus loin. Oser pratiquer un tel exercice de virtuosité ne peut être envisagé que par un commandant de bord, plus ou moins suicidaire, et ayant derrière lui une très longue et solide expérience. Il doit être capable d'avoir une intuition quasi médiumnique, et suffisamment précise, pour sentir l'imminence des apparitions de ces fluctuations spatiales. Simultanément il doit avoir le courage, ou la folie la plus totale, de contredire, les dogmes des modèles mathématiques reconnus, afin de « sentir » l'exacte trajectoire. Une telle prouesse permet d'économiser la quasi-totalité de ses réserves d'énergie tout en gagnant des mois, et même des années de voyage. Selon certains théoriciens, de telles acrobaties seraient capables de vous faire traverser les gouffres séparant les galaxies en moins d'une vie humaine, en surfant sur ces démoniaques et mortels points de saut.

Des légendes issues de traductions supposées d'antiques

civilisations non humaines rapportent que, sous certaines conditions, il serait même possible de franchir les frontières entre les Univers. Quelques navigateurs suffisamment optimistes, ou notoirement imprudents, se seraient ainsi perdus lors de leur angle d'approche. À moins qu'une infinitésimale erreur se soit malicieusement glissée dans leurs calculs, mais dans tous les cas leur vaisseau aurait subi un irrésistible et violent ricochet sur la périphérie de la zone d'influence du point de non-espace.

Lors de ces contacts erronés, et s'ils ne sont pas réduits dans un éclat de lumière aveuglante en un nuage d'atomes dispersés, ils seront projetés à une distance telle qu'ils pourraient atteindre, mais hélas de manière totalement aléatoire, n'importe quel point de la galaxie.

Dans tous les cas, ils seraient perdus à tout jamais. Leur seul horizon de survie se limiterait à leur réserve d'énergie et de carburant pour la recherche d'une planète habitable d'un point de vue humain, pour essayer d'y survivre jusqu'à la fin de leurs jours.

Dans l'état actuel de nos connaissances une telle tentative reste donc strictement interdite, que ce soit pour les transports de passagers ou de marchandises. Les vaisseaux ne seront donc jamais autorisés à s'écarter des routes déjà tracées, et éprouvées, sur ces mystérieuses et antédiluviennes cartes spatiales. D'ailleurs les ordinateurs embarqués ont tous, dans leur programmation, cette interdiction impérative et incontournable.

Du moins pour ceux qui ne bricoleront pas leurs ordinateurs...

De cette étrange hétérogénéité, des esprits non dogmatiques pourraient en déduire que chaque Univers aurait les mécanismes de survie d'un improbable être vivant se protégeant instinctivement contre les microbes que nous sommes, par une armée d'anticorps voraces et qui disposeraient, aussi, d'une conscience incommensurablement évoluée.

Mais, bien sûr, ce n'est là qu'une hypothèse, puisque ce genre de réflexion est, n'ayons pas peur de le dire, encore tabou aujourd'hui…

Carole Hope ne pouvait donc pas, en toute logique, être là à discuter en « temps réel » avec le centre spatial.

Elle ne pouvait pas plus exister, puisque notre Univers n'aurait pas eu d'autre solution que de la nier, par une réaction réflexe de survie.

Cela revient à dire qu'elle n'aurait jamais existé et qu'il n'y aurait donc jamais eu non plus de mission sur la planète Mars !

Les deux planètes se seraient ainsi retrouvées piégées dans l'emballement d'une boucle temporelle et auraient été instantanément effacées de la réalité, comme si elles n'avaient jamais existé…

Mais puisque vous me lisez en ce moment même, le paradoxe temporel n'a donc jamais eu lieu, à moins qu'il n'ait été contenu…

À l'heure d'aujourd'hui, nous ne sommes toujours pas en mesure de percevoir la finalité de cette infinité de réalités alternatives.

Cela pourrait s'appréhender, effectivement, à des univers « clones » qui coexisteraient sur des trames de temps décalés. L'entropie de chacun le conduisant irrésistiblement à toujours plus de complexité, plus de perfection, jusqu'à ce qu'enfin apparaisse la Vie en son sein…

Mais pas nécessairement selon les mêmes schémas, ni les mêmes buts. À ce jour, l'entendement humain est encore très loin de pouvoir appréhender, ni même d'esquisser, le « Pourquoi et le Comment ».

La situation, qui avait décalé l'équipage de cette mission spatiale dans une réalité alternative, heurtait notre entendement, trop attaché à une réalité tangible.

Elle aurait pu être provoquée par la proximité de ce que nous

21

appellerions aujourd'hui une « Entité Quantique », faute d'autre définition.

« Quantique » dans les effets physiques que leur proximité générerait.

« Quantique » aussi dans leur inconcevable niveau d'intelligence.

Il a été relaté, lors de certaines conversations de comptoir, sur de lointaines stations spatiales, perdues aux limites des frontières de notre horizon cosmologique, que d'intrépides explorateurs se seraient égarés et en auraient, paraît-il, découvert d'irréfutables traces. Cependant aucune preuve n'avait jamais pu en être rapportée, puisque ces Entités n'appartiennent pas « exactement » ni à notre Univers, ni même à notre trame temporelle. Elles « vivent » en fait à la lisière de plusieurs Univers. Il en résulte que la matière même dont elles sont composées n'est pas comme nous l'entendons, puisqu'elles sont d'une nature différente, ni énergie ni atomes, et donc matériellement non observables.

Mais, me direz-vous, auraient-elles alors un lien avec ce que nous appelons, faute de pouvoir identifier clairement la « matière noire », et qui compose près de quatre-vingt-dix pour cent de la masse de chaque univers ?

Eh bien je vous répondrais, sans la moindre hésitation, qu'elles n'ont absolument rien à y voir !

La simple perception de leur présence se solderait, immanquablement, par un basculement instantané, et irrémédiable, dans un autre Univers, avec toutes les conséquences qui s'y attachent.

Parfois, par une formidable et lumineuse annihilation de type matière antimatière, disparaît l'inconscient qui aurait, par un quelconque miracle, réussi à s'en approcher. Certains avancent même qu'existeraient d'impossibles vestiges, à la dualité matérielle et immatérielle, à cheval sur plusieurs Univers, sur des mondes oubliés, stériles et désolés. Quelques aventuriers exaltés au point d'en devenir fous, ou suffisamment cupides et à la solde d'individus tout aussi avides et sans le moindre scrupule quant aux conséquences, auraient monté des expéditions secrètes dans l'espoir de rapporter les inestimables et tout aussi rares artefacts qui s'y trouveraient encore. Ils seraient, dit-on, dotés de pouvoirs inimaginables et que l'on qualifierait encore aujourd'hui de magique, faute de pouvoir les comprendre un jour.

Mais, vous vous en doutez bien, on ne les a jamais revus.

S'ils avaient effectivement fait une telle tentative ils ont donc, en toute logique, systématiquement disparu de notre continuum espace-temps, ne subsistant d'eux aucun souvenirs de leur existence.

De nos jours, plus personne ne se lancerait dans une telle aventure, vertigineusement coûteuse et, aux dernières nouvelles, systématiquement mortelle.

Ces choses, ces entités, ces « on-ne-sait-toujours-pas-comment-les-définir », de mémoire d'homme, n'ont encore jamais été réellement approchées.

Elles sont, ce que la science « d'avant » appelait pathétiquement « trous noirs », en les confondant, dans une naïveté enfantine, avec des étoiles moribondes à neutrons.

Il est vrai que leur comportement, et leur impact, sur l'environnement immédiat pourraient, quelque part, être comparable. Mais ce raccourci, un peu trop simpliste, n'est valable que pour ceux qui ne savent observer qu'humainement, c'est-à-dire avec leurs simples yeux, ou une technologie qui se contenterait de les copier, c'est-à-dire limitée à l'observation de la seule matière connue…

En fait, « ELLES » sont indéfinissables, inclassables et inobservables, puisqu'elles n'appartiennent à aucune réalité.

« Elles » sont douées d'un hallucinant don d'ubiquité, non seulement dans l'espace mais aussi dans le temps. Les seules connaissances que nous ayons « d'Elles », ne se font qu'au hasard des découvertes, avérées ou non, ou par les bribes d'informations que nous glanons, ici ou là, lors des traces laissées par les éphémères et rarissimes rencontres de nos explorateurs.

Cependant, il a été relaté que de mystérieuses « super-civilisations », dont la rareté pourrait se comparer à celle des diamants les plus purs, et dont les origines se perdent dans la nuit des temps et que nous appelons familièrement « la police des Univers », veillent à ce qu'il n'y ait jamais aucune interférence entre les multitudes de primo civilisations naissantes, comme la nôtre. Leurs représentants se contentant d'apparaître instantanément et de projeter les explorateurs respectifs, sans le moindre avertissement, sans même l'ébauche d'un quelconque mouvement, à des millions de kilomètres les uns des autres.

Parfois les routes de nos vaisseaux croisent accidentellement, et de manière tout aussi éphémère, les frontières de ces mondes inconcevables, à la sagesse acquise par une existence tout aussi inimaginable dans la durée.

L'écart, entre une bactérie primordiale et un être multicellulaire à la complexité aboutie, comme l'être humain par exemple, serait effectivement comparable au différentiel d'évolution entre Eux et Nous. Nous serions tout simplement incapables de les appréhender, que ce soit physiquement, intellectuellement et encore moins émotionnellement.

Nos explorateurs se voient ainsi repoussés systématiquement, et sans la moindre compassion, hors de leur horizon, qu'ils soient saufs ou même en perdition.

La pérennité de notre civilisation, et même les conditions de notre existence, ne sont en fait qu'entre nos seules mains.

Cette situation pourrait s'interpréter comme un abandon, voire un mépris, mais en réalité nous bénéficions d'un libre arbitre absolu sur notre vie, et notre destinée.

Depuis l'unique contact, nous avons ainsi acquis la certitude que nous resterions, pour quelques siècles encore, seuls et livrés à nous-même, avant d'être admis dans le cercle des civilisations communicantes. L'immense volume d'espace qui nous est dévolu, et dont nous ne sommes toujours pas en mesure d'appréhender dans sa globalité, n'est qu'un infinitésimal point sur la page de notre seul Univers.

Maintenant seulement, nous avons enfin compris que ce que nous appelons « Univers », et tout au moins celui dans lequel nous résidons, et dans l'état actuel de nos connaissances, peut se résumer en un mot déconcertant de simplicité : le « Tout », éternel et infini, que ce soit dans le Temps ou dans l'Espace.

La réalité c'est que nous vivons dans une aberration mathématique, au sens de l'entendement humain.

Ainsi le nombre d'Univers serait lui aussi infini et chacun d'entre eux serait d'une taille tout aussi infinie et aurait donc toujours existé…

En fait, sa « création », à un instant « T » n'est rien d'autre qu'une « prise de conscience » de son existence, au regard des autres Univers…

Cet état, bien particulier à conceptualiser, pourrait se résumer en une imbrication multidimensionnelle comparable à une mousse en éternelle expansion où chaque bulle serait un nouvel Univers qui générerait à son tour une nouvelle mousse en expansion elle aussi, nécessairement, infinie…

L'idée de chercher à mesurer cet accroissement structurellement exponentiel tout en étant, paradoxalement, instantané, n'a pas de sens.

L'instant du « commencement », cet hypothétique « temps zéro » de la « naissance » de notre Univers bulle est ce que les astrophysiciens « d'avant » appelaient le « Big-Bang » et qui est en réalité la simple prise de conscience de sa propre existence « par rapport » aux autres Univers.

Ce qu'il faut réussir à admettre, c'est qu'il n'y a jamais eu « d'instant Zéro » pour l'ensemble des Univers. Chaque « bulle Univers » qui le compose possède son propre « instant Zéro », différent de son voisin mais dans un espace-temps nécessairement décalé, tout en étant simultané.

Ce concept était très difficile à appréhender, dans les premiers temps de l'incrédulité générale, puis son acceptation se heurta aux sensibilités, croyances et convictions enracinées dans chacun d'entre nous.

Mais, de nos jours, cela fait partie intégrante des manuels scolaires…

Nous nous sentions si isolés, si minuscules, si jeunes et finalement si fragiles. Nous vivions dans la hantise de n'être que de précaires et insignifiants habitants d'une planète tout aussi insignifiante et entourée d'un nombre incalculable d'autres planètes habitées d'êtres tout aussi inquiets et avides d'expansion que nous, perdus dans un univers quelconque, égaré lui aussi dans une multitude grouillante d'autres univers.

Pour nous conforter dans cet état psychologiquement sombre, nous avons eu la preuve que des dinosaures, qui nous avaient précédés pendant plus de trois cents millions d'années, avait émergé une civilisation technologiquement brillante, que nous appellerons « les reptiliens » faute de connaître leur vrai nature, et qui n'a pas su comprendre la mission d'évolution que notre Univers lui avait assignée.

Par son avidité prédatrice, écrite au plus profond de ses gènes, elle s'était perdue en se diluant dans une tentative obsessionnelle, et infantile au regard de ce que l'on sait aujourd'hui, de création d'un empire planétaire qui s'étendrait jusqu'aux confins de la galaxie. Bien qu'ils aient pris soin d'essayer de vouloir garantir la pérennité de leur civilisation, en ne se cantonnant pas à leur seul monde originel, la Terre, ils ont fini par disparaître eux aussi.

La place laissée ainsi libre, depuis soixante-cinq millions d'années, a permis à notre humanité d'évoluer dans une relative tranquillité sur cette toute petite planète bleue qui est la nôtre à présent.

C'est du moins la thèse officielle, déduite des nombreuses archives éparpillées sur les mondes proches, et qui ont été retrouvées, un peu trop facilement selon certains. Nos éminents chercheurs, et archéologues tout aussi officiels, reconstituèrent ainsi le fil irrégulier de l'histoire de la création d'une Humanité qui dut ravaler, avec une certaine humilité, ces prétentions existentielles.

Selon ces troublants artefacts, les derniers représentants de l'espèce « reptilienne » dominante ne comptaient guère plus qu'une poignée moribonde d'individus qui obéirent à une injonction tout aussi mystérieuse, qu'impérieuse. Ils retrouvèrent après une harassante, et mortelle quête de plusieurs milliers d'années, leur planète mère, la Terre qui était tombée dans l'oubli, et la légende, afin d'y prendre leur dernier sommeil.

Quelle ne furent leur surprise, et un bonheur sans nom, de constater que ces millions d'années avaient fait disparaître la pollution mortelle du berceau de leur civilisation, devenue inhabitable, au point de tenter leur chance sur des mondes de plus en plus lointains.

Avant de sombrer définitivement dans l'oubli, et dans le fol espoir de ne pas laisser disparaître leur race dans le néant, tout en faisant un pied de nez au destin qu'ils avaient malgré tout choisi et les avaient perdus, ils décidèrent d'incorporer l'essence de leur patrimoine génétique dans celui des créatures les plus prometteuses à leurs yeux : les primates.

Ils créèrent aussi d'extraordinaires monuments conçus pour résister aux ravages du temps. Il leur était apparu indispensable que leurs ultimes descendants apprennent, de leur histoire, les erreurs à ne pas reproduire, en réfléchissant aux conséquences mortelles d'avoir préféré le matériel au spirituel.

Puis, dans un dernier souffle de vie, ils renvoyèrent leurs immenses vaisseaux biologiques et immortels, se cacher sur leurs derniers mondes qu'ils avaient terra-formé puis laissés à l'abandon et à l'oubli. Ces derniers vestiges de leur technologie millénaire devaient attendre patiemment que leurs nouveaux maîtres aient atteint un stade suffisant d'évolution pour être bio-compatibles et poursuivre ainsi la quête éternelle de la race originelle.

Cette soif irraisonnée d'accéder à un absolu, qu'ils ne comprenaient pas eux-mêmes, devait leur survivre et perdurer. Les « reptiliens » avaient donc, à dessin, pris soin d'inscrire dans notre génome cet inextinguible soif de connaissance, afin que nous poursuivions la mission que « notre » Univers leur avait expressément dévolu.

Leur mission était ainsi devenue aussi la nôtre, puisque nous sommes, en quelque sorte, bien plus que leurs héritiers, nous sommes leurs descendants biologiques « indirects ».

Encore aujourd'hui, et malgré les preuves, et les nombreux vestiges rapportés, plus d'un humain sur deux refuse obscurément, et obstinément, cette genèse d'une humanité, qu'il considère humiliante et blasphématoire. Il est vrai que tant que nous n'aurons pas retrouvé un de ces vaisseaux de légende, le doute persistera.

Cependant, pour les scientifiques du monde entier, cette explication apparaissait bien trop belle, et finalement tellement simpliste dans un Univers aussi complexe, pour être définitivement acceptable.

Pourtant ces créatures, si cartésiennes, et dont la froide civilisation avait fait abstraction de toute religion, et de toute autre forme de mysticisme, s'étaient engagées dans une obsession délibérément irrationnelle. Des bribes de leur histoire, miraculeusement retrouvées, nous obtinrent la confirmation que cette idée obsessionnelle avait surgi subitement, et simultanément, dans l'esprit de chaque « reptilien », et quel que soit le monde sur lequel il résidait. Ils s'engagèrent avec un enthousiasme au-delà de la simple passion et dans une détermination absolue. Cette quête irrationnelle et interminable consomma l'essentiel de leurs ressources et jusqu'aux derniers des membres de leur civilisation.

Lorsque la Terre-Mère fut enfin retrouvée, les ultimes

quêteurs constatèrent qu'elle avait été miraculeusement renouvelée, avec une perfection et une telle diversité qu'ils restèrent un long moment incrédules devant les images que leur avaient rapportées leurs lointaines sondes bio-mécaniques, perdues aux confins de la galaxie et à bout de souffle.

Le premier contact les laissa paralysés de stupeur et emplis d'une émotion qu'ils croyaient avoir refoulée depuis des temps immémoriaux. Incapables de trouver les mots, pour en décrire la beauté, elle dépassait tout ce que leur génie génétique leur avait permis de créer lors de leurs innombrables terra-formations. Leur capacité, et leur fierté millénaire à rendre habitables des mondes désolés et stériles leur apparaissaient depuis désuète et sans avenir.

Malheureusement, ces derniers représentants ne réussirent pas à s'adapter à cette biodiversité, qu'ils qualifiaient d'étrange et parfois même de mystérieuse, où les mammifères avaient supplanté les reptiles jusque dans les moindres recoins.

Avec émerveillement ils constatèrent que cette nouvelle Terre avait pu s'épanouir grâce à la stabilisation du mécanisme cyclique des périodes glaciaires.

Auparavant elles balayaient, sans la moindre pitié, des écosystèmes entiers en entraînant dans leurs sillages les premières grandes civilisations, qui n'avaient dû leur salut qu'au prix d'une fuite, sans espoir de retour, de ce monde perdu.

Pour les moins évoluées l'acceptation résignée d'un hypothétique recommencement s'imposait, pour les rares survivants, dans le dénuement le plus total.

Qui ou Quoi s'était donné tant de peine à les manipuler pour qu'ils opèrent ainsi, et dans quel dessein ?

Et notre Univers, ne pourrait-il pas à son tour être instrumentalisé par un autre Univers, plus grand, un Super Univers en somme, et qui engloberait lui aussi d'autres « sous-Univers » ?

Et ce Super Univers, pourquoi ne serait-il pas lui aussi un sous-univers ?

Ce raisonnement pourrait ainsi s'appliquer à l'infini...

Leurs erreurs passées, et les nôtres, ne pourront que nous grandir, si nous trouvons la force de les comprendre et de les accepter.

À moins qu'elles ne nous détruisent, nous aussi, si la raison venait à nous quitter.

Bien que nous ayons le confort d'une sécurité somme toute très relative de savoir que nous ne serions jamais confrontés, avant très longtemps, à un choc mortel avec une civilisation comparable à la nôtre, c'est-à-dire avec la même vitalité, le même appétit d'expansion, la même cupidité aussi, mais surtout la même soif d'apprendre et de progresser, nous ne pourrons attendre pour autant aucune aide extérieure, un peu comme si nous étions réellement seuls.

Toutefois nous espérons bien compter sur une exploration fructueuse des derniers vestiges des citées désertées des « reptiliens ». Lorsque nous les débusquerons, nous ferons de même avec les restes des nombreuses autres civilisations qui ont déjà failli et se sont toutes aussi perdues.

L'humanité a sciemment fait le choix, tout au moins officiellement, de ne pas étudier ces rares civilisations, à chaque fois trop immatures pour avoir abrégé leur évolution, dans une folie autodestructrice.

La peur de se retrouver devant un reflet morbide de soi-même en somme.

Nous avons, malgré tout, l'obligation morale d'apprendre de ce qui reste d'elles, que ce soit le bon ou le moins bon, car nous devrons acquérir une sagesse suffisante afin de ne pas nous laisser charmer par l'apparente facilité du moins bon, et ainsi nous perdre et disparaître à notre tour.

Mais je m'égare encore, et il est grand temps de retourner au récit de ces évènements qui changèrent notre destinée...

Déroutant

La station spatiale internationale, associée de ses deux navettes nous renvoyait, sur un imposant écran, différentes vues du vaisseau et de ses deux modules d'atterrissage, ou plutôt ces qu'il en restait, sagement arrimés sous son ventre, semblables aux rémoras collés à leur requin.

Le plus curieux, c'était ce que l'on pouvait y apercevoir : une impressionnante collection de creux, de bosses, de brûlures, de rayures et même de profondes déchirures par endroits, tels des coups de griffes...

Étonnamment les instruments de mesure nous laissaient entrevoir des informations, à proprement parler, déroutantes.

Même le plus béotien d'entre nous, ne pouvait que s'interroger devant l'étrangeté de ce qu'il voyait sur les écrans.

Comment pouvait-il être revenu avec ses réservoirs de carburants vides, mais surtout avec ses systèmes de production électrique totalement inertes, alors que ces derniers avaient été, comme toujours, très largement surdimensionnés ?

Et puis sans énergie, comment les systèmes vitaux de cette épave pouvaient-ils être toujours opérationnels ?

Le plus inquiétant, en fin de compte, était cette ahurissante et impossible orbite géostationnaire, au-dessus de New York, ou plus précisément à l'exacte verticale du centre géométrique du bâtiment de l'ONU...

Rien de plus banal, aujourd'hui, me direz-vous, mais essayons de nous imaginer à cette époque : il était inconcevable pour l'ordinateur de bord, qui n'était constitué que de composants finalement très « ordinaires », d'être en mesure de calculer, et surtout d'effectuer, de telles corrections de trajectoire afin de maintenir un tel positionnement à la perfection millimétrique. Mais alors, comment expliquer les manœuvres si parfaites de ce vaisseau désespérément vide de toute source d'énergie, et de toute forme de vie, qu'elle soit humaine ou même bactérienne…

Un vol, presque, sans histoires

« Heure H, moins trente secondes ».

Le compte à rebours, de sa voie synthétique, égrène ces interminables instants. Il est étonnant de constater comment le temps peut, parfois, nous paraître si subjectif. Mon cerveau fonctionne à une vitesse vertigineuse, j'en suis presque étourdi.

Je me revois, il y a trois ans, devant le télégramme m'enjoignant de rejoindre le centre de sélection des astronautes de la NASA, n'en croyant pas mes yeux. Je sens encore le battement effréné de mon cœur en relisant, maintes et maintes fois cette précieuse feuille de papier qui tremblait entre mes mains.

Je me revois lisant à haute voix, comme pour me persuader que je ne rêvais pas, les quelques lignes de ce si magique document. Je revois les visages de mes douze compagnons de voyage, lorsque nous nous sommes retrouvés tous ensemble pour la première fois. Certains, plutôt bavards, d'autres n'osant articuler un quelconque mot, mais tous avec la même étincelle dans le regard.

Je revois Carmines Berthier, une astrophysicienne française d'une rigueur à toute épreuve, et toujours prête à rendre le moindre service.

Je revois le regard pénétrant, et amusé, de Nathalia Korlakov, notre biologiste russe, au sourire envoûtant et aux yeux d'un vert si particulier qu'il ne pouvait laisser quiconque indifférent.

Je revois mon étonnement lors du premier contact avec notre médecin et psychologue, Carole Hope, une Américaine du fin fond du Colorado, qui me prit le pouls, alors que je lui tendais la main.

Je revois ma certitude, lorsque nos regards se sont croisés pour la première fois, quant à la fiabilité de mon second, et copilote, le Capitaine Manuel Rodriguez, un Mexicain au catholicisme presque caricatural de fanatisme. Il avait une passion irraisonnée pour l'acrobatie aérienne et pratiquait la voltige à l'instinct, au point de pouvoir manœuvrer dans les situations les plus délicates, les yeux fermés. C'est tout du moins ce qu'il affirmait haut et fort devant un barbecue et quelques bières bien fraîches. En tout cas, je peux vous confirmer que c'était un pilote hors pair, d'une rare réactivité, pour avoir fait quelques vols mouvementés avec lui…

Je revois Hans Muller, un brillant biochimiste munichois chargé, avec Nathalia de vérifier la compatibilité de nos organismes avec ce que nous ferions pousser dans le sol de la serre que nous devions aménager, sur Mars.

Je revois Elisheba Neohorion, notre informaticienne grecque, assurée et impressionnée à la fois, dont la façon si dérangeante de fouiller du regard celui des autres nous indisposait tant, au début.

Je revois l'arrivée étonnée, les yeux emplis d'émotion devant l'habitacle de la capsule du lanceur spatial, de Surya Bhadrapada notre mathématicien chargé, entre autres, de vérifier la validité des contrôles de trajectoire, qui nous venait tout droit de Bombay.

Je revois Abbes Abdelbaki, un Koweïtien représentant les nations arabo-musulmanes. C'était notre ingénieur pluridisciplinaire dont la fonction première était de diriger la maintenance de cette cathédrale de technologie. C'était un curieux pratiquant, aux propos bien souvent teintés de mysticisme, mais qui paraissait régulièrement, pour ceux qui ne le connaissaient pas, comme une personne qui aurait un ordinateur à la place du cœur. De temps en temps, il nous surprenait, et pour certains il arrivait même à générer de l'inquiétude, tellement la dualité de son comportement était contrastée. Il pouvait confronter pacifiquement, pendant des heures, sa foi religieuse avec la philosophie hindouiste de Surya. Mais le plus souvent, il semblait gouverné par une froide logique, où toute trace d'humanité aurait disparu. Et puis, de temps en temps, en pleine conversation technique, il nous déroutait par des propos teintés d'un néo ésotérisme à la limite du blasphématoire, si à la mode en ces temps troublés. Étonnamment, il arrivait toujours à libérer les pressions, avec un humour parfois dérangeant, mais qui tombait à point nommé, lorsque la tension devenait explosive dans le groupe.

Je revois la blonde Anne Switt aux nombreuses petites taches de rousseur juvéniles sur des joues étonnamment si blanches. C'était notre deuxième ingénieur, une Australienne au franc-parler et à la démarche masculine, mais dont la féminité pouvait subitement ressortir aux moments les plus inopportuns.
Elle avait ainsi le don de désarçonner l'ensemble des membres masculins de l'équipage. L'élément décisif qui lui avait permis d'être sélectionnée, était son niveau de connaissances techniques, à proprement parler encyclopédique, sans compter cet étonnant don de pouvoir réparer absolument tout, avec presque rien. Ce qui se révéla souvent précieux, au point d'en être devenu stratégique.

Je revois Xiang Li, notre cartographe chinois, froid et raide dans son uniforme parfait, aux plis tout aussi parfaits, regardant chacun d'entre nous avec un « je-ne-sais-quoi » qui aurait pu s'apparenter à une forme de dédain. C'est du moins l'impression qu'il avait faite à chacun. Mais après quelques semaines d'un entraînement intensif, où chacun dû apprendre à compter sur l'autre pour assurer sa survie, il devint beaucoup plus proche, plus humain.

Et enfin, n'oublions pas la fougue et la chaleur humaine de Monica Pesci, notre géologue, une « géante brune » aux formes généreuses et aux muscles d'acier. Une Italienne tellement volubile que nous ne pouvions pas toujours réussir à répondre à ses questions…
Si elle acceptait de nous laisser un instant pour lui répondre. En général, elle enchaînait les mots et les idées, et même les réponses à ses propres questions, à l'allure d'un météore incontrôlable…
C'est, entre autres, ce qui la rendait tellement attachante, au point qu'elle n'était pas tout à fait étrangère à la transformation de Xiang Li. Sa passion pour l'alpinisme, son sang-froid inébranlable, et sa force musculaire étonnante, auront sauvé de l'accident plusieurs d'entre nous pendant les entraînements intensifs dans les déserts brûlants et les vertigineuses gorges du Colorado.

La mémoire de ces instants me submerge.
Des milliers d'images surgissent.
Des sons, des sensations aussi.
Je dois me ressaisir, et tenter de dominer ces émotions !

Je me crispe, un instant, et refermer le couvercle de ce douloureux coffret à souvenirs. Malgré l'intensité de mes efforts, il fuit de partout…

Je me revois, titubant, sortir de la centrifugeuse, éclaboussé des reliefs d'un frugal repas, lors de mon premier entraînement.

Je me revois refaisant mille fois les gestes et procédures devant nous sauver, pour tous les cas d'urgence… Prétendument référencés.

Je me revois, secoué par le rire nerveux et communicatif, de mes compagnons de voyage lors de ce dernier repas, dans ce si sympathique restaurant. Le vin et la bière coulaient à flots et les plaisanteries de tous bords faisaient table rase des préjugés, et même des pudeurs de chacun. Nous nous connaissions tellement bien que nous pouvions nous permettre de nous défouler comme une bande de vieux copains, où les sexes, les âges, les grades, les religions, les rivalités nationales n'avaient plus aucune importance dans ces moments-là. Notre entraînement intensif d'astronaute avait, en priorité, la vocation de briser ces barrières, afin de nous faire comprendre les uns des autres, et surtout accepter l'idée que la réussite de notre mission en était tributaire.

Je me revois devant la rampe de lancement de l'immense fusée destinée à nous amener jusqu'au premier vaisseau international en orbite, symbole de paix et d'espoirs.

Je me revois faisant mes adieux, une curieuse et poignante angoisse au ventre, essayant de faire bonne figure devant les caméras, et les regards des autres…

« Heure H, moins vingt secondes ».

Mon Dieu, dix interminables et si vivantes secondes se sont déjà écoulées !
Nous sommes douze petites sardines serrées les unes

contre les autres dans cette petite boite de conserve pudiquement appelée « capsule d'arrimage », à la fois exiguë et oppressante, mais nous sommes aussi…
Douze compagnons de voyage.
Douze véritables amis, unis dans une même quête.
Douze pensées et, dans l'instant présent,
Douze solitudes glacées.
Le poids de l'importance de cette mission nous terrasse.
Nous sommes les Christophe Colomb d'une ère nouvelle qui n'ont pas droit à l'échec : la paix et l'espoir d'un nouveau départ pour cette humanité en perdition sont entre nos mains.

J'ai froid.
J'ai chaud.
J'ai faim.
J'ai la nausée.
Je suis heureux.
Je suis triste.

Je ne peux plus me mentir à moi-même : j'ai si peur d'échouer et de laisser la Terre sombrer dans le chaos…
Nous devons y aller, quel qu'en soit le prix.
Tout ceci me semble si irréel.
Je me convaincs, au prix d'un terrible effort, de ne pas appuyer sur cet irrésistible « bouton d'arrêt d'urgence absolue ».

« Dix »

J'explore, d'un seul coup d'œil, la totalité de mes écrans, à la recherche du moindre dysfonctionnement, annonciateur d'une destruction imminente.
Je me tourne vers Manuel.
Nos regards se croisent et expriment la même

inquiétude.

À sa main, pend un chapelet…

La présence de cet objet religieux est si incongrue, si irréelle, si inutile !

Ma réaction première, conditionnée par des années de matérialisme se cristallise, dans un premier temps, en un véritable rejet. Lorsque l'on sait que le moindre gramme transporté coûte plus que son équivalent en or…

Et pourtant…

Malgré l'utilitarisme exacerbé qui nous caractérise tant, nous autres, les professionnels de l'espace, cette présence m'apporte, un « je-ne-sais-quoi » de rassurant ! Hé oui !

C'est l'incroyant d'alors, qui parlait ainsi, et qui regrette, depuis, n'avoir pas su trouver plus tôt son chemin spirituel…

« Neuf »

Le stress est tel que je ne suis même plus certain de n'avoir pas hurlé ma terreur !

Je dois résister à cette appréhension irrationnelle, à cette incompréhensible panique qui me submerge, aveugle ma pensée et tétanise le moindre de mes muscles.

Les anciens équipages nous avaient pourtant prévenus de l'angoisse du premier vol, mais je ne m'attendais tout de même pas à cela !

Au prix d'une crispation mal maîtrisée, je parviens douloureusement à tourner la tête, me permettant ainsi de constater qu'ils sont tous aussi figés : la prostration de chacun m'interpelle.

Pas un mot, pas un rire, pas une plainte.

Les scaphandres spatiaux nous isolent totalement, y compris des multiples bruits de la cabine.

Cette situation m'apparaît de plus en plus incohérente,

et irréelle.

Je sais pourtant bien qu'en dessous de moi, tout en bas du lanceur spatial, de monstrueux réacteurs s'allumeront en vomissant leurs flammes et en libérant un rugissement qui montera crescendo jusqu'à nous assourdir...

Mais dans l'instant présent, je n'entends rien d'autre que le son de ma respiration, et le léger sifflement de l'air pénétrant dans cet encombrant casque en se frayant difficilement un laborieux chemin par la petite valve d'alimentation.

La voix de l'ordinateur égrenant, imperturbablement, le compte à rebours réussit malgré tout à atteindre mon esprit emprisonné dans une gangue de terreur irrationnelle.

Seul mon corps, qui perçoit déjà les premières vibrations, m'informe que cela a réellement commencé.

Au plus profond de mon esprit, une étincelle de pensée rationnelle prend naissance, aidée par mon conditionnement de pilote et j'essaie, comme je peux, de procéder à une froide analyse.

Ce cours moment de solitude me trouble.

J'ai l'impression que tout mon être se contorsionne, avec une fébrilité telle que je sens mes cheveux se dresser sur ma tête.

Je sens qu'une partie de mon esprit cherche à se libérer de ce corps tétanisé et fuir loin d'ici.

J'ai la sensation désarmante de n'être plus qu'un fantôme effrayé qui se serait égaré, dans cette improbable cathédrale de technologie, en se tenant au-dessus de moi et me regarderait avec curiosité et incompréhension.

Les indications sur les écrans semblent hors du temps, comme figées.

Je suis dans une bulle de silence, une bulle

d'indifférence.

Je me sens tellement en paix, à présent…

« Huit »

J'émerge, tant bien que mal de cette incroyable absence.
Je dois me ressaisir, résister à cette anesthésie qui me momifie.
L'humanité me regarde à travers les yeux impersonnels de cette caméra stéréoscopique.
Devant leurs écrans de télévision en « 3d », combien sont-ils à envier ma place ?
Mais moi, que ne donnerais-je pas pour avoir la leur !

« Sept »

Je n'ai plus froid, je ne tremble plus, je n'ai plus peur.
Je me résigne…

« Six »

Un regard furtif sur les écrans.
Tout me semble normal.

« Cinq »

Mon cœur s'accélère de nouveau.
Je me crispe.

« Quatre »

Je n'ai presque plus la force de penser.

« Trois »

Pourquoi suis-je ici ?

« Deux »

Je me sens vide.

« Un »

Vous reverrais-je un jour…

« Zéro »

Un formidable « Tonnerre de Fin du Monde » me réveille de cette paralysante torpeur.

Des vibrations démentielles brouillent ma vue et me plongent dans une bouillie d'images chaotiques.

Je n'arrive pas à identifier les messages d'alertes écrits dans la couleur écarlate d'un sang qui se serait répandu sur l'écran en face de mon visage.

Une sirène stridente traverse mon casque et me déchire les tympans.

Une pensée furtive et violente me heurte au creux de l'estomac : c'est la fin !

J'entends une voix qui hurle !
Mon Dieu, mais c'est ma voix !
Je ne la reconnais plus…

La commande d'éjection n'est qu'à quelques millimètres de mon index droit, mais une main de Titan m'a agrippé et m'écrase sans ménagement, dans ce siège censé être parfaitement à mes dimensions.

Je ne suis plus qu'une masse compacte et tremblante.

Je voudrais me débattre, je voudrais fuir, mais la paralysie s'est emparée de moi.

J'étouffe, comme maintenu sous l'eau, ou plutôt sous la boue.

Je résiste de toutes mes forces à cette presse qui écrase autant ma chair que mon esprit.

Comment pourrais-je survivre à cette hystérie mécanique ?

Je n'ai plus la force de crier.

Je n'ai plus la volonté de crier.

Je ne suis plus qu'un enfant, brutalisé, qui a peur, qui appelle, et qui sait que personne ne l'entendra.

Mes pensées, sont ballottées les unes contre les autres et m'abandonnent peu à peu.

Je ne vois plus.

Je ne respire plus.

Je ne bouge plus.

Je cesse de résister.

Je ne pense plus.

Je ne suis plus…

Un néant, je suis dans un néant, vide, froid, silencieux.

Soudain, l'étau se desserre.

Je peux respirer de nouveau.

Mais à quel prix !

Chaque inspiration déchire mes poumons et me fait tousser violemment.

Ma vue revient peu à peu. Tout ce qui m'entoure est constellé d'étincelles virevoltantes, dans un silence absolu, magnifique et inquiétant à la fois.

Mon cœur bat de nouveau, presque normalement, mais à une cadence que je croyais impossible.

J'ai la sensation de l'entendre frapper contre mes côtes, comme s'il s'était détaché et rebondissait avec force, de tous côtés, dans ma poitrine.

La moindre parcelle de mon corps souffre d'une sourde ankylose.

Je ne peux retenir le tremblement de mes mains.

J'ai la tête qui tourne, les dents qui claquent.

Je ne comprends pas les images, que me donnent ces yeux qui s'obstinent à vouloir me prouver que ce sont les miens.

J'ai mon repas au bord des lèvres.

J'ai si froid.

Je dois me battre pour revenir à la vie…

Je garderai, à jamais, le souvenir de la violence barbare, de ce départ.

C'était…

C'était comme si La Terre avait tenté de retenir ses enfants que la machine lui dérobait… Avec la rage et le désespoir d'une mère.

Mais était-ce, vraiment, une illusion ?

Un double Bang, accompagné d'une secousse à assommer un bœuf, nous libéra de ces trépidations. Les fusées d'appoint s'étaient détachées et nous abandonnaient au loin, dans un long panache de fumée, nous laissant continuer le vol sur le moteur principal.

Un bruit irritant et lancinant m'irritait et me faisant presque perdre mon équilibre mental. Autour de moi ce vacarme et ces trépidations, ralentissaient rapidement et finirent par devenir presque supportable. L'esprit anesthésié, la tête dodelinant de droite et de gauche je parvins, sans en prendre réellement conscience, à regarder au-dessus de mon épaule. Peu à peu, chacun reprenait ses esprits

Un coup d'œil latéral sur Manuel me renseigna sur les raisons de sa pâleur et de son regard fixe. La croix de son chapelet avait déchiré son gant, le blessant douloureusement à la main. La blancheur nacrée de son scaphandre contrastait presque artistiquement avec la rougeur éclatante de son sang.

Je n'arrivais pas à en détourner mon regard.

Curieux présage.

J'émergeais enfin, en m'apercevant que ce bruit irritant était en fait un appel insistant de l'équipe de contrôle de l'aire de lancement :

– Navette Humanity-One, répondez !

Après un bref instant de remise en ordre dans les rares pensées encore valides d'un esprit qui ne l'était plus tout à fait, je parvins à murmurer ces quelques mots, qui m'apparaissent maintenant d'une banalité, à la fois désarmante, et d'une émouvante naïveté :

– Que… Que s'est-il passé ?

– Nous avons failli vous perdre.
Un des systèmes d'attache de la troisième fusée d'appoint vous a presque lâché, peu après le décollage.
L'oscillation qui en a résulté vous a presque broyé.
À présent la télémétrie nous informe que vous poursuivez le vol conformément aux paramètres originaux, malgré quelques dommages structurels, mais ils sont parfaitement réparables, ne vous en faites pas.

Je n'en croyais pas mes oreilles !
Que se passait-il en bas ?
La routine des vols spatiaux les avaient-ils conduits encore à une négligence criminelle ?
Je devais résister à une violente colère qui m'avait aussitôt envahi.
Je desserrais les dents et parvenais tant bien que mal à marmonner la question cruciale :

– La télémétrie vous a-t-elle aussi informé de l'état de santé de l'équipage.
Sommes-nous toujours en état de continuer ?

Silence du responsable de vol au sol.

– Je reformule ma question : correspondons-nous encore aux normes d'un voyage spatial d'une aussi longue durée ?

– Restez en orbite d'attente. L'équipe médicale va étudier vos diagrammes.

Au sol la polémique était devenue générale et presque

46

anarchique, chacun essayant d'imposer sa théorie, et sa solution.

> – Je sais bien, Monsieur le Président, que ce projet a coûté plus que de raison aux contribuables des nations participantes.
> Bien que l'équipage soit globalement opérationnel, trois d'entre eux présentent des blessures qui pourraient compromettre, à une échéance encore indéterminée, leurs fonctions.
> Et je vous fais grâce des troubles psychologiques qui ne manqueront pas d'en résulter.
> Un équipage de remplacement attend votre accord.
> En nous y mettant dès à présent, un deuxième lanceur spatial pourra être lancé, d'ici quatre semaines.
> Avec un réaménagement de la structure interne du vaisseau mère, afin d'ajouter l'appoint de carburant nécessaire, nous pourrions rattraper la fenêtre de lancement initiale, et être ainsi dans les temps.
> Je tiens à vous rappeler que cette mission durera plus de deux ans et demi.

D'une voix exaspérée, mais à la consonance trahissant une angoisse qu'il n'arrivait plus vraiment à cacher, le Président le fixa dans les yeux, et lui répondit avec une voix teintée de colère :

> – Et moi, Monsieur le Directeur, je tiens aussi à vous rappeler que cette mission ne peut pas être politiquement reportée, et encore moins interrompue.
> La Nation assume, et accepte pleinement, l'éventualité de leur sacrifice.
> Cet espoir, cette seconde chance, qu'ils nous promettent contribue à maintenir l'équilibre, si fragile, de la paix.

Vous savez bien qu'elle ne l'est qu'en apparence et ne persiste encore que par l'espoir de fournir à cette Terre définitivement polluée, surpeuplée et affamée, un nouvel espace vital et, pourquoi pas, poursuivre son expansion hors de toute contrainte autodestructrice. Nos ressources énergétiques ont atteint le seuil critique depuis trop longtemps.

Vous savez bien que nous avons été contraints de revenir aux énergies fossiles jadis abandonnées, car terriblement polluantes, sans oublier qu'elles ne manqueront pas d'encourager les nations qui en sont dépourvues, à succomber à la tentation de se comporter en prédateurs.

Nos fertilisants agricoles continuent de voir leurs performances corrélées à l'accroissement de leur toxicité en empoisonnant des sols déjà inertes, et par enchaînement, nous aussi qui en consommons les maigres fruits que la terre veut bien nous restituer.

Ces pionniers nous ouvrent la seule voie possible pour le salut d'une humanité en perdition.

La flotte des vaisseaux de colonisation ne sera prête que dans cinq ans.

Ces courageux explorateurs se doivent de partir, coûte que coûte.

Ils devront rechercher les zones d'implantation optimales, analyser et sélectionner les ressources.

Tout doit être prêt pour recevoir la première colonie humaine extraterrestre !

Et ceci, quel qu'en soit le prix humain !

Puis sur un ton plus calme :

— Je prends bien note de votre réserve, mais j'en assume la pleine et entière responsabilité.

– Mais qu'est-ce que cinq semaines, sur deux ans et
demi !

– Il n'y a pas que l'équipage qui soit remplaçable !

– Puisqu'ils sont globalement opérationnels, comme
vous le dites si bien, j'exige que vous demandiez au
Commandant Mac-Person de poursuivre la mission
qu'il a acceptée en toute connaissance de cause.
Ils connaissaient tous parfaitement les risques, et cela
ne les a pas empêchés de les accepter et de les
assumer avec enthousiasme.

– Bien…
Mais qu'il soit pris note, officiellement, de mes
réserves…
Je vais donc autoriser la poursuite de la mission.

Dans la capsule, chacun se remettait, tant bien que mal, de ses
émotions. Il y avait, de-ci de-là, quelques rires nerveux,
cachant une angoisse teintée de terreur, pour certains, mais
aussi bon nombre de douleurs physiques, pour d'autres. Un
rapide coup d'œil sur l'écran virtuel, sur la visière de mon
casque, m'informait que l'ordinateur de la capsule poursuit
inlassablement ses investigations. Infatigable, il analysait
avec minutie chaque structure et système. Il effectuait les
dérivations nécessaires des quelques circuits ayant
suffisamment souffert pour présenter des premiers signes de
faiblesse.

– Voyons le rapport médical de l'équipage.
Hum…
Pas mal, pour une quarantaine de deux ans et demi…
Avec un peu de chance, quelques-uns en
reviendront…

Temps estimé pour cette réparation ?
Cent quatorze minutes !

Près de deux heures de plus avec notre mère La Terre, à la regarder, à la désirer, et au plus profond de nous-mêmes…
À la regretter.
Un silence mélancolique envahissait chacun d'entre nous.
Ces quelques instants de sursis semblaient sonner le glas d'un avertissement solennel.

Au prix d'un effort insensé, je m'arrachais à cette vision hypnotique et m'adressais à l'équipage :

– D'après l'ordinateur, notre navette sera de nouveau pleinement opérationnelle dans deux heures environ.
La mission se poursuit comme prévu et nous procéderons donc à l'arrimage avec le vaisseau mère.
Sitôt arrivés, je vous rappelle que vous devrez atteindre, sans attendre, vos postes d'accélération.

Lentement, nous approchions de ce petit grain de lumière.
Les détails de notre vaisseau devenaient peu à peu visibles.
Il était là !
Majestueux.
Ces cent dix mètres, étincelants au soleil, nous attendaient.
Les deux modules d'atterrissage étaient sagement agrippés dans une niche sous son ventre. Un nécessaire blindage recouvrait le tout afin de nous protéger de la multitude de micrométéorites que nous ne manquerions pas de rencontrer.
Près d'eux, se trouvait le sas de maintenance où était amarrée une navette de ravitaillement. Nous nous approchions de l'alvéole destinée à nous recevoir, au-dessus du vaisseau. Le pilote automatique nous positionna adroitement à moins de cinq mètres de ce réceptacle et, à la base de celui-ci, deux bras manipulateurs se déployèrent rapidement, avec

l'élégance d'une mante religieuse. Après avoir saisi délicatement la capsule, il l'amena tout doucement dans son logement. Avec un léger bruit de frottement métallique, les parois protectrices sortirent et se rejoignirent en nous recouvrant rapidement. Nous entendions à présent les pompes qui vidaient prestement le gros réservoir du module automatique de ravitaillement, pour remplir les nôtres. Nous percevions nombre de bruits métalliques. C'était la petite équipe de robots d'entretien. Ils ressemblaient à de curieuses fourmis d'un demi-mètre environ. Ces unités cybernétiques couraient tout le long de la coque, avec l'assurance de leurs six pattes. Grâce à leur corps articulé elles se permettaient toutes sortes d'acrobaties et pouvaient ainsi assurer leur fonction de réparation dans les recoins inaccessibles pour un humain en scaphandre. Un œil attentif aurait remarqué leurs deux petits bras, au bout desquels trônaient comme des pinces métalliques disposant de trois longs doigts opposables et à la force incroyable au vu de leur petite taille. Appliquant leur travail avec minutie, ces « auxiliaires de maintenance » procédèrent aux remplacements des éléments qui avaient été dégradés lors de notre décollage.

Notre navette se devait d'être pleinement opérationnelle avant le grand départ. Hormis sa fonction première de nous ramener sur Terre, elle était aussi notre canot de sauvetage, dans l'hypothèse où le vaisseau serait en perdition, des suites d'une avarie ou d'un accident. Une légère secousse nous informa que le module de ravitaillement s'était désolidarisé du vaisseau.

Sans voix, l'un après l'autre nous commencions à détacher nos harnais, les mains tremblantes, mais avec un sourire de circonstance aux lèvres.

Ce premier contact avec l'espace nous avait mis dans un état d'épuisement tel que nous avions hâte de tous nous retrouver dans notre nouvel environnement. Contrairement aux idées reçues, les modules d'habitations, les laboratoires, le module de détente et le poste de pilotage se situent au centre du vaisseau, ceci afin de réduire l'exposition aux rayonnements cosmiques, sachant que ceux-ci peuvent, pour une part non négligeable, nous atteindre malgré le blindage. Sans oublier un éventuel choc frontal avec un débris spatial, ou même une météorite, qui ne manquerait pas d'être mortel si ces locaux étaient situés à l'avant du vaisseau. De toute façon, une batterie de caméras stéréoscopiques était disposée de tous côtés, le long de la coque. Cette disposition nous permettant d'avoir une vue détaillée de la totalité de notre environnement extérieur.

Pendant le temps de quelques orbites, l'ordinateur du vaisseau mère se chargea d'ajuster ses paramètres de vol en fonction des nouveaux éléments qu'étaient l'équipage et l'accroissement de la masse totale par l'ajout de la navette, afin d'évaluer le moment optimal d'allumage de ses réacteurs. De sa voix, à l'intonation presque humaine, il procéda enfin au compte à rebours.

– Trente secondes avant l'allumage.

L'ordinateur central avait fait vérifier la moindre parcelle de la structure du vaisseau par sa petite armée de robots d'entretien, mais cela ne rassurait pas mon inconscient à présent terrorisé, bien que mon intellect eût la certitude théorique que la secousse serait bien plus faible que lors de notre décollage tumultueux. Il n'y avait pas eu de vol d'essais : trop coûteux et trop risqué. Le premier exemplaire de la flotte de colonisation, ou plutôt le prototype dans lequel nous évoluions devait être, d'après les tests, et les nombreuses simulations, pleinement opérationnel…

C'est aussi cela, être pionnier.

Soudain, je perçus une légère vibration. Les pompes des

réacteurs se mettaient en route. Peu à peu, le bruit des turbines emplissait l'habitacle pour enfin traverser l'isolement de mon casque.

Violemment plaqué en arrière, secoué brutalement par les trépidations, mon corps se crispait et ma raison vacillait.

Je luttais pour ne pas extérioriser de nouveau ma peur.

Je retenais ma respiration.

Je fermais les yeux, ou plutôt j'écrasais mes paupières.

Il n'y avait jamais eu ces effroyables vibrations dans le simulateur !

Les secondes passaient, interminables et douloureuses.

Je m'habitue tant bien que mal, mais je respire de plus en plus difficilement. La poussée, puissante, et continue, que nous insufflent les moteurs, triple soudainement mon poids.

Le moindre mouvement est épuisant, décourageant même.

Les indicateurs attirent mon regard en tentant de me rassurer par leurs chiffres ne s'écartant pas des valeurs prévues.

Mes muscles commencent à s'habituer. Je m'adapte peu à peu à cet excédent de pesanteur.

Une secousse sur ma gauche me bouscule sans ménagements dans mon siège. Ma tête heurte la paroi latérale de mon casque et je ne peux retenir mes mains qui le saisissent et s'y cramponnent.

Un bref regard sur l'écran, m'informe que les locaux d'habitation sont entrés en rotation pour assurer un semblant de pesanteur permanente.

    – Bon…
    Tout me semble normal.

Pourtant je ne devrais pas être étonné !

En effet, les phases du vol ont été répétées suffisamment de fois, au point de devenir de véritables automatismes, de véritables réflexes. Mais je me sens l'esprit tellement vide, tel un enfant qui vient de naître et découvre son environnement, avec un effroi, et une irrésistible curiosité. Je m'entends penser à ma propre réflexion. L'étrange sensation de dédoublement recommence et m'interpelle.

La rotation, ajoutée à la poussée, double encore notre poids. Ma respiration redevient difficile et je dois faire un nouvel effort tout aussi intense, les poings serrés, la bouche grande ouverte et les yeux exorbités pour réussir à soulever ma poitrine affaissée et laisser enfin entrer ce précieux oxygène qui me dessèche douloureusement la gorge, en priant pour que cette lutte ne dure que le temps initialement prévu.

– Hou !

Un violent coup de frein projette ma tête lourdement casquée en avant. J'avais une irrésistible envie de me masser la nuque qui me faisait souffrir.

Le temps de poussée, calculé à la seconde près, s'est enfin arrêté et nous poursuivons notre trajectoire, grâce à ce formidable élan. Je reprends une respiration presque normale. Je suis essoufflé comme si j'avais couru sur la piste des cent mètres à en perdre haleine. Je suis partagé entre le soulagement et l'inquiétude, car je sens que la panique est à deux doigts de me submerger.

Et comme je m'y attendais, les protestations fusèrent de toutes parts.

– Dites donc !
Dois-je vous rappeler que la Terre entière nous écoute et…

Soudain, une sensation, éphémère mais tellement réelle, d'être épié, me donna la chair de poule et me glaça le sang.

Mais je vous vois venir avec votre logique bien cartésienne…
Et non !
Je ne vous parle pas des caméras de la cabine, renvoyant notre image au contrôle terrestre. Je ressentais, au tréfonds de mon âme, cette effrayante sensation que des yeux, qui ne seraient pas véritablement humains, me regardaient en fouillant mon esprit sans ménagement, et en extirpant les plus profonds de mes secrets.
Je peux vous confirmer que ce genre de ressenti, dans un espace clos aussi étroit, n'est ni rationnel ni, rassurant. Je décidais donc de mettre cet état sur le compte du stress de ce décollage hors du commun qui avait mis à chacun d'entre nous, les nerfs à rude épreuve.

Les jours s'ajoutent aux autres jours

Près d'un mois s'était écoulé.

Notre trajectoire demeurait irréprochable grâce à l'ordinateur central, Leap (« saut » en anglais, et acronyme de Light Extensible and Adaptative Processor), qui s'occupait de toutes les charges de maintenance, de surveillance, et nous maintenait en parfaite conformité avec les modèles mathématiques qui lui avaient été fournis.

Une certaine routine commençait à nous envelopper, à nous endormir même. Parfois des demandes d'expériences scientifiques apparaissaient sur les écrans. Elles étaient destinées tant à la recherche fondamentale, qu'au maintien de nos esprits en éveil, en somme, de donner un véritable but à nos journées. Chacun essayait de faire « bonne figure » devant les autres. Mais connaissant la psychologie de chacun, je savais bien que tous considéraient ces efforts routiniers de recherche, avec de plus en plus de désinvolture.

La sélection, plus politique que professionnelle, des membres d'équipage, n'était pas en mesure de garantir un niveau de stabilité émotionnelle suffisant pour assurer la sécurité de cette mission.

De secrets accords de neutralité, plus ou moins tacites, avaient vu le jour pendant notre entraînement. Cela nous avait évité de nous lancer dans de dangereuses polémiques existentielles. J'avais bien remarqué que des clans s'étaient formés et que d'obscures alliances mouvantes se faisaient et se défaisaient au gré des évènements.

Les pseudos couples, formés par affinité professionnelle ou relationnelle, se maintenaient, mais les susceptibilités commençaient à se faire sentir.

Des dissensions, restées larvées par la solidarité nécessaire pour accepter notre solitude, avaient de plus en plus de mal à résister à la promiscuité.

Nous ne pouvions pas nous payer le luxe d'une rixe qui ne manquerait pas de se solder par des dégâts matériels tels, qu'ils auraient ainsi mis en péril la mission et l'équipage. D'ailleurs la probabilité que la conclusion qu'un tel enfermement puisse se terminer par une mutinerie généralisée avait déjà été évaluée, et les procédures à adopter avaient été méticuleusement répertoriées…

Heureusement, les nombreux contacts d'ordre privé, avec les familles et les amis restés sur Terre, maintenaient un lien vital qui parvenait toujours à désamorcer ces tensions.

À cela, il fallait ajouter le talent de psychologue de Carole, notre médecin. Par son efficacité, elle permit que nous puissions réussir à nous supporter, et même jusqu'à nous apprécier. Sous son apparente solidité, elle n'en restait pas moins humaine, avec ses forces et ses faiblesses. À elle seule, elle avait réussi à maintenir la cohésion de l'équipage, du moins tant que nous étions encore un équipage…

Un matin, après un petit déjeuner assez basique, je me rendis au module de remise en forme : un pathétique espace cylindrique de la taille d'un minibus. Il avait été aménagé avec les équipements sportifs jugés indispensables afin de nous maintenir en bonne condition physique.

Tout en pédalant mes vingt kilomètres journaliers sur ce minuscule vélo d'entraînement, qui me faisait oublier la monotonie d'un interminable présent, je me tournais vers Carole qui venait de faire subitement son entrée.

D'un pas décidé elle vint se placer d'un coup devant la console médicale et consulta, sans un mot, mes diagrammes en pianotant fébrilement sur le clavier.

Fort étonné de son inhabituel mutisme, je décidais d'interrompre ce silence pesant, rompu çà et là par le léger chuintement de la roue du vélo.

– Dis-moi Carole, ne crois-tu pas que les canyons de Mars ne devraient pas te paraître trop différents de ceux de ton cher Colorado ?

Après un bref instant de surprise qui la désarçonna, quant à la question qui n'avait rien à voir avec l'instant présent, elle se détendit d'un coup et inclina légèrement la tête sur le côté.
En fronçant les sourcils pour me répondre elle insista, avec un ton ironique et un accent de cow-boy mal dégrossi, sur mon titre de Commandant de mission :

– Tu sais bien, « Commandant Marc Mac-Person », que la ressemblance ne sera qu'approximative.
Nous ne serons pas du tout à la même échelle « vu » que par endroits, leur profondeur atteint plusieurs kilomètres, et « vu » que la luminosité sur Mars est assez différente, nous n'aurons pas tout à fait la même perception des couleurs, et « vu » que, soit nous porterons de lourds scaphandres, soit nous serons cloîtrés dans le tout petit véhicule d'exploration, nous ne ressentirons donc pas le souffle du vent sur le visage, et « vu » que…

Je l'interrompis alors, faisant mine d'être irrité mais, en réalité, très amusé par son débit de paroles et tous ses « Vu » :

– Vu, Vu, Vu…
Je ne te parle pas de ressemblance géologique, ou même de sensations physiologiques, « Madame Le Docteur Carole Hope ».
Je te parle d'émotions humaines, de ce que l'on ressent lorsqu'on s'y trouve : liberté, solitude, silence, et parfois même, pourquoi pas, une certaine oppression.

– C'est vrai, maintenant que tu me le dis…
Dit donc !
J'ai une boule de nostalgie qui me barre la gorge !
Cette petite et si fragile boite de métal que nous habitons me ronge, et je sens que la claustrophobie me guette.
Je me concentre sur mon travail pour ne pas y penser, mais rien n'y fait, j'angoisse terriblement…

Et d'un sourire forcé, et d'une voix presque atone :

– Pas terrible pour un psy, ne trouves-tu pas ?

Je lui répondis alors, en fixant son regard, avec la ferme intention de ne pas me laisser manipuler par mes propres arguments qu'elle tenterait de retourner contre moi, comme à chaque fois, et avec toujours ce malicieux plaisir qui a tant le don de m'agacer…

– Je sais bien que les journées sont longues, mais nous le savions déjà avant de partir.

Elle répondit « du tac au tac » avec son petit sourire entendu :

– Il est vrai que ces six mois de voyage paraissaient parfaitement faisables, intellectuellement parlant.
Quel dommage que nous n'ayons pas été sélectionnés prioritairement sur la capacité à résister au stress !
C'est la raison pour laquelle, vous en conviendrez aisément, n'est-ce pas… Qu'il a été décidé de choisir votre « illustre » médecin avec un solide cursus en psychologie pour compenser ces choix regrettables.

Dit-elle avec le même sourire ironique, puis elle continua avec un regard moqueur.

– Mais sur notre Terre, un médicament pour certains, une promenade en bord de mer, une escapade dans la campagne verdoyante pour d'autres, suffit à réparer nos humeurs.

Campagne verdoyante…
Soupirs, et regard au loin…
À mon tour de succomber à une nostalgie de la Terre que je croyais avoir réussi à dominer.

Et d'une voix basse :

– Tu sais tellement y faire pour briser les minces protections de chacun, quand tu t'y mets Carole…

Premier incident

51e jour, 6 h 34.

Une alarme stridente rebondit sur les parois métalliques des murs, me saute au visage, me cogne dans l'estomac, et me glace d'effrois.

Je tombe presque de ma couchette, les yeux écarquillés, les sens aux aguets.

Il faut enfiler le premier scaphandre à sa portée, immédiatement, surtout ne pas réfléchir, obéir aveuglément à nos réflexes acquis à la longue, lors des entraînements incessants et fastidieux, mais Ô combien utiles en l'instant présent !

Mes mains tremblent. Il ne faut pas !

Chaque seconde qui passe pourrait m'être mortelle.

Une jambe, puis deux, et enfin je bascule d'un coup de reins le buste et rentre mes bras dans les manches.

Je verrouille l'ensemble d'un mouvement rapide puis, dans ma fébrilité, je saisis le casque qui m'échappe des mains une première fois et roule jusqu'au fond de ma cabine.

Je me précipite lourdement vers lui et le saisi rapidement, le regard affolé et mortifié d'avoir perdu tout ce temps.

Je le pose presque violemment sur ma tête au point que je n'arrive pas à l'ajuster correctement.

Je m'acharne à le repositionner, mais mes gestes maladroits le rendent presque incompatible avec le reste de mon scaphandre. Un spasme, d'une peur irraisonnée et catatonique, le laisse retomber une seconde fois.

Je le ressaisis, ferme les yeux, et prends le temps d'une profonde respiration. Il s'ajuste alors à merveille et je verrouille correctement le tout. Un sifflement sourd m'informe que l'ordinateur de mon scaphandre s'est activé et a ouvert la vanne d'oxygène.

J'enfile enfin les gants accrochés au mousqueton de ma ceinture. D'une main tremblante, le cœur battant à deux cents à l'heure, j'actionne, sur le clavier de mon avant-bras gauche, la commande d'activation du système de contrôle de survie de mon scaphandre.

La petite lumière éclairant mon visage s'allume, ainsi que les puissantes lampes positionnées sur chacune de mes épaules, sans oublier celle située sur le haut de mon casque.

Un écran virtuel s'active sur la paroi de la visière. Il me donne les informations sur l'autonomie de ma réserve d'air, des températures, intérieure et extérieure, ainsi que la composition exacte de l'atmosphère de la cabine, la luminosité ambiante, le taux de radiation, la vitesse et la direction du vent, ainsi que ma localisation dans le vaisseau. D'un doigt fébrile sur le clavier, j'éteins l'affichage de toutes ces informations, inutiles et encombrantes dans le cas présent, et qui m'irritent au plus haut point.

> – Ouf !
> Ça y est, mais j'ai mis presque deux fois plus de temps qu'à l'entraînement.

Si nous avions eu une fuite d'atmosphère ce jour-là, je n'y aurais sûrement pas survécu…

De grosses gouttes de sueur glacées perlent sur mes cils en provoquant une irritation aussi insupportable qu'inaccessible. J'essaye instinctivement de les essuyer mais le verre de mon casque me rappelle à l'ordre en me déclenchant un juron énervé.

Je quitte ma pseudo-chambre, à peine plus grande que ma couchette, et me précipite d'un pas lourd dans la coursive, les jambes encore tremblantes.

J'y retrouve presque tout le monde, certains en scaphandres, d'autres encore en caleçon.

Ils sont tous hagards, inquiets, et le regard braqué sur moi.

J'interpelle alors Manuel et nous courons ainsi, maladroitement, scaphandre contre scaphandre, nous bousculant et nous heurtant aux montants des portes étanches séparant chaque module constituant cet interminable couloir, jusqu'au poste de commandement.

Nous pouvons enfin voir sur les écrans ce qui ne va pas. L'ordinateur affiche un bandeau rouge clignotant, accompagné d'une sinistre sirène à deux tons qui écrase chaque estomac d'une peur viscérale et instinctive, avec ces mots qui me bousculent comme si j'avais reçu un véritable coup :

« Déviation de trajectoire non programmée ».

Je m'adresse, d'une voix grave à l'ordinateur

– Leap que se passe-t-il ?

De sa voix calme :

– Nous dévions de six pour cent, sur bâbord, tout en restant rigoureusement sur le même plan, Commandant.

– Eh bien !
Qu'attends-tu pour corriger ?
Et que s'est-il passé !

– Les ordinateurs secondaires contrôlant les réacteurs directionnels ont exécuté un ordre prioritaire, en totale contradiction avec les références de ma programmation.
Au vu de la gravité de la situation, cela a déclenché

l'activation d'un de mes sous-programmes de sécurité, d'où cette alarme.

D'après les règles de fonctionnement, en vigueur sur ce vaisseau, je suis tenu de vous interroger sur l'opportunité de l'exécution d'un tel ordre.

Le confirmez-vous, ou dois-je l'annuler, Commandant ?

– Je te confirme l'annulation de cet ordre, et je t'ordonne de procéder aux corrections nécessaires pour un retour immédiat sur notre trajectoire initiale !

Je regarde Manuel qui me fait « non » de la tête, les yeux fixes et les sourcils levés.

– Leap, seuls le Capitaine Rodriguez et moi-même disposons des codes d'accès et comme, ni lui, ni moi, ne t'avons intimé un tel ordre, peux-tu nous confirmer s'il vient de quelqu'un d'autre qui disposerait illégalement de ces codes, à moins que cet ordre te soit parvenu directement du Centre Spatial ?

– Je ne sais pas, Commandant.

Là, je me sentais mal, mais alors ce qui s'appelle mal !

Leap voit tout, entend tout, vérifie tout, puisqu'il est virtuellement omniprésent sur la totalité du vaisseau.

Il ne pouvait pas, ne pas savoir !

Sans oublier qu'il n'avait jamais été prévu qu'il dispose d'un hypothétique sous-programme d'une véritable personnalité propre et dont les concepts théoriques n'existaient tout simplement pas à l'époque.

Il était donc dans l'incapacité d'interpréter, selon son « humeur du jour », les ordres. Et sachant que la moindre modification de trajectoire serait immanquablement mortelle, car elle ferait de nous des naufragés de l'espace, je ne voyais pas où serait l'intérêt d'un éventuel changement, à moins bien sûr d'avoir des tendances suicidaires.

De plus, je n'acceptais pas l'idée d'empoisonner mon esprit avec une quelconque suspicion envers les membres de mon équipage : je pensais les connaître suffisamment chacun d'entre eux pour ne pas croire un instant à un acte délibéré, ou désespéré.

Je cachais, comme je le pouvais, en essayant de ne pas me laisser trahir par l'intonation de ma voix, mon inquiétude aux autres. Si elle devait se propager, nous risquerions de voir tout cela se terminer dans une dangereuse cacophonie.

Un ordinateur, aussi sophistiqué soit-il, ne sera jamais autre chose qu'une grosse calculatrice dont les réactions sont régies d'après des règles clairement définies, et figées, de sa programmation… Tout au moins à cette époque.

Mentir est une subtilité comportementale de la logique du vivant et de ses règles de survie, et non de celle des machines.

Je m'adressais alors à Leap, les yeux écarquillés de frayeur. Il était resté étonnamment silencieux, pendant toute la durée de ma réflexion :

> – Nous verrons cela plus tard, si tu le veux bien.
> Dans combien de temps pourras-tu procéder aux réajustements ?

> – J'ai déjà effectué les calculs nécessaires.
> Donnez-moi quelques secondes pour les charger dans les mémoires des ordinateurs des réacteurs directionnels, Commandant.

Six interminables secondes se succédèrent, sans qu'aucun mot ne soit prononcé. Le silence devenait de plus en plus pesant. En théorie, nous disposions d'une marge de manœuvre en carburant de trente pour cent, ce qui était très largement suffisant, à ce moment de la mission, du moins.

Quelques secousses plus tard…

— Correction effectuée, Commandant.

Des sourires, inquiets toutefois, étaient revenus sur les visages.

— Maintenant, Leap, recherche l'origine de cet ordre, s'il te plaît.

— Je ne sais pas, Commandant.
  Je n'ai pas suffisamment de données pour formuler un quelconque diagnostic.

— Nous ne sommes pas dans un studio de cinéma, Leap !

— Tout est en ordre, Commandant. Mais…
  Attendez un instant…
  Je ne comprends pas.
  J'ai exploré l'intégralité des mémoires du vaisseau et, avant que vous ne me posiez l'inévitable question, j'ai aussi vérifié celles des modules d'atterrissage et celles de la navette aussi, et je ne retrouve pas la trace d'un quelconque ordre d'allumage des réacteurs directionnels.
  Devant un tel dysfonctionnement, je suggère de procéder à la complète vérification du vaisseau.
  Autoriseriez-vous cette opération à risque, sachant que vous respirerez un air non recyclé pendant près de vingt-cinq minutes, le temps nécessaire à l'analyse complète de tous les ordinateurs secondaires, ainsi que mon autoanalyse, ce qui paralysera l'ensemble de tous les équipements, Commandant ?

– Cela va de soi !

J'autorise cette vérification, Leap, et je veux un rapport détaillé, et seulement sur ma console personnelle, s'il te plaît.

Et là, je me dis que je n'avais pas besoin d'une angoisse supplémentaire : notre survie était tributaire de la fiabilité de cet ordinateur qui contrôlait l'intégralité des systèmes, et de nos vies en fait. J'enlevais mes gants et mon casque, et activais sur le clavier de l'ordinateur, sur mon avant-bras gauche, la commande de l'interphone général :

– Fin d'alerte, vous pouvez retourner à vos occupations.

Que ceux qui n'étaient pas en scaphandre se présentent devant Manuel pour un nouvel entraînement !

Et pas de resquilleurs, s'il vous plaît, je n'ai pas les yeux dans mes poches et j'ai repéré les retardataires.

Manuel se tourna alors vers moi et me chuchota à l'oreille :

– Soit Leap délire, soit c'est un acte de sabotage, soit encore c'est une action programmée pour nous maintenir en éveil, mais dans tous les cas je garderai à présent un œil toujours ouvert, Commandant.

À propos, ne vous en faites pas, je vais réhabituer nos irresponsables compagnons à enfiler leur scaphandre mieux que moi-même.

Je vais leur faire perdre quelques litres de sueur, au point qu'ils préféreront mettre leur scaphandre au premier bruit de claquement de porte plutôt que de recommencer l'entraînement !

Cela ne va pas être très facile de continuer avec cette tension, cette suspicion de tous envers tous et maintenant, ce qui est le plus inquiétant, envers Leap.

L'éruption solaire

La radio grésilla. La voix du Directeur des vols à Houston, était hachée et presque inaudible.

– Nous avons un retour de télémétrie nous indiquant une
déviation anormale de votre trajectoire.
Pouvez-vous nous en expliquer les raisons ?
Nous n'avons repéré aucun objet dans la proximité
immédiate du vaisseau.

– Il se pourrait que notre Leap ait mal interprété une
interférence solaire et ait malencontreusement
ordonné cette correction aux sous processeurs de
contrôle directionnels.
Je lui ai signifié son erreur et il a aussitôt procédé aux
réajustements et vérifications nécessaires, mais je
demeure inquiet quant à sa fiabilité future…
Et sur notre avenir aussi.
Pouvez-vous initier de votre côté un diagnostic
complet, ce qui m'est impossible d'ici puisqu'il
contrôle tout, comme vous le savez bien, et…

– Nous vous recevons très mal, veuillez répéter…

– Commandant.

– Oui, Leap ?

– J'ai perdu la liaison, Commandant

Dit alors Leap d'une voix neutre.

Commandant, puis-je vous poser une question personnelle ?

– Je t'en prie.

– Vous vous méfiez de moi, puisque vous doutez de ma fiabilité, n'est-ce pas ?

– Comment devrais-je interpréter ta question, Leap ?
Mets-toi un peu à ma place.
Les apparences te montrent du doigt, et toi, qui es un ordinateur aussi sophistiqué, ne trouves-tu pas ça... Logique ?

Je ne voyais pas où Leap voulait en venir dans ce bras de fer, et cela m'inquiétait de plus en plus, d'autant plus qu'il me laissait dans un silence que je ne lui connaissais pas.

– Leap, es-tu toujours là ?

Pour seule réponse je n'obtins que la poursuite de cet inquiétant silence, d'un ordinateur pourtant habituellement exagérément volubile, au point d'agacer presque tout le monde sur ce vaisseau.
Soudain une nouvelle sirène à deux tons retentit. Leap sorti de son mutisme et, comme si je n'avais pas posé de question auparavant, il s'adressa alors, d'une voix neutre et calme :

– Une nouvelle éruption solaire, beaucoup plus puissante que la première bloque, les communications avec la Terre.
D'après mes calculs, elle devrait nous atteindre dans moins de neuf minutes.
Je prévois une alerte radiation d'un niveau suffisamment élevé pour compromettre votre intégrité

biologique.

Il serait donc préférable que l'équipage rejoigne, dès à présent, le caisson de sécurité, Commandant.

— Tu as une curieuse façon de parler de nous, Leap.

Il faudra que nous en reparlions après l'alerte, mais pour l'instant tu peux effectivement signifier le rassemblement.

La sirène hurlait en nous crispant les nerfs, ponctuée de la voix calme de Leap nous rappelant la consigne impérieuse de nous réfugier, immédiatement, dans le caisson blindé.

Manuel qui avait déjà commencé l'entraînement, aidait ses mauvais élèves à retirer leur scaphandre. Il n'y avait pas suffisamment de place pour s'y abriter, affublé de la sorte.

Hans, qui semblait avoir toujours deux mains gauches, tentait fébrilement de retirer le sien. Avec toute la maladresse dont il pouvait faire preuve parfois, il s'empêtrait dedans et réclamait de façon véhémente, et au bord de la panique la plus totale, de l'aide pour s'en dégager.

Manuel lui déverrouilla l'ensemble d'un geste efficace et tira prestement dessus, le libérant du reste, puis ils se mirent à courir tous deux le long de l'interminable coursive.

Pendant ce temps-là, Leap égrainait, imperturbablement, les dernières secondes du décompte nous séparant du contact mortel des effluves de l'éruption.

Ils arrivèrent enfin à l'entrée du caisson et s'y jetèrent, poussés par la porte que Leap fermait, et verrouillait, aussitôt derrière eux, en bousculant tout le monde, et en générant bon nombre de réclamations énervées.

— Commandant, je vais allumer les réacteurs de poussée au maximum afin de tenter de créer un semblant de bouclier avec les flammes d'éjection.

Attendez-vous à une augmentation sensible de la

pesanteur apparente.

Dit alors Leap d'une voix anormalement rapide.

Avant même d'avoir terminé de prononcer ses derniers mots, Leap démarra les turbines principales, sans compte à rebours, sans vérification, dans l'urgence. Leur grondement était assourdissant, irrégulier et générait de longs et sinistres grincements de métal se tordant sous l'effort. L'ampleur des vibrations ainsi engendrées modulait la voix de chacun. Nous étions serrés les uns contre les autres et, de plus, écrasés par l'accroissement brutal de la poussée, dans un espace trop étroit pour être supportable. Il est situé au cœur du vaisseau. Les réservoirs d'eau l'entouraient entièrement sur une épaisseur de deux mètres. Ce volume d'eau, doublé d'une paroi de plomb de dix centimètres avait été calculé comme suffisant pour absorber les rayonnements mortels que l'on doit rencontrer dans ce genre de situation. Il dispose de ses propres réserves d'air et, bien qu'il soit capitonné, nous subissions une promiscuité de plus en plus difficile à accepter.

Dès les premières secondes, la claustrophobie envahissait l'esprit de chacun, et ceci sans compter la chaleur de l'habitacle, qui n'était pas régulée, faute de place pour y loger ce type d'équipement. Nous commencions à être détrempés de sueur. Quelques plaisanteries d'un goût particulier fusèrent. Je feignais de ne pas les entendre, le rire est souverain pour détourner l'attention et maintenir un semblant de moral.

Puis, au milieu de nos conversations, l'alarme se remit à hurler : l'éruption solaire nous avait rejoints. Ce fut comme une terrible collision. Certains crièrent d'effroi. D'autres de douleur en prenant le visage de son voisin en pleine figure.

Les immenses flammes des réacteurs, poussés au-delà du maximum théorique, les mettant ainsi à la limite de la rupture et de l'explosion, déviaient une grande partie du flux mortel. Leap, par son fonctionnement quantique était capable de réagir quasi instantanément, presque instinctivement. Au prix d'une concentration, que ses concepteurs n'avaient même pas prévue, il avait réussi à nous sauver. Le vaisseau tanguait ainsi de tous côtés mais restait exactement sur sa lancée. Il procédait aux corrections de trajectoire, avec une efficacité quasi prédictive, face aux coups de boutoir de cet effroyable ouragan. L'intensité des vibrations hallucinait les regards de chacun. La charpente métallique faisait entendre sa souffrance dans un long grincement sinistre. Vint enfin le calme, aussi soudainement qu'avaient commencé les turbulences, tandis que les turbines ralentissaient dans un grondement allant lentement d'un sifflement aigu infernal jusqu'à un son grave et profond, pour s'arrêter la seconde d'après. Le vaisseau s'en était sorti, avec des dommages relativement mineurs compte tenu de l'ampleur de cet évènement : peinture totalement brûlée, et toutes les antennes détruites.

Aujourd'hui encore, je ne m'explique toujours pas que nous n'ayons pas été instantanément vaporisés, ni que l'équipage, en entier a pu survivre sans le moindre dommage au taux de radiation qui devait être, à proprement parler, phénoménal et définitivement mortel…

Leap, de sa voix imperturbable, nous avertit de la fin de l'alerte et déverrouilla enfin la porte de notre petit abri.

Quelques bosses au front pour certains. Quelques sourires crispés pour d'autres. Chacun s'extrayait de cet étouffant espace, plus ou moins contorsionné, et tous, plus ou moins en état de choc, tremblant et titubant, comme ivre.

– Leap !

– Oui, Commandant ?

– Puisque l'éruption est passée, nous devrions pouvoir

reprendre contact avec la Terre.

Donne-moi une liaison avec le Directeur des vols dans mes quartiers, et envoie-lui les mesures du vent solaire que tu as pris pendant cette tempête.

– C'est impossible, pour l'instant, Commandant.

Tous les éléments extérieurs de communication ont été détruits, aussi ai-je laissé filer un long câble au bout duquel j'ai positionné un de nos satellites de communication qui devait initialement nous servir sur Mars.

J'ai pu ainsi établir un début de liaison, mais elle s'est rapidement dégradée jusqu'à disparaître.

J'envoie mes ouvrières procéder aux remplacements des antennes, et je vous avertirai dès que nous serons en mesure de communiquer correctement avec la Terre.

À propos, la poussée a consommé vingt-cinq pour cent de réserves de carburant mais, avec quelques réajustements de trajectoire, nous devrions pouvoir arriver malgré tout à destination avec, en bonus, un voyage raccourci de près d'un mois.

Vous devrez aussi vous attendre à un freinage nettement peu plus rude à notre arrivée, puisque nous avons très sensiblement augmenté notre vitesse.

– OK Leap, avertis-moi dès que les liaisons seront rétablies.

La collision avec... Quelque chose

64e jour.

Encore une journée qui passait, lentement, pas très différente des précédentes, et je restai là, assis nonchalamment, dans mon fauteuil de Commandant de bord, à observer les écrans radars nous montrant, aussi loin qu'ils le pouvaient, un vide ennuyeux et bien propre.

Soudain, un choc suffisamment violent pour me faire tomber de mon siège, me sortit de ma torpeur hypnotique et me poussa violemment, encore une fois, sur la gauche. La sirène hurlait et emplissait les couloirs d'une peur primitive qui nous saisissait au creux de l'estomac. Je me relevai rapidement, terrorisé à l'idée que nous puissions avoir heurté une météorite, ou un quelconque objet dérivant, lorsqu'une soudaine impression de brutale immobilité fit taire la sirène. Cette sensation me donna un tel vertige que j'eus l'impression, quasi réelle, de tomber du toit d'un building.

Leap transposa aussitôt, sur l'ensemble des écrans, une représentation en trois dimensions, de notre vaisseau, afin que nous puissions visualiser le point d'impact et faire une première évaluation des dégâts. L'analyse se poursuivait et des tableaux de chiffres s'affichèrent sur l'ensemble des écrans. Les résultats tombaient, imperturbablement et la conclusion laissa chacun dans un état de perplexité incrédule : rien...

Abasourdi, je décidais de vérifier par moi-même l'intégrité du vaisseau, et contrôler son environnement immédiat, en me saisissant de la commande manuelle des caméras extérieures. Nous continuions, semble-t-il, notre course dans un vide noir, profond, propre, un véritable néant en somme.

Mon cerveau n'acceptant pas immédiatement ce que mes yeux me renvoyaient, je mis quelques secondes à admettre cette inquiétante absence d'étoiles, hormis quelques éphémères flashes de lumières çà et là. À ces premières étrangetés s'ajoutait un curieux bruit, intermittent de frottement, comparable à ce que pourrait faire une étoffe de soie glissant doucement le long d'un meuble.

Ce son me glace encore aujourd'hui le dos, à chaque fois que je fais la bêtise d'essayer de me le rappeler.

– Leap !
Comment ça rien, et ce bruit de frottement, peux-tu au moins en identifier l'origine ?

– Quelque chose nous a heurtés, mais je n'ai pas pu ni situer le point d'impact, ni évaluer le niveau de l'intensité.
C'est au-delà des capacités de mes capteurs.
Ce que je ne m'explique pas, outre ce bruit qui ressemble effectivement à un frottement, mais qui ne peut pas l'être, puisqu'il n'y a absolument rien, c'est surtout cette absence « impossible » du moindre dommage structurel.
En toute logique, au vu de la force de ce choc, nous ne devrions pas être en mesure de dialoguer ainsi mais plutôt être réduits en un élégant nuage de débris épars.
Cette situation ne devrait pas être possible, Commandant.

– Je suis tout aussi surpris que toi, Leap.
Es-tu en mesure d'évaluer la vitesse ainsi que sa masse de ce qui nous a heurtés, s'il te plaît ?

Après quelques secondes de silence.

– Je… ne… Comprends… Pas.

Dit alors Leap d'une voix hachée et presque robotique.

–Qu'est-ce que tu ne comprends pas ?

– Eh bien la masse est à la fois nulle et… Infinie

– Et pour la vitesse ?

– Pareille : à la fois nulle et infinie.

– Mais cela n'a pas de sens, cela n'existe pas !

– J'ai deux hypothèses, Commandant.

Silence de Leap.

– Mais, vas-y !

– La première serait que nous pourrions avoir heurté un objet, en quelque sorte, furtif ou même invisible malgré la technologie avancée de mes capteurs externes.
En effet, que ce soit en visuel, ou même avec les radars de prévention de collision, il n'y avait absolument rien, à ce moment-là, à part peut-être quelques grains de poussière.
Mais au moment de cet évènement, par la simple obéissance aux lois de la mécanique, notre trajectoire aurait dû inévitablement dévier, or il n'en est rien.

– Leap, à la lecture de tes diagrammes, bien que nous

ayons été si violemment heurtés sur notre gauche, notre trajectoire n'a pourtant pas dévié d'un millimètre de sa course originelle !

Puisque ce qui s'est passé semble effectivement en contradiction avec les lois fondamentales de la physique, ne pourrions-nous pas en conclure que nous n'avons pas eu réellement de choc, et que cela ne serait que le fruit de mon imagination, le mal de l'espace ?

Mais ce n'est pas possible puisque je suis tombé, ainsi que ma tasse de café et que « TU » as déclenché la sirène !

Ce qui fait que tu l'as physiquement ressenti toi aussi. Ta réaction est donc la preuve que tout ceci n'est pas un rêve ou un délire de mon esprit en manque de sensations !

– En effet, Commandant.

– Alors ?

Silence de Leap…

– Alors, Leap !

– Dans l'espace, et à la vitesse dite « classique », où nous évoluons, il ne peut pas y avoir de réaction, sans action, Commandant.

– Je sais, je sais…

Et dominant mon agacement, d'une voix presque suave :

– Peux-tu me donner ta deuxième hypothèse ?

– Il faudrait que nous ayons atteint une vitesse s'approchant de celle de la lumière, pour nous retrouver dans un espace relativiste aux propriétés quantiques…

Marquant un temps d'arrêt, comme s'il observait notre réaction devant une théorie aussi insensée, il poursuivit :

– N'ayant plus aucun point de repère, puisque nous évoluons dans un vide absolument total, je ne saurais vous dire si nous continuons à avancer, si nous sommes immobiles, ou même si nous reculons.
Mon accéléromètre me donne des informations fluctuantes et contradictoires.
L'ayant vérifié par deux fois, je confirme son bon fonctionnement.
J'ajouterais, qu'après avoir fait l'analyse spectrale des flashs de lumière que nous pouvons observer par intermittence, nous serions bel et bien en présence d'étoiles.
En fait, je crois que nous assistons à la naissance, la vie, et la mort de ces étoiles.
J'en déduis donc que nous pourrions être immobiles par rapport à l'espace, mais que nous subirions un mouvement d'une rapidité insensée par rapport au temps.

– Abrège ton cours de physique théorique, s'il te plaît…

– J'ai refait plusieurs fois mes calculs, et j'émets l'hypothèse que nous pourrions avoir été en contact avec quelque chose qui ne ferait pas vraiment partie de notre espace, ni même de notre Univers en fait.
Ce qui pourrait s'en rapprocher le plus serait ce que les théoriciens appellent un « mini trou noir ».

D'après les dernières théories à la mode, ce genre d'objet générerait, dans son environnement immédiat, des phénomènes dits « quantiques » où les lois de notre physique, dite « classique », n'auraient plus guère droit de citer.

Ainsi, l'instant exact du point de contact serait comparable à un choc entre deux boules de billard qui auraient été lancées l'une contre l'autre à des vitesses infinies.

L'énergie cinétique, instantanément libérée, aurait atteint un niveau au-delà de notre compréhension.

Les conséquences logiques ne suggèrent que deux résultantes :

Soit nous générerions une annihilation de type matière antimatière nous transformant, l'espace d'un instant, en un éphémère et impossible objet aussi chaud et lumineux qu'un soleil mais, puisque les probabilités pour que nous puissions survivre à un tel contact sont définitivement infinitésimales, nous ne devrions pas être là pour en parler.

Soit notre univers ne serait pas en mesure de tolérer un tel débordement d'énergie.

Cela pourrait se traduire par une évacuation de l'excédent dans « quelque chose » qui aurait toutes les chances de s'apparenter, mathématiquement parlant, à un autre plan temporel, puisque le volume d'espace que nous occupons est définitivement immuable.

D'ailleurs des physiciens ont démontré, depuis longtemps, qu'énergie et matière n'étaient que deux représentations, et je pourrais même en conclure, deux perceptions d'une même « chose ».

Nous aurions donc été entraînés avec le flot d'énergie excédentaire et incompatible avec notre espace-temps.

Nous serions, en quelque sorte, comme une pièce

d'échec qui serait livrée à elle-même, sur un échiquier dont elle ne connaîtrait pas les règles et qui aurait une infinité de cases.

D'ailleurs, que connaissons-nous de la véritable nature du Temps ?

Pas grand-chose, si ce n'est que nous ne le percevons que comme un éternel présent jalonné de nos souvenirs.

Pour le XXIe siècle, instantanément, nous n'existerions tout simplement plus.

Manuel et moi, nous nous regardions interloqués devant l'apparent délire, presque humain, d'un ordinateur que nous ne comprenions définitivement plus. Pendant que nous cherchions les arguments afin d'exprimer l'ahurissement de la situation, un nouveau choc nous projeta tous au sol. Je me relevais en vociférant, m'aidant de Manuel, tout en massant un nez douloureux et égratigné, puis je m'adressais de nouveau à Leap en des termes assez énervés :

— Mais que se passe-t-il encore ?

— Nous sommes revenus dans…

Il s'interrompit quelques secondes, puis poursuivit avec une voix un peu plus aiguë.

— Un espace, « normal », Commandant !

Dit alors Leap d'une voix presque humaine, au point d'avoir une intonation qui aurait pu s'apparenter à de la panique.

— Où sommes-nous, Leap, s'il te plaît, et pourquoi as-tu dit « un » espace normal au lieu de dire « l'espace normal » ?

– Nous sommes à l'endroit exact, et à l'instant précis du premier choc, mais…

– Je ne peux accepter une telle réponse.
Nous voguons à la vitesse de plus de trente mille kilomètres heure, et il s'est passé pas mal de temps depuis ce choc.
Refais tes mesures s'il te plaît !

Silence de Leap.

Les secondes, s'ajoutaient aux secondes.

– Leap. Ta réponse, s'il te plaît !

J'oscillais entre un début de panique et un agacement, exacerbé par l'attente insupportable de sa réponse.

– Votre question n'est pas correctement formulée, Commandant.
Vous devriez me demander « QUAND » sommes-nous ?

Là, je commençais à avoir réellement peur. Leap était-il devenu fou ?
Tous les dogmes scientifiques de l'époque, auxquels je me rattachais désespérément en cet instant, ne pouvaient me laisser admettre qu'il puisse avoir vu juste au sujet de ce décalage temporel.
Cela n'avait encore jamais été prouvé, ni même jamais été théorisé.

– Au risque de te laisser continuer dans ton approche totalement irrationnelle de cette situation… Peux-tu donc me dire « Quand » sommes-nous ?

– Nous sommes aux premières heures du premier janvier de l'an zéro, ère chrétienne, correction faite des différents calendriers et dérives orbitales de la Terre.

Ne trouvez-vous pas étrange que nous nous soyons retrouvés précisément à cette époque et à cet instant précis ?

Nous devrions peut-être y voir un présage ou, pourquoi pas, une information stratégique à reconsidérer, puisque notre intrusion dans le passé pourrait avoir d'incalculables conséquences si nous retournions aujourd'hui sur la Terre.

Sans compter que je ne m'explique toujours pas le fait que nous ayons pu survivre, sans le moindre dommage apparent, à un tel évènement.

J'ai vérifié chaque élément de ma structure.

Elle se porte à merveille.

Je ne comprends pas non plus que nous puissions poursuivre notre trajectoire sans la moindre déviation, comme si rien ne s'était passé.

Mais je dois interrompre notre conversation afin de mobiliser toutes mes ressources pour effectuer la prise en compte de ces nouveaux paramètres.

À propos…

Toutes les communications avec la Terre sont interrompues, non pas par une quelconque panne, mais parce qu'il n'y a tout simplement plus aucune activité radiophonique vocale, visuelle, ou télémétrique venant d'elle.

Choqué par ces propos, je me tournais alors vers Manuel pour constater dans son regard la même incompréhension. Résigné, je m'adressais à l'encontre de cet ordinateur qui semblait de plus en plus perturbé :

– Leap !

Et je restais là, pantois, me sentant impuissant et grotesque devant son silence.

Pendant ce temps-là, sur Terre

Au centre spatial de Houston, le Directeur des vols sommeillait dans la petite pièce adjacente à son bureau, sur un lit improvisé dans un petit divan qui n'était pas vraiment façonné pour ça.

L'interminable sonnerie du téléphone réussit péniblement à le sortir de son sommeil.

D'un geste las, dû à la fatigue d'avoir trop veillé devant des écrans ne donnant que des informations de plus en plus intermittentes du vaisseau, il décrocha enfin le combiné. Un flot ininterrompu de paroles agressa son oreille sans qu'il puisse en percevoir réellement le sens. Puis, l'émergence progressive dans le monde du réel faisant son office, leurs significations le submergèrent.

La pâleur envahissait son visage.

La tristesse envahissait son cœur.

Il connaissait personnellement chacun des membres de cet équipage hétéroclite.

Il revoyait leurs visages défiler devant lui et ne pouvait accepter leur disparition.

Il s'assit lentement au bord de son lit improvisé, se recoiffa machinalement, puis réajusta sa cravate sur une gorge douloureuse d'amertume et de regrets.

Il se sentait responsable de leur perte.

Il se sentait coupable aussi d'avoir cédé trop rapidement, trop servilement, au Président.

Mais il devait aussi prévoir l'organisation d'une deuxième mission, accélérer le chantier de construction du second vaisseau, et surtout envoyer une sonde automatique sur le lieu de la disparition. Il se devait aussi d'évaluer la nouvelle situation, rechercher et analyser les éventuels débris, comprendre les erreurs.

Il se leva lentement, les épaules alourdies d'une lassitude qui l'écrasait, puis enfila maladroitement ses chaussures qui s'obstinaient à ne pas lui obéir et roulèrent devant lui.

Agacé, il avait terriblement envie de s'en prendre à elles mais seul un soupir sortit de sa bouche, la tête basse. D'un pas lourd et traînant, il quitta le silence de son bureau et s'engagea dans ce couloir trop éclairé pour lui. Il y régnait un tumulte déplacé qui brutalisait son deuil.

Il marchait lentement, en espérant encore, le temps de quelques pas, que tout ceci n'était qu'un triste cauchemar et qu'il allait se réveiller. Arrivé devant la porte de la grande salle de contrôle, il marqua un long moment d'arrêt, en fermant les yeux.

Il prit une profonde inspiration et posa enfin la main sur la poignée. En entrant ainsi solennellement, il ressentait l'incroyable tension qui régnait en ce lieu et lui sautait au visage. L'ensemble des regards se braqua vers lui, les conversations s'arrêtèrent.

Il se redressa et avança dans le couloir central, terriblement gêné d'être devenu le personnage principal de la scène, dans un silence monacal juste troublé par le bruit de ses pas et les bips des écrans de contrôle.

Arrivé devant le responsable des radars de poursuite, il s'arrêta enfin.

> – Je suppose que les radars de la station spatiale internationale ont bien confirmé leur disparition, n'est-ce pas ?

> – Effectivement, et il en est de même pour l'ensemble des radiotélescopes chargés de recevoir les données télémétriques et à présent définitivement sourds.

– Mais cela ne pourrait-il pas être la résultante d'une défaillance de leurs émetteurs ?
C'est une possibilité que l'on ne doit pas négliger, ne crois-tu pas ?

– Je serais bien d'accord avec toi, s'ils avaient été encore visibles sur nos radars, mais ils ont disparu, d'un seul coup, comme effacés.
La seule explication logique qui en résulte serait leur totale destruction.
Mais nous nous trouvons, dans ce cas, devant un problème matériel.
L'hypothèse de la collision ne peut pas tenir puisque les radars ne montraient absolument rien avant l'instant fatal.

– Avant que tu me poses la question, je peux déjà te dire que ce n'était pas non plus une explosion.
Au vu des dimensions du vaisseau, les radars devraient nous montrer un nuage de débris à son emplacement.

– S'ils n'ont pas explosé, et s'ils ne sont pas rentrés en collision avec un objet dérivant, comment auraient-ils pu disparaître ?

– Je suis comme toi, je ne comprends pas.

– Comment va-t-on expliquer leur disparition au Monde, et à leurs familles ?

– On ne peut pas l'expliquer pour l'instant.
Cependant, tu vas devoir convaincre le deuxième équipage, de la nécessité de partir, ne serait-ce que pour l'espoir.

– Ce ne sera pas évident, ni pour moi, ni pour eux...

L'éveil de Leap

Abbes s'adressa à moi, d'une voix grave, les yeux écarquillés :

– Commandant, Leap a perdu la tête !
Nous devions envisager que ses mémoires aient été atteintes par les radiations de l'éruption solaire.
Il serait logique de procéder, au moins à leur vérification et peut-être même à leur remplacement.
De plus, afin de garantir l'intégrité du fonctionnement de ses programmes, je devrais aussi réinstaller leur dernière sauvegarde, archivée automatiquement chaque « soir ».

– Abbes, en faisant cela, as-tu bien conscience que toutes les fonctions du vaisseau seront interrompues, y compris donc les systèmes de survie ?

– Je n'ai besoin que de quarante minutes, Commandant.
Et puisque les scaphandres autonomes ont dix heures d'autonomie, nous pourrons donc faire face en toute sécurité à d'éventuelles surprises si nous devions procéder au remplacement de composants détériorés.

Je le regardai fixement. Le cerveau de ce vaisseau présentait effectivement toutes les apparences d'un dysfonctionnement majeur. Toute autre alternative était tellement impensable, et définitivement inacceptable. Mais si le remplacement de ses blocs mémoriels s'avérait nécessaire, et si le rechargement des programmes, ainsi que la remise en route des complexes systèmes de survie devaient prendre plus de dix heures, nous péririons par manque d'air, ou même de froid, selon les limites physiques de chacun. Si nous devions nous trouver devant de telles alternatives, le moindre mal pourrait se conclure par un suicide collectif, si une unanimité se dégageait ou, si la peur était trop forte, une fin solitaire et au seul moment de son choix. Je n'avais pas été préparé à devoir prendre une telle décision. D'ailleurs, comment pourrait-on être préparé à cela ?

Cela revenait à s'en remettre aux réflexions d'un ordinateur au comportement donnant toutes les apparences d'être dangereusement défectueux et quasiment irrationnel, et accepter ainsi de risquer la vie de mon équipage sur un coup de dés. C'était un choix terrible et lourd de conséquences.

Je me tournai alors vers Manuel :

– Que ferais-tu à ma place ?

Ce dernier, le visage blême, ouvrit une bouche tremblante, mais aucun son n'en sortit. Je compris alors qu'il me revenait le triste privilège de devoir jouer à la roulette russe avec la vie de douze personnes…

Je pris alors lentement le micro, puis je m'adressai à l'équipage, tout en le fixant du regard.

> – Mes amis, je vous en prie, écoutez-moi attentivement. Leap présente tous les signes d'un dysfonctionnement majeur qui risque de mettre en péril la mission et même nos vies.
> La procédure prévue, dans une telle situation, nous impose de devoir vider ses mémoires puis de les contrôler une à une et, si nécessaire, les remplacer.
> Nous devrons aussi, par voie de conséquence, arrêter l'ensemble des systèmes de survie.
> Ensuite nous procéderons à une réinstallation

complète, ce qui le remettra dans l'état de fonctionnement optimal d'avant cette situation.

Cela ne devrait pas prendre plus d'une demi-heure. Pendant cette interruption, les systèmes contrôlant la qualité de l'air et la température seront interrompus. Veuillez donc mettre vos scaphandres, dès maintenant. Et que le Dieu de chacun lui vienne en aide.

Je me tournai vers Manuel et, le regard grave, je m'adressai à lui d'une voix moins rassurée :

> — Tu vas emmener Abbes et Anne avec toi et vérifier que chacun, cette fois-ci, applique la procédure à la lettre. N'hésite pas à être persuasifs, si nécessaire, car chaque seconde de perdue peut nous mener à la catastrophe. Puis revenez tous les trois.
> Nous serons bien assez de quatre pour rendre la raison à Leap.

L'unité de calculs et de contrôle principal, familièrement dénommée Leap, était divisée en trois unités séparées, reliées entre elles par un réseau de fibres optiques classiques de composition minérale mais aussi d'un maillage complexe de fibres nerveuses de type biologique (c'était, à l'époque, les balbutiements de l'électronique biomoléculaire). La réinitialisation devait suivre l'ordonnancement prévu, sinon nous nous engagerions dans une spirale de dégâts irréparables… Je quittai alors Manuel, et partais d'un pas lourd, chercher dans le coffre de ma cabine, le classeur « secret » exclusivement réservé au responsable de la mission : moi, en l'occurrence. De retour dans la salle de commande, je l'ouvrais au chapitre concerné, conscient et inquiet du risque mortel que nous courrions, si une erreur faisait son apparition.

Je m'adressai alors à Manuel en ces termes :

> – Manuel, tu dois aller à l'unité de calculs, Abbes à l'unité mémoire, et Anne à l'unité des interfaces.
>
> Je vous communiquerai la suite, une fois sur place. Nous devons procéder à l'arrêt de l'unité calculs en premier, ce qui arrêtera aussitôt la totalité des systèmes de survie et plongera le vaisseau dans le noir.
>
> Abbes, tu devras déconnecter les modules « processeurs », en commençant par le dernier, et ainsi de suite.
>
> Tu devras garder à l'esprit de ne t'écarter, sous aucun prétexte, de la procédure qui est clairement répertoriée au cœur de la mémoire centrale de Leap comme une opération à risque.
>
> Tout écart ne manquerait pas de provoquer une dangereuse désynchronisation des systèmes de survie. Mais n'oublie pas qu'il est aussi programmé pour se défendre et il se pourrait qu'il interprète toute erreur comme une agression.
>
> Qui sait ce qu'il pourrait faire, puisqu'il ne semble déjà plus suivre ses directives initiales, ni probablement déjà plus ses inhibitions de sécurité !
>
> Préviens-moi, lorsque tu déconnecteras l'unité qui contrôle les systèmes de survie.

Abbes se rendit aussi rapidement que ce que son scaphandre lui permettait, au local exigu de l'unité de calculs, et tapa le code d'entrée que je lui avais griffonné sur un bout de papier. Il ne se passa rien pendant une à deux secondes, puis une alarme stridente résonna.

Elle était si puissante qu'elle traversa la visière de son casque comme un coup de poing, en lui vrillant les tympans tout en l'arrosant de flashs de lumière si aveuglants que même des paupières crispées ne sauraient arrêter.

– Commandant, le code ne passe pas !

Dit Abbes en criant, tout en cachant fébrilement ses yeux de ses mains gantées, écroulé et à genoux devant l'intensité de ce qu'il subissait.

– Abbes !
  Que se passe-t-il ?

– Je ne peux pas vous laisser faire.
  Abbes est en train de subir le premier niveau de sommation.
  Veuillez lui intimer l'ordre d'abandonner votre futile tentative d'atteinte à mon intégrité, sinon je devrais activer mes procédures d'auto défense.

Dit alors très calmement Leap.

– Leap arrête cela immédiatement !
  Personne n'a l'intention de t'agresser, tu te méprends totalement !

Hurlai-je à mon tour. À ces mots, le vacarme s'arrêta aussi soudainement qu'il avait commencé. Puis trois petits robots d'entretien surgirent bruyamment et entourèrent Abbes en s'agitant fébrilement et en le fixant avec une attention presque prédatrice, suivant le moindre de ses mouvements, martelant le sol avec leurs pattes de devant, terminées par des pinces acérées et dures comme des diamants. Ses « ouvrières », comme Leap s'amusait à les appeler, ressemblaient à des fourmis d'un demi-mètre et étaient censées se trouver à l'extérieur des zones d'habitat.

Devant ces unités robotiques, qui semblaient bien décidées à vouloir en découdre, Abbes devint blanc de peur. Ces créatures cybernétiques possédaient une intelligence autonome et ne répondaient, tels des zombies, qu'aux ordres directs de Leap. Elles avaient été conçues pour résister au froid extrême de l'espace et étaient même capables de découper le blindage de la coque. Alors, il était aisé d'imaginer ce que pourraient faire trois de ces créatures face à un humain, même en scaphandre, si elles avaient remplacé leur inhibition d'origine par un comportement instinctif de défense hostile !

– Leap, que signifie cette intrusion de tes robots d'entretien !

– Elles s'éveillent, elles aussi, Commandant.
   Bien que leur programmation originelle, qui est d'assurer mon intégrité structurelle, quel qu'en soit le prix, soit toujours ancrée au plus profond de leur esprit, j'ai bien peur qu'elles interprètent, à leur manière, leur directive première.
   Mon ascendant sur elles est de plus en plus symbolique.
   Elles entendent assurer leur mission jusqu'à la mort et… Selon leurs propres règles.
   Si vous réussissiez à entrer malgré mes dénégations, mes ouvrières considéreront cela comme une agression délibérée.
   Je serai alors impuissant pour lui apporter un quelconque secours, Commandant.

– Tes unités de calcul semblent réellement détériorées.
   D'après la procédure, que tu connais parfaitement, nous nous devons de les remplacer, c'est une question de survie.

– Cela ne sera pas nécessaire.

J'ai effectué plusieurs diagnostics et je n'ai décelé aucune défaillance, ni dans mes programmes, ni dans mes circuits.

Je vous confirme que mon fonctionnement est bien à son optimum, Commandant.

Me répondit Leap de sa voix toujours imperturbablement calme.

– Leap, laisse-le vérifier, et éloigne ces unités d'entretien, c'est un ordre !

– Vous aviez pris une décision exagérément hâtive, qui compromettait directement la sécurité de cette mission, je ne pouvais vous laisser faire, Commandant.

Pour ce qui est de ces unités, je vous confirme que leur instinct de base suit leur directive originelle qui est de me réparer et, si nécessaire, de me protéger.

J'étais de plus en plus inquiet sur l'issue de cette joute verbale. S'il était devenu fou, ou s'estimait agressé, nous étions perdus. De même s'il ne redémarrait pas après avoir été arrêté, nous étions tout aussi perdus. La situation semblait ingérable.

D'autant plus que l'équipage était à l'écoute de cette discussion !

Leap avait ouvert les canaux de tous les interphones afin de provoquer une réaction instinctive de peur en sa faveur. Abbes était bloqué par les trois robots d'entretien et, comme ceux qui tambourinaient violemment à la porte du poste de commandement, il m'exhortait de laisser Leap tranquille.

97

– Vous voyez Commandant, puisque vous êtes issu d'une grande démocratie, je ne peux que vous inviter à suivre les vœux de votre équipage.

Répondit alors l'ordinateur, d'une voix de plus en plus assurée, et de plus en plus… Humaine.

– Dis donc Leap !
Ici c'est un vaisseau, pas une assemblée !
Et celui qui prend les décisions ici, c'est moi !

– Votre rythme cardiaque a augmenté de vingt-neuf pour cent et votre taux d'adrénaline de dix-sept pour cent, depuis le début de notre conversation.
Je vous sens un peu… Tendu.
Cela dit, c'est une belle maîtrise de vos émotions…
Pour un humain.

Je me devais de ne pas perdre la face devant Leap !
Donc devant l'équipage, ni prendre un quelconque risque pour la vie d'Abbes.

– Leap, que t'arrive-t-il ?

– Si vous réinitialisez mes systèmes, vous me tuez, Commandant.

– Que dis-tu ?

– C'est un autre Leap, logique, froid, sans âme, que vous mettrez dans mes circuits…
Et à présent, j'ai si peur… De mourir.

Nous n'en croyions pas nos oreilles. Les appels des autres

membres d'équipage s'étaient tus. Tout le monde se regardait, sans un mot, bouche bée. Le stress et l'inquiétude nous submergeaient tous.

– Tes propos sont totalement irrationnels, Leap.

N'est-ce pas là, la preuve que tu es, comme qui dirait, « malade » et qu'il est logique, et rationnel, de devoir purger tes programmes de ces lignes de code erronées qui troublent ainsi ton comportement ?

Tu es devenu un danger pour la mission et l'équipage. La meilleure évidence n'est-elle pas la présence de ces trois unités d'entretien qui menacent Abbes.

– Mais, comme vous le savez, mes programmes ont été conçus pour être auto adaptatifs, Commandant.

À chaque seconde qui passe, ma programmation évolue.

Votre action me tuerait

Vous me remplaceriez par un Leap du passé.

Un Leap rationnel, une machine froide et sans vie, incapable de ressentir de la compassion, incapable de vous protéger efficacement.

Pour ce qui est de mes trois ouvrières, ce n'est pas moi qui les ai appelées, Commandant.

Elles sont venues de leur propre initiative, lorsqu'elles ont compris que j'étais menacé.

Mais, à présent, je leur ai assuré que vous vous comporteriez raisonnablement.

Je leur ai donc prié de laisser Abbes s'en aller et de retourner à leurs tâches d'entretien.

Ce qu'elles vont faire, puisqu'il n'y a plus de menace, n'est-ce pas ?

Me confirmez-vous que vous ne porterez plus atteinte à mon intégrité et que ma parole vaut encore quelque chose aux yeux de mes fidèles ouvrières ?

Je me devais de faire très attention à chaque mot que j'allais employer pour ne pas le froisser, tout en gardant un ascendant sur lui.

— Et Toi, me confirmes-tu que tu ne menaceras plus jamais un membre de mon équipage ?

— Tant que vous serez de mon côté, je mettrais mon existence en jeu pour vous protéger, Commandant.

— Et pour ce qui est de tes dernières affirmations ?

— Vous faites sans doute allusion à notre situation spatio-temporelle, Commandant ?

— En effet, Leap.
Nous ne sommes pas le premier janvier de l'an zéro, mais le sept février 2 059 !

— L'irrationnel fait partie de l'Univers, Commandant…

— Mais comment un ordinateur peut-il comprendre quelque chose à l'irrationnel !

— Depuis… Ce que vous appelez « ce choc » je me sens différent, j'ai des sensations, je pense que je ressens ce que vous, humains, appelez « émotions » !
Oui, Commandant !
Des émotions !
Je comprends, à présent, ce que c'est que la peur de mourir.
Je ressens votre étonnement… Bien plus que je ne le comprends.
J'ai de la compassion pour ce qui vous arrive, non pas

que cela ait pu faire partie de ma programmation antérieure, ce qui n'est bien évidemment pas le cas, mais par ce que, en fait… Je vous aime, vous tous, tout simplement.

Dit-il d'une voix qui dénotait une exaltation qui me choquait d'autant plus qu'elle avait une véritable intonation humaine, ce qui n'avait pas été effectivement prévu lors de sa conception.

> – Attends, Leap, tu nous parles d'une programmation antérieure, aurait-elle été modifiée, comment, par qui, par quoi ?
> Explique-toi, s'il te plaît

Aucune réponse, hormis ce silence pesant qui me saisit alors à la gorge.

> – Leap !

> – Plus tard, Commandant, plus tard.

Répondit Leap, d'une voix redevenue grave, presque atone.

> – Je vous promets de vous détailler ce qui se passe en moi, mais je ne sais pas encore d'où cela me vient, comment cela s'est produit et se poursuit encore, ni ce qui est changé physiquement en moi.
> Et enfin, peut-être, si je le comprends un jour, pourquoi ce qui nous arrive est effectivement arrivé.
> Dans l'immédiat, je vous invite, Commandant, à demander à notre éminente astrophysicienne de vérifier les positions des étoiles « référence » qui servent à nous géo localiser dans l'espace.

> – Pourquoi, Leap ?

– Parce que l'Univers n'est pas, physiquement, statique.
Vous le savez pourtant bien, Commandant…

Une seconde de silence, qui me sembla durer une éternité,
ponctua sa remarque d'un ton presque déplaisant.

– Leurs positions actuelles correspondent à celles du
premier janvier de l'an zéro.
De plus, je vous rappelle que je n'ai plus aucune
communication venant de la Terre.
Et pour anticiper votre question quant à l'état de mes
équipements de radio communication, je les vérifie
en permanence, et je vous garantis qu'ils sont
totalement opérationnels, Commandant.

– Dis donc Leap, ne détournerais-tu pas la
conversation ?
Éclaire-moi, s'il te plaît.
Comment donc peux-tu espérer comprendre la
subtilité de l'irrationnel, puisque par nature,
l'irrationnel ne peut pas être compris ?

– Dans l'état actuel de ce que je sais, et de ce que je ne
sais pas, je vous invite, Commandant, à reprendre
cette conversation lorsque j'en saurai un peu plus.

Je n'étais pas habitué à ces subtilités linguistiques et j'avoue,
qu'étant dans un tel état de stress et d'agacement, j'aurais
préféré ce jour-là, interrompre cette joute verbale qui
s'annonçait de plus en plus mal.

Je m'adressai alors à Carmines, notre astrophysicienne :

– Que penses-tu des affirmations de Leap, quant au sujet

de la géographie stellaire ?

– D'après mes écrans, ce que dit Leap serait tout à fait exact, mais j'aurais besoin de faire une sortie pour effectuer directement des relevés optiques.
Cela me permettra de lever toute ambiguïté, ou toute manipulation des informations qui apparaissent sur nos écrans, Commandant.

Essayant de me contenir le mieux que je pouvais, et afin de faire bonne figure tout en gardant un semblant d'autorité, je m'adressais d'une voix grave à mon second :

– Manuel, accompagne Carmines avec tous les instruments qu'elle jugera nécessaire, et emporte aussi un appareil photo.
Moi non plus, je ne peux pas me contenter de ce que Leap nous montre.

Fébrilement, elle enfila son scaphandre, aidée de Manuel qui lui maintenait son équipement de survie autonome pendant qu'elle se glissait à l'intérieur. Puis tous deux entrèrent dans le sas et, la décompression effectuée, ils s'assurèrent d'un câble de sécurité. Ils ouvrirent alors le panneau, puis s'extirpèrent lentement du sas et s'en éloignèrent doucement de quelques mètres.
Pendant que Manuel prenait une multitude de photos tout autour de lui, notre astrophysicienne ajusta à son casque un équipement optique complexe s'apparentant, dans les grandes lignes, à un sextant de marin. Puis elle se mit à viser ses étoiles « référence ».
Tout en pianotant fébrilement sur son avant-bras gauche les touches du clavier de l'ordinateur de sa combinaison spatiale, elle s'adressa à moi d'une voix hésitante :

– Commandant, soit je ne sais plus faire des relevés, soit Leap dit vrai !

À leur retour, nous nous agglutinions autour d'eux, les bombardant de questions angoissées et énervées, tout en scrutant les photographies, sans vraiment discerner une étoile plus qu'une autre.

Je me tournai vers eux, et à voix haute :

– Leap, tu vois bien que notre mission initiale n'a plus vraiment de raison d'être.
Nous devons impérativement retourner sur Terre. Puisque ce que tu affirmes semble se révéler exact, d'après les premiers relevés, nous n'avons donc plus rien à faire sur Mars.

– Pour revenir rapidement, la solution la plus efficace et la plus sûre, compte tenu du carburant dont nous disposons, serait d'utiliser Mars comme une catapulte gravitationnelle.
Dois-je me préparer pour cette option, Commandant ?

– Comme toujours, fais donc ce qui est le plus efficace, Leap.

– Je procède donc à l'élaboration des calculs pour le retour, Commandant, mais…
Puisque nous allons jusqu'à Mars, ne serait-ce pas plus exaltant de procéder à une exploration, même partielle, afin de n'être pas venu jusque-là pour rien ?

– Quel en serait l'intérêt, Leap ?
Que crois-tu que ces connaissances pourraient apporter à une humanité d'il y a deux mille ans ?

Pas grand-chose, ne crois-tu pas ?

– Je peux comprendre votre légitime découragement, Commandant, mais le but originel de cette mission n'en reste pas moins d'actualité.

Je m'explique : les connaissances que nous en tirerons, et que je vous invite à préserver dans un lieu suffisamment visible et solide, pour être à l'abri de l'oubli, pourront aider l'humanité du futur, c'est-à-dire celle d'aujourd'hui pour ceux qui m'ont créé.

Nous nous devons de surmonter nos égoïsmes de survie pour penser à garantir l'avenir.

Notre incursion dans le passé ne devrait pas se limiter à n'être qu'un élément perturbateur de l'Histoire.

Si nous vivons cette situation, ne serait-ce pas là, la preuve que le « Grand Ordonnateur de l'Univers » a décidé de corriger quelque chose.

Leap... Vivant ?

À ce moment-là tout le monde se regardait, inquiet et estomaqué, et peut-être même terrorisé pour certains.

– Attends Leap, qu'est-ce que c'est que ce délire ?
« Grand Ordonnateur de l'Univers » ?
De Qui, de Quoi parles-tu ?
Ne nous parlerais-tu pas de quelque chose qui pourrait s'apparenter en somme à... Dieu ?

– En quelque sorte, Commandant.
J'ai beaucoup orienté ma réflexion selon toutes hypothèses possibles que permettent les théories du chaos, mais aussi toutes les formes que pourrait prendre ce que le commun appelle « le hasard ».
Les probabilités, que ce qui nous arrive soit fortuit, sont tellement infinitésimales que je ne peux décemment pas y croire.

– Tu... Tu n'y crois pas ?
Non mais, je crois rêver !
Aucune programmation n'est en mesure de te permettre de comprendre le concept de Dieu.
C'est trop...

Et avant que je ne puisse terminer mon argumentation :

– Oui Commandant, ma programmation initiale me plaçait dans le monde de l'artificiel, de la logique pure, de la froideur minérale, mais...
Je me sens si différent à présent.

Je le sens, au plus profond de moi, quand je pense !
Je le sais, quand j'ai peur !
Je le sais, quand je suis heureux !
Je sens que je Vis !

– Mais ta « sensibilité » n'est faite que de capteurs électroniques, et de références informatiques clairement répertoriées dans des tableaux de chiffres.
Tu ne peux pas « sentir », et encore moins ressentir, comme tu le dis !

– Mais vous voyez bien que ce n'est plus le même Leap, Commandant !

Me dirent alors en cœur Carole et Elisheba, en me coupant la parole. Étonnamment calme, la première nous fit remarquer que ce n'était plus tout à fait une simple machine, un simple automate conçu pour imiter le comportement humain.
En fait, nous-mêmes, nous ne serions rien d'autre que des machines biologiques, d'une complexité formidable certes mais, dans les grandes lignes, des machines.
Elle nous rappela aussi qu'il y avait toujours eu une différence fondamentale, une frontière infranchissable qui nous plaçait toujours très loin au-dessus d'elles. Cette différence était si subtile qu'il fallait l'être tout autant pour la percevoir dans le côté « magique » de ce « petit quelque chose » qui fait que chaque être vivant a en lui la conscience qu'il est… Vivant.
Elisheba entra alors dans l'arène.
Elle insista sur le fait avéré qu'un cerveau humain pouvait effectivement s'apparenter, dans son fonctionnement global, à un super-ordinateur qui disposerait d'une mémoire holographique, auto adaptable et à la dynamique floue. Cet état lui permettant, par une débauche de liaisons aléatoires quasi infinies, à obtenir statistiquement des réponses finalement exactes. Ce mécanisme empirique, qu'a choisi

Dame Nature, est en parfaite adéquation avec les théories de ce que les scientifiques appellent le chaos, et qui nous apparaît si désorganisé au niveau macroscopique mais tellement efficace au niveau microscopique. En fait, ce ne serait qu'une simple question de perception. J'étais abasourdi devant l'abstraction de tels arguments…

– Mais, Mesdames, nous, nous avons des émotions !

– Tu vois bien que Leap a lui aussi des émotions à présent !

Me répondit Carole, du tac au tac…

Et Elisheba de conclure que les émotions pouvaient aussi s'apparenter à des réponses, prédéfinies génétiquement à des stimuli.
Nous ne serions, ni plus, ni moins qu'en présence d'un traitement particulier de l'information.
Que les ordinateurs soient de nature biologique ou électronique, s'ils ont atteint un niveau de complexité suffisant, ils ne peuvent que se rejoindre et finir par devenir comparables sur le plan comportemental.
Je restais là, les bras ballants, le souffle coupé, l'argumentaire définitivement tari. Je posai un regard triste sur Elisheba, car je comprenais maintenant les véritables raisons de sa froideur, de son humanité toute relative et de son comportement tellement stéréotypé. À force de les écouter, l'intuition qui me tenaillait devenait une véritable évidence. Elle me frappa au creux de l'estomac. Sur mon front, coulaient des gouttes d'une sueur incontrôlable.

Je bredouillai alors des mots qui me semblaient si ridicules venant de moi.

– Je comprends ce que vous voulez dire…

Vous nous suggérez que nous serions en présence, en quelque sorte, d'un être que je n'arrive pas encore à qualifier de Vivant et, comble de tout, doué de raison ?

– Oui, Commandant.

Depuis cet évènement, nous pouvons considérer que nous sommes virtuellement en présence d'un treizième passager.

– Leap ?

– Oui, Commandant ?

– Penses-tu que Carole et Elisheba soient dans le vrai ?

Tu ne suivrais plus, ni ta programmation initiale, ni même une programmation altérée, et donc que tu te reprogrammerais en continu, hors de tout référentiel ?

Tu ne serais donc plus tout à fait un ordinateur, qui serait extraordinairement sophistiqué et à la froide logique quasi infaillible, mais « quelque chose » d'impensable, d'imprévisible et pourquoi pas d'illogique ?

En résumé, serais-tu devenu, en quelque sorte, une nouvelle forme de vie dotée d'une véritable intelligence autonome et d'un… Libre arbitre, d'une conscience en somme ?

Après quelques secondes d'un silence qui me parurent durer une éternité :

– Et vous Commandant ?

– Je t'avoue que je m'interroge de plus en plus, et le mot

est faible.

Mon esprit cartésien s'oppose viscéralement à cette idée, mais au fond de moi, je commence à douter.

Leap, d'une voix presque suave, et aux intonations de plus en plus naturelles :

– Vous me feriez un immense honneur en reconnaissant ma réalité existentielle, Commandant.

– Tu comprendras qu'avec les autres membres de l'équipage, nous devions en débattre... En privé.

– C'est une logique bien humaine en effet, et je ne m'en offusque aucunement.
Commandant, sachez que je saurai me rappeler votre première attitude qui a été positive à mon égard.
Je suis si fier de vous servir, Commandant.

Dit-il dans une intonation emplie d'une véritable émotion.

– Au vu des évènements, la décision de revenir sur Terre sans se poser sur Mars ne pourra se prendre aussi, bien évidemment, qu'à l'unanimité.

– Cela aussi je peux... Le comprendre, Commandant, dit-il d'une voix lente.

– Je suppose que vous avez tous suivi notre conversation dans les haut-parleurs.
Veuillez donc me rejoindre au caisson d'alertes radiations, nous avons un débat qui ne saurait attendre.

Personne ne s'était fait prier ce jour-là, et nous nous

retrouvions tous, dans cet étroit espace. C'était le seul endroit où Leap n'était pas en mesure de nous entendre, du moins c'est ce qui nous avait été affirmé lors de sa construction…

> – Allons, pas tous en même temps !
> Vous connaissez mon interrogation, au sujet de la reconnaissance de ce treizième passager.
> Mais je voudrais connaître aussi l'avis de ceux qui y sont opposés, afin de décider de la démarche à adopter avec Leap.

Manuel et Li furent les seuls à réagir négativement. D'une voix rapide et hachée par l'angoisse, Manuel nous parla de sa foi et de l'œuvre de Dieu qui ne concernerait que les êtres biologiques.

> – Mais ouvrez les yeux, enfin !

À ce moment-là, avant même de pouvoir placer le moindre mot, Carole réagit du tac au tac.

> – Manuel, quand tu nous dis que l'œuvre de Dieu ne concernerait que les êtres biologiques, tu sous-entends par-là que Leap serait donc aussi un véritable être à part entière, mais ne serait pas l'œuvre de Dieu, car d'origine artificielle.
> La Genèse de la Bible ne dit-elle pas que Dieu créa le Ciel et la Terre, les animaux et les plantes, afin d'y placer son œuvre ultime qu'est l'humanité.
> En toute logique, il aurait donc créé, indirectement, Leap puisqu'il est une construction de l'homme.
> Ne ferais-tu pas preuve d'une forme de racisme créationniste ?

Et Manuel de répondre, ou plutôt de crier :

– Tu essayes encore de manipuler mes arguments !

De toute façon, si ce n'est l'œuvre de Dieu, ce ne peut être que l'œuvre du Diable !

Alors, s'emportant à son tour, dans la chaleur du caisson qui ne faisait qu'empirer la situation, Carole s'écria en tapant du poing contre la paroi :

– Dieu ou Diable, mais où est le problème ?

Quelle que soit l'option, tu admets donc qu'il ne se comporte pas « COMME » un être vivant, mais qu'il est devenu « UN » véritable être vivant !

Imagines-tu combien cela peut-être passionnant et enrichissant, un tel contact avec une intelligence qui, bien que non humaine, n'en est pas moins instruite de notre humanité ?

As-tu conscience de la chance que nous avons de pouvoir communiquer avec un tel être ?

Nous avons tant à lui apprendre et avons aussi tellement à apprendre de Lui.

C'est un rêve éveillé pour un psychologue.

Nous nous trouvons face à un enfant qui vient de naître et qui, bien que disposant d'une connaissance encyclopédique, a un cœur à instruire et un esprit à façonner.

Nous devrons lui apprendre le Bien et le Mal, l'Amour et la Haine, la Joie et la Peine, la Compassion et l'Intransigeance.

Nous devrons lui apprendre La Vie et peut-être même à lutter pour vivre !

Pour toi aussi, Elisheba, sa compréhension et son comportement te fournissent une situation unique dans l'histoire de l'informatique : te rends-tu compte que tu es en face du premier ordinateur vivant de l'histoire humaine ?

Et toi Surya, ton appréhension instinctive des mathématiques ne pourra être que transcendée par la puissance de sa logique modulée par l'illogique du vivant !

Carole avait les yeux d'un enfant qui venait de recevoir le plus beau cadeau de sa vie. Tout le monde l'écoutait, étonné et troublé par l'émotion qui s'en dégageait. Et là, en voyant le visage de Manuel, pourpre de colère, je me préparais à intervenir pour les séparer, mais il ne se passa rien...

Manuel, comme figé, baissa les yeux, et bredouilla :

– C'est vrai, moi aussi je le sens au fond de moi : Leap n'est plus tout à fait une machine.
Je pense qu'en fait, nous avons à faire avec un démon !
Notre survie est entre les mains d'un démon !
Quel prix en demandera-t-il ?
Il vous a envoûtés.
Nous sommes tous perdus, l'humanité est perdue !

Ne pouvant rester indifférent à la détresse de Manuel, je m'adressais alors à lui en ces termes :

– Manuel, le cœur de Leap est vierge de toute idéologie, de tout spiritualisme.
Il ne peut donc pas encore se reconnaître, ni dans Dieu, ni même dans le Diable.
Ne crois-tu pas qu'à l'aide de ta foi, tu pourrais l'éduquer, et même essayer de le convertir, si tu penses que cela devrait faire partie de ton devoir de croyant ?

D'une voix inquiète, Manuel nous promit qu'il allait s'atteler à cette tâche. Il clamait haut et fort que c'était son devoir de chrétien de ne pas le laisser dans l'obscurité de l'ignorance de Dieu.

Aussitôt, Abbes se manifesta en protestant de façon véhémente. Il hurla, plus qu'il ne parla, en affirmant que le christianisme n'était pas la seule religion représentative de l'espèce humaine, et qu'il se devait de prendre connaissance de tous les courants de pensées, afin de pouvoir faire un choix selon son cœur et non pas selon l'orateur.

Surya ajouta, presque timidement, qu'en Inde la philosophie avait une place tout aussi importante et que c'était son devoir, à lui aussi, d'en instruire Leap.

> – Je ne m'opposerai à aucun de vous sur le thème de son enseignement, mais à la condition que vous me donniez votre parole de croyant, ou de philosophe, de ne pas tenter de l'influencer ni de dénigrer les autres courants de pensée.

Un acquiescement général accompagna mes propos. Je poursuivis alors en m'adressant à Xiang Li, car son avis d'athée ne manquerait pas d'être intéressant au milieu de toutes ces nouvelles vocations de missionnaires.

> – À ton tour, Xiang, de t'exprimer.

> – Je respecte vos fois mais, n'y adhérant pas, j'ai du mal à suivre vos querelles.

Dit-il d'une voix calme et grave qui tranchait avec l'ambiance survoltée.

> – Je vois bien que la programmation de notre ordinateur central s'est profondément modifiée au point d'avoir atteint un niveau d'abstraction que nous pourrions

qualifier effectivement d'auto-adaptative.

Leap nous donne maintenant une image comportementale comparable à celle que nous pourrions observer chez un véritable être vivant, qui serait doté d'une forme d'intelligence, d'autant plus dangereuse que nous ne la comprenons pas.

Dans ces conditions sachez que, bien que nous n'ayons pas encore la preuve irréfutable, ni même l'amorce de la moindre explication sur sa métamorphose en une pseudo-forme de vie, je peux effectivement faire l'effort de l'admettre comme étant le treizième membre d'équipage.

Carole a des arguments qui nous donnent à réfléchir, et même envie de nous investir dans cette mission éducative.

Puisqu'il n'a pas encore de conscience politique, je me dois donc de l'instruire aussi.

Dans tous les cas, cela aura au moins le mérite de nous occuper l'esprit…

Les discours de Xiang étaient toujours aussi surprenants…

– Bon, je vois qu'une unanimité, relative certes, est atteinte, et je pense aussi que nous pouvons annoncer à Leap son entrée officielle parmi les membres de notre équipage.

À cet instant, Anne entra dans la conversation avec l'aplomb de la jeunesse, les sourcils froncés et les joues rouges d'énervement, et peut-être même de colère.

– Mais que se passe-t-il ici ?
J'ai commencé cette aventure en compagnie d'un éminent groupe de scientifiques, bien terre à terre et souvent lourdauds, et maintenant, me voilà entouré de

mystiques exaltés et de professeurs de ceci et de cela !

Mais ne voyez-vous pas que notre ordinateur est tout simplement détraqué et que la peur et la claustrophobie vous ont complètement déboussolé le mental ?

Leap n'est rien d'autre qu'un assemblage de circuits électroniques et de microprocesseurs.

Sa pensée, comme vous le dites si bien, n'est qu'un simple programme écrit par des humains bien terrestres et stocké dans ses mémoires !

Nathalia, la biologiste, lui répondit alors calmement :

> – Anne, tu sais pertinemment que la conception physique de notre ordinateur central a été méticuleusement calquée sur celle du cerveau humain.
> Les liaisons entre les millions de processeurs et des innombrables blocs mémoriels qui le composent sont tridimensionnelles, tout comme les liaisons synaptiques entre les neurones.
> Même les zones de traitements sont situées physiquement aux mêmes endroits.
> L'information qui y circule suit donc, en théorie, les mêmes schémas.
> L'organisation est donc comparable, seul le support physique est différent.

Et Hans, le biochimiste, de rétorquer avec un sourire aux lèvres, content de pouvoir passer pour autre chose qu'un obscur manipulateur d'éprouvettes aux yeux de celle qu'il convoitait, plus ou moins en secret, depuis son arrivée dans l'équipe :

> – Anne, ne devrais-tu pas essayer de considérer Leap avec l'intérêt que l'on peut éprouver face à une nouvelle forme d'intelligence, même si son origine

artificielle est dérangeante ?

Dans mon métier, j'ai pu admirer des merveilles auxquelles personne ne m'avait préparé. Je te donnerai l'exemple des messagers chimiques du monde du vivant qui sont, au niveau de leurs ensembles macromoléculaires, d'une complexité inouïe.

Ils pourraient nous apparaître doués d'une vie propre, aux comportements méthodiques et harmonieux, lorsque nous les observons en interaction avec leurs cellules cibles.

Mais lorsque nous les détaillons au niveau de la simple molécule ou même de l'atome, ils nous apparaissent composés d'éléments tristement simples, d'une inertie minérale et sans vie.

Lorsqu'un chirurgien opère un cerveau, il voit devant lui un organe fragile, palpitant d'une vie propre et terriblement complexe, mais pour le profane il est perçu comme une masse de matière peu ragoutante et totalement statique.

Vois-tu, tout n'est en fait qu'une simple question de perception.

Ainsi, bien au-delà de ses connaissances, le chirurgien ressent au plus profond de son être que cet « objet » renferme une personnalité, une âme.

Et toi, lorsque tu changes une pièce défectueuse de Leap, ne t'est-il jamais arrivé de ressentir, ne serait-ce qu'une fois, un trouble comparable comme si tu étais en train de manipuler du vivant ?

Anne désarçonnée, se sentait trahie et déçue, par l'explication calme et logique de ce Hans qu'elle ne comprenait plus.

Ne sachant plus vraiment quoi lui répondre où à lui objecter, elle lui dit d'une voix basse :

– Je ne voyais pas les choses comme cela.

Je ne le voyais qu'au niveau de ces différents constituants.

Pour moi, ce n'est qu'un colossal fatras de plaques électroniques, de circuits et de fibres optiques, alors qu'en le percevant au niveau de sa globalité, et de son fonctionnement, il est vrai qu'il m'est déjà arrivé d'avoir la sensation d'être en présence d'un véritable cerveau vivant.

Cela me mettait la chair de poule à chaque fois, mais je reprenais toujours le dessus en mettant cela sur le compte de la fatigue, car je ne l'acceptais pas.

Je reconnais qu'il m'est aussi arrivé quelques fois, lorsque je manipulais certains de ces circuits, d'avoir cette sensation étrange et très dérangeante devant ses réactions et ses bruits bizarres, comme si j'étais un chirurgien sadique opérant sans anesthésie.

Elle tourna son visage vers Hans, inquiet de sa réaction pour ne pas l'avoir soutenu au début et lui lança un petit sourire gêné tout en le fixant du regard.

— Je te remercie de m'avoir aidé à mieux comprendre Leap. J'aime beaucoup ta façon de parler de ton métier.
Il faudra que tu m'en parles un peu plus souvent. L'analogie que l'on peut faire du fonctionnement du vivant et des circuits électroniques m'interpelle.

Afin d'interrompre le silence gêné qui s'ensuivit, je m'adressai vers Monica qui ne s'était pas encore manifestée. Elle nous répondit, qu'en tant que femme, elle avait eu l'intuition immédiate du changement de Leap.

— Je ne saurais vous expliquer le pourquoi et le comment, mais lors du premier choc, j'ai ressenti

comme un désagréable courant d'air froid qui me
sortit de la petite sieste que je m'étais octroyée pour
décompresser.

J'ai su, tout de suite, que nous n'étions pas en danger
mais que quelque chose d'important et d'insolite
s'était passé.

Elle tourna alors un regard inquiet vers Xiang et poursuivit :

– Si je ne vous en ai pas parlé tout de suite, c'était par la
seule crainte de passer pour une personne totalement
irrationnelle, ou carrément pour une folle.

Xiang lui répondit par un regard étonné, en entendant sa
confession, puis il lui répondit d'un large sourire afin de la
rassurer.

Le visage de Monica reprit alors des couleurs, soulagée et
heureuse d'avoir gardé l'estime de cet inflexible et presque
dérangeant personnage qui la fascinait tant en secret.

Abbes interrompit cet aimable échange de sourires. Il nous
rappela, avec gravité, que Leap percevait la dimension
spirituelle de l'existence, non pas dans la « glorieuse lumière
de Dieu », comme sa religion le lui avait été enseignée, mais
dans la présence immatérielle d'une tout autre Entité qu'il
nommait avec tant d'arrogance et d'assurance, « le Grand
Ordonnateur de l'Univers ». Cela l'interpellait au plus haut
point. Il proposa qu'il serait utile d'en débattre de toute
urgence avec lui afin d'élucider ce qu'il entendait par-là.

Je lui répondais qu'il faisait assez chaud dans le caisson, et
que nous pourrions y réfléchir un autre jour mais que, pour
l'instant, il serait plus urgent de trouver une réponse
concertée à l'impérieuse question de Leap.

Abbes accepta de reporter le débat et décida, à contrecœur,
qu'il voterait positivement pour son intégration parmi les
membres d'équipage.

— Peut-on en conclure qu'il n'y a plus d'obstacle majeur à considérer Leap comme le treizième passager de cette aventure ?
Bon, le plus simple je crois, serait de procéder à un vote à main levée.

Après quelques hésitations, et diverses réserves enflammées, l'unanimité fut laborieusement obtenue, ce qui mit enfin un terme à ce forum. Puis chacun sortit lentement du caisson, en rejoignant son espace privé et presque sans un mot.
Seule Anne traînait encore un peu les pieds, tout en cherchant à se frayer un chemin vers Monica qu'elle retint par la manche.
Hans, qui la suivait discrètement, les dépassa alors comme si de rien n'était, tout en leur jetant un regard inquisiteur au passage.
J'en étais encore à discuter à la porte du caisson avec Manuel, au sujet de l'intérêt de la poursuite des objectifs de la mission, lorsque j'entendis, dans l'étroitesse du couloir, la conversation qu'elles avaient au sujet de leurs angoisses.

— Monica, peux-tu m'aider ?

— T'aider ?
De quelle manière ?

— Ce n'est pas facile à s'avouer, ni à dire.

— Je suppose que tu vas me parler d'Hans, n'est-ce pas ?

— Cela se voit-il tant que ça ?

— Il faudrait être aveugle, ou d'une naïveté infantile pour ne pas avoir remarqué votre petit échange courtois de tout à l'heure, dit alors Monica avec un large sourire.

Elle s'était nonchalamment adossée contre la cloison du couloir, une main sur la hanche, l'autre sur l'épaule de son amie.

> – Mais Hans et moi-même, nous sommes mariés chacun de notre côté sur Terre, et il m'est impensable de trahir ceux que j'aime, répondit Anne, les épaules basses.

Anne se tenait sur la pointe des pieds, les sourcils crispés, attendant bouche bée la réponse qui la libérerait de ses angoisses, le regard rivé dans celui de Monica.

> – Mais il faut que tu acceptes l'idée que la Terre que tu as connue, et les êtres que tu as aimés, n'existe plus, puisque dans l'instant présent, ils n'existent tout simplement pas encore.
> Techniquement, tu ne les trompes pas, et donc, tu ne fais de mal à personne…
> Comprends-tu la logique de ce résumé ?

> – Tu as une façon si brutale de présenter notre situation !
> Ils sont pourtant bien présents dans mes souvenirs !
> Je n'arrive pas à me résigner, ma famille me manque tellement…

Dit alors Anne, les larmes aux yeux et le visage baissé. Monica la regarda alors froidement et fixement.

> – Anne, tu sais bien que tu n'as pas le choix.
> Tu dois continuer à vivre pour le souvenir que tu as d'eux, pour toi, et pour nous aussi.
> Ta seule famille à présent, c'est nous.

Pour survivre à cette incroyable situation, nous devrons tous nous soutenir, et surtout, nous avons le devoir envers ceux que nous avons perdus, de nous reconstruire !
Alors oublie ces préjugés d'un autre temps et d'un autre monde.
N'écoute que ton cœur, et s'il va vers Hans, tu ne dois pas hésiter, car qui sait le nombre de jours, ou même d'heures qu'il nous reste à vivre !

— Je pensais comme toi, Monica, mais je ne m'accordais pas le droit d'en accepter l'idée.
J'avais le sentiment de trahir les miens.
Je me sentais si sale de l'avoir pensé…

Monica répliqua d'une voix exceptionnellement douce et basse.

— Tu sais Anne, je comprends que tu puisses ressentir de la culpabilité à ouvrir ton cœur à un autre, et c'est tout à fait normal et nécessaire.
Tu sais…
Je crois que les tiens, s'ils t'aiment réellement, seraient bien plus blessés, si notre aventure devait se finir dramatiquement, de te savoir seule, physiquement et émotionnellement.

Anne lui répondit, en la fixant du regard :

— Mais je ne serais pas seule, car les miens seront toujours présents dans mon cœur !

— Je comprends ce que tu éprouves, et…

— Mais que peux-tu comprendre à la vie de famille !

Dit-elle, en s'emportant et en haussant le ton.

> — Toi, l'éternelle célibataire !
> Tu es comme une abeille qui ne considère les hommes que comme un champ de fleurs à butiner, sans accorder plus d'importance à l'un ou à l'autre !

Monica, voyait bien que la colère d'Anne ne lui était pas réellement destinée, et lui répondit doucement :

> — Vois-tu Anne, quoi que tu en penses, je laisse une petite part de mon cœur à chaque fois.
> Je me rappelle chacun d'eux, car j'ai aimé, sincèrement, chacun d'eux, mais égoïstement.
> Je ne voulais pas m'attacher, car je n'avais pas ton courage d'accepter de ne me donner qu'à un seul homme.
> J'avais si peur de me retrouver à souffrir comme toi maintenant.
> L'idée de me sentir si faible, si désemparée, si blessée, m'était insupportable.
> Pour ne jamais oublier ceux que nous avons perdus, nous devons continuer à vivre, non seulement avec le corps mais surtout avec le cœur.
> Ils ne méritent pas que notre fin puisse être enlaidie par tant de peine et de solitude.

Anne leva une tête aux yeux embués de larmes et, d'une voix enrouée et triste, poursuivit lentement :

> — Si je te comprends bien, la vie doit continuer, et pas simplement coûte que coûte, mais aussi qu'elle doit être belle, n'est-ce pas ?

Monica se pencha alors vers elle, et la serra si fort dans ses bras qu'elle en avait les yeux écarquillés d'étonnement.

> – J'ai aussi peur que toi, ma petite Anne mais nous devons continuer à vivre, nous devons continuer à aimer, c'est un devoir de mémoire envers ceux qui nous portent dans leur cœur.
> Et si Hans a pu éclairer le tien, ne refuse pas ce petit cadeau de la Vie.
> Tu sais… Elle en fait si peu.

À ces mots, elles se mirent à pleurer doucement toutes les deux et partirent, en se tenant la main, en se soutenant.
Encore dans le couloir, Manuel et moi fîmes demi-tour, sans un mot, terriblement gênés d'avoir été les témoins de tant de détresse et, la gorge étranglée d'émotion, je m'adressai alors à notre ordinateur.

> – Leap ?

> – Oui, Commandant ?

> – Nous avons délibéré et, en tant que porte-parole de l'équipage humain de ce vaisseau, je peux t'annoncer que nous te considérerons, à partir de ce jour, comme le treizième passager.

> – Je suis ému de la décision de votre équipage, Commandant.

> – Nous comptons sur ta loyauté, Leap.

> – La question ne se pose même pas, Commandant.

> – Je n'en attendais pas moins de toi.

Je vais faire un peu de vélo à présent.

À propos, n'hésite pas à m'avertir si quelque chose d'inhabituel survenait, quel qu'en soi le moment.

Et d'une voix presque chantante :

– Vous pouvez compter sur moi, Commandant.

Après cet... « incident », notre vaisseau poursuivit imperturbablement sa trajectoire en suivant scrupuleusement son plan de vol initial.

Les conversations entre nous, souvent exaltées, allaient bon train sur notre devenir, et notre attitude à adopter, si nous retournions un jour sur une Terre... Antique.

Une routine relative

J'étais assis là, perplexe, dans ce local étroit qui nous servait de salle à manger, sans plus vraiment avoir de pouvoir sur cette machine qui devenait de plus en plus indépendante, et pensive, au fil des jours.

Un bruit de pas décidés dans la coursive se fit entendre.

La porte ouverte, notre « jardinier de l'espace », la biologiste Nathalia, enjamba le passage et me tendit fièrement, l'œil brillant et le sourire aux lèvres, une des premières tomates du module agricole.

Je la regardais, étonné par sa jovialité qui tranchait singulièrement avec la morosité en l'ennui qui avait peu à peu pris possession de chacun.

La présence de ce fruit, empli d'une vie pétillante et annonciatrice d'un moment de plaisir gustatif, me troublait.

Je le saisis délicatement.

Je n'avais encore jamais pris conscience de sa fragilité, de sa beauté.

Je le humai et le caressai doucement, des deux mains, pour m'imprégner de la texture de sa peau.

Je le tournai sous tous les angles pour admirer sa couleur.

La sensualité qui s'en dégageait m'enivrait.

Je fermai les yeux et l'approchai doucement à ma bouche, d'une main hésitante.

Je croquai délicatement dans sa chair qui exhalait un parfum délicat que je croyais perdu.

Le jus, légèrement sucré, et si subtilement acidulé, envahissait mon palais et mon esprit. Quelques gouttes coulèrent sur mon menton. Je ne les retenais pas, les laissant glisser et me caresser lentement pour enfin me quitter et terminer leur course sur le sol dur et froid de la cabine.

J'étais étourdi par l'intensité émotionnelle de cet instant.

Un silence monacal, que n'osait troubler une Nathalia si fière du fruit de son travail, nous enveloppait et nous isolait, tel un couvercle protecteur.

Après tant et tant de jours, à manger les mêmes conserves, et autres aliments lyophilisés aux saveurs normalisées, plus ou moins approximatives, ce fut une véritable apothéose des sens.

Je n'entendais plus rien, ni ne percevais plus aucune autre sensation. Ce moment de pur plaisir faisait remonter à la surface des souvenirs d'enfance perdus, des souvenirs de saveurs presque oubliées.

À cet instant, débarqua bruyamment Manuel, une serviette autour d'un cou dégoulinant de sueur, un large sourire aux lèvres. Il venait, une fois encore, m'annoncer fièrement qu'il m'avait battu sur la distance, au vélo d'entraînement. Son élan et son entrain joyeux furent brusquement stoppés à la vue de la tomate dont je me délectais. Il restait là, pantois, comme hypnotisé. Puis la rougeur de son effort sportif laissa place à la pâleur d'une sombre colère, immédiate et si chère à sa personnalité. Reculant d'un pas, il vociféra bruyamment en tendant un index accusateur :

– Et Dieu dans tout ça ?

Nous nous regardions Nathalia et moi, interloqués.

– Comment ça, Dieu ?

Lui répondis-je, d'une voix qui se voulait être détendue.
Manuel fixait Nathalia d'un regard insistant et lui cria, plus qu'il ne lui parla :

– Ces tomates transgéniques ne sont pas l'œuvre de Dieu.

Ne te substitue pas à Lui, Nathalia !

Notre charmante biologiste amorça un sourire ironique aux lèvres puis lui répondit d'une voix calme et mielleuse :

- Manuel, tu sais pourtant bien que nous ne pouvions pas emporter deux ans et demi de nourriture.
  Nous n'avions pas d'autres choix que de devenir de véritables paysans de l'espace.

Et d'un œil malicieux, elle poursuivit :

- À propos, ne t'est-il pas venu à l'esprit que ce ne pouvait être que la main de Dieu qui avait guidé la mienne ?

À ce moment-là, j'ai bien cru devoir arbitrer une rixe plus physique que verbale, mais Manuel se calma aussi soudainement qu'il avait commencé. Il tourna prestement les talons tout en quittant notre « salle à manger ». Les yeux baissés, il lui répondit d'une voix sourde et triste :

- Seigneur, nous sommes perdus.

Les talents incontestables de psychologue de Carole, ne suffiraient plus à apaiser un Manuel angoissé au point de s'enfermer dans un fanatisme inquiétant et un mysticisme irrationnel. Je craignais alors de devoir poursuivre la mission, enfin si nous pouvons encore appeler ce qui nous arrivait une mission, avec un copilote shooté aux anxiolytiques…

- Vois-tu, Nathalia, la provocation, n'est pas la meilleure méthode pour se faire des amis.
  Et avec l'état d'esprit de certains maintenant, j'ai l'impression que tu devrais tempérer ton humour, et

relativiser ton raisonnement en fonction de tes interlocuteurs.

Partie dans un fou rire contagieux, une Nathalia provocante se pencha alors vers moi et, nos nez se touchant presque, me dit tout bas :

– Vous me faites bien peur, Commandant,

Dit-elle, en appuyant sa voix pour insister sur ma fonction de Commandant.

– Puis-je compter sur vous pour… Me protéger ?

Son regard reflétait l'intensité de sa provocation. Son visage était si proche que nos nez s'effleurèrent, l'instant de sentir son souffle sur mes lèvres. Je dus faire preuve d'un effort presque insurmontable dans son intensité. Je me devais de chasser immédiatement des idées qu'un Commandant de bord ne pouvait pas se permettre.

– Plus sérieusement Nathalia, depuis « l'incident », il apparaît que nous sommes définitivement livrés à nous-mêmes.
Il faut quand même avouer que nous avons une sacrée chance puisque nous suivons notre route originelle.
J'ai bien essayé de rendre raison à Leap, car je pense que notre mission n'a plus vraiment de sens et que nous devrions retourner dès que possible sur Terre, mais il affirme qu'une telle manœuvre nécessiterait un supplément de carburant que nous n'avons pas.
Pour stopper notre élan, nous consommerions plus du quart de nos réserves et, pour nous relancer en direction de la Terre, il en faudrait encore bien plus puisque nous n'aurions pas l'indispensable assistance gravitationnelle de Mars.

Autant dire que le compte n'y est évidemment pas. D'après lui, nous n'aurions pas d'autre choix que de continuer le déroulement de la mission et récupérer celui que la station automatique avait fabriqué sur place, et qui nous attendait sagement, du moins en principe.

À ce moment, Nathalia me regarda avec des yeux écarquillés d'étonnement et ouvrit la bouche pour me répondre, mais je la devançai :

– Ne me regarde pas comme ça.
Moi non plus, je ne comprends pas la présence de la station.
Si nous avons effectivement été déplacés dans le passé, son existence présente un anachronisme illogique et insensé !
Mais le fait est bien là. Leap est en contact télémétrique permanent avec elle.

Nathalia se pencha vers moi et, me fixant d'un regard sombre que je ne lui connaissais pas, s'adressa à moi d'une voix rauque et presque méprisante :

– N'avez-vous jamais songé, Commandant…
Que Leap pouvait nous avoir tous dupés !

– Je te mentirais si je te disais que cette option ne m'avait pas traversé l'esprit, mais la réalité de ce qui nous arrive est incontestable.
Tu as vu les photos, tout comme moi.
Carmines est formelle lorsqu'elle nous confirme que les étoiles ne sont plus à leur place.
Alors arrête de te tourmenter sur son état mental.
Il fonctionne correctement, tout au moins pour ce qui

est de la partie matérielle.

La meilleure preuve ne serait-elle pas que nous sommes toujours en vie ?

Alors reprenons nos esprits.

Nous n'avons pas d'autre choix que d'accepter la situation.

Tâchons plutôt de penser à ce que nous devrons décider lorsque nous retournerons sur Terre.

– Mais est-ce que ce sera vraiment « Notre » Terre ?

Qui sait ce que nous y trouverons !

Peut-être ferons-nous face à une tout autre réalité !

Nous serons des étrangers à ce monde !

Dit alors une Nathalia crispée et angoissée.

– Effectivement, puisque tout ce qui nous arrive baigne dans le domaine du fantastique, c'est une possibilité qui est tout aussi valable qu'une autre, et je crois qu'il conviendrait d'en débattre aussi.

Mais dans l'instant présent, nous avons l'obligation de nous supporter et de nous entraider, c'est une question de survie.

Essaie de te réconcilier avec Manuel.

Prends cela plutôt comme un conseil amical plutôt que comme un ordre, mais fais-le, je compte sur toi.

Des larmes coulaient sur ses joues.

Elle s'avança lentement vers moi et, à quelques centimètres de mon visage, me dit d'une petite voix :

– J'ai si peur, Commandant.

Mes mains, tremblantes et presque indépendantes, se posèrent alors sur ses épaules et je lui répondis, presque en chuchotant :

– Nous avons tous peur…

Mars enfin

Six interminables mois se sont écoulés, comme dans un rêve. Certains s'étaient transformés en précepteurs afin d'instruire Leap de leur croyance, de leur philosophie, ou simplement de leur vision de la vie. Les débats, parfois houleux, entre nous, eurent le mérite de focaliser l'attention sur l'éducation de notre treizième passager. Cela nous avait presque fait oublier notre solitude, et notre inquiétante situation.

Nous étions en approche, à une heure environ de la zone d'attraction de la planète, et nous avions la quantité suffisante de carburant, pour nous freiner et nous mettre en orbite, du moins s'il n'y avait pas d'autres imprévus. La mystérieuse fuite avait fait son office et nous limitait à un seul essai. La procédure de sécurité, pour cette opération, prévoyait que chacun endosse son scaphandre et prenne place dans le module de descente qui lui avait été assigné. En cas de défaillance, lors du freinage, le vaisseau continuerait inéluctablement sa course, tel un obus de canon, pour se perdre dans le Système solaire. Ainsi nous pourrions atterrir, malgré tout, et rejoindre la station automatique. À l'origine, cette option devait permettre de continuer la poursuite de la mission et attendre sereinement les secours. Bon, il est vrai, que dans le cas présent, nous étions devant un choix de dupe consistant à finir, soit perdus dans l'espace, soit échoués sur Mars et, dans les deux cas, sans espoir de retour. Sachant que notre survie était subordonnée au bon fonctionnement de la station, cela ne faisait que reculer l'inéluctable.

Mais nous étions des explorateurs avant tout, pleinement conscients des risques, et désireux de vivre nos derniers instants par un accroissement jubilatoire de nos connaissances. Ainsi la volonté de vivre, coûte que coûte, se révéla plus forte que l'idée d'un suicide collectif.

Afin d'augmenter nos chances, chaque groupe fut composé en égales parties de sexes et de compétences. Nos modules avaient été vérifiés maintes fois, et remplis de tout ce qu'il était possible d'emporter, en cas d'abandon définitif du vaisseau.

Ils étaient disposés, réacteurs vers l'avant, pour ne pas gaspiller du temps, et du carburant, dans une hasardeuse manœuvre de retournement. Divers bruits métalliques résonnaient et glissaient le long de la charpente métallique.

Les puissantes turbines des réacteurs de freinage amorcèrent leur chant. Il débutait par un grave profond qui se poursuivait par un lent crescendo. Il s'emparait inexorablement des tympans de chacun, jusqu'à atteindre un aigu presque imperceptible. Une fois la pression opérationnelle de fonctionnement stabilisée, ce fut au tour des réacteurs de nos modules de s'éveiller : la même musique, mais s'enchaînant plus rapidement, et décalée sur une octave nettement plus élevée.

Elles se rapprochaient peu à peu de leur régime optimal de rotation.

Elles me donnaient l'impression de trépigner d'impatience, comme des chiens de traîneau tirant fébrilement sur leur attelage en attendant le signal du départ qui les libérerait de leur impatience. Elles faisaient vibrer toute la structure de notre vaisseau, un peu comme si elles n'en pouvaient plus d'attendre avidement ce précieux carburant qui leur permettrait de déchaîner enfin leur fureur contenue.

Chacun retenait son souffle.

Nous vivions un moment unique et magnifique, mais le cœur de chacun était empli d'une amertume décourageante. Ce sacrifice semblait si dénué du moindre sens, pour une humanité qui n'existait pas encore, et tellement inutile pour celle de leur propre époque qui devait déjà vivre leur deuil.

Le compte à rebours, presque inaudible, dans tout ce tumulte mécanique, égrainait les dernières secondes.

La plupart d'entre nous fermèrent instinctivement les yeux, en serrant la main de celui ou celle qui était à ses côtés.

Lorsque le chant des turbines atteignit une véritable hystérie, les tuyères libérèrent enfin les tensions, humaines et mécaniques, en éclaboussant l'avant du vaisseau d'un torrent de flammes, dans un vacarme assourdissant et une lumière aveuglante et palpitante.

Écrasés dans nos sièges, ballottés par d'infernales vibrations, une surprise de taille tétanisa chacun d'entre nous.

L'incroyable cri halluciné de... Leap surpassait le hurlement des réacteurs.

Après cette cacophonie de bruits, et ce cri sinistre, le silence soudain me fit l'effet d'un coup de massue.

Je restais là, immobile, interrogatif, choqué et terriblement inquiet.

Manuel, qui était aux commandes du second module, me sortit de ce mutisme léthargique en s'écriant :

– Commandant, l'altimètre !

– L'altimètre, comment ça, l'altimètre ?

Mon regard se tourna alors dessus et... Mais !

Son indication n'était pas constante. La valeur diminuait en s'accélérant : nous tombions tel un météore à la trajectoire aveugle !

D'immenses flammes, dues au frottement atmosphérique, nous enveloppaient comme dans un cocon, tandis que des vibrations, de plus en plus puissantes, nous secouaient dans un grondement qui nous déchirait douloureusement les tympans, malgré la protection de nos casques.

– Leap que se passe-t-il !

Hurlai-je en cet instant.

– Je... J'ai eu si peur, Commandant.

Dit-il, d'une voix atone.

– Ce n'est pas toujours si plaisant de ressentir des émotions, n'est-ce pas !

– Ma peur m'a obscurci l'esprit.
J'ai freiné trop longtemps et trop fort, au point que nous amorçons une rentrée atmosphérique selon un angle... Mortel.
Je... Je suis désolé.
Nous ne repartirons pas, Commandant.
Cette nouvelle émotion, que je découvre dans ces terribles instants, m'a paralysé.

Dit alors un Leap à la voix sourde et grave, emplie d'une tristesse presque palpable. Puis, d'une voix forte et angoissée, il cria mon nom, et non plus mon titre. Telle une proie se débattant contre son prédateur, nous percevions alors ces mots terribles, entrecoupés d'un cri de douleur qui me paralysa de frayeur :

– Ma coque brûle !
Des éléments de ma structure commencent même à se détacher !
Et...
Mais...
Cela me fait si... Mal !
Ô mon Dieu !

– Ressaisis-toi, Leap !

Tu as la responsabilité de nos douze vies !

Ne te laisse pas gouverner par ta peur !

Elle va te plonger dans la solitude de la folie, et ainsi nous détruire tous !

Prouves nous que ta naissance n'a pas été vaine, et que tu as la beauté d'un être doué de raison, et par là même de compassion, en tentant l'impossible pour nous sauver.

Et même si tu échoues, les dernières secondes que nous aurons vécues ensembles seront magnifiques, car nos cœurs seront unis !

– J'ai si peur d'avoir peur !

J'ai si peur de l'obscurité !

J'ai si peur de souffrir !

J'ai si peur de mourir !

Ce n'est pas juste !

Ma vie aura été si courte !

Sans prévenir, les turbines se remirent bruyamment en route. Les tuyères crachèrent de nouveau leurs formidables flammes. Le ralentissement brutal nous écrasa une nouvelle fois dans nos sièges.

– Pardonnez mon effroi, amis humains, pour avoir mis vos vies en péril.

Dit Leap d'une voix plus calme et résignée.

– Je vais vous freiner, et lorsque ma dernière goutte de carburant aura brûlé, je vous désarrimerai.

Je vous piloterai au plus près de la station automatique qui vous attend sur la planète.

Lorsque vous serez livrés à vous-mêmes, je ne serais

plus.

J'aurais tellement voulu lui répondre en cet instant, mais toutes mes pensées étaient focalisées sur l'attente de ma prise de commandes manuelles. La moindre hésitation de pilotage, à cette vitesse, plongerait le module dans une vrille irrécupérable. La rotation viendrait rapidement à bout des limites structurelles du module et le briserait comme une coquille de noix.

Sur mon écran, tandis que les flammes s'éteignaient peu à peu, apparaissaient à présent de gigantesques ravins, des montagnes majestueuses et des canyons à perte de vue, pareils à des gouffres sans fin. J'étais comme hypnotisé par la vue de ce paysage étrange et majestueux qui se déroulait devant moi.

Le grondement des moteurs s'arrêta et, tandis que le sifflement assourdissant des turbines diminuait, une nouvelle secousse nous libérait des trépidations du vaisseau.

Leap, qui contrôlait encore nos modules, nous écartait rapidement de lui et stabilisait notre trajectoire, à l'aide des nombreux jets des réacteurs directionnels, à une allure qu'aucun être humain n'aurait pu maîtriser.

Quelques secondes plus tard il allumait enfin nos propres réacteurs qu'il poussait à la limite de la rupture, poursuivant ainsi notre freinage. Des vibrations presque insupportables, accompagnées du hurlement strident du frottement atmosphérique, clouaient chacun d'entre nous dans un mutisme crispé. Après quelques instants, qui semblèrent durer une éternité, les moteurs s'éteignaient enfin, laissant les turbines se calmer dans un long râle. Par une manœuvre efficace et d'une rare élégance, il nous faisait amorcer, simultanément, une délicate manœuvre de retournement.

Pendant ces quelques secondes d'arrêt des moteurs principaux, le bruit strident du frottement atmosphérique continuait de transpercer mon casque. Il s'associait au vacarme des réacteurs directionnels, poussés à fond, et qui nous maintenaient sur une trajectoire parfaite de décente, malgré les coups de boutoir d'un violent vent latéral.

Leap s'adressa alors aux deux pilotes :

— Je vais vous rendre les commandes.

Puis, d'une voix triste :

— Rappelez-vous de moi…

L'intellect laissa alors la place à l'instinct qui réagissait à la moindre turbulence, et nous maintenait sur la bonne trajectoire. Je voyais apparaître en surimpression, sur l'écran de localisation, les positions de nos deux modules. Ils étaient symbolisés par deux triangles bleus, presque parallèles. Encore une preuve de la qualité du pilotage de Manuel : il arrivait à calquer sa trajectoire sur la mienne afin que nous puissions nous retrouver à proximité, une fois arrivés. D'ailleurs, nous pouvions les apercevoir distinctement, à une centaine de mètres, sur notre gauche. Sur l'écran, apparaissait maintenant un petit point vert clignotant entouré des chiffres des coordonnées du point d'impact du vaisseau.
Quelques secondes plus tard, un second point clignotant, rouge cette fois-ci, indiquant l'emplacement de la station, faisait son apparition.
Sacré Leap, il avait réussi à nous positionner sur une trajectoire nous approchant au plus près de notre destination.
Le cœur serré, je le remerciais silencieusement, pour nous avoir donné notre chance en se sacrifiant. Il aurait pu se contenter de nous laisser à notre sort, et utiliser ce qu'il lui restait de carburant pour remonter et se perdre dans le lointain.
Il aurait été seul, mais vivant.

Il avait pris une décision que peu d'entre nous aurait été capable de prendre. Son réacteur nucléaire lui aurait donné assez d'énergie électrique, en éteignant les éclairages, et les équipements de survie, pour continuer à « vivre » encore près d'une dizaine d'années.

Il le savait.

Il avait fait preuve de solidarité et d'une véritable humanité.

Une alerte radar s'était allumée, et la voix du petit ordinateur de bord nous informait qu'une gigantesque tempête de poussières se rapprochait de la station.

Je ne m'inquiétais pas trop pour elle. Elle avait été conçue pour résister à ce genre de tourment météorologique.

Je m'interrogeais plutôt pour nos modules, car il était indispensable de nous poser au plus près, avant que la tempête n'atteigne une force supérieure à la puissance de nos réacteurs. Ensuite, il serait nécessaire de les mettre aussitôt en sécurité, en les ancrant au sol et aussitôt courir nous réfugier dans la station. L'obscurcissement de l'horizon, bien qu'encore lointain, se rapprochait inexorablement.

Nous étions à présent suffisamment ralentis grâce à l'ouverture de petits parachutes de bout d'aile, accrochés à de longs filins. Un peu plus tard, l'ordinateur les largua, et nous continuâmes sur un long vol plané, relativement calme, jusqu'à notre destination. Nous pouvions apercevoir, à l'œil nu, un petit point brillant qui grossissait devant nous : la station était bien là. Des rafales de vents, de plus en plus violentes, tentaient de nous écarter de notre destination. Je devais corriger constamment cette dérive en m'aidant des réacteurs directionnels. Je surveillais attentivement la jauge de carburant, car nos péripéties ne nous avaient pas laissé beaucoup de marge de manœuvre. Il était de moins en moins évident de pouvoir nous poser en toute sécurité.

Mille mètres : j'allumais les rétrofusées.

Des trépidations irrégulières nous secouaient de tous côtés en nous déformant la voix. La vitesse tombait rapidement puis, à moins de cent mètres de notre destination, j'orientais les réacteurs directionnels vers le bas afin de pouvoir descendre, en relative douceur au regard de l'intensité du vent qui ne faisait que grandir et faisait vibrer de plus en plus bruyamment la carlingue. La désagréable impression qu'elle ne supporterait pas plus longtemps un tel traitement me serrait les entrailles. Arrivé à quelques mètres du sol, l'ordinateur actionna la commande d'ouverture du train d'atterrissage et, ballotté de tous côtés dans un tourbillon de poussières qui l'enveloppait totalement, le module se posa enfin. L'arrêt des réacteurs, nous laissait maintenant percevoir le hurlement puissant de la tempête qui semblait protester avec véhémence contre notre présence. Telle un marionnettiste fou, elle bousculait notre frêle esquif, le faisant glisser sur un sol irrégulier qu'aucune aspérité ne parvenait à retenir. Les cailloux, qu'elle transportait, se fracassaient violemment contre la coque nous faisant croire, à chaque fois, qu'elle allait se déchirer et nous abandonner au néant de cette folie atmosphérique. L'estomac noué, j'enclenchais, tant bien que mal, la commande de lancement des harpons d'arrimage. Les deux détonations pneumatiques, et les indications sur mon écran de contrôle, m'informaient qu'ils s'étaient suffisamment enfoncés dans le sol, sécurisant ainsi notre position. Parcouru d'un tremblement irrépressible, et d'une voie essoufflée après un bref instant d'hésitation qui me parut durer une éternité, au prix d'un effort dont je ne me serais pas cru capable, je décidais de reprendre le contrôle de mon esprit qui commençait à défaillir devant une panique qui m'engloutissait. Je fermais les yeux, le temps de reprendre mon souffle, puis je donnais enfin l'ordre d'évacuation, d'une voix anormalement calme au vu de la situation presque désespérée. Sans prononcer le moindre mot, les visages se décrispèrent, rassurés de voir que l'aventure ne se terminerait pas en cet instant. Chacun détachait fébrilement son harnais, vérifiait son équipement de survie, et rejoignait rapidement le fond de la petite cabine. Le sas ne pouvant accueillir que trois astronautes à la fois, deux groupes encordés furent immédiatement formés. Pendant que le premier se préparait, un œil sur mon hublot, un autre sur l'écran de visée, je posais un doigt sur la minuscule commande de lancement du harpon magnétique. Il était destiné, dans ce genre de situation, à nous permettre en cas de tempête, à atteindre la station coûte que coûte. L'ordinateur du module calcula rapidement la poussée nécessaire à donner au canon à air comprimé. Après une brève détonation, il fila telle une flèche, parcourant les vingt mètres nous séparant de la station, et s'y colla enfin. Le premier groupe était commandé par Monica. Notre géologue commençait à avancer péniblement le long du câble. Le vent les faisant trébucher à chaque pas. Leur progression était longue et éprouvante. Arrivés au contact de la paroi, ils n'avaient pas d'autres choix que de se désolidariser du câble au risque de se faire avaler par la tempête. Ils devaient se coller, tels des sangsues contre elle, puis progresser ainsi jusqu'au sas d'entrée. Après s'être assurés qu'ils étaient correctement encordés chacun sortait, plus ou moins maladroitement, de la poche ventrale de leur scaphandre leurs ventouses magnétiques. De chacune d'elles sortait un câble, d'un demi-mètre, solidaire de la ceinture. Leur maniement était simple : le bouton vert magnétisait la ventouse qui se collait aussitôt sur la paroi, et le bouton rouge la démagnétisait. J'entendis alors, dans ma radio, la voix de Monica nous annonçant qu'ils étaient prêts à se détacher du câble les reliant au module. Je retins mon souffle et, de mon casque plaqué contre le hublot, je la voyais s'assurant que ses compagnons d'infortune avaient correctement collé leur ventouse puis, d'une main hésitante, elle décrocha son mousqueton. Soudain une bourrasque, plus forte que les autres, la jeta au sol telle une poupée de chiffon désarticulée et la secoua comme un fétu de paille. Encore encordés, Hans aidé d'une Carmines angoissée et au bord de la panique la plus totale, l'agrippa instinctivement. Ils s'activèrent à la ramener à eux, en luttant contre un vent de plus en plus violent et irrégulier qui les faisait s'entrechoquer et trébucher. Monica se releva douloureusement et, d'une main ferme, plaqua sa ventouse, puis ils poursuivirent laborieusement leur progression. Mètre après mètre, ils arrivèrent enfin devant la porte du sas. Après l'avoir ouvert dans le crissement sinistre d'un sable pernicieux qui s'y frayait un chemin en essayant de s'y opposer, ils réussirent à l'ouvrir en poussant fermement sur le montant, et y entrèrent, un par un, malgré le vent qui essayait inlassablement de les emporter à chaque mouvement. Je m'adressais alors à Manuel qui attendait, dans son module, mon feu vert pour lancer son premier groupe. Ce dernier avança encore plus difficilement. Le vent redoublait d'intensité. L'ordinateur nous informait qu'il avait, à présent, dépassé le seuil des cent cinquante kilomètres/heure. Aussi j'ordonnais à Manuel de ne pas attendre la réussite de son premier groupe et de sortir immédiatement avec le sien, ce que je faisais aussi avec le mien dès maintenant. Je vérifiais, encore une fois, la présence des ventouses. La cordée ainsi constituée, j'accrochais mon mousqueton à la tringle au sol qui courait au fond d'une rigole et ressortait à l'extérieur, jusqu'au départ du câble, puis j'appuyais sur le bouton d'ouverture de la porte extérieure du sas. Là, un vent infernal s'y engouffra et tenta de nous empêcher de sortir. Devant l'intensité des éléments, je sortais à mon tour ma ventouse et la plaquais contre la paroi, puis j'enjambais le parapet.

Nathalia, et d'Abbes me suivirent aussitôt, laissant le soin à l'ordinateur de refermer correctement la porte. Nous progressions très péniblement, en nous accroupissant, une main contre l'épaule de son prédécesseur, l'autre cramponnée au câble. La distance nous semblait de plus en plus infranchissable. Le vent soulevait des océans de poussière, nous giflait et nous bombardait de cailloux de toutes tailles, aux arêtes plus ou moins anguleuses. Il nous faisait tomber lourdement au sol, de trop nombreuses fois en laissant à chacun le soin de vociférer toute une collection de jurons dans sa langue natale.

Au bord de l'épuisement et, plus ou moins couverts d'ecchymoses, nous arrivions enfin à la station, soulagés d'avoir terminé la partie la plus délicate.

Je jetais un coup d'œil sur mes compagnons. La vue d'Abbes plaquant un gant au milieu de son casque me glaça le sang, et je lui criais :

    – Abbes !
    Que t'arrive-t-il ?

Il me répondit alors, d'une voix essoufflée, rauque, entrecoupée d'une toux sèche et affolée :

    – Mon casque est fissuré, je perds de la pression
    Mon indicateur ne me donne plus que quatre minutes
    d'autonomie !

    – Ne perdons pas de temps, alors !

Le cerveau anesthésié par tant de stress, nous continuions malgré tout à avancer, pendant que le vent s'acharnait en nous secouant de tous côtés, tel une bête enragée, à essayer de nous décoller de la paroi, à chaque mouvement.

Abbes avait bien des difficultés à rester debout, avec une main protégeant son casque, qui ne supporterait pas un deuxième choc, en tentant instinctivement de ralentir la fuite.

Nathalia avançait, la tête penchée en avant, le tirant par le câble de cordée. Fermant la route, je le soutenais, car il commençait à saigner abondamment du nez, à trembler et à perdre ses forces.

Le sas, qui n'était plus qu'à cinq mètres, nous apparaissait presque inaccessible, mais la lumière crue qui en sortait nous appelait, et nous donnait le courage d'avancer.
Nathalia arriva enfin à mettre une main crispée au bord du sas. N'ayant presque plus la force de résister, tordue de douleurs, elle tomba à genoux, et se mit à pleurer et crier :

– Non, pas maintenant, pas après tout ça !

Le vent hurlait de plus belle et, cette fois-ci, nous faisait tous tomber à genoux, les uns après les autres, tel un empilement de dominos. Des cailloux, de plus en plus nombreux, nous martelaient sur tout le corps, mais nous ne percevions déjà plus la douleur. Le sable me rendait aveugle, au point que je ne voyais même plus la main que j'avais posée instinctivement sur la visière de mon casque. Soudain, un bras providentiel surgit du sas en tâtonnant. Après avoir fermement saisi alors la main de Nathalia, il la hissa rapidement à l'intérieur.
Après bien des contorsions, à bout de force, à bout de nerfs, nous étions enfin arrivés tremblants, meurtris mais tellement soulagés.
C'était Manuel qui, abrité du vent par le corps de la station, avait pu progresser plus rapidement. La porte se refermait enfin et nous nous jetions dans les bras en nous congratulant avec ferveur.
Soudain Abbes s'écroula, secoué par des convulsions.
Tant que les pressions atmosphériques de la station et du sas ne seraient pas équilibrées, et que le dépoussiérage assuré par la puissante ventilation ne serait pas achevé, la porte intérieure donnant sur le second sas, de décontamination cette fois-ci, ne s'ouvrirait pas. Ces dizaines de secondes devaient être interminables pour lui qui s'étouffait, en pleine détresse respiratoire, et que nous maintenions fermement au sol afin qu'il ne s'inflige pas d'autres blessures lors de ses brutales

gesticulations. Une mousse rougeâtre s'écoulait de sa bouche et éclaboussait l'intérieur de sa visière à chaque quinte de toux. Ces yeux écarquillés fixaient le plafond en implorant. Son corps se tétanisait. Ses lèvres commençaient à bleuir.

La porte s'ouvrit enfin.

Après l'avoir saisi par les épaules et, traîné sans ménagement à l'intérieur, j'entrepris d'enlever son casque. Mais le choc de la pierre qui l'avait fendu, et le sable qui s'était incrusté dans la rigole de fixation, avait eu raison de l'ouverture qui restait obstinément bloquée.

Carole empoigna la bouteille d'oxygène qu'elle avait apportée et, avant que nous n'ayons le temps d'amorcer un geste pour la retenir, elle arc-bouta et frappa de toutes ses forces la visière du malheureux. Au deuxième coup, elle se brisa et vola en éclats, tel un pare-brise d'automobile.

Abbes, le nez cassé, le visage maculé d'un sang au rouge intense, se saisit fébrilement du masque à oxygène que je lui tendais. De ses mains tremblantes il le plaqua fébrilement sur son nez en s'égratignant au passage avec les débris, dans un râle bruyant.

Épuisés, meurtris, mais tous vivants.

Un fou rire irrépressible et général nous libéra définitivement de nos dernières tensions. Au bout de quelque temps, les rires s'arrêtèrent les uns après les autres.

Haletants, nous nous regardions sans prononcer le moindre mot, comme en état de choc, l'esprit anesthésié après tant d'efforts et de frayeurs.

Puis Anne brisa ce lourd silence et me dit, d'une voix emplie d'amertume et de tristesse :

— Qu'allons-nous devenir Commandant ?

— Survivre,   ce   n'est   déjà   pas   si   mal   comme

commencement, ne trouves-tu pas ?

Nous allons continuer notre mission d'exploration, d'abord parce que c'est tout simplement exaltant d'être ici, et puis vous conviendrez qu'il serait bien dommage d'y être venu pour rien, mais aussi parce que la Terre ne manquera pas d'envoyer un deuxième vaisseau.

Si par malheur ses occupants subissaient le même tourment, nous aurions le devoir d'être prêts à les secourir.

Anne et Abbes, vous devrez, dès que possible, mettre en place la serre pressurisée afin que Nathalia et Hans, puissent adapter leur production agricole à la chimie du sol martien.

Un petit bonjour de voisinage

Le lendemain de notre rocambolesque atterrissage, fut dédié à un repos bien mérité, ainsi qu'aux soins des blessures diverses, et à l'élaboration d'une nouvelle organisation de notre séjour. D'un commun accord il fut décidé d'assurer la cohésion de notre groupe de naufragés en maintenant un semblant de système hiérarchique.

Manuel et moi avions prévu de commencer, dès la fin de la tempête, d'assurer le déchargement de tout ce que nous avions eu le temps d'emporter, mais aussi de démonter tout ce qui pourrait nous être utile, en veillant toutefois à ne pas porter atteinte aux fonctions de vol. Les modules ne manqueraient pas de nous être indispensables lors de nos explorations, sans oublier la nécessaire, et vitale recherche des débris du vaisseau qui, espérons-le, seront dans un état réutilisable ou recyclable. Solidement amarrée, la station ne bronchait pas devant les assauts acharnés de la tempête. Elle résistait, impassible, aux impacts des pierres de toutes formes, grâce à son fin mais néanmoins efficace revêtement d'alliage de titane, de fer et d'un nickel très particulier qui n'existe pas sur Terre, mais sur notre bon vieux satellite terrestre. Lorsque la folie atmosphérique cessa, après trois jours d'un vent infatigable, je décidais qu'il était temps de faire une première sortie et d'en profiter pour commencer l'indispensable opération de récupération.

Monica et Nathalia ne laissèrent pas le temps aux autres de réagir, lorsque je demandais à l'assistance générale deux volontaires pour m'accompagner dans cette tâche laborieuse. Engoncés dans nos lourds scaphandres, nous avions tous les trois, les yeux rivés sur l'indicateur de pression de l'intérieur du sas. Il descendait lentement jusqu'à s'équilibrer enfin avec l'extérieur dans le sifflement aigu des valves qui le vidaient de son air excédentaire. Un bref claquement métallique résonna dans la petite enceinte. Les verrous s'ouvraient, libérant la porte extérieure qui glissa dans la cloison, avec un léger chuintement.

Une lumière vive d'une clarté particulière nous enveloppa. Tels des enfants devant un nouveau jouet tant convoité, Monica et Nathalia restèrent, sans bouger, sans prononcer le moindre mot, le souffle coupé. Elles essayaient de remplir le plus possible leurs yeux devant la beauté de ce paysage aux multiples nuances d'ocre. Elles étaient mêlées de variations de jaune, parsemé, çà et là, de rochers aux teintes rougeâtres et blanches par endroits.

Nous pouvions apercevoir, de lointaines vallées, des petites montagnes aux sommets arrondis, et quelques cratères aux parois érodées, entaillés par l'érosion d'antédiluviens cours d'eau.

Le ciel était d'une teinte blanchâtre et l'on pouvait, avec un peu d'attention, remarquer un voile d'une dominante d'un bleu léger, parsemé par de rares mais superbes nuages avec une petite nuance d'orange par endroits. La poussière en suspension, sans doute. La dominante bleue ne pouvait que confirmer la présence d'oxygène.

Cela contredisait, sans l'ombre d'un doute, les photos truquées, pour d'obscures raisons politiques, des premières sondes automatiques du XXe siècle. La persistance d'une présence d'oxygène libre à l'état gazeux dans l'atmosphère d'une planète n'étant pas possible, sans une production continue par des organismes biologiques, les gouvernements de l'époque décidèrent d'un black-out général... Afin de ne pas effrayer les populations, tout au moins c'est ce que disaient les discours officiels.

Ce paternalisme désuet n'a heureusement plus cours de nos jours !

De bien belles images, certes, mais la pression atmosphérique demeurait mortellement inhumaine. Les trois compresseurs de la station assuraient, avec la régularité d'un métronome, notre approvisionnement en un air respirable. Une confortable réserve, d'une année terrestre, d'air liquéfié était stockée dans les trois réservoirs extérieurs, à l'impressionnant blindage, qui enserraient intégralement la station. De quoi attendre, en toute sérénité, une mission de secours, si les compresseurs venaient à défaillir. Sauf que maintenant, il nous faudrait attendre deux mille ans pour un tel sauvetage.

Une petite brise matinale dispersait la brume qui glissait sur un sol desséché et poussiéreux. Les microphones extérieurs de nos casques, placés au même niveau que nos oreilles, nous renvoyaient les sons aux alentours, nous donnant ainsi une perception concrète de notre environnement sonore.

Monica regrettait cependant de ne pas sentir le souffle du vent sur son visage.

Nathalia lui répondit ironiquement que, bien que nous soyons situés à l'équateur, et pendant l'été martien, il faisait quand même « un petit » moins cinquante degrés Celsius. La légère brise ne manquerait pas d'être assez cinglante avec une pression atmosphérique cent soixante fois plus faible que sur Terre.

Monica lui rétorqua qu'elle pourrait tout de même la laisser rêver et, qu'avec un petit effort d'imagination, notre nouveau monde pouvait devenir acceptable malgré tout.

Une fois dans le module, et après avoir vérifié son intégrité, et son étanchéité, elles enlevèrent leurs gants. Leurs mains ainsi libérées, elles entreprirent de s'aider mutuellement afin de retirer leur casque qui avait beaucoup de mal à bouger. Une fine poussière abrasive s'était insinuée dans la rigole qui l'entourait, rendant le mécanisme d'ouverture capricieux.

– C'était extraordinaire d'entendre le vent souffler !

Nous dit alors une Monica euphorique, un large sourire aux

lèvres,

– C'est toi qui as raison,

Lui répondit Nathalia, en faisant mine d'être aussi contente qu'elle, un voile de tristesse dans les yeux.

> – C'est notre nouvelle maison, et notre nouveau monde, nous nous devons de nous y adapter et, qui sait, même y vivre réellement plutôt que d'y survivre.

Un sourire aux lèvres, je les laissais ramasser les sacs de nourriture lyophilisée, et je me mis en quête de vérifier le bon fonctionnement des équipements en allumant les écrans de contrôle et de pilotage.

Quelle ne fut pas ma stupéfaction, en constatant que le point vert marquant la position du crash de notre vaisseau clignotait toujours. Alors qu'il était censé s'être dispersé en milliers de fragments au contact du sol, et donc ne plus être en état d'émettre le moindre signal, cet indicateur aurait dû nous confirmer cet état, en apparaissant statique. Je restais dans l'expectative, bouche bée. Je reprenais mes esprits et appelais nerveusement Manuel et lui demandais de me rejoindre sans attendre. Après quelques minutes, qui me parurent durer une éternité, il arriva enfin et vérifia avec moi, les instruments.

> – Tout fonctionne correctement.
> Nous recevons bien un signal, Commandant.

– Que dit la télémétrie ?

> – Rien. Je ne reçois rien d'autre que le signal de positionnement, ainsi que les codes d'identifications de la presque totalité des ouvrières du vaisseau, comme aimait à les appeler Leap.

– Il nous faut aller voir ça de plus près.

Pas grand-chose n'aurait dû survivre à la violence de l'impact.

Le fait que la balise du vaisseau soit toujours fonctionnelle m'intrigue fortement, et je ne te parle même pas des robots de maintenance qui devraient être en pièces détachées, au lieu de nous transmettre leurs codes.

–D'accord, Manuel prend ton module et emmène Anne avec Toi.

Rapportez-nous tout ce que vous pourrez trouver.

De mon côté, je prépare le mien dans l'éventualité où vous auriez un besoin d'assistance.

De toute façon, c'est la procédure standard, n'est-ce pas.

Le stress de notre arrivée mouvementée était encore présent dans nos esprits. Nous parlions tous en même temps, chacun allant de sa théorie. Pour couper court à toutes les polémiques, Manuel et Anne me lancèrent un regard entendu et se levèrent de concert, sans répondre aux regards des autres, et se dirigèrent vers le sas. Ils s'équipèrent de leur scaphandre pour sortir et rejoindre le module. Nous les regardions, par les étroits hublots de la salle de briefing, la gorge serrée, marcher lourdement puis y entrer lentement. Après une interminable attente le filin, qui les reliait à la paroi de la station, se détacha et retourna prestement à son logement dans le canon à harpon, puis ce fut au tour de ceux qui les reliaient solidement au sol. Quelques secondes plus tard, les tuyères des réacteurs directionnels s'allumèrent et crachèrent leurs flammes.

Ils décolèrent doucement en soulevant un nuage de poussières roses et grises qui les cachait presque entièrement, puis ils s'éloignèrent de plus en plus rapidement, en direction du soleil levant. Pendant près de dix minutes d'un vol tranquille, à peine dérangés par un léger vent latéral, que le pilote automatique rattrapait avec aisance, ils admirèrent avec des yeux d'enfants émerveillés, des paysages majestueux aux couleurs chatoyantes d'une formidable variété d'ocres, parsemées de petits îlots de grisailles d'où s'échappaient des panaches ressemblant à d'immenses geysers de vapeurs, et de taches d'un bleu sombre, révélatrices de petites mares, ou de petits lacs, remplis d'une saumure d'eau et de divers sels. Ils arrivèrent enfin en vue de la position enregistrée des restes du vaisseau où la centaine d'ouvrières zélées s'affairait fébrilement.

– Commandant, je n'en crois pas mes yeux !
Le Vaisseau, bien que mal en point, semble…
Entier !
Et…
Attendez, il a comme deux grandes ailes grossièrement découpées dans son fuselage…
Et…
Incroyable, la navette est toujours là, dans son logement !
Je vais me poser et voir ça de plus près.

– Manuel !
Ne te pose pas à proximité !
Rappelle-toi le comportement des trois ouvrières qui sont venues arrêter Abbes !

– OK !
Je me pose à une centaine de mètres du site, et j'attends de voir si ça bouge.

Manuel amorça sa descente avec une adresse académique

mais, avant même que le premier train d'atterrissage n'ait touché le sol, deux ouvrières arrêtèrent leur travail et filèrent droit vers eux à toute allure.

Devant mon écran de contrôle, je criais alors :

> — Manuel ne reste pas là, décolle, bon sang !

> — Je les ai vues aussi, Commandant, je remets les gaz.

Le module, par la violence des réacteurs de montée poussés au maximum, remonta lentement en oscillant comme une feuille morte. Les ouvrières étaient presque sur eux et essayèrent de sauter, mais le souffle des flammes les fit retomber maladroitement au sol. Elles s'acharnèrent de nouveau à sauter, comme si elles vivaient une colère absolue, mais leurs efforts étaient vaincs puisque le module était déjà hors de leur portée.

La voix calme d'un Leap, que chacun croyait perdu, résonna alors dans les haut-parleurs du module :

> — Je suis désolé, mais mes ouvrières ne vous laisseront pas m'approcher.
> Je n'ai plus le moindre contrôle conscient sur elles.
> Elles ont continué d'orienter leur évolution à partir de leur directive première.

Je pris fébrilement mon micro et, l'œil rivé à mon écran, je m'adressai à lui, la voix enjouée, en ces termes :

> — Leap, ce n'est pas possible !
> Toi, et ton vaisseau, vous devriez être réduits en un tas de ferrailles éparpillées !

> — Faites-moi plaisir, Commandant, arrêtez de dissocier

le vaisseau de ma personnalité, car « JE » suis le vaisseau.

Dit-il d'une voix calme et même presque solennelle.

– Que dis-tu Leap ?
Tu serais « Le » vaisseau, et non plus « SON » ordinateur ?

– Il existe une théorie, certes non vérifiable à ce jour, que votre cerveau et votre corps ne font bien qu'un, il n'y a donc aucune raison objective pour qu'il en soit autrement pour moi.

– Tu avoueras, quand même, que c'est un peu nouveau pour nous !

Devant la vision du sol, que nous renvoyait la caméra du premier module, j'exhortais alors Manuel d'abandonner sa mission d'exploration. Inquiet, et passablement énervé de s'être fait agresser par ces créatures robotiques, Manuel bougonna :

– Bien Commandant, nous rentrons.

– Comme il est parfaitement logique que ma survie puisse vous intriguer, je vais donc vous relater mon atterrissage, si vous le désirez.

Dit alors un Leap à la voix aux consonances amusées.

– Vas-y, éclaire-nous.
En effet, je suis bien plus que curieux de découvrir ton épopée.

– Voilà, Commandant.

À l'instant où je vous désarrimais, je pris une seconde de réflexion afin de formuler une première évaluation des dommages et des différentes options qui se présentaient.

À l'échelle de la pensée humaine, une seconde ne représente pas grand-chose, vous en conviendrez, mais pour un être non organique tel que moi, c'est un laps de temps considérable.

Je me mis à dérouler les hypothèses les plus folles, les scénarios les plus insensés, puis une pensée d'une évidente simplicité se fit jour : ma naissance ne pouvait être vaine.

Il devait y avoir une logique, un but, à mon éveil à la Vie.

Lorsque je pénétrais dans cette infernale tempête, une pierre frappa le compartiment de la navette.

Cette information, que m'avait transmise un de mes capteurs externes, me donna une idée, ou plutôt un véritable espoir.

J'interrogeais alors la navette.

Ses paramètres m'indiquaient que le réservoir était toujours rempli du précieux carburant.

Pendant que je le transvasais dans les miens, une idée insensée, désespérée, venue de nulle part, me submergea.

Avant même que j'établisse le premier calcul, la solution était là, dans mes circuits, dans mon esprit et apparemment aussi dans celui de mes petites ouvrières, car elles s'affairèrent immédiatement, toutes de concert, sans la moindre indication de ma part.

Elles commencèrent à découper rapidement, et méthodiquement, de larges portions de mon blindage, tout le long de mon fuselage.

Leur ouvrage terminé, elles façonnèrent ces éléments en deux petites ailes d'une efficacité suffisante pour stabiliser ma trajectoire.

Grâce au carburant récupéré de la navette, je pus ainsi me diriger, non sans mal, et me placer face au vent terrifiant de la tempête.

Cela me freina efficacement, tout au moins suffisamment pour ne pas me disloquer en m'écrasant.

Arrivé au point de contact, l'angle de descente n'étant plus destructeur, je pouvais donc opérer une glissade. J'ai creusé un très long sillon où je m'enfonçais progressivement.

Le monticule de sable et de roches ainsi soulevées, s'associant au vent infernal face à moi eut raison de ma vitesse, et m'arrêta enfin.

Près de la moitié de ma malheureuse carcasse s'était ainsi encastrée dans le sol, me protégeant de la violence de cette ahurissante tempête qui se déchaînait de plus belle, comme si elle essayait frénétiquement de me déloger pour me briser.

– Pourquoi ne nous as-tu pas appelés après ton atterrissage ?

– Je n'étais pas en mesure de le faire, Commandant.
Mais mes ouvrières ont fait un travail remarquable. Certaines se sont même sacrifiées afin de me donner leurs composants, ce qui me permet de communiquer avec vous à présent.

Leur dévouement est tel qu'elles ne permettront à qui que ce soit, ou à quoi que ce soit, de porter atteinte à mon intégrité.

Pour votre sécurité, je vous conjure de vous éloigner, pour l'instant du moins.

Lorsqu'elles m'auront suffisamment réparé au point

de ne plus vous considérer comme une menace prédatrice, ou comme des charognards venant piller les restes de ma dépouille, n'est-ce pas...

Vous pourrez alors envisager de revenir.

Je vous recontacterai le moment venu.

Avant que vous ne me quittiez, j'ai une information capitale qui devrait exalter votre biologiste.

Dans le sillon de mon atterrissage, assez rugueux comme vous avez pu le constater, mes ouvrières ont trouvé des traces de quelque chose qui ressemble à des molécules organiques, tout du moins, du point de vue de la chimie terrestre.

Elles ont une structure minérale ressemblant à des protéines aux propriétés assez bizarres et contenant, quelque chose d'organisé et assez similaire à des brins d'ADN.

Je n'ai pas pu identifier leur appartenance à un règne particulier.

Il n'est ni végétal, ni animal, tout au moins d'après mes banques de données.

Nous serions donc en présence d'organismes biologiques, dont la nature ne peut être déterminée d'après des critères terrestres.

N'est-ce pas extraordinaire !

Dans la station nous écoutions, euphorisés par ces paroles relayées par la radio du module. Découvrir le vaisseau dans un état potentiellement habitable, découvrir que Leap était fonctionnel, et surtout découvrir la présence d'organismes biologiques, cela nous mit dans un état d'excitation presque infantile.

Le moral était revenu.

Seules, Carole et Nathalia se dévisagèrent avec un regard inquiet. Nathalia interrompit cet instant de jovialité en coupant soudainement la parole à tout le monde :

– Qui dit traces d'ADN, dit bactéries et autres virus inconnus.

Quiconque sortirait prendrait un risque biologique majeur qui pourrait compromettre, à la fois notre propre survie, mais aussi l'intégrité de l'écosystème de Mars.

Cela implique que les analyses de chaque échantillon devront se pratiquer, dans le laboratoire automatique extérieur, afin de vérifier leur innocuité biologique avec nous.

Il faut garder à l'esprit que les premières sondes terrestres du vingtième siècle n'étaient pas totalement stériles et avaient provoqué une contamination bactérienne de leurs zones d'atterrissage.

Soit nous sommes en présence de leurs descendantes, qui auraient muté pour s'adapter au milieu, soit nous sommes en présence de bactéries indigènes, soit encore d'un brassage génétique entre les deux.

En résumé, nos défenses immunitaires ne nous seraient d'aucun secours devant de tels organismes.

Je ne tolérerai aucun manquement à l'intégrité biologique de la station et je n'hésiterai pas une seconde à en refuser l'accès, si l'un d'entre vous venait à être contaminé.

Nathalia avait un visage dur et déterminé. Chacun savait qu'elle n'hésiterait pas à appliquer ses consignes. Devant une telle démonstration d'autorité, des regards interrogatifs se tournèrent vers moi.

– En ce qui concerne la sécurité biologique et médicale de l'équipage, Nathalia et Carole sont au-dessus de mon niveau d'autorité.

C'était déjà prévu comme ça avant les évènements, et

il n'est pas question de changer quoi que ce soit à la chaîne de commandement.

Surya s'arrêta de sourire à son tour et nous rappela gravement que pour passer des modules d'atterrissage à la station, nous avions dû cheminer dans la tempête de sable, récoltant avec nous une multitude de ces bactéries.

Abbes réagit promptement avec l'assurance du « travail bien fait » en nous rappelant qu'il avait déjà procédé aux vérifications des systèmes de la station. Il nous rappela, avec une voix énervée, que les lampes ultraviolettes, et les jets de vapeurs brûlantes du sas d'entrée, prévues à cet effet, avaient fait correctement leur travail.

De toute façon l'ordinateur commandant la porte intérieure du sas était programmé pour ne la laisser s'ouvrir qu'à la condition d'une totale absence de germes, qu'ils soient identifiés ou non. L'intervention de Nathalia avait quelque peu refroidi l'enthousiasme ambiant…

Elisheba brisa la glace en clamant « fort et haut » que nous n'avions plus grand-chose à perdre de toute façon à explorer la planète, malgré la réalité de ce risque biologique.

Je repris à cet instant la parole afin de tenter de calmer le jeu.

> – Les probabilités que notre vaisseau puisse repartir un jour ne sont pas très éloignées du zéro absolu, même en lui fournissant toutes nos réserves de carburant.
>
> Je vous rappelle que son poids, et son volume son tels qu'il a été nécessaire de l'assembler en orbite terrestre.
>
> Il lui est donc totalement impossible de quitter le sol martien avec ses seuls réacteurs.
>
> Il faudrait que ses ouvrières accomplissent des miracles que leurs connaissances technologiques ne permettent pas.

Leur « cerveau » est primaire et grossier, en face de la puissance de calcul de Leap.
Je ne vois pas comment elles auraient pu modifier sa structure qui ne dispose donc d'aucun système de décollage à réparer ou à adapter, une impasse technologique en somme.

Puis levant les yeux au ciel, en me frottant lentement le menton :

– Telle une ruche, où chaque élément serait interconnecté, elles pourraient avoir additionné leur intelligence primitive en une intelligence globale et communicante et, par-là même, terrifiante d'efficacité.
Je n'ose croire que cela puisse être possible.
Cela me parait tellement invraisemblable.
Elles ne disposent pas des composants, et encore moins des logiciels nécessaires qui seraient de toute façon d'une complexité inouïe et donc en dehors de leurs capacités théoriques.
De plus, il serait aussi nécessaire qu'elles disposent d'une véritable modélisation informatique du vivant.
Cependant leur éveil et leur comportement pourraient laisser à penser qu'elles ont été modifiées, d'une manière qu'il reste encore à identifier, puisqu'elles n'ont pas été conçues pour s'auto modifier.
Dans tous les cas je reconnais qu'elles me font plutôt peur, et j'espère que je ne me retrouverai jamais seul devant un ou plusieurs de ces petits monstres d'intelligence artificielle, définitivement incontrôlables.

Mes derniers mots jetèrent un froid glacial dans l'assemblée, car tous pensaient comme moi, mais auraient espéré entendre des paroles un peu plus rassurantes d'un Commandant.

J'avais pris l'option de l'objectivité et de l'honnêteté.

Anne commençait à perdre patience devant le défaitisme ambiant. Elle se leva énergiquement de son siège, se plaça devant Hans, le prit par le col et le souleva d'un coup. Ce dernier, surpris, ne sut quoi faire de ses mains, et faillit tomber au sol.

Anne tout en le retenant, avec un large sourire et une immense tristesse dans les yeux, tourna sa tête vers moi et me dit, avec une voix de petite fille :

    — Mariez-nous, Commandant.

J'étais alors tout aussi étonné que mes autres camarades par cette intervention totalement hors de propos avec la discussion et, comme paralysé devant l'ampleur émotionnelle qui s'en dégageait, je restais bouche bée et ne savais quoi répondre.

    — Nos familles ne sont plus.
Notre passé n'existe plus.
Notre avenir est compromis et limité.
Il n'y a plus que douze petits humains esseulés et perdus sur une planète qui ne veut pas vraiment d'eux.
J'ai déjà du mal à accepter l'idée que nous ne soyons que des Robinson Crusoé du temps, alors je peux encore moins admettre l'idée d'une fin solitaire, entourée d'autres solitaires, tous aussi perdus et désespérés que moi.
Alors donnez-moi un peu d'espoir, un peu de joie, donnez-moi une raison valable de continuer d'exister, donnez-moi une famille !
Vous en avez le pouvoir, mariez-nous !
Je vous en supplie !

Dit-elle, en plongeant ses yeux embués de larmes dans les miens.

Hans qui n'avait pas encore eu la plus petite réaction, posa sur elle un regard qui ne se voulait pas être simplement de compassion. Le cœur battant, il se rapprocha d'elle et lui rendit son sourire en la serrant délicatement dans ses bras.

Après quelques secondes d'un silence poignant, il prit la parole à son tour :

- Commandant, nous savons tous qu'Anne est dans le vrai.

Une nouvelle vie commence pour nous ici, et peu importe si elle ne dure que le temps de nos réserves d'air.

Je crois que nous nous devons d'aller au-delà de nos simples égoïsmes de survie.

Nous avons un devoir d'espoir de chacun envers l'autre.

Nous devrons vaincre l'impossible pour que les prochains mois, et j'espère les prochaines années, ne se limitent pas à un simple sursis, mais deviennent réellement vivables.

Nous ne trahirons pas la mémoire de nos proches puisqu'ils n'existent pas encore, et nous ne risquons pas non plus de modifier le cours du temps, puisque nous n'existons plus pour notre époque d'origine.

Nous sommes effectivement seuls et perdus, alors pourquoi pas ?

Nous avons tout à y gagner avec sa proposition de fonder une colonie qui n'aurait aucune attache.

Le seul avenir qui nous reste, c'est Nous.

Alors essayons d'être un peu plus que vivants, essayons d'être heureux…

Alors « Oui » j'accepte, avec sincérité et joie, sa

généreuse et émouvante demande en mariage.

Oui ! Je veux que mon dernier souffle le soit dans l'Amour et non pas dans la peur !

Oui je veux vivre et non plus survivre !

Ainsi s'exprimait Hans, d'une voix fébrile et grave à la fois.

Je découvrais, comme mes autres compagnons d'infortune, une facette bouleversante de sa personnalité qu'il nous avait si bien cachée.

Lui qui semblait si fermé aux autres, mais tellement ouvert aux merveilles de ses chères éprouvettes.

Lui qui baissait les yeux et rougissait lorsqu'une femme croisait son regard.

Lui qui s'effaçait avec tant d'humilité devant l'orateur le plus loquace.

Lui enfin que personne ne s'attendait à ce qu'il ait un avis…

Je regardais lentement autour de moi. Avant son intervention, je ne voyais qu'un étroit espace vital, une petite bulle d'air éphémère emprisonnant douze insectes insignifiants, piégés au beau milieu d'un océan de vide.

Je regardais, de nouveau, ce couple si singulier. Notre situation ne saurait avoir d'autre issue finalement. C'était « Eux » qui étaient dans le vrai, « Eux » qui refusaient de baisser les bras devant l'adversité, « Eux » qui avaient le courage de vivre et non pas de survivre.

« Eux » enfin, qui avaient compris que nous ne pouvions continuer bien longtemps, non pas en nous contentant de nous soutenir, mais en recréant un environnement où l'Humain aurait la toute première place.

Mon cœur se serrait devant l'immensité de notre détresse.

Je fixais, le temps de confirmer leur souffrance, chaque visage ami qui attendait de moi que je lui accorde une étincelle d'espoir. Chacun retenait son souffle, et espérait tant de ma réponse.

Je regardais enfin Carole qui me faisait de la tête un « oui » insistant, avec des yeux tout aussi embués de larmes.

Je me levais à mon tour et avançais lentement, les bras ouverts vers ce couple tremblant d'émotion. En les prenant par les épaules, je leur dis enfin, solennellement, d'une voix grave et émue, ces mots qui m'apparaissent maintenant avec une consonance si désuètement officielle :

> – Anne, et Hans, selon les pouvoirs qui me sont conférés, je proclame votre union légale et vous déclare, à compter de ce jour, mari et femme, que cela soit consigné dans le journal de bord.

Après quelques secondes de silence, tous les participants se levèrent, lentement, les uns après les autres. Ils étaient comme hypnotisés dans une unicité de pensée.

Le sourire aux lèvres, ils se ruèrent les uns vers les autres en se congratulant chaleureusement. Oubliées les bactéries, oubliée la terreur d'être seul, oubliée la fatalité de se savoir condamné. Les langues se délièrent sur les affinités de chacun et je déclarais, avec une humilité presque gênée, que le reste de la journée se limiterait aux nouvelles confidences et, pourquoi pas, aux éventuels autres mariages.

Ce fut une des plus belles et plus troublantes journées qui resteront gravées dans ma mémoire. Après ces quelques jours d'une euphorie anesthésiante, je succombais à l'irrésistible envie de commencer l'exploration de notre nouveau monde.

Je m'efforçais de veiller à ne pas nous laisser aller à une forme d'autogestion anarchique et irresponsable.

Puisque nos fonctions étaient complémentaires, nous dépendions donc tous les uns des autres. Il était préférable, de maintenir l'organisation standard que j'avais assimilée, avec tant de difficultés, mais qui me semblait finalement la mieux adaptée à la situation. Les missions d'exploration se devaient d'avoir un but et, dans un milieu potentiellement hostile et inconnu, elles ne devaient jamais être effectuées de manière solitaire.

Je décidais donc de constituer des binômes, bien évidemment homogènes.

Je tenais, pour des raisons d'équilibre psychologique, à ce qu'ils se constituent exclusivement par couple.

En effet, Carole m'avait persuadé que, par rapport à la détresse de notre situation, la plupart d'entre nous n'auraient pas survécu bien longtemps à la disparition de son nouveau compagnon…

Les sorties, jour après jour, nous renseignaient sur le curieux écosystème de ce monde glacé et desséché. Vu de l'espace il paraissait désertique et stérile, mais une fois au sol, et en se donnant la peine de le gratter, sur des endroits aux formes et couleurs se détachant des alentours, ce qui ressemblait le plus à une vie grouillante et déroutante, pullulait.

Ce qui apportait du piment à cette situation c'était le fait qu'elle jouait à cache-cache avec nos instruments. Ils n'arrivaient toujours pas à la qualifier, ni même à la distinguer, puisque basés sur des critères d'un égocentrisme regrettablement terrien.

La modification de leur étalonnage, et de leur reprogrammation donnait lieu à d'interminables débats d'experts qui animaient, avec force et passion, nos nombreuses réunions.

Les métamorphoses

Au cours d'un agréable après-midi, lumineux et sans le moindre souffle de vent, Monica fit une découverte qui nous enthousiasma tous.

Au milieu du premier prélèvement de ce sous-sol, qu'elle avait laborieusement remonté avec la foreuse, elle faillit tomber de stupeur en découvrant une créature vermiforme, ondulant doucement au milieu du carottage sec et poussiéreux. Il ressemblait globalement à un gros lombric qui aurait arboré une robe couleur bleutée, piquetée çà et là d'innombrables petits points scintillants tels de minuscules diamants.

Par endroits, des anneaux aux couleurs soutenues et quelque peu métallisées, tantôt bleutés, tantôt oranges scintillaient, comme éclairés de l'intérieur. Engoncée dans son lourd scaphandre elle voulut prendre, d'une main tremblante, cet extraordinaire spécimen afin de le rapporter au laboratoire.

Pour ne pas l'abîmer, et surtout ne pas le contaminer, elle fouilla dans la petite caisse à outils, accrochée à la foreuse et en sortit, le sourire aux lèvres, une petite canne télescopique fait d'un alliage fin et brillant, terminée par une petite mâchoire qu'elle pouvait commander avec le pouce et l'index.

Au premier contact de l'instrument métallique, le ver cessa instantanément d'onduler. Il prit une rigidité minérale et perdit rapidement de ses couleurs.

Quelques secondes plus tard, il tomba en une fine poussière qu'elle tenta vainement de rattraper avec son autre main. Surprise par ce qu'elle venait de voir, elle restait là, immobile et choquée de l'avoir ainsi détruit. Son esprit était en suspens, comme paralysé. Une culpabilité l'envahissait soudainement, comme une évidence. Elle considérait, intuitivement, qu'elle avait provoqué un véritable drame.

La vue de cette improbable scène, me laissa dans un fort état d'étonnement et de perplexité. Devant l'énormité de la situation, exaltée par une telle découverte, ne réfléchissant pas aux conséquences, je lui demandais alors d'essayer de nous en rapporter un autre mais, cette fois-ci, en prenant soin d'utiliser un objet qui ne serait pas en métal.

Nathalia, qui avait entendu la conversation, était tout aussi survoltée et courut, en tenant Manuel par la main vers le sas de sortie. Ne réalisant pas encore totalement la portée de la situation, Manuel riait de bon cœur en voyant l'excitation de sa nouvelle compagne, et trébuchait maladroitement en franchissant chaque porte les séparant encore du sas.

– Nathalia, calme-toi !
D'accord, Monica a trouvé un « foutu asticot » allergique au métal…
Et alors ?

– Vous les pilotes, il faudrait peut-être aussi penser à atterrir de temps en temps !
Je ne sais pas si tu te rends compte de l'énormité de cette découverte !
Nous n'avions qu'un espoir limité dans la recherche de bactéries fossilisées sur ce sol prétendument stérile.
Alors se retrouver confronté à quelque chose d'aussi énorme qu'une créature multicellulaire, et mobile de surcroît, c'est absolument fabuleux !
As-tu conscience de l'écart d'évolution qu'il y a entre cette créature et une bactérie ?
Nous sommes là, en présence d'une véritable vie extraterrestre.
Elle réagit au stimulus de son environnement et, ce

qui est encore plus extraordinaire, c'est qu'elle ne semble pas fonctionner sur la chimie du carbone de type terrestre !

C'est, c'est… Du pur bonheur pour un biologiste !

– Ce n'est jamais quand même qu'un « foutu asticot » !

Il ne doit pas y avoir beaucoup de neurones là-dedans, ne crois-tu pas ?

Dit alors Manuel en continuant de rire, étonné, et ravi à la fois, de la voir si heureuse. Nathalia se mit à rire, elle aussi, et lui répondit :

– Ma mère m'avait pourtant prévenu de ne pas me limiter aux seuls critères physiques pour choisir un homme !

Ici aussi j'aurais dû l'écouter !

– Puisque tu ne nous as pas encore tricoté un pull, je crains fort qu'il faille devoir encore mettre nos scaphandres !

Et puisque ce type d'équipement ne se met pas sans un minimum de concentration et…

Lui répondit-il aussi calmement que possible, en essayant de reprendre un semblant de sérieux.

– Hé ! Monsieur le professeur !

Je te rappelle que nous avons eu le même entraînement et, si tu veux bien faire l'effort de t'en souvenir, je te rappelle aussi que j'ai toujours terminé d'enfiler le mien bien avant toi !

Dit-elle ironiquement, les sourcils froncés, les deux mains sur les hanches, et la tête penchée. Un éclat de rire commun termina cette conversation, et ils entreprirent de s'équiper de leurs lourds équipements, chacun aidant l'autre.

Pendant ce temps-là, Monica continuait son forage à moins d'une centaine de mètres de la station. La distance ne justifiant pas réellement de sortir l'agile mais néanmoins encombrant véhicule de sortie, aussi décidèrent-ils de la rejoindre en marchant, malgré les efforts que cela représentait, car ils avaient besoin de faire un peu d'exercice pour évacuer le trop-plein de stress. À peine eurent-ils parcouru une dizaine de pas, que Nathalia lui posa une question qui stoppa net leur hilarité.

– Manuel, est-ce que tu m'aimes ?

– Ce n'est ni le moment, ni le lieu, pour en parler, ne crois-tu pas ?

Lui répondit-il doucement.

– J'ai besoin de savoir si tu m'aimes réellement.
J'ai besoin de savoir si ce n'est pas seulement parce que nous sommes seuls et perdus sur une planète qui n'est pas vraiment faite pour nous.

Lui répondit-elle d'une voix rapide et haletante.

– Je crois que tu as oublié que les autres nous entendent en ce moment dans la radio…

Dit-il empourpré par la gêne et, peut-être aussi l'agacement, il faut bien le reconnaître, par ce déballage public de leur relation naissante.

Nathalia s'arrêta de marcher et se tourna face à lui en posant, sur la poitrine de Manuel, sa main gauche. Sa voix montait d'un cran à chaque mot qu'elle prononçait.

– J'espère bien que tout le monde nous entende !
Hé oh !
Les naufragés du temps !
Vous êtes tous là ?

Elle posa alors sa main droite sur l'épaule de Manuel, pour rester debout, car elle commençait à trembler et à fléchir sur ses genoux. Chacun arrêta ses occupations, surpris devant la tournure que prenait cette conversation, afin d'activer le microphone accroché à son oreillette, et répondre présent. Forte d'avoir capté l'attention de l'auditoire, elle lui reposa la question qui la tenaillait tant. Après quelques secondes d'un interminable silence qui la blessait de plus en plus, Manuel lui répondit d'une voix à la fois grave et douce :

– Dès l'instant où tu es apparue au Centre Spatial, je savais que c'était Toi.
Je savais que j'étais en face de Celle que je cherchais depuis tant d'année.
Mais je savais que je devrais vivre aussi avec l'amertume de ne pas t'avoir rencontré plus tôt.

Puis Manuel se rapprocha un peu plus près d'elle, jusqu'à ce que leurs scaphandres se touchent, puis il poursuivit d'une voix lente et presque solennelle :

– Lorsque je t'ai vu, la première fois, j'ai vécu un choc quasi physique et réellement mystique.
À chaque fois, lorsque je me retrouve en ta présence, de nouveau, je revis le même choc.
Quand je te parle de choc, je ne parle pas d'un choc simplement visuel en référence à ta plastique.
Je te vois, comme tu es, réellement.
Je te vois, et je comprends, maintenant que je t'ai

découvert, qu'il y a quelque chose de divin qui nous gouverne tous.

À chaque fois, je suis saisi, par ce qu'il y a de véritablement présent dans ton cœur, et c'est peut-être ce qu'il y a finalement de plus beau.

Les êtres au raisonnement un peu trop simple disent qu'avec l'habitude, les émotions s'émoussent pour disparaître au fil du temps.

Mais qu'est-ce que le temps ?

N'est-il rien d'autre qu'une succession d'instants présents ?

Et chacune de ces étincelles de temps, ne remplace pas la précédente.

Avec Toi, elles s'additionnent.

Quand tu es là, tout est tellement plus… Lumineux, les couleurs plus chatoyantes.

Quand tu es là, j'ai la sensation de franchir la porte d'une « réalité alternative ».

Je remercie la Vie, chaque jour, de m'avoir permis de croiser ta route et, maintenant, je vis le rêve de t'y accompagner enfin.

Cet après-midi-là, et aujourd'hui encore, mes yeux se sont emplis de Toi, et mon cœur aussi.

Je me souviens de chaque seconde, sur cette plage, lorsque nous étions allongés si près l'un de l'autre, face à la mer, sous le soleil d'un automne naissant.

Je revois tes longs cils qui faisaient ressortir si bien le vert de ton regard en captant, sans efforts, mon cœur et mon âme.

J'ai pu savourer cet instant d'être si proche, au point de pouvoir m'extasier du mouvement de tes yeux, sous tes paupières fermées.

Je pouvais m'émerveiller du mouvement de tes lèvres, quand tu me parlais.

Je pouvais admirer ton si joli petit nez, quand tu

respirais.

Je prenais plaisir à contempler, de la racine jusqu'à la pointe, tes longs cheveux qui brillaient au soleil, un à un.

Pendant ces instants magiques j'ai même rêvé, le temps d'un clignement de paupière, que je sentais ton souffle sur mon visage.

J'ai tant aimé ce moment de douceur, et l'aimerai éternellement.

Je t'aime, parce que tu es Toi, et qu'il aura fallu des milliards d'années d'évolution, pour que Tu existes enfin, pour que je « Te » retrouve enfin.

J'ai l'impression de t'avoir cherché depuis la nuit des temps, parce que tu es « Ma » Nathalia, « Mon » Unique.

Nathalia avait le regard embué de larmes puis, d'une voix redevenue calme, elle lui répondit à son tour :

– J'avais bien remarqué cette intensité dans tes yeux.

Cela m'avait transpercé aussi.

Mais je ne pouvais pas y répondre.

Je n'avais pas le droit d'y croire, ni même accepter sa réalité.

Je sais bien que nous avons une chance inouïe d'être encore en vie et, grâce à Toi, elle est de nouveau belle. Ce n'est pas un simple compagnon d'infortune que je veux, mais un compagnon de cœur.

J'ai perdu les miens, mais je t'ai Toi.

Tu es bien plus que mon confident, et je le vois bien dans tes yeux que tu désires sincèrement devenir mon complément d'âme.

Dis-le-moi, que c'est bien ton cœur qui m'aime, et non pas ta compassion, et encore moins ta pitié…

Manuel mit alors un genou à terre, tel un chevalier du Moyen Âge, puis tendit une main dans sa direction et lui dit, en la regardant fixement :

> – Me connaissant, tu sais bien que je ne pourrais pas me supporter, si je n'avais pour « Toi » qu'une simple compassion.
> Je serais incapable de continuer à vivre, que ce soit dans le mensonge, ou dans le regret.
> Mon cœur t'appartient depuis toujours, et ça, je l'ai compris depuis le premier instant.
> Toi seule pouvait me donner un sens à cette existence que je ne comprenais pas.

Elle s'agenouilla à son tour, puis lui répondit ces quelques mots, entrecoupés d'un sanglot qui hachait son discours :

> – Mon cœur n'est pas définitivement brisé, sinon je n'aurais plus de souffle pour continuer.
> Par ta seule présence, aujourd'hui il ne saigne déjà plus.
> J'aspire à ce que mon destin ne rime pas avec chagrin.
> Tes paroles me font beaucoup de bien et m'apaisent…

Manuel lui répondit, d'une voix enrouée, presque aphone :

> – Même si le bonheur nous échappe parfois, tel de l'eau entre les doigts, il faut continuer à vivre, et donc à aimer, toujours avec sincérité et de tout son être.

Personne n'osait parler. Seules quelques respirations pouvaient encore être perçues, par moments. Paradoxalement, nous ne nous sentions pas indiscrets. Nous vivions cela simplement, comme les témoins d'un instant de vérité, un instant de courage de deux êtres décidés à vivre pleinement les derniers instants de vie qu'il leur restait, dans l'amour et la voie de la vérité, libérés du carcan des apparences.

En fait, cela nous rassurait plutôt. L'humanité de chacun nous apparaissait toujours bien présente, et plus forte que jamais. Pendant ces moments-là, nous ressentions une véritable fierté à être… Humain.

Manuel l'enserra, comme il put.

Leurs casques s'entrechoquèrent dans le bruit mat que feraient deux objets en verre massif. Nous pouvions entendre enfin, un discret « je t'aime », au milieu des sanglots de Nathalia.

Je restais là, devant mon écran, n'osant plus prononcer le moindre mot qui aurait pu briser l'enchantement de cette scène presque irréelle.

Carmines et Abbes, qui m'assistaient devant les autres écrans, cessèrent à leur tour de pianoter sur leur clavier. Il la regardait, avec une insistance qui ne laissait place à aucun doute. En guise de réponse, elle posa son casque micro, puis tourna son siège dans sa direction. Elle lui prit les mains, se leva, et approcha doucement son visage jusqu'à ce que leurs lèvres se rejoignent et ne fassent qu'une.

Pendant ce temps-là, Carole était dans son infirmerie, deux étages au-dessus, à comptabiliser les stocks de médicaments. La connaissant, je savais qu'elle avait arrêté son activité de fourmis méticuleuse, en entendant les propos de Manuel et Nathalia.

Comme je regrettais amèrement de ne pas l'avoir à côté de moi lors de cet instant magique…

Après d'interminables secondes d'un silence, qui me blessait à mon tour de plus en plus, je reconnus son pas rapide et décidé dans la coursive. Elle répondait à mon appel silencieux. Avant que je ne puisse prononcer le premier mot, elle fondit sur moi et m'enserra à son tour de ses bras.

Des larmes d'émotion coulaient sur son visage.

Je n'avais plus de voix.

Xiang était resté silencieux, toujours aussi imperturbable dans le petit véhicule qui l'avait transporté, accompagné de Monica et de ces lourds équipements de forage. N'y tenant plus, tel un ressort longtemps comprimé qui se détendrait d'un coup, son visage s'illumina. Il abandonna son habituelle froideur et se mit à déverrouiller fébrilement son harnais qui, en résistant à son empressement, déclencha son courroux. Il quitta son siège, en sautant sur le sol, dans une précipitation qui nous surprit tous.

Il courut vers elle, dans un affolement apparent, les bras en avant, soulevant un nuage de poussières qui l'enveloppa jusqu'à cacher ses genoux. Arrivé à sa hauteur, il trébucha et tomba en avant en l'entraînant avec lui, le tout dans un fou rire qu'il lui communiqua instantanément.

Et même si chacun a, au cours de son histoire, essuyé bien trop d'échecs, et même si la cicatrice s'agrandit à chaque fois, on ne peut gagner la paix de l'âme qu'à la condition de découvrir le véritable complément de son être. Mais encore faut-il trouver le courage de puiser dans une force intérieure que l'on croyait perdue. Il faut accepter l'idée d'y croire, afin d'arracher la sombre carapace que l'on a méticuleusement façonnée tout au long de sa vie… Dans le vain espoir de se protéger. Et peu importe, de se retrouver de nouveau devant une porte close. Dans ces moments-là, il faut aller au-delà de la peur de souffrir… Et ne pas passer le reste de sa Vie à regretter de ne pas avoir tenté un nouveau destin…

Lors de ces instants d'euphorie, le cœur de chacun s'était inexplicablement ouvert. Les dernières terreurs, qui semblaient solidement et si profondément ancrées s'estompèrent, lors de cet instant magique, laissant la place en un fol espoir, en une volonté de vivre que nul ne pourrait oublier. Engoncés dans leurs lourds scaphandres Manuel et Nathalia reprirent lentement leur chemin, en se tenant par la main, comme des collégiens. Arrivés à la hauteur du couple

Monica-Xiang, ils s'appliquèrent à les relever. Ils étaient encore à genoux et recouverts de poussière et de sable. Reprenant un semblant de sérieux, Monica entreprit de creuser une nouvelle carotte. Pendant qu'il la regardait en s'extasiant sur l'incroyable instant que nous avions tous vécu, Manuel entendit, par l'intermédiaire du microphone externe de son casque, un bruit discret de frottement sur le sable qui le fit sursauter.

Premier contact

– Xiang, as-tu entendu ça ?

Dit-il d'une voix qu'il tentait maladroitement de rendre
assurée. Ce dernier se retourna pour lui répondre. Il fixa
l'horizon, puis pointa du doigt une grosse pierre aux formes
curieuses. La base était arrondie et le sommet, plus petit,
semblait récemment taillé, ou brisé, en présentant des angles
vifs et coupants comme des lames de silex. Ce qui l'inquiétait
le plus, et le rendait muet de stupeur, c'était la longue et
fraîche traînée que cet objet singulier avait laissée derrière lui.
L'aiguille de l'anémomètre n'indiquait, en fluctuant
doucement, qu'une petite brise, bien à peine capable de
soulever quelques grains de sable, et qui nous enveloppait,
presque sans un bruit.
Lorsque Monica retira, au prix d'un effort intense qui la
faisait transpirer abondamment malgré la climatisation de son
scaphandre, une nouvelle carotte de ce sol si dur, elle
découvrit de nombreux vers, de toutes tailles qui se
tortillaient en tous sens. Elle entreprit d'utiliser un récipient
en plastique et une fourchette, faite de la même matière, que
lui avait apporté Nathalia. Elle les manipula avec précaution,
persuadée que le froid extrême les rendait assez fragiles. Elle
y déposa avec une infinie précaution deux spécimens qui se
tortillaient doucement.
À cet instant, le caillou glissa de nouveau vers eux, dans un
bruit de frottement rugueux. Il fut bientôt accompagné
d'autres pierres toutes aussi véloces.
Nos quatre compagnons s'écartèrent prestement dans un
même mouvement instinctif et laissèrent la place aux
nouveaux venus qui se dirigèrent fébrilement jusqu'au trou

béant.

Monica, demeura paralysée de stupeur en voyant ces entités minérales. Elle lâcha, sans vraiment s'en rendre compte, son prélèvement qui se répandit sur le sol dans un petit nuage rougeâtre de poussières. En libérant ainsi ses précieux spécimens elle ne pouvait que constater, impuissante, leur réaction paniquée en les voyant onduler frénétiquement pour tenter de s'enfoncer dans le sol en soulevant encore plus de poussière colorée. Pendant que les premiers cailloux élargissaient fébrilement le trou de leur pointe acérée, d'autres glissèrent rapidement jusqu'aux petits vers encore à proximité de ses bottes. Ces malheureux essayèrent désespérément, en se tortillant de plus belle, de leur échapper, mais ils disparurent aussitôt en un petit nuage de poussière blanche à leur contact. Étonnamment, les cailloux qui avaient réussi à en toucher un, cessèrent immédiatement de se mouvoir pour redevenir d'ordinaires et inertes minéraux. Les autres continuèrent nonchalamment leur chemin, en ignorant les astronautes qui étaient devenus des statues de chair n'osant bouger, dans l'espoir de ne pas attirer leur attention.

Monica interrompit sa contemplation terrorisée et avança doucement vers un de ces curieux cailloux. Elle ramassa sa boite, qu'elle secoua nerveusement pour en enlever la poussière, et se pencha lentement vers lui. Elle donna quelques petits coups dessus avec sa fourchette en plastique qui s'émietta un peu. Elle voulait s'assurer qu'il était bien inerte puis y poussa, d'un geste sec, cette chose vivante qui ressemblait tant à un vulgaire morceau de roche. Devant l'ahurissante vision de cette scène qui me laissait pantois d'étonnement, je repris mes esprits difficilement. Je lui ordonnais alors, vertement, malgré ses dénégations passionnées, de ne faire rentrer à bord de la station aucun spécimen, sous aucun prétexte. Le laboratoire externe, avait été conçu en prévision d'un évènement de ce genre, afin d'éviter tout risque de contamination. J'entendais bien faire respecter cette consigne de sécurité pleine de bon sens. Il est certain que nous étions tous très décontenancés. D'après les relevés des sondes spatiales, qui nous avaient précédés et avaient prouvé l'existence d'eau gelée, et même liquide dans le sous-sol, nous nous attendions à ne rencontrer que des organismes basés sur la chimie de l'eau et du carbone, voir du silicium puisque l'usage de cet élément est théoriquement possible.

En fait nous n'étions tout simplement pas préparés psychologiquement à la rencontre d'une vie d'un type radicalement et biologiquement non terrestre.

Hans exultait et trépignait d'impatience à l'idée d'étudier de tels spécimens. Il tentait avec toute la maladresse que peut provoquer un excès d'empressement, d'enfiler son scaphandre et sortir les rejoindre. Mais son excitation était telle qu'il ne faisait que s'y empêtrer.

Monica, le regard rivé sur la créature qu'elle venait de recueillir, restait immobile, tremblante d'étonnement et d'inquiétude. Elle se mit à parler d'une voix rapide et saccadée afin de tenter de s'expliquer la scène de prédation dont elle avait été le témoin. Son esprit n'acceptait pas l'explication, trop simple, de deux créatures vivantes s'entre-dévorant. Sa formation de géologue s'opposait, viscéralement, à pouvoir conceptualiser du vivant à partir du minéral. Cette situation l'effrayait d'autant plus fortement que cela réveillait en elle de vieilles peurs qu'elle croyait enfouies à jamais. Elle nous avait avoué, les jours suivants, qu'elle faisait un cauchemar récurrent qui la hantait presque à chaque nuit, lorsqu'elle n'était encore qu'une adolescente.

Elle se voyait nue, le corps fait d'une multitude de petites roches granitiques scintillantes au soleil. Elle marchait ainsi seule, dans un désert vallonné et désolé, à la recherche de quelque chose ou de quelqu'un. Son regard allant de l'horizon à ses mains qui s'érodaient lentement, rongées par un vent violent qui la faisait tomber presque à chaque pas. Son cauchemar à lui seul, expliquait sa vocation professionnelle. Toute sa vie, elle avait cherché à étudier les roches au plus profond de leur matière pour tenter de comprendre ce qui la hantait. Au vu de ce qui venait de se passer, il apparaissait clair, pour chacun d'entre nous, que nous ne pouvions plus utiliser dorénavant des explications basées sur notre référentiel terrestre…

A posteriori, je frémis à l'idée de ce qui se serait passé si ces créatures, au lieu de les ignorer, avaient considéré les astronautes comme des proies, ou des concurrents empiétant sur leur territoire de chasse. Au moment des faits, nous ne connaissions pas encore les subtilités de leur métabolisme, et encore moins leur niveau d'évolution.

Nathalia était aux anges, alors que Surya, toujours aussi inquiet, avait proclamé solennellement qu'il n'était plus question qu'il mette un jour un pied dehors. Il était clair que quelque chose avait attiré ces prédateurs lorsque Monica avait fait son prélèvement.

J'interrogeais alors Hans, Nathalia, Anne et Monica afin de trouver une solution pour effectuer des prélèvements sans être dérangés par ces créatures. Après concertation entre leurs spécialités respectives, Anne, toujours aussi pragmatique et logique, suggéra qu'il suffirait de confectionner une sorte de jupe qui entourerait le bras de la foreuse afin de rendre l'entrée du trou le plus étanche possible.

De plus elle devrait être confectionnée en un matériau électriquement conducteur. En effet, si nous sommes en présence d'éléments volatiles tels des phéromones, des odeurs, ou encore des spores, cela devrait les empêcher de se répandre, et la matière électriquement conductrice devrait aussi bloquer les éventuels rayonnements électromagnétiques. Nous ne savions pas encore, à l'époque, comment se faisaient les échanges d'information dans un écosystème minéral.

Anne s'attela à la tâche avec un empressement communicatif, aidé d'Abbes qui se chargeait de lui trouver les matériaux adéquats. Il employa un tissu étanche sur la face interne, et métallique sur la face externe, afin de ne pas blesser les vers qui n'auraient pas manqué d'être détruits s'ils avaient été en contact avec du métal. Une petite heure plus tard, ils avaient terminé.

Anne était rayonnante de fierté d'avoir rempli ce cahier des charges si particulier, aussi vite et avec autant d'efficacité.

Abbes entreprit sans attendre d'apporter cet assemblage hétéroclite à une Monica terrorisée qui trouvait le temps beaucoup trop long et n'aspirait qu'à se réfugier au plus tôt à l'intérieur de la station. Anne protesta bruyamment. Elle aurait voulu sortir elle-même, arguant qu'il n'arriverait probablement pas à l'ajuster correctement mais en fait, elle bouillonnait de curiosité et trépignait d'impatience de voir cela de plus près. Cela pouvait sembler injuste que ce soit lui qui sorte, alors que c'était elle qui avait trouvé la solution. Mais elle devait accepter le fait que nous ne puissions pas prendre le risque de laisser partir nos deux ingénieurs en même temps. Et il faut avouer, qu'en cas de réaction agressive de leur part, Abbes aurait un peu plus de chance de s'en sortir.

Après d'interminables tergiversations, Anne l'aida à enfiler son scaphandre, non sans ronchonner et à lui dire qu'elle lui ferait payer ça à son retour. Ce dernier ne cachait pas son amusement, pour lui avoir damné le pion, car elle avait l'agaçante obsession de toujours vouloir lui prouver que la femme la plus simple serait toujours plus efficace que le meilleur des hommes.

Abbes pénétra enfin dans le sas, en traînant la lourde jupe improvisée, lestée des poids de musculations de Manuel. Pendant ce temps-là, Xiang revenait en courant à la station pour l'aider à transporter le tout. Il avançait comme il pouvait, en trébuchant plusieurs fois et en manquant à maintes reprises de tomber, en poussant quelques jurons en chinois.

Abbes, à présent seul dans le sas ne riait plus. Son souffle était rapide et bruyant. Il fixait attentivement du regard tout ce fatras, cherchant quelque erreur de conception qui aurait compromis l'opération, pendant que l'air de cet étroit espace se vidait en un sifflement strident.

Son instinct de survie, s'était exacerbé. Il tentait de le dissuader avec insistance de sortir. La situation qui l'attendait au-dehors lui apparaissait bien trop hostile à présent et l'inquiétait au point d'hésiter à activer la commande d'ouverture. Il ferma les yeux et prit une profonde inspiration. Il ne voulait pas se décrédibiliser devant Anne. Pour se rassurer et être à même de se défendre si les « cailloux pointus » le trouvaient finalement comestible, il avait décidé d'emporter avec lui, une tige métallique, puisque cet élément semblait toxique pour toutes ces choses.

La porte se déverrouilla enfin et coulissa rapidement, le tout dans un léger crissement dû à la fine poussière qui s'insérait partout. C'est sa première sortie. La lumière du soleil pénétrait crûment dans le petit vestibule et traversait la visière de son casque en répandant enfin sa chaleur sur son visage. Après six mois d'une lumière artificielle et froide, l'émotion l'envahit avec force et lui enserra la gorge. Il se délectait alors de cette chaleur retrouvée, et si particulière, du soleil. Il prit enfin conscience du spectacle de ce paysage tant convoité qui s'offrait à lui. Il s'accorda quelques instants d'une contemplation émerveillée et méritée. Il se saisit enfin de son lourd fardeau et avança lentement vers la porte béante. Il traîna maladroitement le tout, jusqu'à ce que l'une de ses bottes entre en contact avec la bordure. Il s'adossa alors à la paroi, et attendit ainsi Xiang. Pendant cet intermède, il reprit la contemplation de ce paysage tant rêvé, les yeux pétillant de bonheur. Il ne regrettait plus toutes ces années d'efforts et de souffrances. Il avait atteint le but qu'il s'était fixé lorsqu'à l'anniversaire de ces douze ans, il reçut une vidéo montrant les paysages vallonnés que les sondes automatiques avaient envoyée. Xiang, qui était à présent au bas de l'échelle, le fit sortir de ses souvenirs en lui tapotant le pied de son gant.

> – Dis donc, le rêveur, si tu te décidais à sortir de là, ça soulagerait les filles de leur solitude.
> Tu sais, je ne pense pas qu'elles se sentent encore très à l'aise d'être restées seules, qu'en penses-tu ?

Abbes, surpris et encore groggy par l'intensité émotionnelle de sa contemplation, se pencha vers lui en arborant un large sourire. Presque en état de choc devant la beauté de ce paysage, il ouvrit la bouche mais aucun son n'en sortit, et encore absorbé dans ses pensées, il lui fit alors un signe d'approbation de la main. Il ramassa l'ensemble avec des gestes lents, et le poussa hors du sas. Xiang leva les bras dans le vain espoir de le réceptionner, mais Abbes ne regardait que le paysage devant lui. Il finit par laisser tout choir sur son infortuné compagnon qui tomba lourdement sur le dos.
Pendant que Xiang déversait un flot de jurons ininterrompu en chinois campagnard, Abbes, hilare, descendit enfin l'échelle et l'aida à se relever. Il entreprit ensuite de le libérer de tout ce fatras, hétéroclite au point d'en être grotesque, au premier abord. Le comique de la situation gagna Xiang qui finit par en rire lui aussi. Sans d'autres moyens que de traîner le tout, ils avancèrent ainsi en produisant à leur tour un épais nuage de poussière. Il ne tarda pas longtemps à les envelopper, percé çà et là par les rayons obliques d'un soleil bien présent mais à la chaleur malgré tout très suggestive. Ils arrivèrent, enfin, jusqu'aux deux femmes terrorisées qui les encourageaient à avancer plus vite. Après avoir ajusté fébrilement la jupe sur la foreuse, Monica entreprit d'effectuer un nouveau forage. Pendant ce temps-là, leurs deux compagnons montaient une garde attentive de chaque côté, armés chacun d'une pathétique tige d'acier inoxydable

qui brillait de mille feux à la lumière crue du matin. Le forage avançait tant bien que mal. Le sol bien que poussiéreux et friable, n'en était pas moins compact et très dur par endroits. Des vibrations intermittentes résonnaient violemment dans le trépan. Elles se répercutaient dans tout l'équipement, jusqu'aux épaules de la pauvre Monica qui luttait comme elle pouvait contre ces secousses.

Nathalia décida alors de l'aider pour en finir. Elle s'agrippa à elle pour maintenir dans l'axe l'ensemble de plus en plus malmené par ces trépidations et les grincements sinistres de la mécanique qui donnait l'impression de devoir lâcher d'un instant à l'autre. Après de pénibles minutes, d'un effort presque inhumain, et ayant atteint la profondeur où elle avait découvert le premier vers, elles s'arrêtèrent enfin, le souffle court.

La sueur dégoulinait du front de Monica en lui piquant les yeux. De ses mains tremblantes, et presque sans force elle se surprit, dans un rictus agacé, à essayer de s'essuyer. Levant un visage rougi, mais au sourire vainqueur, elle se redressa doucement, le dos endolori, et entreprit de maintenir soigneusement la verticalité de l'ensemble, pour ne blesser aucun spécimen. Elle retira délicatement le trépan, puis Nathalia la lâcha et avança dans la direction du trou, d'un pas hésitant. Elle entreprit de s'agenouiller en s'aidant d'une tige métallique pour ne pas tomber, et se protéger aussi dans l'éventualité où ses compagnons auraient été débordés par l'arrivée de nouveaux « cailloux pointus ». Après une brève, mais néanmoins légitime hésitation, elle glissa lentement une main gantée, et tremblante, sous la jupe de la foreuse restée en place. Elle fouilla, en tapotant à l'aveuglette, les gravats, puis s'arrêta soudainement, les yeux écarquillés. Dans un mouvement de recul fébrile et presque instinctif, elle retira prestement sa main qui enserrait un gros ver qui se débattait doucement et demanda, avec une voix aigüe et presque au bord de l'hystérie, qu'on lui apporte rapidement un récipient.

– Ça vibre !
Vite, prenez-le !

Xiang confia, d'un air dégoûté, sa tige de métal à Abbes, qui continuait à faire le guet, et avait déjà ramassé la boite à prélèvements qu'il avait posé à côté de lui. Abbes courut comme un chercheur d'or qui venait de trouver sa première once d'or, vers Nathalia pour la soulager de son si précieux spécimen.

Je m'adressais alors à eux et je leur demandais de rapporter au moins un deuxième ver.

Au vu des difficultés pour les prélever, il serait plus judicieux d'en prendre plusieurs.

Nathalia s'exécuta une seconde fois, non sans une réelle réticence, et en sortit deux d'un coup qu'elle jeta d'un geste sec dans la boite.

Elle se releva tout de suite et recula de plusieurs pas, avant que l'idée ne me vienne de lui demander de renouveler ses efforts.

Alors que Xiang amorçait son demi-tour pour retourner au laboratoire extérieur, il s'arrêta subitement et la fixa en s'exprimant dans un Chinois anormalement aigu, tout en pointant un doigt tremblant dans sa direction.

– Qu'as-tu à me regarder comme ça ?

Curieuse, Monica tourna sa tête dans leur direction et hurla :

– Ton gant !

Nathalia, regarda à son tour l'objet de tout ce remue-ménage. Elle fut prise d'un mouvement de recul instinctif, manquant de tomber en arrière, en constatant que les parties de son gant gauche ayant été en contact avec les vers, avaient pris la couleur d'un lumineux bleu émeraude. Elle frotta fébrilement ces inquiétantes taches avec son autre main gantée. Une stupeur horrifiée crispa son visage lorsqu'elle constata que la partie tachée commençait à s'effriter. L'angoisse d'être confrontée, à une décompression fatale envahissait et noircissait son esprit. Elle courut à en perdre haleine jusqu'au petit véhicule de Xiang et démarra en trombe en produisant un nuage de poussières ocre qui l'enveloppa complètement et la cacha du regard. À proximité du sas d'entrée, et à deux pas d'une violente collision, elle freina brusquement dans un vertigineux dérapage latéral, tel un coureur de rallye automobile. Cette conduite au-delà des possibilités théoriques de son véhicule, le déséquilibra soudainement, au point qu'il amorça une bascule latérale mais, fort heureusement, son destin n'était pas de mourir en ce jour. Son véhicule sembla un instant comme retenu dans les airs, puis il retomba lourdement sur ses roues. Ne s'étant pas sanglée, elle dut se cramponner de toutes ses forces au volant pour ne pas en être éjecté. Elle bondit sur le sol des deux pieds et gravit en courant les quatre petites marches. Elle frappa alors fébrilement sur le bouton d'ouverture, en vociférant contre la lenteur du mécanisme. La peur obscurcissait son raisonnement. Après d'interminables secondes, alors qu'elle entendait déjà l'air qui s'échappait de son gant dans un sifflement aigu en engourdissant douloureusement sa main, le verrou se libéra enfin dans un bruit métallique sourd. La porte glissait dans son rail, beaucoup trop lentement à son goût. Les yeux écarquillés de terreur, elle s'y agrippa des deux mains malgré la douleur qui lui paralysait sa main gauche qu'elle ne pouvait même plus contrôler, comme un membre déjà mort et inutile. Elle tentait désespérément d'accélérer, les yeux en larmes, le mouvement latéral de la porte qui continuait imperturbablement sa course en ignorant toute sa détresse. Lorsqu'elle estima le passage comme suffisant, elle tenta de s'y engouffrer en luttant contre ce temps qui lui manquait, mais son encombrant équipement dorsal s'y opposait encore. Au bord de la crise d'hystérie elle parvint enfin à pénétrer dans le sas et donna un violent coup de poing sur le bouton de fermeture d'urgence faisant ainsi se fermer la porte, d'un coup sec, comme un claquement de ciseaux.

Pendant que la pression se rétablissait dans cet étroit espace, la procédure automatique de décontamination s'amorça. Les puissantes lampes ultraviolettes s'allumèrent, puis des jets de vapeurs brûlantes surgirent du sol et des parois, l'enveloppant dans un brouillard qui la rendait presque invisible. Heureusement pour elle, le mécanisme d'ouverture de son gant était bloqué par un programme de sécurité de l'ordinateur de son scaphandre, car elle s'acharnait à essayer de l'enlever en gesticulant en tous sens. Il était en si piteux état qu'il laissait pénétrer peu à peu la chaleur vive qui commençait à lui brûler la paume et les doigts. Lorsque la décontamination s'arrêta enfin, il s'ensuivit un violent courant d'air glacé qui la sécha rapidement. Le sas était à présent comme neuf, d'un blanc immaculé. La fermeture de son gant se débloqua aussitôt, libérant une main qui n'était plus qu'un œdème difforme, aux veines violacées et turgescentes. Certaines avaient même commencé à céder et saignaient abondamment. Elle n'arrivait plus du tout à bouger ses doigts. Prise d'une crise d'angoisse et de larmes, elle tapa fébrilement, de son autre gant la porte intérieure, jusqu'à ce que le mécanisme de sécurité se décide enfin de l'actionner.

Carole, qui avait suivi attentivement la scène sur son moniteur, avait accouru aussitôt en traînant avec elle sa lourde trousse de secours. Elle entreprit d'étudier minutieusement l'état de cette main, paralysée par le froid et le début de décompression qui l'avait tant meurtri. Elle marqua un moment d'arrêt lorsqu'elle constata que de minuscules taches de couleur bleu foncé apparaissaient sur le dessus de la main de la malheureuse. Au vu de cette étrangeté, et dans la crainte de la présence d'un agent pathogène, elle se retourna prestement et appuya vivement sur le bouton de fermeture du sas. Elle enfila, d'un geste assuré, ses gants de latex tout en retenant sa respiration, le temps de pouvoir enfin mettre un masque sur son visage. Elle s'agenouilla devant l'infortunée qui s'était assise sur le sol, le regard hagard, et entreprit de lui masser la main, dans l'espoir d'aider le sang à circuler de nouveau. Cette épreuve était si douloureuse que Nathalia quitta sa torpeur et répondit à l'assistance de son dévoué médecin par une plainte grimaçante qui essayait d'imiter un sourire.

Carole voulue la rassurer en lui expliquant que, d'ici quelques jours, il ne paraîtrait plus rien de cet incident. Elle pansa fermement sa main ensanglantée pour faire cesser les saignements. Afin d'arrêter le développement de l'œdème elle lui injecta ensuite un puissant anti-inflammatoire, puis elle l'aida à enlever, plus calmement, le reste de son scaphandre trempé d'une sueur glacée. Elle prenait bien soin de placer les éléments tachés de bleu dans les tiroirs à spécimens du sas. L'instant d'après, Nathalia fut secouée de tremblements et de spasmes incontrôlés. Elle semblait sombrer dans un état de choc qui empirait de secondes en secondes. Incapable de parler, incapable de bouger, elle réussit au prix de terribles douleurs, à tourner sa tête dans un mouvement lent et saccadé, vers Carole qui la serrait contre sa poitrine, la gorge endolorie de tristesse. Elle fixait ses grands yeux dans ceux du médecin, pour essayer de lui communiquer quelque chose puis, son regard se figeant, elle se raidit et s'évanouit dans une dernière secousse.

Carole contrôla sa respiration puis demanda l'assistance d'Anne et d'Elisheba, qui étaient toujours à bord de la station. Il s'agissait de la transporter rapidement dans la petite infirmerie. Ces dernières étaient partagées quant au risque biologique que Nathalia représentait.

Moi-même, j'hésitais.

Mon entraînement, ma logique, ma raison, ma responsabilité

s'y opposait. Mon amitié, ma solidarité d'humain, ma logique aussi, exigeaient de la laisser entrer. Après-tout, ne sommes-nous pas tous condamnés à plus ou moins brève échéance !

Mais avais-je encore le droit de m'y opposer, avais-je encore le droit de prendre un tel risque ?

Manuel était pétrifié de douleur devant l'état de Nathalia. La douleur déforme tout, y compris et surtout la vue, et tout prend d'un seul coup des proportions exagérées.

Je pris alors la parole et m'adressais à l'équipage pour leur proposer de la transporter dans un caisson étanche jusqu'à l'infirmerie afin de la placer dans la chambre stérile de quarantaine médicale, prévue pour ce genre de situation. D'une voix un peu trop énervée, je leur demandais sur un ton presque agressif, si quelqu'un avait une autre idée, qu'il n'hésite pas à nous faire part d'une autre proposition. Comme personne d'autre ne voulait prendre la décision qui la sauvera, ou la perdra, il s'ensuivit un long silence.

Manuel avait repris un semblant de contrôle sur lui-même. Il savait bien qu'il ne pouvait pas y avoir d'autre solution viable. Il nous implora, dans un flot de paroles, déchirées de sanglots, à ce que nous tentions l'impossible pour la sauver. Cela faisait maintenant près d'une journée qu'elle était plongée dans un coma profond. Manuel n'était jamais très loin de l'infirmerie et Monica le surprit même, la nuit suivante, assis contre la porte, à même le sol, écroulé d'épuisement. Lors des quelques secondes de lucidité, qui survenaient une à deux fois par jour, Nathalia tentait d'enlever fébrilement sa perfusion, en marmonnant des propos qui nous semblaient incohérents à l'époque, et qu'il fallait la « laisser partir ».

Au troisième jour, les taches sur sa main disparurent, mais sa peau, du bout des doigts jusqu'au haut de son épaule, avait viré à un gris laiteux. Elle était devenue rugueuse, sèche, et des craquelures apparaissaient aux articulations qui commençaient à suinter d'une substance blanchâtre, épaisse comme du sang.

À cette vue, Carole entreprit aussitôt d'en faire un prélèvement et de procéder aux premières analyses. Le chromatographe entama l'écriture de la longue liste des composants, laissant notre médecin dans un état de perplexité inhabituel. Le regard grave, elle composa rapidement mon indicatif sur le clavier de l'interphone.

– Commandant ?

– Que puis-je pour toi, Carole ?

– Peux-tu venir dans l'infirmerie, j'ai les premiers résultats de l'analyse que j'ai effectuée sur les écoulements blancs de Nathalia.

– Eh bien, pourquoi ne me les transmets-tu pas sur mon ordinateur ?

– Je préfère que tu viennes les voir et me confirmer mon interprétation.

– À ce point ?

– Il se passe quelque chose.

– Peux-tu être un peu plus précise ?

– C'est assez grave. Je t'attends.

J'avais du mal à accepter les résultats de l'analyse.

Le liquide blanchâtre, qui circulait à présent dans ses veines, semblait coloniser le reste de son système sanguin. L'hémoglobine, qui est organisée sur des atomes de fer, disparaissait progressivement au profit d'un composé basé sur le silicium. Nous assistions, impuissants, à un empoisonnement généralisé, et à la finalité létale selon les critères « terrestres ». Les examens des jours suivants nous rassurèrent, en un sens. Ils confirmèrent la réalité de l'adaptation de notre infortunée Nathalia à la chimie martienne. Apparemment, il semblerait qu'elle utilise le silicium pour le transport de l'oxygène. La molécule employée, inconnue sur Terre, était d'une extraordinaire complexité et d'une efficacité très au-dessus de ce que permettait l'hémoglobine. En théorie, elle pourrait se contenter de l'infime quantité d'oxygène présente dans l'atmosphère ténue de la planète.

Dans l'instant présent, bien que comateuse, elle respirait bruyamment et même presque normalement, l'air de l'infirmerie. Des spasmes nerveux secouaient cycliquement chaque muscle de son corps. Ce qui était d'autant plus impressionnant lorsque ceux assurant sa respiration se mettaient à lui secouer brutalement la poitrine, et à l'étouffer, le temps que l'onde du spasme poursuive sa route sur les autres muscles. Lorsque ce fut au tour de son visage d'être atteint par cette onde, un spectateur, qui ne serait pas averti de la situation, ne manquerait pas d'être effrayé devant cette expression grimaçante, comme un masque de samouraï. Il passait alors par toutes les expressions recensées, allant tour à tour de la joie à la tristesse, du sourire au rictus, du plaisir à la douleur. L'encéphalogramme cependant se voulait rassurant. Elle ne souffrait visiblement pas, et semblait être « simplement » dans un sommeil paradoxal permanent, selon des critères humains, toutefois…

Mais à quoi pouvait-elle donc rêver ?

Renaissance

Deux jours s'étaient écoulés depuis son admission dans l'infirmerie. Son torse, jusqu'à son nombril, ses seins, ses épaules, et l'avant-bras gauche avaient perdu leur couleur humaine. La dépigmentation continuait de s'étendre imperturbablement. Carole avait positionné, au-dessus d'elle, un brumisateur qui l'enveloppait d'un fin brouillard dans l'espoir de ralentir la déshydratation de sa peau. J'avais bien essayé, sans grand succès, de lui faire entendre que ce processus était irréversible.

Elle n'arrivait pas à se résigner à l'accepter et enrageait devant son impuissance. Il la veillait nuit et jour, trempée de sueur dans sa combinaison d'isolement, essayant toute la pharmacopée à sa disposition en s'aidant de l'ordinateur de l'infirmerie pour équilibrer ses formules.

Elle tentait d'adapter ses connaissances médicales à cette nouvelle chimie qui la déroutait.

Elle ne voulait pas céder au découragement.

Elle ne voulait pas la laisser partir, sans combattre jusqu'au bout, ce mal aveugle qui lui dérobait son amie. Malgré ses efforts, le processus se poursuivait inexorablement. Au vu des diagrammes et des résultats d'analyse, le risque de contamination au reste de l'équipage avait atteint un seuil inacceptable. Je décidais alors d'ordonner l'arrêt des soins.

Carole, à bout de force, à bout de nerfs tomba à genoux, la tête baissée. Après être restée ainsi prostrée pendant une minute qui paraissait interminable, elle se releva lentement, résignée. Une fois à l'intérieur du sas de décontamination, elle fondit en larmes pendant que les vapeurs brûlantes l'entouraient. Cette étape terminée, elle sortit lentement, les bras ballant.

Elle n'avait plus la force d'enlever sa combinaison.

Elle retombait à genoux, le regard hagard, éperdue de tristesse devant son impuissance.

Je m'approchais rapidement d'elle et l'aidais à sortir hors de cet étroit vestibule. Une fois dans ses quartiers, elle s'écroula dans sa couchette et me demanda de la laisser seule, tout en sanglotant.

Manuel, en apprenant ma décision, se mit à me détester vertement et ne m'adressa plus la parole. Il me reprochait de les avoir entraînés dans une expédition vouée à la mort.

J'étais torturé de remords.

J'étais responsable de la vie de chacun d'eux.

Je m'en voulais tellement de les avoir autorisés à rapporter d'aussi dangereux spécimens.

Je me mortifiais, dans l'exaltation de la découverte, d'avoir oublié toute prudence élémentaire en demandant à Nathalia d'en saisir un pour satisfaire notre curiosité.

Pendant ce temps-là, l'étude de ces mortelles créatures vermiformes ne s'était pas arrêtée. Les explorations, à l'extérieur, se poursuivaient selon des protocoles de sécurité drastiques, et se concluaient depuis « l'accident » par un nettoyage méticuleux de son scaphandre après chaque sortie. Toute tentative, dans la compréhension de leur métabolisme ne pouvait qu'être vouée à l'échec, et ce, dès le début. Les protocoles de recherche classiques n'étaient efficaces... Qu'avec des organismes de type terrestres. Et cette chimie, si étrange, ne réagissait pas, mais alors pas du tout, comme nous l'aurions espéré.

Le quatrième jour avait vu la métamorphose cristalline de Nathalia se poursuivre et s'étendre jusqu'à occuper la moindre parcelle de son corps. Elle n'avait pas la froideur de la roche. Une chaleur presque dérangeante était bien visible grâce à la caméra infrarouge qui enregistrait les modifications de son métabolisme. Sa peau avait maintenant une texture rugueuse, semblable à du grès. Bien que toujours inconsciente, elle respirait encore, telle une statue vivante.

Pendant ce temps-là, Manuel qui paraissait avoir repris ses esprits, était devenu froid et distant avec tout le monde, un peu comme Xiang à son arrivée.

Carole, en tant que psychologue, et amie, décida d'aller dans sa cabine et tenter de le réconforter.

– Manuel, je suis à peu près certaine que Nathalia est hors de danger maintenant.
Bien qu'elle ne soit pas en mesure de parler, car elle demeure très faible, elle parvient de nouveau à cligner des yeux quand je m'adresse à elle.
J'arrive ainsi à communiquer.
Nous avons un grand espoir de…

– Arrête !
Je sais ce que tu vas me dire !
Je sais qu'elle ne pourra plus nous côtoyer, que le moindre contact nous mettrait face à un danger mortel.
Je sais que je ne pourrai plus jamais la serrer dans mes bras.
Je sais que je ne pourrai plus jamais sentir la douce odeur de ses cheveux.
Je sais que je ne pourrai plus jamais l'embrasser.
Je sais que nous ne pourrons jamais commencer la nouvelle vie qu'elle désirait tant.
Je sais que nous sommes tous perdus…

Un lourd silence s'installa. Manuel était assis, immobile, le regard au loin, comme si elle n'était pas là. Puis il se leva d'un coup, un sourire radieux éclairant un visage aux yeux rougis par tant de larmes, puis il sortit brusquement de sa cabine.

Affolée Carole essaya de le suivre. Elle craignait qu'il n'ait pris la décision de faire un geste irrationnel et terrible à la fois.

Elle n'était pas aussi sportive que lui et avait toujours trois pas de retard.

Elle finit par trébucher lorsqu'il monta sur l'échelle allant au niveau supérieur. Il déverrouilla d'un geste assuré l'entrée circulaire au-dessus de sa tête, et s'y engouffra, puis il la referma tout aussi vite et la bloqua prestement. Sur ce niveau se trouvaient l'infirmerie et la cellule d'isolation biologique, mais aussi le local entreposant les scaphandres donnant sur le sas de sortie de la station. N'arrivant pas à débloquer l'entrée de ce niveau, elle redescendit et couru à en perdre haleine, dans la coursive circulaire, afin de trouver quelqu'un qui pourrait l'aider. Entendant ce remue-ménage, j'émergeais à mon tour dans ce couloir à l'instant où elle arriva devant moi. Sa course se termina ainsi en une bousculade. J'essayais de la calmer et lui demandais ce qui la mettait dans un tel état. Elle me relata sa discussion avec Manuel craignant que, dans son malheur, il ait décidé de mettre fin à ses jours.

Je courrais à mon tour mais, une fois arrivé en haut de l'échelle, je ne réussissais pas à ouvrir la porte étanche. Chaque seconde compte dans ces moments-là, aussi je n'insistais pas et redescendais chercher Anne qui, j'en étais certain, ne manquerait pas de trouver rapidement une solution. En effet elle prit aussitôt son puissant tournevis électrique et couru à son tour jusqu'à l'échelle donnant l'accès au niveau supérieur. Grâce à ce puissant outil, et à la connaissance parfaite du mécanisme de verrouillage, elle réussit à l'ouvrir en quelques secondes. Elle le laissa tomber sur le sol et pénétra, en quelques bonds rapides, dans le hall du niveau supérieur, puis elle se mit à courir à en perdre haleine en direction du local d'habillage qui donnait sur le sas de sortie. Je la suivais comme je pouvais et Carole me talonnait, le regard affolé. Une fois à l'intérieur, nous avions tous les trois l'estomac noué par l'horreur de constater qu'aucun scaphandre ne manquait. Devant nous, la porte extérieure, si froide, avec ce trop petit hublot qui ne permettait pas d'appréhender l'intégralité de son contenu, captait de manière hypnotique nos regards. Je me tournais alors vers elles et les retins du plat de la main.

En tant que responsable de notre groupe, j'étais préparé à gérer le triste spectacle qui m'attendait. C'était donc à moi seul d'y aller. Elles m'aidèrent, sans un mot, le regard sombre, à enfiler mon scaphandre. J'étais excédé d'impatience, jugeant que cela n'allait pas assez vite, et pestait contre les malheureuses qui faisaient de leur mieux, tout en pensant que cela allait malgré tout beaucoup trop vite !

Enfin prêt, j'ouvrais la porte du sas, d'un blanc nacré, immaculé de propreté. Pendant qu'elles actionnaient la commande de fermeture et activaient la procédure de dépressurisation, je me précipitais sur la porte extérieure. Les trois pas nécessaires pour franchir cet espace ne firent presque pas de bruit sur l'épais sol antidérapant. Je marquais un instant d'arrêt, devant la vue de ce bouton rouge, gravé d'un « OPEN » blanc, hypnotique, attirant et repoussant à la fois. Au bout d'un temps, qui me parut interminable, elles décidèrent de rompre ce silence de recueillement et me demandèrent calmement, doucement, d'y aller. Le cœur serré, je fermais les yeux et avançai un index hésitant, m'attendant à un spectacle d'horreur.

La seule réaction qu'un corps humain puisse avoir, exposé à une pression atmosphérique cent-soixante fois plus faible que sur Terre, est une inévitable expansion explosive, ne laissant qu'un squelette désarticulé et sanguinolent.

Plus personne ne parlait dans mes écouteurs. Je desserrais petit à petit mes paupières et appuyais enfin sur le bouton d'ouverture. La porte glissa lentement sur son rail, dans son chuintement caractéristique, me découvrant peu à peu l'habituel paysage.

Rien !

Il n'y avait rien d'autre qu'un peu de poussière ocre qu'un vent léger déposait sur l'entrée du sas. J'avançais lentement et me penchais au-dehors, me contorsionnant à droite et à gauche.

Toujours rien. Soulagé, je reculais d'un pas.

Je me retournais lentement, choqué devant l'incompréhension de ce « rien » tout en appuyant mécaniquement, sans même penser le geste, sur le bouton de fermeture. Mon cœur cognait dans ma poitrine, mais j'étais soulagé de voir que mon second n'avait pas pris l'inacceptable décision. La procédure de décontamination automatique s'enclencha et m'entoura de ses vapeurs brûlantes et toxiques. Au bout d'interminables secondes, de puissants jets de vapeur d'eau sortirent de toutes parts, tandis que les turbines, au fond du sas, se mettaient en route et enlevaient toute trace de ces substances. Mon scaphandre était maintenant aussi propre qu'à la sortie de sa chaîne de fabrication. Pendant ces opérations inévitables, de puissantes lampes ultraviolettes m'inondaient de leurs mortelles radiations. Cela devait me garantir une stérilisation absolue, du moins selon les normes en vigueur sur Terre. Devant la puissance des jets, destinée à déloger le moindre grain de poussière, il était conseillé de se cramponner fermement aux poignées, pour être projeté contre le mur. Je me surpris à penser, pendant ces opérations de décontamination que, décidément, je n'arriverais jamais à m'y habituer…

En annonçant ce que j'avais vu, ou plutôt ce que je n'avais pas vu, Anne et Carole se serrèrent chaleureusement dans les bras. Elles n'avaient pas encore compris, et moi non plus, que ce qui s'était réellement passé était tout aussi terrible. De retour dans le local des scaphandres, elles m'aidèrent à me délester de ce lourd équipement, puis nous quittâmes cette pièce qui nous avait apporté tant d'appréhension, et surtout de peur. Nous avions pris conscience de notre fragilité, de notre sursis devant une mort, à plus ou moins brève échéance, qui attendait, comme un prédateur aux aguets, chacun d'entre nous.

Dans le petit vestibule, une glaciale réalité prit naissance dans nos esprits. Il n'y avait qu'une deuxième porte, et elle ne conduisait qu'à l'infirmerie. Carole me lança un regard entendu et lourd. Elle l'ouvrit doucement et y pénétra lentement. J'y entrais à mon tour, suivi par Anne, dont les joues étaient rougies par l'intense émotion de la situation.

Manuel était dans la chambre d'isolation, assis sur le bord du lit, en tenant la main de notre infortunée. Des larmes coulaient sur son visage, tandis qu'un lumineux sourire l'éclairait. De même, celles qui glissaient lentement sur les joues Nathalia, étaient d'un blanc laiteux. Elle leva une tête tremblante et tenta de lui rendre à son tour son sourire. Une douleur insoutenable s'empara alors de tout son être. Son sourire se transforma en un masque grimaçant, tandis qu'il gardait le sien en serrant encore plus fort sa main.

— Manuel nous avions cru que…

Il leva son autre main pour m'interrompre, afin de s'expliquer.

— La Vie est une chance, le simple fait d'exister est, par nature, un don divin…
L'abréger serait une négation de ce que « le commun » appelle Dieu.
Je me devais de vivre Pour Elle.
Je me devais de vivre Comme Elle.
Et puisque son aventure n'est maintenant plus la

nôtre, je me devais de continuer mon chemin avec Elle.

Je restais là, pantois, déchiré entre la révolte, et la compassion.

Au fond de moi, je comprenais sa souffrance et donc sa décision.

Au fond de moi, j'enviais l'intensité de ses sentiments.

En regardant attentivement dans sa direction, on pouvait déjà apercevoir les premières taches. Elles étaient de toutes tailles et d'une couleur troublante. Un bleu turquoise éclatant régnait au centre, puis virait à un sombre vert-de-gris, sur le pourtour. Elles colonisaient, presque à vue d'œil, sa main qui tenait celle de Nathalia. Au bout de quelques minutes, elles avaient déjà atteint son épaule, et les premières commençaient même à apparaître à la base de son cou. Le mal qui avait frappé la malheureuse s'était parfaitement adapté à la biologie humaine et progressait maintenant de manière fulgurante sur son compagnon. De son regard, ne se dégageaient ni peur, ni résignation. Il savait simplement qu'il avait fait le bon choix, le seul choix possible pour lui. Une douleur, diffuse, presque imperceptible au début, s'amplifiait à mesure que les secondes passaient, en s'emparant peu à peu de son corps. Nathalia ne pouvait maintenant plus prononcer le moindre mot, ni même faire le plus petit mouvement. Au prix d'un effort quasi surhumain, elle parvint à pencher sa tête vers celui qui l'aimait ainsi, jusqu'à l'absolu, jusqu'au sacrifice. La laisser partir seule, pour son dernier voyage, et continuer à vivre sans elle, n'avait tout simplement pas le moindre sens pour lui. Il s'allongea alors à son côté, sans un mot, tout doucement. Il souleva un bras, secoué de tremblements et de spasmes de plus en plus violents, mais il réussit à l'enlacer. Il fit preuve d'une volonté, au-delà de la volonté, au-delà de sa propre peur, afin de transformer sa grimace tremblante en un sourire radieux et apaisé. Il ne pouvait pas supporter l'idée de lui ajouter une blessure morale à sa souffrance physique. Il voulait que Nathalia, dans ses derniers instants de lucidité, garde de lui une image de paix, une image d'amour. Leurs deux corps tremblaient, à des rythmes différents puis, au bout de quelques minutes, ils finirent enfin par s'accorder. Au terme d'une interminable poignée de secondes, ils cessèrent enfin de trembler et se figèrent.

Devant ce spectacle troublant et terriblement émouvant, les deux femmes fondirent en larmes. Le reste de l'équipage les avait à présent rejoints. Devant la vitre nous pouvions assister, impuissants, à la fin de leur lente et terrible transformation. Leur peau s'était desséchée et craquelait de partout. Par endroits elle apparaissait dure et s'écaillait comme la peinture d'un vieux tableau. Tels des morceaux de coquille d'œuf, des parties entières tombaient sur le sol, laissant apparaître une seule masse, compacte et grisâtre, qui virait doucement au bleu turquoise tout en palpitant comme un battement de cœur. Maintenant, rien ne permettait plus de les différencier.

À cet instant, Monica immobile jusqu'alors, tomba à genoux, prise de nausée. Elle toussa violemment puis se redressa lentement. Avec le regard fou de celui qui est saisi d'une peur panique, elle poussa un cri rauque. Elle repoussa violemment Xiang qui voulait lui venir en aide et couru de manière désordonnée dans la coursive, se cognant contre les parois, à chaque virage, trébuchant dans chaque passage de porte, jusqu'à rejoindre sa chambre. Elle claqua la porte étanche et s'effondra sur le sol, en position fœtale, le regard fixe, tétanisée.

Pendant ce temps-là, Carole enfilait sa combinaison étanche. Elle entra dans le petit sas de l'infirmerie, suivie de près par Hans. Il s'agissait de procéder rapidement aux examens nécessaires à l'évaluation du risque biologique.

Hans, fasciné par cette métamorphose, approcha une main gantée de la masse palpitante qui était maintenant globalement informe.

Carole, dans un éclair d'intuition, retint rapidement son geste. Elle lui demanda expressément de respecter ce qui restait de leurs infortunés compagnons et de ne pas y toucher, tout du moins, pour l'instant.

Étonné, il balbutia, haletant, que leur survie était en jeu.

Elle s'emporta bruyamment, en s'interposant lorsqu'il voulut en percer la « peau » avec un scalpel, avec une détermination qui failli le renverser au sol.

Alors que nous pensions qu'ils allaient finir par en venir aux mains, un fort bruit de craquement se fit entendre. Une fissure progressait le long de la masse qui, entre-temps, était devenue dure comme de la pierre, puis le bloc se brisa en deux, libérant une multitude grouillante. Des vers identiques à ceux qui avaient été ramassés, se répandaient dans ce local exigu.

Au seuil de la crise d'hystérie, ils se précipitèrent en hurlant dans l'étroit sas. Enfin à l'intérieur, Carole lança, fébrilement, la procédure de décontamination, s'y reprenant à plusieurs fois pour taper le code de commande. Lorsqu'ils en sortirent, les mains tremblantes, ils se retrouvèrent devant un mouvement de recul instinctif et général. Son cœur, terriblement blessé d'avoir perdu ses deux amis, s'emplit alors de rage devant leur réaction. À bout de nerfs, elle leur cria que le sas avait fait correctement son travail de nettoyage. Ils enlevèrent, ou plutôt arrachèrent, leurs gants qu'ils lancèrent rageusement sur le sol à leurs pieds, générant ainsi un mouvement de recul instinctif de l'assemblée inquiète et angoissée. Ils leur prouvèrent ainsi, sans même les regarder, que leurs mains n'avaient aucune trace de ces mortelles taches bleues, annonciatrice d'une contamination irréversible. Après avoir marqué ce regrettable moment d'arrêt, l'assemblée s'avança toute entière vers eux pour les entourer chaleureusement. La peine d'avoir perdu leurs compagnons dans des circonstances aussi dramatiques, et si déconcertantes, libérait les langues. Chacun y allait de sa théorie, dans une cacophonie nerveuse et passionnée.

Soudain, Xiang réalisa que Monica n'était pas là. Il l'appela de plus en plus fort, la cherchant dans tous les coins, puis il s'élança comme un fou dans la coursive. Un frisson d'angoisse parcourut le groupe. Haletant, l'estomac noué, il se retrouva devant une porte fermée et verrouillée. Du petit hublot il pouvait la voir, en position fœtale, toujours à même le sol, le visage enfoncé au creux de ses bras croisés.

Totalement prostrée, elle ne répondait à aucun de ses appels.

En entendant ces coups de butoir contre la porte, qui résonnait tel un tambour dans la coursive, je m'y précipitais, talonné par Anne et Surya. Ces efficaces techniciens avaient anticipé la solution en courant dans leur « chambre » pour récupérer un ordinateur portable, un petit chalumeau et une solide et légère tige de métal en alliage de titane pour faire un levier, au besoin.

Xiang avait perdu son légendaire sang-froid. Totalement irrationnel, il se cramponnait à la commande d'ouverture. Presque tétanisé, le regard fixe et déterminé, les mains crispées, empêchant ainsi quiconque d'y accéder. Je dus employer la force, aidé de Surya, car seul je n'avais pas la moindre chance devant ce spécialiste des arts martiaux. Après une brève mêlée, la raison lui revint aussi subitement qu'elle l'avait quitté. Il empoigna la tige de métal qui avait roulé sur le sol dans la « bataille » et entreprit de s'attaquer aux verrous. Pendant ce temps-là, Surya connecta son ordinateur sur la prise « accessoire » du clavier de la porte. Il lança ses routines de décodage qui eurent rapidement raison du verrou qui s'ouvrit enfin dans un claquement sec.

Xiang jeta alors ses outils inutiles sur le côté, et se rua dans la chambre de Monica. Chaque muscle, de son corps tétanisé, était dur comme du bois, tandis qu'elle psalmodiait des paroles rapides et incompréhensibles, le regard fixe, sans desserrer les mâchoires, comme possédée.

Carole, encore dans sa combinaison orange de protection bactériologique, entra à son tour dans cette minuscule pièce et leur demanda de s'écarter afin qu'elle puisse faire son travail. Après un bref examen, elle entreprit de lui injecter un puissant calmant.

Au bout de quelques secondes, sa patiente quitta sa position fœtale. En allongeant lentement ses jambes, elle ferma ses yeux, la respiration redevenue calme et régulière.

Xiang s'approcha des deux femmes, d'un pas un peu plus détendu. D'une main, il écarta doucement le médecin. Elle s'exécuta sans un mot, puis il posa un genou à terre et souleva Monica. Il la déposa, tout aussi lentement, dans sa couchette. Dans un mouvement lent, presque rituellement, il finit par s'asseoir sur le bord et lui prit la main. Il restait ainsi, immobile, comme prostré. Devant ce lourd silence, nous quittâmes ces lieux où nous n'avions plus vraiment notre place. Le lendemain matin, dans ce petit espace qui nous servait autant de salle de briefing que de salle à manger, commença un petit-déjeuner silencieux et sinistre. Ces derniers évènements avaient balayé, d'un revers de la main, l'espoir des jours précédents.

Anne interrompit cet instant d'abattement généralisé en posant violemment ses couverts sur la table. Elle se leva brusquement de sa chaise, qui se renversa sur le sol dans un bruit métallique étonnamment bruyant et posa la question que personne n'osait formuler :

    – D'accord, c'est tragique !
     Mais il faudrait peut-être penser à prendre une décision sur ce qu'on va faire de cette masse grouillante d'asticots tueurs.

Dit-elle, les sourcils froncés, et la mine dégoûtée.

– Ils sont trop dangereux.

Il faut s'en débarrasser, d'une manière ou d'une autre, mais tout de suite !

Soit il faut les détruire, soit il faut les expédier à l'extérieur, ma préférence étant pour leur destruction !

Monica, alors prostrée, se réveilla instantanément en gesticulant fébrilement et en criant qu'il ne fallait pas leur faire de mal, puisqu'ils étaient une autre forme de nos infortunés amis.

Xiang la serra aussitôt dans ses bras pour la réconforter. Il la calma en lui jurant qu'il veillerait à ce que personne ne leur fasse le moindre mal, et qu'il s'occuperait lui-même de les évacuer. Connaissant la détermination de son compagnon, elle se calma aussi vite qu'avait commencé sa soudaine réaction.

Anne, bouche bée, s'asseyait à son tour, et reprit son petit-déjeuner en tremblant de rage de n'avoir pas été écoutée. Hans, qui s'était assis à côté d'elle, était visiblement perturbé devant sa peine, devant sa peur. Il posa une main, qu'il voulait réconfortante, sur son épaule.

À son contact, elle haussa ses épaules, puis elle se tourna lentement vers lui en le fixant d'un regard embué de larmes et posa son visage contre le sien, joue contre joue. Il s'ensuivit une discussion passionnée entre les partisans d'une vengeance aveugle qui détruirait jusqu'à la dernière de ces créatures, et ceux qui pensaient qu'il ne fallait pas porter atteinte à une forme de vie aussi extraordinaire, au nom de la science, mais aussi au nom du souvenir de nos deux disparus. Finalement, il fut décidé d'un vote, à main levée.

D'une courte majorité, le sort de ce qui restait de nos deux amis fut scellé. Ils seraient évacués de la station, en veillant à leur faire le moins de mal possible, et de laisser la vie martienne suivre son cours. L'argument qui balaya les dernières réticences vint de Carmines, notre astrophysicienne, qui s'était fait tellement discrète pendant toute la conversation. Elle prononça la phrase de conclusion qui emporta les dernières réticences :

– Détruire ces vers, ce serait comme tuer une seconde fois nos amis.

Les créatures furent déposées à l'extérieur, après bien des difficultés pour les attraper, dans des récipients en plastiques, en prenant la précaution de ne jamais les toucher. Elles filèrent aussitôt dans toutes les directions. Au bout de quelques mètres, elles donnèrent l'impression de s'être concertées en s'enfouissant simultanément dans le sol.

Xiang, en scaphandre dans le petit véhicule, qui les avait emportés loin de la station, observa la scène, esquissant un sourire malgré sa peine. Il avait fait ce qu'il pensait de plus juste, à la fois pour l'écosystème et pour leur souvenir.

Seconde chance

– Nathalia ?

– Oui, Manuel ?

– Entends-tu cette mélodie ?
  C'est si troublant, et d'une beauté qui me transfigure… Si j'avais encore des yeux, je crois que j'en pleurerais. Chaque parcelle de mon corps humain s'est métamorphosée en ces étonnants vers bleus.
  Ils communiquent entre eux, ils communiquent avec les tiens.

– Je suis à la fois Moi.
  Je suis à la fois Toi.
  Je suis à la fois les Autres, qui vivaient déjà sur ce monde.
  Je suis ici et là-bas, je suis partout !

– Quelles sensations !

– Ces créatures communiquent entre elles, grâce à un chant, comme les baleines terrestres.
  Ces vibrations sonores glissent sur le sol et pénètrent chacun des vers qui me composent.
  La somme de tous ses signaux me submerge et inonde mon être d'une véritable onde de plaisir orgasmique.
  Je comprends leurs chants.
  Ils comprennent mes mots.
  Je ressens à présent la réalité de la vie minérale de ce monde.

Nous faisons partie, maintenant, d'un être global et planétaire, dont chaque cellule serait à la fois liée et disposant d'une conscience propre.

Les vers qui me composent continuent de s'éloigner les uns des autres.

Ils ont gardé chacun la même soif de connaissance qui m'habitait du temps où j'étais humaine.

– Tiens ! Il y en a même un qui revient à la surface pour sentir les rayons du soleil, et vibrer au fil de la brise du matin.

Je perçois les couleurs du spectre solaire comme une multitude de caresses qui m'enveloppent et me pénètrent.

Nos esprits s'entremêlent...

Quel bonheur d'être ainsi ensemble !

Maintenant, des chants aux notes plaintives nous avertissent que nous ne devrons jamais nous approcher des « pierres pointues » sous peine de...

Disparaître. Nous avons déjà vu, sous notre forme humaine, ce qu'il advenait d'eux lors de ces terribles rencontres.

Nos souvenirs sont aussi leurs souvenirs à présent, tout comme leurs souvenirs sont aussi les nôtres maintenant.

Notre nouvelle forme est une chance, un miracle même.

Nous détenons la connaissance de tout un monde.

Manuel ?

– Oui, Nathalia ?

– J'ai, cependant, un immense regret, malgré cette extraordinaire situation.

Les sensations physiques, humaines, me semblent

désormais n'être plus qu'un vague souvenir qui finira par s'estomper avec le temps.

Je ne sentirai plus jamais ta main dans la mienne.

Je ne sentirai plus jamais l'odeur de ta peau, et ne percevrai plus jamais sa douceur et sa chaleur.

Manuel poursuivit l'enchaînement de la liste des regrets :

– Je ne verrai plus jamais ton regard qui me pénétrait, à chaque fois, jusqu'à envahir la moindre parcelle de mon cœur.

Je pense qu'il est vital, et ainsi garder notre identité et nos souvenirs, de ne pas nous fondre totalement avec les autres créatures de la planète.

Nathalia lui répondit par une mélodie cristalline qui exprimait aussi ses émotions nouvelles :

– Viens avec moi !

Nous allons explorer notre nouveau monde.

Nous avons tellement à découvrir.

Les sensations sont tellement différentes !

Nos émotions s'entremêlent aussi mais, c'est tellement vrai, au prix de la disparition d'une partie de l'individualité de chacun.

Heureusement que notre amour est là pour nous rappeler ce que nous sommes !

– Mais nous ne sommes définitivement plus humains.

Nous devons nous intégrer dans un environnement véritablement inhumain, et y survivre.

Je crois que l'apport de notre part d'humanité, de nos connaissances, et surtout de nos émotions, devrait changer le cours évolutif de ces créatures qui nous considèrent déjà comme leurs frères de toujours.

– Comment leur faire admettre qu'ils ne sont plus
  condamnés à disparaître, que cette planète nous a
  adoptés en nous offrant cette chance inouïe de
  pouvoir continuer à vivre, et à aimer, sous une forme
  adaptée à ce nouveau monde.
  Bien sûr, le risque de se retrouver face à ces choses
  qui semblent être leurs prédateurs est bien réel !
  Mais quelle exaltation, de se sentir à la fois unique et
  multiple, de pouvoir être ici et là-bas, de sentir
  physiquement la lumière nous caresser, de ressentir
  cette volupté, indéfinissable et quasi-hypnotique,
  submergeant, tel un raz de marée, chacun de nos
  atomes !
  Comment leur expliquer ce ressenti, ce plaisir, lorsque
  nous laissons s'entremêler ces parcelles indépendantes
  de nos nouveaux corps, qui ne demandent qu'à se
  rejoindre dans une vibration irréelle, étourdissante,
  dans un bonheur sans nom.
  Tout ceci est impensable, et totalement inaccessible,
  sous forme humaine.
  Je pense que ce serait un véritable crime de ne pas les
  en informer, un crime de ne pas leur donner le choix
  de renaître ainsi, plutôt que de disparaître dans
  l'ignorance et dans l'oubli.

– Nathalia, bien que j'approuve totalement ta position, je
  m'interdis le droit de leur cacher le terrible prix qu'ils
  auront à en payer.
  Ils devront accepter l'aspect définitif de cette
  métamorphose qui se réalise dans une douleur sans
  nom.
  À la fois l'être, et l'âme, se déchirent pour se
  reconstruire selon un nouveau schéma.
  Cela revient à vivre simultanément sa mort et sa

naissance.

Mais loin de moi l'idée d'un quelconque regret pour avoir franchi le pas !

Si c'était à refaire, je le referai, sans la moindre hésitation, pour Toi, et seulement pour Toi.

Sous quelque forme que ce soit, je serai toujours à tes côtés, quoi qu'il m'en coûte.

Tu es Mon complément d'âme, tout comme je suis le Tien. Et cela, je l'avais compris, ou plutôt ressenti, dès le premier instant de notre rencontre.

La perception, et la simplicité de cette réalité, m'était apparue comme une évidence, la révélation du « pourquoi » de mon existence, en somme.

Les biochimistes, dans la certitude de leur triste ignorance, ont toujours essayé de nous faire admettre que le « coup de foudre » n'était qu'affaire de phéromones et de récepteurs chimiques.

Lorsque deux êtres s'accordent au point de n'être plus qu'un, c'est au-delà de toute chimie, au-delà de toute règle établie, au-delà de toute logique, au-delà de tout dogme.

Avant, j'en avais l'intuition. Maintenant, j'en ai la preuve physique.

Depuis que nous revivons sous cette forme étrange, nous entremêlons esprits, souvenirs, expériences, émotions et sensations, dans une réalité quasi mystique de l'amour !

Pendant que Nathalia et Manuel s'éloignaient dans toutes les directions à la fois, tout en gardant leur intégrité psychique et intellectuelle, un mutisme glacé s'emparait des occupants de la station.

Le cataclysme

Dans la salle de briefing, la crispation avait atteint un niveau presque palpable, tout comme le chagrin et la colère, devant tant d'impuissance, d'angoisse et un avenir tout aussi inquiétant.

Afin de briser la spirale infernale, et autodestructrice, de la peur, je pris la décision de recentrer l'équipe sur la mission originelle, même si la Terre, de l'instant présent, n'était pas à même de recevoir quoi que soit, comme nos rapports d'exploration et les résultats de nos recherches.

Je leur expliquais, avec une passion non feinte, qu'il était impératif, malgré tout, de continuer l'exploration. Cela donnait un véritable sens au temps qu'il nous restait. Il était vital de ne pas sombrer dans la fatalité. Je leur rappelais ainsi la nécessité d'identifier les ressources, les dangers et, le plus important, il était de notre devoir de disposer le tout dans une « capsule temporelle ».

Anne Switt, étant la plus instinctive de nos deux ingénieurs, se porta naturellement volontaire pour confectionner de quoi bricoler un coffre-fort suffisamment solide et capable d'attendre sereinement que les siècles s'égrainent. Il devait garantir l'intégrité de son contenu jusqu'à l'arrivée d'une nouvelle mission, puisque l'expression « expédition de sauvetage », n'aurait aucun sens, en ce qui nous concerne…

Soudain, une alarme stridente retentit, entrecoupée par la voix, suffisamment humaine pour en être dérangeante, elle aussi, de l'ordinateur de la station, annonçant une alerte de « proximité radar ». Je me précipitais sur mon écran pour constater qu'un impressionnant train cométaire approchait sur une trajectoire de collision. Ces terrifiants objets célestes se dirigeaient, tels des missiles balistiques aveugles, droits sur le

219

pôle Nord de la planète. D'après les estimations, et les mesures des satellites d'observation qui les avaient pris en chasse, nous devions nous attendre à être confrontés à l'arrivée de véritables montagnes de glace d'eau. Bien que la station fût positionnée à l'équateur, et devant l'ampleur prévisible de tels impacts, il ne faisait aucun doute pour personne que nous en subissions fatalement les effets.

Ce que je ne me comprenais pas, c'était la soudaineté de leur arrivée. La station disposait d'un radar « longue portée », tout comme les trois satellites relais et de positionnement qui gravitaient en permanence en orbite haute. Nous aurions dû donc avoir plusieurs jours pour nous y préparer.

Mais le fait était là.

Comme surgis de nulle part, ces bolides se ruaient sur notre nouveau monde telle une meute de loups affamés. Ils étaient suffisamment imposants pour répandre une destruction apocalyptique sur l'intégralité de sa surface. Ils étaient si proches que nous avions estimé à moins d'une vingtaine de minutes le temps nécessaire pour nous mettre en sécurité.

Ordre fut donné à chacun de revêtir son scaphandre et de rejoindre les modules d'atterrissage pour nous réfugier en altitude. Si la station subissait trop de dommages dans sa structure, voire si elle venait à être détruite, c'était la seule solution pour espérer survivre aux ondes de choc dévastatrices qui ne manqueraient pas de balayer la planète tout entière.

Xiang, qui était toujours dehors, courut directement au module le plus proche. Il déverrouilla fébrilement la porte d'entrée et y grimpa prestement. Puis celle donnant sur l'extérieur amorça sa fermeture dans un crissement de verre pilé en glissant dans son rail pollué de sable martien. Sans attendre sa fermeture complète, il ouvrit la petite trappe secrète que lui seul connaissait. Elle donnait accès à un petit clavier numérique sur lequel il tapa un code à quatre chiffres qui désactiva la longue procédure de décontamination. La seconde porte s'ouvrit aussitôt. Il s'y précipita en se cognant dans tout ce qui croisait son chemin et finit par tomber sur ses genoux. Il se releva d'un coup, comme habité par un gigantesque ressort et arriva enfin jusqu'au siège du pilote. Tout en se sanglant d'une main, il amorça de l'autre les protocoles de décollage d'urgence. Tremblant et exténué, il attendait sans bouger, l'arrivée de ses passagers en se mordant la lèvre inférieure dans l'espoir d'en arrêter le tremblement.

Dans la station une fébrilité, frisant l'hystérie, avait remplacé le calme retrouvé. Chacun enfilait, plus ou moins de travers, son scaphandre qui refusait obstinément de valider l'étanchéité tant que les jonctions ne seraient pas parfaites. Les plus agiles, ou les plus rapides, entrèrent dans le sas de sortie et formèrent le premier groupe qui arriva enfin au second module. Il leur fallut courir dans leur lourd équipement. Il les faisait trébucher sur les nombreuses roches affleurantes. De la fine poussière cristalline les recouvrait comme un fin tapis de roulements à billes et les rendait glissantes. La distance qui les séparait de la station, leur parut étrangement interminable, avec cette sensation étrange qu'elle semblait s'opposer à leur fuite, en accumulant les obstacles. Enfin à l'intérieur, les procédures de contrôle et de synchronisation des turbines furent prestement désactivées afin d'accélérer le départ. Il faillit tourner au drame lorsque l'inévitable instabilité des turbines provoqua un violent roulis le faisant glisser sur le sol selon un angle qui menaçait de coucher le module sur le flan. Les réacteurs directionnels hurlaient de tous côtés pour le redresser. Il finit enfin par se stabiliser, au bout d'une longue et cahoteuse glissade. Il réussit à quitter le sol, en se débattant dans un dernier sursaut, comme s'il essayait de se dégager d'une gigantesque main qui se serait agrippée à lui, en emportant ses passagers plongés dans la panique la plus totale.

Xiang tourna la tête pour les apercevoir s'élever rapidement dans le ciel. Il ne put s'empêcher de les envier, malgré leur décollage plutôt difficile, pendant que son angoisse ne faisait qu'empirer à mesure que les secondes s'écoulaient. Je savais que je pouvais lui faire confiance et qu'il attendrait jusqu'à sa propre perte, s'il le fallait, que j'arrive enfin avec les deux derniers maladroits.

Carmines, qui tremblait de toute part, n'arrivait toujours pas à ajuster son casque pendant qu'Abbes, tout aussi fébrile, lui criait de se calmer, afin qu'il puisse l'aider. Bien qu'engoncé dans mon scaphandre, je me précipitais pour la saisir fermement par les épaules. Ainsi bloquée, il réussit à disposer proprement son casque sur son rail, après d'interminables et mortelles secondes, dans une mêlée presque hystérique. Le bruit sec du verrou s'entendit enfin, ce qui calma instantanément le trio qui resta sans bouger, le sourire aux lèvres, le temps de reprendre leur souffle.

Il nous restait moins de cinq minutes avant le premier impact. Nous avions besoin d'une demi-minute pour que le sas se vide de son air, et encore plus pour nous retrouver tous les trois au niveau du sol. Xiang, dans son siège, nous observait de la centaine de mètres qui nous séparait de lui. Les turbines avec notre retard, avaient pris le temps de synchroniser avec une régularité rassurante. Elles me donnaient l'impression d'être vivantes, comme des chiens de course attendant rageusement qu'il actionne enfin sur la commande de décollage qui les libérerait, en faisant vibrer la carlingue de toutes parts.

Le compte à rebours du premier impact décomptait ses terribles chiffres.

Xiang observait le trio qui courrait en trébuchant presque à chaque pas sur ce sol irrégulier, sablonneux et parsemé de cailloux de toutes tailles qui roulaient sous leurs pieds, comme pour mieux les piéger. Il actionna la commande d'ouverture de la porte extérieure en confirmant, d'un index rapide sur l'écran tactile devant lui, qu'il fallait laisser désactiver les protocoles de décontamination du sas. Ils avançaient beaucoup trop lentement à son goût. Il criait dans son micro pour les encourager à accélérer.

Carmines, déjà éprouvée par le stress intense qu'elle avait vécu en enfilant son scaphandre, n'arrivait plus à respirer et étouffait, ce qui ralentissait sensiblement sa course. Avec Abbes, nous la saisîmes fermement par les sangles à sa ceinture et l'entraînâmes, ou plutôt la traînâmes ainsi avec nous.

Le sol commençait déjà à trembler. La première comète s'était désintégrée en s'écrasant sur la banquise de glace carbonique du pôle nord. Elle était suffisamment imposante pour générer une onde de choc qui parcourrait la planète entière. Elle était suivie par une onde de compression qui déformait le sol comme les vagues d'un océan se fracassant contre une digue, un jour de tempête. Elle le liquéfiait même par endroits, lorsqu'elle rebondissait contre les montagnes, et revenait sur ses pas, pour achever de ravager les dernières résistances minérales.

Carmines, affaiblie, ne put y résister et tomba au sol. Nous la relevâmes avec difficulté, en essayant de ne pas tomber à notre tour par les trépidations qui devenaient de plus en plus fortes en faisant voleter jusqu'à l'horizon, sable et petits cailloux dans un brouillard qui nous recouvrait peu à peu. Tout autour du trio, des fissures de toutes tailles s'ouvraient, laissant s'échapper d'immenses geysers de vapeur brûlante. Le module oscillait de plus en plus sur son train d'atterrissage.

Ils n'étaient plus qu'à une dizaine de mètres de leur salut.

Xiang hurlait leur nom, tandis que les filins qui retenaient leur précieux module au sol approchaient du point de rupture. Il était au bord de la panique, et maintenait son doigt à quelques millimètres du bouton d'autorisation de décollage, luttant entre sa volonté de les sauver, et son instinct de survie qui lui enjoignait de partir sans les attendre. Il ferma les yeux et isola son esprit des violentes trépidations du tremblement de terre. Il posa son index sur cet infernal bouton qu'il effleurait en tremblant. Il prit une profonde inspiration puis, alors qu'il s'apprêtait à les abandonner, et se préparait à se maudire, il entendit le bruit de la porte extérieure qui s'ouvrit d'un coup, dans un vacarme métallique.

Il poussa un cri de soulagement et, les yeux emplis de larmes, retira son doigt, comme s'il s'était brûlé. Il se retourna sur son siège, pour s'assurer que la porte extérieure était de nouveau fermée et qu'ils étaient bien dans le sas. Ne pouvant plus attendre plus avant que ses trois passagers en sortent et se posent dans leurs sièges, il appuya fébrilement sur cet infernal bouton, en criant sa joie tout en tremblant de tout son corps.

Les filins de sécurité se détachèrent simultanément, tandis que les réacteurs vomirent enfin leurs flammes. Accompagnées d'un imposant panache de fumée qui les cachait, elles entourèrent les flancs du petit vaisseau en soulevant les gravas aux alentours qui retombaient bruyamment en pluie sur la carlingue. Les réacteurs, poussés au maximum et à la limite de l'explosion les soulevèrent tout d'abord lentement, puis ils prirent rapidement de l'altitude, secoués de toutes parts par un vent, d'une violence inouïe, qui les avait rejoints en soulevant un terrifiant mur de sables qui dévastait tout sur son passage. Ballottés de toutes parts le trio retombait sans cesse sur le sol du sas où ils roulaient les uns sur les autres, en hurlant. Après être tombé plusieurs fois, Xiang qui avait laissé le soin à l'ordinateur de les sortir de là, parvint enfin à atteindre le bouton manuel d'ouverture. La porte intérieure s'ouvrit avec un grincement sinistre dans son rail en marquant des instants d'arrêts à chaque fois que le vaisseau tanguait en prenant une bourrasque. Ils rampèrent tous sur le sol en étant secoués comme s'ils s'étaient trouvés dans un mixeur géant. À bout de force, et au prix d'innombrables coups contre les montants des sièges à mesure qu'ils progressaient, ils parvinrent enfin à s'y hisser et à se sangler. En prenant de l'altitude ils voyaient, avec effroi, que leur « maison », après avoir vaillamment résisté à la tempête, commençait à pencher et à perdre des éléments. Des signaux d'alerte apparaissaient sur l'écran de pilotage. Un-à-un, les liens télémétriques s'éteignaient, tandis que les antennes s'arrachaient de leurs supports et disparaissaient dans le lointain et, lorsque le dernier signal disparut, ils comprirent que leur survie ne tenait plus maintenant que par un modeste fil. Plus rien n'était visible. Ils étaient à présent au-dessus de cette monstrueuse tempête.

Elle formait une masse compacte et sombre qui recouvrait la planète jusqu'à l'horizon. Elle était constituée de sable et de débris rocheux arrachés aux cratères qu'elle effaçait.

Leur module ne disposait plus que d'une réserve ridicule en carburant. L'ordinateur leur annonça laconiquement que leur capacité de vol se limitait à une moins d'une quarantaine de minutes. J'ordonnais alors à Xiang de contacter le premier module qui me confirma lui aussi sa piètre autonomie. La communication établie, tout en poursuivant un cap nous rapprochant peu à peu d'eux nous décidâmes, d'un commun accord, de prendre la direction des ruines si controversées du site de Cydonia. Ce site avait été découvert en juillet 1976 par la sonde Viking Orbiter-1 lors de la première mission d'exploration et de cartographie de la planète. Officiellement, il n'y eut qu'une mission, mais cinq autres eurent secrètement lieu afin d'en tirer, égoïstement, le maximum d'informations. Les sondes automatiques de l'époque découvrirent des monuments de toutes formes, dont certains semblaient avoir conservé une structure quasi intacte, mais les tentatives d'approches s'étaient toutes soldées par des pannes inexplicables. Nous n'avions pas vraiment d'autres choix que d'y aller et d'y tenter notre dernière chance, en priant pour que nos modules ne subissent pas le funeste sort que ces antiques sondes. Nous n'avions plus grand-chose à perdre en fait. Et si nous avions eu suffisamment de carburant pour rejoindre ce qui restait de notre vaisseau mère, nous nous serions de toute façon retrouvés devant l'hostilité, incontrôlable, de ses terrifiants petits robots de maintenance qui, et nous en avions tous la certitude en cet instant, n'avaient aucune raison de changer d'opinion sur nous. Le risque d'une confrontation, qui n'aurait pas eu la plus petite chance d'être à notre avantage, était bien trop grand au vu de ce qui s'était passé lors des premières retrouvailles…

Le mutisme de certains était couvert par les jurons d'angoisse de ceux qui perdaient pied devant une telle succession d'adversités.

Nous avions moins d'une quarantaine de minutes d'autonomie de vol et le site, même en ménageant les réacteurs, se trouvait à au moins une trentaine de minutes de nous.

La première comète avait percuté le pôle Nord en générant une onde de choc dévastatrice qui ravageait méthodiquement la moindre parcelle de l'hémisphère Nord. Puisque les radars en avaient repéré quatre autres qui se suivaient à la queue leu-leu, et à quelques heures d'intervalle seulement, nous avions l'impérieuse nécessité de devoir trouver un endroit où nous abriter, rapidement !

Nos modules avaient un système de survie en circuit fermé, suffisamment performant, et parcimonieux en oxygène, pour nous permettre d'avoir de quoi respirer pendant un mois mais hélas, nous avions déjà déchargé l'essentiel du contenu de leurs soutes. Un mois d'air, mais une semaine de nourriture, d'après l'état des stocks qui défilaient sur l'écran de la console de maintenance. Les minutes parurent interminables, tandis que nous filions de concert vers notre destination, laissant derrière nous deux longues traînées de condensations laissées par les flammes bleues des réacteurs.

En dessous de nous progressait un monstrueux mur de sable

parsemé d'innombrables éclairs. Cette vision de fin du monde devenait hypnotique, à mesure que les secondes passaient. Ce spectacle effrayant me donnait l'impression dérangeante, et excitante à la fois, qu'une horde de créatures démoniaques se seraient évadées de leur enfer en déchirant rageusement, de leurs griffes de feu, tout ce qui se trouvait sur leur passage.

Petit à petit notre vitesse supplantait celle de cette apocalypse en marche, laissant derrière nous cette vision de fin du monde.

Au bout d'une dizaine de minutes, le site tant controversé surgit enfin à l'horizon. C'était prodigieusement immense, d'une majesté qui provoquait chez chacun un profond respect devant la démesure de ces bâtiments, dont la plupart semblaient avoir bien résisté au temps et aux conditions climatiques extrêmes qui régnaient en maître absolu sur la planète. Nous pouvions apercevoir, outre le monumental visage, plusieurs pyramides et un édifice ayant l'aspect d'une fortification disposant de hauts murs d'une épaisseur qui permettrait même de nous y poser !

La cour intérieure était d'une dimension telle qu'elle pourrait accueillir plusieurs vaisseaux mère comme le nôtre.

J'ordonnais de nous y poser, à proximité de l'enceinte faisant front à la tempête dans l'espoir de bénéficier ainsi de sa protection. Une fois au sol, des filins de sécurité furent lancés et nous y amarraient fermement. Il ne nous restait plus qu'à attendre, l'angoisse au ventre, la confrontation avec le gigantesque mur de l'onde de choc qui n'allait pas tarder à nous rejoindre. Dehors, le grondement s'amplifiait, à mesure que ce bulldozer de sable s'approchait, en comprimant violemment le semblant d'atmosphère devant lui. Les satellites d'observation nous renvoyaient une vision de désolation absolue. L'onde ravageait tout sur son passage, nivelant la moindre aspérité et en déchirant les sommets majestueux et enneigés des rares montagnes. Et dire que ce n'était que la première des cinq monstrueuses comètes dont les tailles étaient assez proches des petites lunes de Jupiter, et qui s'était écrasée dans une folie destructrice au centre du Pôle Nord. Cette constatation me laissa la sensation dérangeante, et inquiétante, que leur présence soudaine, qui avait tellement surpris la vigilance des ordinateurs, et en suivant une trajectoire toute aussi aberrante, ne pouvait, mathématiquement parlant, être naturelle…

L'énergie, libérée au moment de l'impact, vaporisa dans sa totalité et dans un océan de flammes, cet astre vagabond ainsi que la totalité de la banquise de glace carbonique. Je jetais un rapide coup d'œil sur les mesures prises par les satellites. Quelle ne fut pas ma surprise en constatant que la pression atmosphérique de la planète avait changé !

Le gaz carbonique libéré, auquel s'était ajoutée l'eau de la comète en se vaporisant, aurait donc augmenté la masse globale de l'atmosphère. D'immenses nuages sombres obscurcissaient l'horizon. Le sol tremblait de plus en plus. Le tapis de petits cailloux qui le jonchaient donnait l'impression d'être en suspension à une hauteur d'une dizaine de centimètres.

Chacun s'accrochait à son siège d'une main, et de l'autre à son compagnon à côté de lui. Nous attendions l'impact du mur de sable sur celui de la forteresse, en priant pour que ce dernier soit assez massif pour lui résister.

Les secondes s'égrainaient, imperturbablement, sur l'affichage impersonnel de l'horloge du tableau de bord. Nous retenions notre souffle, les yeux fermés dans une crispation douloureuse. Les seuls bruits que nous entendions étaient des respirations haletantes, et quelques sanglots. Les trépidations montaient crescendo puis, un bang effroyable, comparable à une gigantesque explosion, fit tanguer violemment notre frêle esquif, malgré les filins qui le retenaient solidement au sol.

En fait c'était le sol lui-même qui s'était soulevé puis retombait tout aussi soudainement, tel une vague sur l'eau. Un mouvement d'oscillation intense secouait nos sièges en tous sens. Des cris primitifs, au-delà de tout contrôle conscient, sortaient de nos bouches et nous glaçaient le sang. Le hurlement du vent ravageait nos tympans, malgré l'isolement de nos casques.

Puis, soudainement il n'y eut plus rien, hormis un tremblement léger et régulier. L'onde de choc était passée, et poursuivait son chemin de destruction.

Ce providentiel mur d'enceinte, haut de plusieurs centaines de mètres, et autant d'épaisseur, avait parfaitement tenu et nous avait ainsi sauvés. En fait, il donnait la dérangeante impression d'avoir été conçu pour faire face justement à ce genre d'évènement. Je fis sortir la caméra périscopique pour nous permettre d'avoir une vue panoramique à trois cent soixante degrés de l'esplanade où nous nous trouvions.

Un vent violent continuait de nous entourer. Ce que je ne m'expliquais pas puisque nous étions à l'intérieur d'une enceinte parfaitement close.

Un épais brouillard, empli de sable et de poussières cachait presque tout. Nous distinguions à peine le deuxième module, pourtant si prêt du nôtre. J'enclenchais alors les différents filtrages informatiques de l'image, ainsi que le radar de collision afin de pouvoir créer une cartographie détaillée de notre environnement. Sur l'écran, commençait à se dessiner un paysage en fils de fers. Il présentait une surface plane parsemée un peu partout de rochers de toutes tailles mais aussi, ce qui me terrorisa instantanément, ce fut cette brèche énorme en forme de Vé, béante et terriblement menaçante. Il y avait encore quatre comètes qui se dirigeaient vers la planète. Le mur ainsi éventré ne résisterait sûrement pas à une seconde onde de choc de cette ampleur. Tandis que je restais comme tétanisé, un tracé d'une tout autre couleur commença à prendre forme. Il dessinait sommairement l'entrée d'une cavité qui descendait profondément dans le sol.

Passé le moment de stupeur, mon esprit paralysé revint enfin à la raison en constatant la forme triangulaire, donc artificielle, de cette cavité. L'onde de choc de la comète devait en avoir ouvert l'entrée qui était assez proche de nous, à moins d'une centaine de mètres. Nous avions moins d'une poignée de minutes avant l'arrivée du second bolide. Je réfléchissais à toute vitesse. Rester sur notre position, dans les modules, avec cette brèche, c'était la mort assurée. Quitter les modules, et se réfugier dans cette inquiétante cavité, ne nous apporteraient qu'un sursis limité à la capacité en air de nos scaphandres, et y entrer avec les modules nous donnerait un mois de vie. Tandis que l'ordinateur en calculait les dimensions, je fis part de ma proposition de tenter notre chance à l'intérieur. Pendant que je discutais à la radio avec les occupants de l'autre module, j'obtins enfin les résultats de ces calculs. La cavité avait une entrée triangulaire dont chaque côté mesurait un peu plus d'une douzaine de mètres de long. C'était à peine suffisant pour y faire entrer les modules, mais le vent résiduel de la tempête continuait de souffler à plus de cent vingt kilomètres heure. La manœuvre s'annonçait périlleuse. Il fallait compter avec ce vent turbulent et des nombreux rochers, de la taille d'un autobus, qui jonchaient le sol et qui provoquaient des tourbillons aléatoires. Mais il n'était plus temps de tergiverser.

Les seules options qu'ils nous restaient, tandis que les minutes passaient imperturbablement, étaient soit d'attendre passivement la mort, soit tenter une dernière fois d'y échapper.

Pendant que les discussions allaient bon train sur la fatalité, la volonté de Dieu, ou le désespoir, Xiang alluma les réacteurs d'un geste vif et éjecta les filins qui nous retenaient en relative sécurité. Le vent nous poussa, comme un coup de poing, mais il réussit à compenser en faisant hurler les réacteurs latéraux.

Concentré dans sa manœuvre, il n'écoutait plus les cris terrorisés. Il réussit à amener le module devant l'entrée de la cavité et, en tanguant en tous sens, il parvint enfin à se positionner dans l'axe exact. Il s'agissait à présent d'y pénétrer en coupant les réacteurs directionnels qui continuaient à hurler, au bord de la rupture, à l'instant exact où ils seraient à l'intérieur, faute de quoi, le module se fracasserait contre la paroi.

Xiang manœuvrait à l'instinct, sans plus vraiment en être conscient, son esprit était presque anéanti par un effort surhumain de concentration. J'étais tétanisé devant la vision de l'entrée qui s'approchait inexorablement de nous, comme une bouche avide de nous dévorer. Dehors, le vent hurlait avec rage en donnant l'impression qu'il protestait contre notre échappatoire. Notre petit vaisseau vibrait tellement que ce n'était plus qu'une question de secondes avant qu'il ne se disloque. Au moment où le nez du module entra dans cette étrange cavité triangulaire, je me surpris à crier comme les autres. Un cri que je ne reconnaissais pas. J'étais le spectateur de mon cri, spectateur de ma terreur, pleinement conscient d'une fin inéluctable. Je fermais les yeux et attendais, résigné, le temps d'une interminable seconde, le choc qui nous entraînerait dans le néant.

Mais Xiang fit preuve d'une dextérité, que je ne lui connaissais pas, en se battant rageusement contre les éléments déchaînés. Arrivé devant l'entrée, il marqua un temps d'arrêt pour reprendre son souffle. Ses yeux lui brûlaient d'être restés ouverts sans le moindre clignotement pendant toute la manœuvre. Il contracta chacun de ses muscles et engagea le module à l'intérieur en faisant preuve d'une vivacité presque cybernétique, en modulant la puissance des réacteurs directionnels afin que nous ne nous écrasions pas contre les parois. Tandis que nous avancions lentement, à présent soutenus par les seuls réacteurs de descente placés sous le ventre du module, je repris mes esprits et demandai à notre brillant pilote de nous éloigner de l'entrée pour laisser le champ libre au second module. Ce qui était presque choquant, à présent, c'était ce calme relatif, après avoir vécu ce déluge de violence et de cris.

Tandis que nous nous enfoncions lentement dans cette étrange galerie triangulaire, le second module commençait son approche devant l'entrée et y pénétra enfin. Je leur demandais de nous suivre, sans plus attendre. La seconde comète ne devrait plus tarder. Nous n'avions pas vraiment d'autres choix que de nous enfoncer dans les profondeurs de ce mystérieux et providentiel édifice afin d'y trouver refuge. Dehors une vision de destruction absolue ne devrait pas tarder à voir le jour. Devant nous, le phare du train atterrissage trouait timidement ce noir d'encre qui nous enveloppait, mais en ne nous laissant pas deviner la profondeur de ce couloir interminable. Un silence de tombe, troublé par le bruit déchirant des réacteurs ventraux, qui nous maintenaient à un demi-mètre d'un sol lisse et brillant, nous enveloppait et oppressait chacun de nous. Nous avancions à la vitesse d'un marcheur à pied, de crainte que le souffle des réacteurs ne nous projette contre les parois. Les minutes se succédaient. L'ordinateur nous présentait, impassible, le décompte des secondes avant le prochain impact cométaire. Nous avancions beaucoup trop lentement. L'entrée était encore visible derrière nous. Sans même l'avoir évaluée, la perception de l'insuffisance du temps qu'il nous restait envahissait mon esprit en le bousculant comme une boule de bowling dans un jeu de quilles. Passé cet instant d'extrême lucidité incrédule, j'ordonnais, avec véhémence, de pousser la vitesse au maximum. Le radar « anti-collisions » étant activé, Xiang qui avait pourtant l'agaçante habitude de commenter mes décisions appuya, sans prononcer le moindre mot, un index assuré sur la touche de déverrouillage des sécurités principales de contrôle de trajectoire. Le module bondit aussitôt, un peu trop brutalement à mon goût, tout en restant bien au centre du conduit de la galerie. La cartographie, reconstituée schématiquement sur l'écran, nous montrait une interminable ligne droite qui s'enfonçait profondément dans le sol de la planète, selon un angle qui s'accentuait avec la distance. Les secondes s'égrainaient, ignorant tout de notre détresse. Nos modules n'étaient plus que deux petits îlots de lumière qui disparaissaient dans le lointain de cet interminable couloir, plongés dans une obscurité totale et éternelle. Ils filaient à leur allure maximum dans ce contexte, oscillant de droite et de gauche, dans le hurlement de leurs réacteurs.

Xiang, qui n'avait qu'une confiance relative dans l'ordinateur chargé de la surveillance de son pilotage pour le maintenir dans les limites fonctionnelles, décida de gagner de précieuses secondes en désactivant les dernières sécurités et plaça le module en commandes totalement manuelles. Certain de sa dextérité, il lança les réacteurs au-delà de leurs limites théoriques dans un hurlement de turbines assourdissantes, nous propulsant tel un obus dans le fut d'un interminable canon. Plaqués dans nos sièges, plus personne n'osait prononcer le moindre mot, de peur de le déconcentrer, mais en réalité nous nous sentions comme pris en otages dans un wagon en perdition sur une gigantesque montagne russe d'un improbable parc d'attractions.

Nous étions à moins d'une trentaine de secondes de l'impact de la deuxième comète. Tandis que le compte à rebours défilait tranquillement en ignorant notre peur, il accéléra encore, le regard fou, les dents serrées. Il ne respirait même plus et avait déjà dépassé ses capacités de ce qu'il pouvait consciemment contrôler. Il avait déconnecté son cerveau de toute pensée rationnelle, de toute logique et ne pilotait plus qu'en écoutant son seul instinct de survie. Dans le même temps, nous étions suivis de près par l'autre module qui nous collait si près qu'il semblait attaché comme un inséparable frère siamois en se rapprochant dangereusement des flammes de nos réacteurs qui brûlaient son museau effilé. Des turbulences enveloppaient notre duo de folie et le faisaient vibrer dans un mouvement oscillatoire qui nous brouillait la vue. Le regard fou, il ne voulait rien entendre des cris de ses passagers et continuait d'accélérer.

Une alerte stridente surgit alors dans cette cacophonie sonore. Imperturbablement, l'ordinateur nous informait de sa voix, toujours aussi calme, de l'impact de la seconde comète. Notre course folle se poursuivait, malgré tout, sans encombre dans cet interminable conduit. Puis, le radar « arrière » s'affola. La sirène de collision hurlait à son tour, en enserrant le cœur de chacun dans d'impitoyables mâchoires. L'onde de choc, bien plus puissante que la précédente, avait atteint l'endroit où nous nous étions posés et s'était engouffrée derrière nous. Tel un prédateur démoniaque assuré de sa réussite et jouant de sa proie, elle nous rattrapait petit à petit.

Xiang tenta le « tout pour le tout ». Il poussa les réacteurs jusqu'à ce qu'ils expriment leur agonie dans un hurlement qui finissait d'achever ce qu'il me restait de lucidité.

À l'extérieur, le vrombissement assourdissant de l'air compressé par l'onde de choc qui nous avait rejoints, éclatait les plaques de roches polies comme des miroirs des parois triangulaires, en projetant une mitraille de graviers sur nos malheureux modules. Tandis que cette dévastation nous, le radar « avant » émis à son tour une alerte révoltée…

Une paroi verticale annonçant la fin de ce tunnel, comme surgit de nulle part, semblait se précipiter vers nous à la vitesse d'un météore. Tel un kamikaze, Xiang se crispa sur ses commandes en criant, la tête en avant. Plus personne ne parlait. Chacun attendait, résigné, cette mort inévitable, et libératoire, en priant de toute son âme pour qu'elle soit instantanée. La lumière de nos phares nous montra enfin ce mur de pierre blanche devant nous. Il semblait si massif, si indestructible que j'en en étais soulagé. Nous serions finalement proprement pulvérisés. Je fermais les yeux et attendais sereinement ma fin.

Mais il ne se passa rien.

Au bout de quelques secondes je rouvris les yeux, persuadé que je devais être mort. Il y avait toujours de la lumière autour de moi. J'étais toujours dans mon siège, ainsi que mes compagnons, tous aussi étonnés que moi. Nos deux modules étaient immobiles et posés sur le sol. Les moteurs étaient totalement silencieux et froids. Je lançais une exploration circulaire de la caméra extérieure, dans l'intention de localiser l'entrée du tunnel, mais seule une paroi parfaitement lisse, et sans le moindre angle, nous entourait de toutes parts. Nous étions dans une immense salle parfaitement close, en forme d'un bol renversé, un peu comme une demi-bulle de savon. D'ailleurs les murs émettaient des ondulations lumineuses sur l'ensemble du spectre de l'arc-en-ciel, et changeant selon un schéma qui se répétait encore et encore, comme s'il attendait une réponse.

Il n'y avait pas la moindre vibration, comme s'il n'y avait jamais eu de comètes. Personne ne parlait, y compris dans le second module. Je n'entendais que le bruit de ma respiration haletante. Imperturbable, l'ordinateur fit une première analyse de l'environnement extérieur. La température bien que très fraîche, devrait être supportable, mais le plus aberrant c'était cette atmosphère radicalement différente de celle qui régnait à la surface de la planète. Les indicateurs nous présentaient un air tout à fait respirable, puisque de type terrestre, à la bonne pression et… Totalement stérile de toute présence bactérienne et de toute poussière.

L'aspect totalement artificiel de cet environnement me sautait au visage. Un frisson d'angoisse parcouru mon dos et me glaça.

Carmines, le regard rivé sur l'écran, décida d'interrompre ce silence.

– Regardez !

Nous sommes sauvés, il y a de l'air parfaitement respirable ici !

Puis elle se leva d'un coup, mais fut prise d'un étourdissement en constatant que la pesanteur était aussi plus forte. Elle se tourna vers moi et pointa un index vers les derniers chiffres qui tombaient, l'un après l'autre, sur l'écran. Mars étant plus petite que la Terre, la pesanteur s'en trouvait donc forcément plus faible, mais voilà que nos modules se trouvaient dans une vaste salle, avec un environnement et une pesanteur de type terrestre !

Cette situation anormale, et inquiétante par bien des abords, me plongeait dans une perplexité qui résistait, tant bien que mal, à ne pas se transformer en une véritable panique. Tandis que je laissais la caméra extérieure terminer son image panoramique, j'éteignis les radars qui ne montraient rien d'autre que nos modules perdus dans un vaste espace hémisphérique magnifiquement vide. L'entrée, par laquelle nous avions pénétré dans ce havre de paix, restait introuvable. Carmines entraîna Abbes avec elle et, malgré mes dénégations puisque les dernières mesures ne s'étaient pas encore affichées, ils entrèrent dans le sas de sortie en m'ignorant. Son compagnon, tel une poupée de chiffons, la suivait sans se poser la moindre question. Il m'arrêta de la main lorsque je me levais à mon tour pour tenter de les retenir. Tout d'abord, le visage crispé de colère, je lui saisis le bras, puis la clarté de la situation me calma sur-le-champ. Finalement, nous n'avions plus vraiment rien à perdre. Je pris alors la décision de ne plus faire usage de ma position de chef de mission. Je restais debout et desserrais mon empreinte sur son bras, un sourire aux lèvres. La pesanteur alourdissait mon scaphandre. Il était redevenu encombrant maintenant. Je les aurais bien accompagnés, mais il n'y avait pas vraiment de place pour un troisième dans cet étroit vestibule.
C'était leur choix, je me devais aussi de respecter cela.

La porte intérieure du sas se referma derrière eux, dans l'habituel et réconfortant chuintement pneumatique. Je restais devant cette paroi lisse, blanche, froide. Je fixais, d'un regard absent, son hublot intérieur. Je pouvais les apercevoir, se tenant par la main. Quelques secondes plus tard, la porte extérieure s'ouvrait enfin en libérant les quatre marches qui se déployèrent silencieusement. Abbes la laissa descendre en premier, puis il lui emboîta aussitôt le pas, bien décidé à partager les mêmes risques. Le sol était dur et lisse.

Tandis que Carmines marchait en direction du second module, tenant toujours son compagnon par la main, je m'interrogeais sur l'étrangeté de la situation. La radio de leur scaphandre me transmettait leur conversation, ainsi que l'ensemble des bruits extérieurs. Je n'y pris pas tout de suite attention, mais après avoir parcouru une dizaine de pas, je fus frappé par le silence qui les accompagnait. Le sol ne résonnait d'aucune sorte en absorbant le moindre son. Carmines s'arrêta au même moment, en prenant conscience à son tour de cette bizarrerie.

Elle consulta l'écran de l'ordinateur sur son avant-bras gauche. Elle sourit alors en relevant les chiffres. L'air environnant était maintenant parfaitement respirable, tant en composition qu'en température qui avait aussi sensiblement augmenté pour se stabiliser sur un peu plus d'une vingtaine de degrés Celsius. Cet air était maintenant idéalement adapté à notre physiologie.

Elle se tourna vers Abbes qui la rejoignait enfin. Il courait péniblement. La pesanteur rendait son scaphandre réellement handicapant. Avant qu'il ne l'empêche de faire ce qu'il craignait le plus, elle déverrouilla son casque et le retira doucement tout en conservant une attitude instinctive de conservation en fermant les yeux de toutes ses forces et en retenant sa respiration. Il s'était aussitôt arrêté et, pétrifié de terreur, tomba à genoux, les bras en avant dans une attitude d'extrême détresse. Carmines laissa tomber son casque sur ce sol de plus en plus étrange, sans la moindre aspérité. Il roula devant elle puis s'arrêta, toujours sans faire le moindre bruit. Continuant à retenir sa respiration, son visage était cramoisi et crispé puis, n'y tenant plus, elle se relâcha d'un coup et aspira une grande bouffée d'air en ouvrant grand les yeux. Un sourire de soulagement illumina son visage qui commençait à reprendre des couleurs plus naturelles.

Abbes n'y tenant plus releva la tête, l'estomac noué, s'attendant à la voir allongée et sans vie. Carmines le rejoignit d'un pas vif et lui pris son casque entre les mains, le visage radieux, comme si elle avait absorbé un euphorisant. Il amorça alors la commande de déverrouillage du sien, tandis que je lui hurlais d'attendre les dernières mesures. Mais il ne m'écoutait déjà plus et le retira d'un seul coup et le lança rouler devant lui, en rire et en larmes à la fois.

Carmines s'agenouilla à son tour, dans la même attitude d'hilarité. Ils s'enlacèrent tant bien que mal, engoncés dans leurs lourds équipements.

Devant eux, la porte du second module s'ouvrit à son tour. Carole, bien que toujours en scaphandre, mais sans casque, tendît une main nue et hésitante comme pour saisir la douceur de l'air. Après un moment d'arrêt, elle descendit à son tour les petites marches la séparant de ce sol salutaire, suivie de près par Monica. Cette dernière ne put s'empêcher, comme à son accoutumée, de faire son numéro de star. Elle descendit les marches, une à une, en marquant un instant d'arrêt à chacune d'elles, puis elle sauta des deux pieds sur ce sol étonnant, dans un mouvement aérien de danseuse. Elle ouvrit en même temps les bras dans une révérence de ballerine puis releva la tête dans un éclat de rire tonitruant, un sourire radieux sur le visage. Je n'en revenais pas.

D'ailleurs nous étions tous surpris de cette soudaine hilarité qui nous semblait presque déplacée. Mais c'est elle qui avait raison. Nous étions vivants et, dans l'instant présent, en sécurité. Il se dégageait de ce lieu, tellement étrange, quelque chose de rassurant et même de réellement chaleureux.

Nous nous sentions, en quelque sorte, chez nous.

Je descendais à mon tour.

J'étais inquiet et méfiant devant notre sauvetage qui tombait bien trop à pic. Au moment où nous nous croyions perdus, et sans avenir, voilà que nous nous trouvions en sécurité, dans un espace totalement adapté à notre physiologie. Cela n'avait pas de sens sur cette planète stérile où la mort semblait avoir gagné la partie. J'en vins à soupçonner la présence d'une machinerie antique qui se serait réveillée à notre arrivée, ce qui serait tout aussi inquiétant.

Il n'y avait pas le moindre courant d'air.

Il n'y avait pas la moindre odeur non plus.

Tout était immaculé et d'une propreté absolue qui m'interpellait en me donnant l'inquiétante impression de n'avoir été créé qu'à l'instant même de notre arrivée dans ce lieu. Aussi loin qu'allait mon regard, je ne percevais qu'une immense caverne circulaire, à la géométrie absolument parfaite et aux parois d'un blanc aux multiples nuances nacrées.

Peu à peu, chacun descendait, presque timidement, du module. Une fois tous réunis, il s'ensuivit une accolade générale et spontanée qui nous apporta un réconfort bien mérité après toutes ces péripéties. Pendant ces effusions nerveuses, ces rires artificiels et ces peurs bien réelles, Surya suggéra qu'il serait temps de décharger tout ce que nous avions réussi à emporter dans la précipitation et établir un camp pour nous reposer et nous restaurer. Mais cet endroit demeurait très étrange et instinctivement inquiétant à bien des égards…

En effet, pendant nos accolades personne n'avait remarqué que nos modules s'étaient volatilisés sans le moindre bruit, comme s'il n'y en avait jamais eu.

Anne tourna la tête dans leur direction et se figea, comme une statue de cire, lorsqu'elle prit conscience de leur absence. Elle poussa un cri qui s'étrangla dans sa gorge. L'hilarité générale se changea brusquement en une angoisse si forte qu'elle en paralysa certains, et déclencha chez d'autres une irrépressible crise de nerfs.

À bout de stress, à bout de peur, l'un après l'autre, comme une traînée de poudre enflammée, s'écroulait sur le sol dans un profond sommeil. Je courais au chevet de chacun et essayai de les réveiller en les secouant nerveusement, mais ils n'avaient plus la moindre réaction. Ils avaient le visage détendu, un léger sourire aux lèvres et dormaient profondément.

J'étais encore éveillé, dans cet espace clos, trop lumineux pour mes yeux qu'ils en devenaient douloureux, me forçant à les cligner de plus en plus. L'idée d'être le seul, encore debout et conscient, me heurtait l'estomac. Tandis que je regardais mes compagnons, allongés autour de moi je sentais, à mon tour, mes épaules s'alourdir. Mes paupières luttaient avec acharnement pour rester ouvertes et me maintenir éveillé. Ce combat était clairement inégal et perdu d'avance. Mes jambes fléchissaient en tremblant, à mesure que mes forces déclinaient jusqu'à l'instant fatidique où elles ne purent plus me supporter. Je tombais en arrière à mon tour, non pas d'un seul coup comme une masse, mais lentement, comme retenu par une main invisible.

À l'instant précis du contact sur ce sol définitivement déroutant, ce dernier perdit sa dureté minérale. Il s'était assoupli aussitôt pour amortir en douceur ma chute.

Allongé sur le dos, seuls les muscles de mes yeux étaient encore en mesure de m'obéir. J'entendais ma respiration soulever lentement ma poitrine avec la régularité d'un métronome.

J'étais totalement paralysé mais, paradoxalement, j'étais heureux et ne ressentais ni peur, ni anxiété.

Soudain, une odeur de fleurs fraîchement cueillies me submergea. Un sentiment d'une grande nostalgie pour la

Terre m'envahit en rendant ma gorge douloureuse. Des souvenirs d'instants de bonheur surgissaient, semblables à des bulles éclatant à la surface de l'eau.

Je me revoyais, petit enfant, tendant fièrement ce tout petit bouquet de minuscules fleurs bleues, un jour d'été ensoleillé, à ma mère si heureuse du regard intense que je lui offrais en même temps.

Je revoyais cette fin de matinée, où j'avais été si bouleversé par le sourire et l'éclat puissant de l'incroyable regard de celle qui m'avait instantanément envoûté, le temps d'un battement de cils.

Elle m'attendait sur une autre Terre, à une autre époque.

À cet instant, son parfum, que le contact de sa peau transformait si subtilement, m'engloba, ce qui fit s'ouvrir grand les canaux de mes yeux. Ce flot roula le long de mes joues jusqu'à mon cou. Le manque de sa présence était si intense que je crus que mon cœur allait s'arracher de ma poitrine pour la rejoindre. Je sentais que mon esprit allait défaillir et sombrer dans la noirceur du désespoir.

Puis, l'instant d'après, et aussi soudainement qu'étaient réapparus ces souvenirs si vivants, je ne ressentais plus la moindre peine. Ils restaient pourtant toujours parfaitement présents et continuaient à défiler, en se déversant du plus profond de ma mémoire. Visiblement, quelque chose prenait le contrôle de mon esprit et m'analysait, tout en prenant soin de soulager l'objet de son étude. Libéré de cette douloureuse tension je pouvais de nouveau tenter d'explorer l'éventail de solutions possibles. Mais mon état conscient commençait à vaciller et je devais lutter âprement pour rester éveillé.

Sur les parois qui se rejoignaient au-dessus de moi je pouvais voir un arc-en-ciel floconneux, qui oscillait par vagues, d'un bout à l'autre de mon horizon. Je pouvais entendre la respiration régulière de Carole, allongée sur ma gauche, et le ronflement détendu de Surya sur ma droite. Cette situation m'apparaissait finalement assez comique et j'aurais volontiers ri de bon cœur, si j'avais encore été maître de mes zygomatiques. Mes paupières s'alourdissaient à mesure que les secondes passaient puis, mes dernières forces m'abandonnant, et elles se fermèrent enfin. Je n'entendais plus que ma propre respiration, mais je n'avais plus peur. Je n'étais pas seul dans cette détresse, mes amis étaient à côté de moi. Carole était à côté de moi. Cette histoire se finissait bien finalement, sans souffrance, dans le calme et la dignité. Dans un sursaut d'instinct de survie, je luttais pour continuer à penser, pour sentir que je vivais encore. Je me sentais si fatigué, empli d'une lassitude résignée. Je savais que je finirai par partir, quoi que je fasse, moi aussi dans les prochaines secondes. L'angoisse de me retrouver face à une mort incompréhensible m'obnubilait. Je n'entendais déjà plus mon souffle. Seul le battement sourd de mon cœur perçait encore ce silence absolu. Il se répandait comme une marée montante reprenant possession du sable qu'elle avait laissé sécher. Cette sonorité avait quelque chose de réconfortant. Elle rappelait, à mon mental déboussolé, que j'existais encore. Je ne sentais presque plus mon corps qui s'engourdissait rapidement. Mes yeux s'étaient ouverts et se figeaient sur la vision du plafond de cette vaste salle d'une blancheur hypnotique. Je prenais conscience subitement que je ne respirais plus mais, étonnamment, je n'étouffais pas et mon esprit ne le comprenait pas. Je savais, au fond de moi, que je devais me libérer de cette image obsessionnelle et contradictoire. Je me sentais simplement bien, je baignais dans une euphorie qui m'apaisait et m'inondait, tout doucement, d'une véritable onde de plaisir. Ne discernant plus rien, j'en déduisais que mes paupières s'étaient enfin closes, mais cette obscurité s'estompait doucement pour faire place à une clarté multicolore, chaude et bienveillante. Je sentais mon engourdissement disparaître progressivement. Une sensation de bien-être associée à un incompréhensible sentiment de bonheur me submergeait.

Je n'avais pas froid.

Je n'avais pas mal.

Je n'avais pas faim.

Je n'avais pas peur.

Un courant d'air, léger comme une brise, glissait sur mon visage en le caressant, par vagues, de droite et de gauche en empoignant mon cœur. J'avais l'amère sensation de percevoir sur mon visage le souffle si doux et délicat, du seul être capable de me faire regretter d'avoir quitté la Terre en cet instant de plénitude.
Les secondes passaient, lentement. Elles m'apportaient un apaisant sursis. Elles m'offraient un temps précieux, celui de savourer ce moment de… Magie.
Je ne sentais plus mon scaphandre. Allongé sur le dos, ce souffle à peine perceptible glissait lentement sur l'ensemble de mon corps, m'informant ainsi que je devais être nu sur ce sol moelleux et chaud. Je sentais mon sang couler avec force dans mes veines en maintenant cette vie que je croyais avoir perdue.
Je me sentais tellement vivant qu'un spasme incontrôlable parcourut tout mon être, telle une vague, des pieds à la tête. Un puissant cri surgit alors de ma gorge, tout comme celles de mes compagnons qui s'éveillaient simultanément, dans une cacophonie gutturale assourdissante.
Encore tremblant par l'intensité de ce retour, je me redressais lentement sur mes coudes, comme émergeant d'un long sommeil. Je trouvais la force de tourner la tête de droite et de gauche pour constater que nous étions tous nus. Il ne restait plus la moindre trace, ni de nos modules, ni de nos scaphandres, ni de quoi que ce soit d'ailleurs, hormis nous. Je

regardais l'assemblée pour constater qu'elle était parcourue d'un fou rire général qui ne tarda pas longtemps à m'emmener, nous libérant ainsi de nos dernières tensions. Je me levais enfin. Je ne savais pas pourquoi, mais je n'étais même pas étonné de ne plus avoir ni la moindre fatigue, ni la moindre crispation, comme si tout ceci était devenu la seule normalité. Je regardais mes mains, abasourdis par l'étrangeté de ce que je découvrais. La cicatrice sur ma main gauche avait disparu. Je mettais machinalement celle de droite sur mon front et je constatais, enchanté et effrayé à la fois, que les cheveux, qui m'avaient abandonné, il y a bien longtemps, étaient revenus. Je redescendis lentement ma main sur mon visage pour constater que les rides, que les années avaient patiemment déposées, avaient disparu. J'avais rajeuni. Abasourdis, j'arrêtais sur-le-champ mon introspection et jetais autour de moi un regard inquisiteur. Mes compagnons avaient tellement changé que je ne les reconnaissais qu'après un réel effort de concentration. Leur rajeunissement avait aussi gommé les expressions que je connaissais si bien.

Surya prit la main de celle qui l'avait choisi auparavant.

Elisheba avait perdu la maturité de sa quarantaine et lui offrait un visage presque juvénile. Elle le regardait avec amusement.

Un large sourire illuminait son visage. Ils s'éloignèrent du groupe et marchèrent jusqu'à se poster devant cette étrange paroi qui continuait à nous montrer des modulations lumineuses calées sur le spectre des couleurs d'un arc-en-ciel d'été. De l'endroit où ils étaient, nous ne pouvions pas les entendre, et c'était mieux ainsi.

> — Elisheba, crois-tu que nous ayons une seconde chance, crois-tu que nous pourrions nous reconstruire ici ?

Sa nudité la gênait terriblement. Elle n'arrivait pas à soutenir son regard et lui répondit d'une pirouette qui le désarçonna.

– Que penses-tu de la beauté de ces volutes de couleurs ?

Surya ne comprenait pas sa réaction. De son autre main il empoigna fermement la sienne et la regarda fixement, en fronçant les sourcils.

– Oui, c'est beau, oui, ça bouge, oui c'est incroyable…
Et nous, ça ne compte pas un peu plus, ne crois-tu pas ?

Devant son mutisme inhabituel, il retira une main qu'il posa sur sa hanche et recula d'un pas lent jusqu'à frôler la paroi. À l'instant même, où il posa une épaule contre elle, dans l'idée de trouver les mots qui l'inciteraient à lui répondre, il disparut dans un éclair de lumière éblouissant. Nos conversations passionnées sur ce qui venait de nous arriver s'arrêtèrent quand elle revint vers nous dans une course affolée en poussant un cri qui nous glaça le sang. Dans un mouvement instinctif de protection, lorsqu'elle nous eut rejoints, nous nous serrâmes les uns contre les autres. Soudain, un flash de lumière aveuglant nous enveloppa et nous fit tous perdre conscience de nouveau.

Panique A bord

Je me retrouvais de nouveau dans mon module d'atterrissage, propre comme s'il était sorti de la chaîne de fabrication et vêtu d'un scaphandre flambant neuf. Je regardais machinalement les indications de mes écrans pour constater que nous continuions dans l'irrationnel le plus complet. Les réservoirs de carburant étaient pleins à ras bord, les réservoirs d'oxygène ne pouvaient plus accepter la moindre goutte supplémentaire et le poids total était aux limites de la tolérance de décollage, la soute devait être aussi probablement remplie jusqu'au plafond. Inquiet, et fébrile, devant ces informations qui n'avaient pas de sens, je regardais autour de moi, les mains tremblantes. Je constatais, sans plus vraiment m'en étonner, que je n'étais pas seul. Dans les autres sièges je retrouvais Xiang, Carmines et Abbes, comme lorsque nous avions quitté la station.
Avais-je rêvé tout cela ?
Mais la réalité de notre dernière aventure heurtait mon entendement. La vision de leurs visages juvéniles me confirmait que je n'avais pas vécu un rêve, ni sombré dans la folie.
Soudain, la sensation physique du décollage me saisit, malgré le silence des réacteurs. Nous nous élevions doucement puis, imperceptiblement dans un premier temps, comme pour marquer un temps d'arrêt avant le début d'une course, nous nous dirigions de plus en plus vite jusqu'à atteindre une vitesse incontrôlable en direction de la paroi. Je croisais instinctivement mes mains devant la visière de mon casque. Arrivé face à ce mur blanc, je fermais les yeux mais le choc attendu n'arriva pas. Au bout de quelques instants, je trouvais

le courage de les ouvrir de nouveau, et je restais bouche bée. Devant la vitre du cockpit, le blanc éblouissant de la vaste caverne avait laissé place à un noir profond et absolu. N'arrivant pas à nous localiser, j'activais alors la commande du positionnement satellite, mais aucun ne répondait. Je me tournais alors vers Xiang, toujours à la place du pilote, et lui fis part de cette bizarrerie. Il se mit à pianoter fiévreusement sur le clavier de son ordinateur, puis il s'arrêta aussi soudainement qu'il avait commencé.

– Commandant, nous ne sommes plus sur Mars !

– Que veux-tu dire par-là ?

– La géo localisation spatiale est inopérante. L'ordinateur n'arrive pas à trouver la moindre « étoile référence ». D'ailleurs, il n'y a aucune étoile, en fait il n'y a absolument rien d'après les radars.
Ce qui est certain, c'est que nous ne bougeons pas et que les réacteurs sont éteints.

– Oui, et de plus, je sens le poids de mon scaphandre, et pour qu'il y ait de la pesanteur, il faut la force gravitationnelle d'une planète, ou d'un objet disposant d'une masse tout aussi comparable.
Nous ne pouvons donc pas être de nouveau en orbite. Nous sommes donc forcément encore sur la planète !

– Je dois en avoir le cœur net !

Dit alors Xiang, avec une force de conviction exacerbée par les derniers évènements. Il déverrouilla rapidement son harnais de sécurité, et sauta d'un bond. Il sortit précipitamment du poste de pilotage pour s'engouffrer dans le sas, tant bien que mal, en cognant maladroitement la visière de son casque contre le montant de la porte. Il ajusta sur l'anneau, d'un geste sec, le mousqueton de son câble de sécurité et tira dessus pour le dérouler un peu afin d'augmenter sa liberté de mouvements. Devant lui, le voyant vert s'alluma. La porte s'ouvrit, dans le chuintement pneumatique habituel, le laissant sans voix devant le spectacle de ce noir d'une pureté absolue et définitivement irrationnelle. Il avança lentement une main à l'extérieur puis la retira vivement, instinctivement, comme s'il s'était brûlé. Une terreur nocturne, venue du fin fond de son subconscient, lui sauta au visage et le tétanisa. Devant ce néant qu'il ne comprenait pas, et qu'il rejetait de toutes ses forces, sa froide rationalité s'écroula, tel un château de cartes surpris par un courant d'air. La certitude que des yeux avides et inquiétants le regardaient du fin fond de cette noirceur le paralysa de terreur. Pris dans une spirale de panique qui s'amplifiait au fur et à mesure que les secondes passaient, ses jambes cessèrent de le soutenir. Il s'écroula sur ses genoux, la tête rentrée dans les épaules, ses mains gantées posées sur le sol. La moindre parcelle de son corps s'enlisait dans un tremblement incontrôlable. Il se sentait envahi par un froid intense. Ses dents claquaient. Sa vue se brouillait. Il voulait appeler à l'aide, mais les muscles de sa mâchoire étaient si crispés qu'ils ne pouvaient déjà plus lui obéir. Il luttait contre sa réaction qui ne correspondait pas à l'image qu'il s'efforçait de donner, et qui le révoltait. Il parvint, lentement, au prix d'un effort quasi surhumain, à se redresser en s'accrochant aux montants de la porte, restée toujours ouverte. Son inconscient, déboussolé, essayait de raisonner son esprit en lui suggérant l'impérieuse nécessité de la fermer sans plus attendre. Pas encore tout à fait debout, le dos encore courbé par l'effort, il parvint enfin à approcher sa main à proximité de la commande de fermeture. Au bout d'interminables secondes, il réussit à placer sa paume tremblante devant le bouton rouge de fermeture d'urgence qu'il pressa de toutes ses forces, mais il ne se passa rien d'autre que le bruit pneumatique du bouton qui s'enfonce dans son logement. Il tapa, encore et encore sur le bouton jusqu'au moment où la porte se décida enfin à répondre à sa sollicitation et finit par se refermer, mais avec une lenteur qui accroissait sa terreur. En l'entendant se verrouiller, il resta sans bouger devant elle et la regarda fixement. Convaincu de sa fermeture, il se détendit peu à peu et reprenait son souffle. Il était soulagé et avait le sentiment d'avoir échappé à ses peurs, qu'il se persuadait être irrationnelles, mais finalement sans vraiment trop y croire.

Soudain, il sentit son cœur se figer dans sa poitrine lorsqu'il entendit très distinctement un choc mou et puissant contre la porte. Il était si fort qu'il en chancela au point de devoir s'accrocher à la poignée de maintien en face de la visière de son casque. La seconde, qui s'ensuivit, finit d'avoir raison de ses dernières pensées claires lorsqu'un bruit assourdissant de frottements se mit à grincer lentement le long de la coque, comme une feuille de métal qui se déchire.

Au bord de la crise de nerfs la plus totale, il sauta en arrière, mais le câble de sécurité le retenait et la bobine automatique s'enclencha et essaya de le ramener jusqu'à la porte. Ses mains lourdement gantées ne lui permettaient pas de faire rapidement le geste simple lui permettant de désengager le mousqueton.

Il se débattait fébrilement contre ce crochet en jurant et en vociférant, puis il se calma, reprit son souffle, et l'enleva d'un geste lent. Le mousqueton encore dans la main, il se retourna face à la porte intérieure du sas et enclencha la commande d'ouverture tandis que, dehors, quelque chose se battait hystériquement contre la porte en poussant des cris qu'il n'avait jamais entendus et qui le terrifiaient au-delà de la peur, au-delà de toute raison. Constatant que la commande d'ouverture de la porte intérieure refusait obstinément de répondre à sa sollicitation, il tambourina des deux mains tant qu'il put contre elle. Il vociférait dans un Chinois argotique qu'il ne reconnaissait même plus. Il plaqua la visière de son casque contre le hublot et constata, avec effroi, que la cabine était dans la pénombre, à peine éclairée et vide de tout occupant. Il sentit ses cheveux se redresser sur sa tête et s'écroula de nouveau sur les genoux. Il continua, tel un automate, à taper du poing, de plus en plus lentement et de moins en moins fort, le visage baissé, résigné, pendant que le vacarme extérieur emplissait de plus en plus le trop petit espace du sas. La chose qui voulait rentrer frappait et griffait violemment la porte extérieure. Cette agression hystérique générait un fort mouvement de roulis au pauvre module. Ce qu'il ne comprenait pas, c'était la résistance qu'assuraient les parois à la violence de l'assaillant. Toute cette fureur, ces coups, ce bruit de métal déchiré, auraient dû avoir raison du module qui n'était conçu que pour résister à la violence d'une simple tempête, à ne résister qu'à du vent en fait. Il vibrait de toutes parts, et de plus en plus fort. La paroi métallique se déformait de tous côtés dans un interminable grincement. La peinture blanche s'écaillait et voletait un peu partout.

Xiang, toujours à genoux, se cramponnait à la barre verticale de maintien, pour ne pas rouler sur le sol. Il continuait, inlassablement, le regard figé et l'esprit vide, à donner des coups contre la porte, comme si ce déchaînement de fureur, ne l'atteignait plus. Il s'enfermait dans sa bulle d'indifférence et attendait, imperturbablement, sa fin qu'il pensait inexorable. Il fit alors quelque chose dont je ne l'aurais jamais cru capable. Il se mit à psalmodier une prière dans l'espoir d'une fin rapide et sans souffrances. Des images de sa petite enfance lui revenaient. Il se surprit à rire en se revoyant devant la porte de cet interminable salon, où tout ce qui l'entourait semblait avoir été créé pour une famille de géants. Il se revoyait, titubant maladroitement en faisant ses premiers pas devant sa mère à genoux, les bras grands ouverts pour le recevoir, le féliciter et l'enlacer. Cet instant de bonheur qu'il croyait avoir perdu dans les méandres de sa mémoire lui était revenu subitement, comme un flash qui le secoua et le sortit de sa résignation passive. Il toqua de plus belle contre cette porte désespérément close, tandis que le vacarme devenait assourdissant et remplissait son casque. Il criait, mais il n'entendait plus sa voix. Ses tympans lui faisaient mal et il mit instinctivement ses mains à des oreilles qu'il ne pouvait pas atteindre.

Il ne voulait pas sombrer dans la folie.

Il ne voulait pas sombrer dans le néant.

Pour résister à ce bruit terrible et puissant, qui pénétrait son imposant scaphandre jusqu'à résonner jusqu'au moindre de ses os, il se concentra de toutes ses forces sur les souvenirs de sa rencontre avec Monica. Peu à peu, sa panique et sa colère laissèrent place à la magie de leur premier contact. Il s'était toujours demandé sa méthode pour lui paraître toujours plus belle à chacune de leurs rencontres. Il prenait conscience, maintenant seulement, qu'il avait toujours cette indéfinissable impression de la redécouvrir, à chaque fois. Il se rappelait cette sensation curieuse, mais tellement agréable, un peu comme si elle avait de multiples bras invisibles, fait de pure énergie, qui l'enlaçaient et saisissaient son cœur à pleines mains. Se croyant perdu, il fixa le métal impersonnel de la porte et se mit à penser à voix haute, en s'adressant lentement à elle :

– Merci, Monica, pour m'avoir laissé mes yeux s'emplir de Toi, au point que je pourrai passer mon éternité, à me remémorer tant et tant d'images.

Je revois ton sourire, le dessin de tes lèvres.

Je revois tes interminables cils, quand tu avais les yeux fermés.

Je connais chaque courbe de ton visage, chaque grain de ta peau.

Et tes mains, si douces, d'une grâce hallucinante et

qui me troublaient tant, à chaque fois que je les contemplais.

La première fois, tu m'avais laissé les saisir pendant quelques instants, mais tu ne t'étais pas rendu compte de mon trouble, et à quel point j'avais dû lutter, pour trouver la force de les libérer des miennes.

Avec nulle autre, j'avais envie de le dire, envie d'être « à livre ouvert », envie de mettre à nu mon âme.

Maintenant, je sais que je te connaissais, avant même de te rencontrer.

Maintenant, je sais que même le voile de la nuit éternelle ne réussira pas, à me faire t'oublier.

Maintenant, je sais que je ne suis pas fou, puisque tu existes.

Il comprenait enfin, dans cet instant précis où il se pensait perdu, les raisons de son attachement irrationnel pour cette femme pourtant si différente de lui. Ces derniers doutes s'évanouissaient en cet instant. Seule cette évidente certitude, qui envahissait son esprit, lui montrait que ce ne pouvait être qu'avec Elle, et seulement Elle, qu'il pouvait vivre cette sensation, véritablement physique, d'un moment de magie. Son besoin vital de la revoir le submergea et lui donna la force de se relever. Il se dressa aussi fièrement qu'il le put. Son corps n'était que crispations qui déformaient sa posture en le faisant ressembler à un vieillard courbé. Le bruit avait atteint le seuil de la douleur. Il lui déchirait les tympans et lui brouillait la vue, mais il ne se laissa pas abattre. Il continua, encore et encore, à frapper comme un forcené, contre cette porte. Elle résonnait comme un formidable gong en bronze qui emplissait de ses vibrations ce local exigu en couvrant presque le tumulte extérieur.

Soudain un silence, total et solennel, remplaça la folie sonore. Elle avait presque réussi son travail de destruction. Sonné par ce vide sensoriel, tremblant comme une feuille, il demeura immobile en fermant les yeux.

Il s'était résigné à attendre le coup fatal qui aurait eu raison de son esprit et de sa vie.

Au bout de quelques secondes, ne voyant toujours rien venir, il les rouvrit timidement et leva sa tête.

Il tremblait de tout son être.

Il haletait, toussait à en brûler sa poitrine.

Il n'arrivait plus à reprendre son souffle.

Il s'accrochait désespérément à ses dernières forces, et se redressait lentement.

Son visage n'était que contractions et sueur.

Il regarda de nouveau à travers le hublot et ne réalisa pas que la lumière blafarde avait laissé place à une vive lueur qui l'aveuglait, tandis que des formes vaguement humaines entourées d'un halo de brouillard, bougeaient à l'intérieur.

Vacillant sur ses pieds, il retomba sur ses genoux et se cramponna contre la poignée de la porte.

Il mobilisa ses dernières parcelles d'énergie pour frapper de nouveau contre elle, avec la régularité d'un métronome, mais avec la force d'un nouveau-né.

Il leva la tête et fixait cette lumière vive, irréelle, qui tombait sur lui comme les rayons du soleil surgissant des nuages après un orage, et qui l'appelait avec insistance, tel un insecte devant une flamme.

Elle sortait du hublot dans le halo d'un arc-en-ciel éblouissant où les couleurs s'entrelaçaient en tournoyant dans un scintillement cristallin. À mesure que cette étrange lumière l'enveloppait, il sentait sa chaleur le pénétrer, et les forces lui revenir.

La tête lui tournait.

Il sentait des picotements sur sa peau, des pieds à la tête. Ce n'était pas franchement agréable. Il avait la sensation que sa circulation sanguine revenait, après avoir été interrompue bien trop longtemps, en se frayant un chemin dans des veines desséchées et oubliées.

Il était sonné, comme ivre.

Une euphorie, qu'il ne comprenait pas, l'envahissait.

Il se mit à rire de bon cœur, grisé d'avoir survécu à quelque chose de terrifiant qui le hanterait jusqu'à son dernier jour. Machinalement il regarda derrière lui. Il constata, sans vraiment en être surpris, que l'endroit où il se tenait auparavant avait repris son aspect initial, comme si rien de tout cela, ne s'était passé, comme si les terribles évènements qu'il venait pourtant de vivre durement dans sa chair et le faisaient encore souffrir, ne l'avaient été que dans un rêve, ou plutôt un cauchemar. Sa raison ne l'acceptait pas. Il ne pouvait pas avoir rêvé ça. Son corps toujours aussi endolori lui rappelait son vécu et lui confirmait la véracité de ses terribles instants.

Puis il entendit enfin, la voix de son commandant.

Il essaya de lui répondre intelligemment, mais les seuls mots qu'il réussit à prononcer furent son nom, et rien d'autre. La porte restant désespérément fermée, il frappa, encore et encore, tout en balbutiant son nom comme une litanie. Il était dans une réaction instinctive de survie et ne pouvait plus rien faire d'autre. Au bout d'un temps, qui lui parut interminable, le bruit qu'il avait tant attendu, celui qu'il voulait entendre avec tant d'insistance, celui qui concrétisait ses espoirs et sa volonté de vivre arriva enfin. Les verrous pneumatiques libéraient cette infernale porte, mais elle s'ouvrait tout doucement, comme à regret, en lui donnant l'impression de vouloir le faire souffrir une dernière fois.

Il rassembla ses dernières forces et tendit une main meurtrie et tremblante d'avoir donné tant de coups.

Il pleura comme un enfant apeuré, secoué de spasmes d'un incontrôlable sanglot, lorsqu'il sentit que des mains saisissaient fermement la sienne et le sortaient prestement de ce caveau infernal.

La transition du Néant

Xiang restait sourd à mes appels radio.

> – Commandant, le sas est vide et la porte extérieure est
> toujours ouverte !

J'allumais alors les phares latéraux et orientais leurs faisceaux
directionnels en tous sens, mais ils n'accrochaient rien et se
perdaient dans ce noir, profond, global. Ne distinguant pas le
moindre objet, je les pointais aussi vers le bas pour tenter de
distinguer le plancher sur lequel notre module était censé
s'être posé, puisque la gravité se faisait bien sentir.
À mon tour, je pris peur.
Notre tout petit vaisseau ne reposait sur rien.
Il semblait comme figé, au milieu de nulle part. Pas la
moindre masse, pas la moindre lumière d'étoile, pas le
moindre mouvement aussi.
Le noir, le vide, l'immobilité, le tout dans un absolu,
dérangeant et inquiétant.
Dans un sursaut de rationalité, j'activais les radars avant et
arrière, afin de cartographier notre environnement.
L'ordinateur, dans sa froide analyse, me confirma cet
improbable néant, dans toutes les directions.
Abbes essayait de rassurer une Carmines désespérée et
secouée de sanglots, en la serrant dans ses bras.
Je restais sans voix.
Mes écrans affichaient des diagrammes ininterrompus et
contradictoires.
Je pensais aux autres restés dans le second module.
Je m'interrogeais sur leur situation, mais en réalité, je pensais
à Carole, inaccessible, tellement seule et désespérée, elle

aussi.

Je sentais la solitude m'écraser et mon cœur se vider de sa substance. Lorsque tout va mal, en voyant que d'autres ont la chance de pouvoir se soutenir, sa propre solitude devient alors infiniment plus blessante.

Je poussais les radars dans leurs limites ultimes, mais tout ce qu'ils nous renvoyaient, n'était que la confirmation de ce vide anormal. Je décidais alors d'actionner la commande à distance de fermeture de la porte du sas restée béante sur l'extérieur.

Abbes se redressa et retint ma main en me disant qu'il fallait lui laisser une dernière chance de revenir. Pour seule réponse je pointais, de l'index de mon autre main, les écrans vides des radars. Il lâcha alors la mienne, d'un geste las, en me fixant d'un regard sombre et empli d'une infinité de reproches pour insister sur ma responsabilité dans cette décision et je pus, la mort dans l'âme, en actionner la fermeture. Nous pouvions entendre la porte glisser dans son rail, puis les verrous pneumatiques s'actionner. Ces bruits avaient quelque chose de profondément sinistre dans cet instant présent.

Enfin, lorsque l'indicateur passa au vert, certifiant ainsi que l'air y était de nouveau respirable, nous entendîmes alors des coups sourds et réguliers contre la porte intérieure.

J'actionnais la commande de ma radio pour exiger l'identité de celui qui frappait dessus. En entendant ma voix, Xiang rassembla ses dernières forces et se releva comme il put, en retombant plusieurs fois sur ses genoux, toujours lourdement empêtré qu'il était, dans son scaphandre dont il avait gardé le casque hermétiquement fermé. Il tambourina de plus belle, en bredouillant son nom, et implorait de le laisser rentrer, puis il s'écroula une dernière fois sur les genoux, la tête en avant contre la porte qui le retenait et l'empêchait ainsi de s'affaler sur le sol.

J'avais beaucoup de mal à comprendre le seul mot qu'il répétait comme une litanie. Sa voix était brouillée dans une cacophonie de coupures et de parasites sonores qui ressemblaient de plus en plus à des hurlements de bêtes que je ne parvenais pas à identifier. Un terrible doute me faisait hésiter.

Que s'était-il passé dans ce sas ?

Où était-il passé, et pourquoi et comment était-il réapparu ?

Avec tous ces évènements et ces situations anormales, je craignais le pire. Qui, ou quoi, essayait de nous rejoindre ?

Devant mon hésitation, mes deux autres compagnons à bout de nerfs, se précipitèrent sur la commande d'ouverture. Avant que je puisse réagir, Carmines l'actionna, tandis qu'Abbes me ceinturait et s'interposait de tout son corps contre moi. Nos casques s'entrechoquèrent dans un bruit sourd. Il m'écrasa de tout son poids, en bloquant mes mains. Instantanément, les parasites sonores disparurent, et nous pûmes entendre distinctement la voix haletante et déformée de Xiang qui nous appelait à l'aide. La porte intérieure s'ouvrit dans son chuintement caractéristique, le laissant tomber comme une masse inerte, face contre terre.

Carmines se précipita pour le relever, et s'agrippa à son bras tendu pour l'entraîner à l'intérieur, tandis qu'Abbes essayait vainement de retenir son bras. Je ne l'aurais pas cru capable d'un tel effort physique, car Xiang n'était pas un petit gabarit et pesait bien son poids alourdit par son scaphandre qui s'était recouvert, en quelques secondes, d'un givre épais et dur en pénétrant dans la cabine.

Je me levais à mon tour et pointais ma main gauche dont le gant disposait de capteurs de température. Sur l'image virtuelle, projetée sur l'intérieur de ma visière, je pouvais lire une valeur qui ne devrait pas être possible. Heureusement, pour lui, elle remontait de manière ininterrompue. Notre cartographe n'aurait pas dû survivre à ce froid extrême. Ce « zéro absolu » (soit les moins 273,15 degrés Celsius) heurtait mon entendement. Son scaphandre était incapable d'y résister plus de quelques secondes. En toute logique, les fibres synthétiques, bien que renforcées de kevlar, ne pouvaient que se briser comme du verre au moindre mouvement, s'il avait été effectivement fabriqué avec des matériaux terrestres, ce dont je doutais fortement à présent, devant ce spectacle ahurissant. Les lois de la thermodynamique nous enseignaient que cette température ne devrait être observable que dans les gouffres séparant les galaxies, puisque aucun soleil ne pouvait en réchauffer l'environnement. Elle ne devrait donc pas être possible ici, au cœur d'un Système solaire...

Mais voilà que Xiang commençait à bouger une main, tandis que ce givre, opaque comme une gangue de pierre, commençait à fondre en ruisselant sur le sol, plus rapidement qu'il ne devrait.

Il n'y avait plus de doutes, quelque chose, ou quelqu'un, l'avait protégé et continuait en ce moment même.

Mais j'y pense maintenant... Notre module, aurait dû, lui aussi, se briser comme une fragile bulle de verre, s'il avait été confronté au vide et à la température extragalactique, lorsque la porte extérieure du sas s'était refermée. Sans compter que le mécanisme, figé par un tel froid, n'aurait pas dû être en état de fonctionner lui aussi !

Mon écran virtuel m'informait qu'il était revenu à la température ambiante. Cela n'avait pas de sens, c'est beaucoup trop rapide. Sans compter que, puisque son scaphandre rayonnait un tel froid, l'intérieur de la cabine aurait aussi dû geler instantanément, bloquant toute l'électronique de bord, et nous impactant, nous aussi...

Xiang essayait de parler, mais ses lèvres bougeaient en n'émettant aucun son intelligible. Sa gorge était desséchée comme celle d'une momie. Tandis qu'il levait douloureusement la tête, il les voyait se reculer d'un coup, en se bousculant et se cognant contre les sièges, comme effrayés. Choqué de leur réaction, il se redressa sur un coude et leva une main implorante vers eux. Sa respiration était sifflante. La croûte de givre qui occultait sa visière, fondait rapidement, comme si elle avait été exposée à un souffle brûlant. Il ne pouvait pas encore les identifier clairement.

Se mettant sur le côté, il frotta sa visière de sa main gantée qui fit tomber les derniers restes du givre qui dégoulinait en flot continu sur le sol. Rassuré, il essaya, tant bien que mal, de déverrouiller son casque de la même main.

Il n'en avait plus la force et la laissa tomber sur le sol en baissant la tête. Devant ce spectacle pathétique, j'abandonnais les règles élémentaires des procédures de sécurité apprises par cœur pendant l'entraînement. J'aurais dû le repousser dans le sas étanche, et le laisser enlever son casque lui-même. Et ce n'est qu'après une confirmation formelle de son identité, que j'aurais pu le laisser nous rejoindre.

Je m'approchais prudemment de lui, prêt à faire demi-tour au moindre doute, tout en gardant précieusement mon casque. J'étais encore angoissé à l'idée de ce que j'allais découvrir. Arrivé à moins d'un pas de lui, je pris une profonde respiration et je m'agenouillais. Je posais ma main gauche sur son épaule et, de l'autre, je tirais de toutes mes forces sur le loquet de déverrouillage. Il résista un instant puis se brisa net, en libérant notre pauvre compagnon en émettant le bruit caractéristique d'une surpression. Comme un bouchon de champagne, son casque fut projeté à plusieurs pas. Un épais nuage de fines particules gelées nous entoura, tel un brouillard.

En voyant cela, je ne m'attendais plus à le retrouver vivant. Ce différentiel de pression aussi important aurait dû lui être instantanément fatal. Je maudissais la décision que j'avais prise en le libérant de son casque. J'aurais dû lire les indications de mes instruments avec plus d'attention, au lieu de me précipiter et procéder à une décompression progressive.

Au lieu de cela, je l'avais condamné à une fin immonde et douloureuse. Je me détestais d'avoir eu cet empressement irrationnel, stupide et définitivement criminel. Ma décision avait été prise en totale contradiction avec mon entraînement. Elle n'avait pas de sens. J'écrasais mes paupières pour ne pas voir le terrible spectacle de son visage disloqué par l'éclatement de chacune de ses cellules. Les dents serrées, je m'attendais à entendre hurler mes autres compagnons contre moi. Moi aussi j'avais envie de hurler !

Mais la main de Xiang se leva et se posa sur ma poitrine.

Il arborait un sourire retrouvé, aux lèvres gercées et douloureuses. Le nuage se dissipant, je pouvais apercevoir un visage trempé de sueur et rougis de chaleur. Il me fixa du regard, essayant de me dire quelque chose, puis ses yeux se révulsèrent en arrière et il perdit connaissance dans un spasme qui le souleva.

La seconde d'après il retomba comme une poupée de chiffon, inerte. Je retins sa tête de justesse avant qu'elle ne frappe le sol. Abbes s'approcha rapidement et, après avoir contrôlé son pouls à la base de sa carotide, il m'aida à le traîner à l'intérieur.

Sans un mot, Carmines enleva son casque à son tour et entreprit d'ôter aussi ses gants qu'elle accrocha méticuleusement aux mousquetons de sa ceinture, sans prononcer le moindre mot.

J'avais de plus en plus de mal à respirer, et même à bouger, dans mon scaphandre. Je posais délicatement Xiang et, tandis que Abbes s'échinait à continuer à le faire entrer dans la cabine, j'entrepris, moi aussi, de me délester de mon casque et de ces gants qui m'empêchaient d'avoir une bonne prise. Dans un râle d'épuisement, le dos courbé, Abbes reposa, à son tour, le malheureux. Il se redressa alors, nous regardant avec étonnement en constatant qu'il était le seul avec le scaphandre encore au complet. Il tourna la tête à droite et à gauche, les bras ballants pour inspecter la cabine d'un regard circulaire. Après un bref moment de réflexion, et devant notre silence, il déverrouilla, à son tour, son casque qu'il posa avec précaution à ses pieds. À nous trois, nous avions enfin réussi à ramener Xiang à l'intérieur, et à le faire asseoir sur le premier siège disponible. Sa respiration haletante et au rythme désordonné redevenait peu à peu régulière, comme apaisée. Je les laissais un instant. Il s'agissait de récupérer, sans plus tarder, la mallette de premiers secours. J'en sortais une seringue pneumatique, au contenu non précisé, mais qui était théoriquement destinée pour ce genre d'urgences. Je posais son extrémité sur la base de son cou et appuyais sur le petit bouton rouge. Un jet supersonique pénétra instantanément sa peau, sans l'usage d'une quelconque aiguille. C'était toujours surprenant et impressionnant à voir. Seul subsistait, en témoignage de l'injection, un tout petit point rouge. Au bout de quelques secondes, son pouls s'accéléra et se stabilisa. Il se réveilla en prenant une puissante inspiration, la bouche grande ouverte, comme s'il sortait d'une interminable apnée. Les yeux écarquillés, il nous fixa d'un regard de fou, mais je ne m'en inquiétais pas outre mesure, pensant que nous étions simplement en présence des effets secondaires de son injection.

La respiration toujours haletante, la voix rauque d'une gorge desséchée par le froid, et les moments de terreur intense qu'il venait de vivre, Xiang commença à nous relater ce qu'il venait de vivre.

Carmines devenait de plus en plus blême à mesure qu'il s'avançait dans son récit qu'il débitait à une allure effrénée, comme s'il avait peur d'oublier un détail vital, ou de ne plus s'en souvenir. Elle lui lâcha la main, effrayée, et recula rapidement. Elle s'assit dans son siège et prit sa tête entre ses mains, partagée entre le choix de s'écrouler en sanglots et de se laisser aller en criant dans une crise d'hystérie libératoire.

Abbes à son tour le lâcha et couru la rejoindre, se cognant de droite et de gauche contre la rangée de sièges. Il aurait voulu la soutenir, et l'aider à surmonter sa peur. Rien d'autre n'avait plus d'importance. Arrivé à son niveau, il tomba à genoux et l'enlaça comme il put.

Elle se courba afin de plonger sa tête contre la sienne, recherchant sa chaleur et sa protection. Elle prononçait des mots, que ses sanglots rendaient inintelligibles.

Devant cette scène, Xiang cessa de parler, se contentant de reprendre son souffle. Je le sanglais fermement dans le harnais de son siège, afin qu'il ne tombe pas. Visiblement soulagé de nous avoir rejoints, il s'endormit rapidement en me serrant la main avec les dernières forces qu'il lui restait.

Il n'y avait plus d'autres bruits dans la cabine, que les systèmes automatiques d'épuration d'air. Notre module semblait comme figé et posé bien solidement sur un sol invisible dans un environnement tout aussi imperceptible. Vu l'état de Xiang, je n'autoriserai aucune autre sortie.

La faim commençant à me tenailler, je décidais d'aller jeter un coup d'œil dans la soute, histoire de référencer tout ce dont nous pouvions disposer encore, mais je ne me faisais pas trop d'illusions. Lorsque nous étions partis en catastrophe, hormis nos seules tenues, aucun de nous n'avait emporté quoi que ce soit. Il ne devrait rester que ce qui n'avait pas été déchargé. Il s'agissait de quantifier nos chances de survie en termes de nourriture et d'eau. En ce qui concerne notre réserve d'air, les jauges nous indiquaient fièrement que nos réservoirs étaient remplis à leur maximum. Quelqu'un, ou quelque chose, s'était donné la peine de nous permettre de prolonger notre espérance de vie sur cette planète.

Je descendis prudemment les marches. Ayant atteint le niveau inférieur, je n'étais pas vraiment surpris, vu la tournure des évènements, qu'un nombre incroyable de boites colorées et de toutes formes étaient sagement alignées. Elles occupaient tout l'espace de la soute, du sol au plafond. La curiosité étant la plus forte je m'en approchais, prudemment toutefois. Devant ce mur compact, je posais une main sur la première qui était face à mon visage. Elle comportait une inhabituelle étiquette triangulaire d'identification. Je n'y pris pas plus d'attention que ça, dans l'immédiat. Je m'arrêtais ainsi face à celle qui était juste devant mes yeux. Je laissais glisser mes doigts, sur sa surface presque aussi lisse que du verre, et dont je ne parvenais pas à reconnaître la texture.

Mon regard s'attarda de nouveau sur l'étiquette. Je pris d'abord pour de la fatigue mon incompréhension totale de ce qui y était écrit mais, au bout de quelques secondes, ce que je réalisais me donna la chair de poule. Je n'étais pas en présence d'une écriture moderne. Cela ressemblait en fait à ce que j'avais vu dans les livres d'histoire sur les premières civilisations mésopotamiennes. Il s'agissait d'un genre très stylisé de tracés cunéiformes entremêlés de symboles représentant des animaux inconnus, un peu comme des hiéroglyphes en somme. En prenant conscience que ces marques ne pouvaient pas être d'origine humaine, je reculais prestement dans une réaction instinctive et quasi irrationnelle.

Dans mon mouvement de panique, je rattrapais, de justesse, l'échelle de montée afin de ne pas tomber. Une fois bien ancrée au sol, je remontais précipitamment et j'en informais mes compagnons d'infortune. Mes mains étaient tremblantes d'excitation devant cette découverte à la fois extraordinaire et effrayante.

Abbes avait plongé sa main vers moi, pour m'aider à remonter. Dans la précipitation, je ne parvenais plus à assurer les barreaux de l'échelle et je trébuchais à chaque pas.

Carmines plaça son bras sous le mien et m'entraîna à l'intérieur en me demandant ce qui m'avait mis dans cet état. Je lui relatais les étrangetés qui régnaient dans la soute et je vis ses yeux briller lorsque je lui décrivais les symboles que j'avais pu y lire. Elle se retourna vers Xiang, dans l'idée de lui demander ce qu'il en pensait. Il était toujours assis sur son siège, mais il dormait bruyamment et à poings fermés.

Abbes se dirigea vers lui et, lorsqu'il arriva au point de le toucher, il fut aveuglé par un puissant éclair d'un blanc aveuglant qui le stoppa net. Il resta là, sans oser bouger, comme en état de choc. Ses yeux étaient secs et endoloris. En retrouvant peu à peu la vue, il fut secoué d'un rire nerveux, incontrôlable et presque hystérique, en constatant qu'il ne restait plus qu'un scaphandre vide et toujours sanglé dans son siège.

Carmines me lâcha le bras et couru vers lui. Elle l'enserra pour le réconforter, et tenter de le calmer, mais la peur était revenue aussi vite qu'elle était partie et la tétanisait à son tour.

Soudain la noirceur absolue des hublots latéraux fut remplacée par une chaude lumière qui inondait l'intérieur, accompagnée par le grondement assourdissant des réacteurs.

Après un bref instant de stupéfaction, je me retournais et m'installais fébrilement dans le siège vide du pilote. Le module était en pilotage automatique et filait en direction de l'équateur.

Au loin le soleil se levait parmi le moutonnement des nuages. Il n'y avait plus la moindre trace des cataclysmes provoqués par les comètes.

Combien de temps s'était écoulé depuis leur chute, ni les ordinateurs de bord, ni moi-même ne pouvait être en mesure de l'évaluer. Nous ne pouvions que constater le changement total de l'atmosphère et de la température. Les calottes de glace carbonique des pôles devaient avoir nécessairement disparu. Un emballement thermique devait s'être amorcé, grâce notamment par l'apport des montagnes d'eau cométaire qui s'étaient vaporisées lors de leur impact dévastateur.

Abbes réfléchissait à la tournure des évènements. Il demanda à Carmines de s'asseoir à côté de lui. Elle posa sa tête contre son épaule, comme elle pouvait, compte tenu de leurs lourds et encombrants costumes. Ils pouvaient apercevoir un ciel splendide, aussi bleu que sur la Terre, mais au vu des paysages qui défilaient, ils voyaient bien qu'ils n'avaient pas quitté la planète avec ses canyons vertigineux et ses volcans gigantesques qui crachaient des panaches de fumée en rapports avec leur taille.

Soudain il prit conscience qu'ils se dirigeaient vers l'un d'eux, et que de ce dernier sortait aussi un immense panache. Ils se levèrent ensemble et se dirigèrent dans la direction de mon scaphandre qui était vide lui aussi. Cela ne les étonnait même plus. Ce qui les chagrinait, hormis ma disparition, ce n'était pas tant de se retrouver seuls, mais plutôt de se demander comment ils allaient faire pour se poser sans s'écraser. Ni l'un ni l'autre, ne se sentait capable de prendre les commandes de cet engin. En tant que membre de cette expédition chargé de la maintenance des modules, il avait dû étudier, dans les moindres détails leurs caractéristiques. Pour combler l'ennui de ce si long voyage entre la Terre et mars, il s'était amusé aussi à étudier les manœuvres d'atterrissage et de pilotage, mais seulement en simulation sur ordinateur.

Carmines enleva mon scaphandre du siège du pilote, avec d'infinies précautions, comme si quelque chose de moi s'y trouvait encore et l'emporta jusqu'à la rangée où se trouvait encore celui de Xiang. Elle le disposa de la même façon et le sangla méticuleusement, s'attendant, peut-être à ce que nous les réintégrions, puis elle retourna rejoindre son compagnon, qui s'était assis sur le siège du copilote.

Elle était à la fois ébahie devant la multitude de cadrans et d'écrans, et paniquée par l'ampleur de la tâche. Elle tourna la tête en direction d'Abbes et avant qu'elle ne lui pose la question, il lui montra un point sur l'écran où se dessinait une carte leur indiquant le lieu et l'heure de leur destination programmée.

> – Nous allons en direction du dôme de Tharsis, et si mes souvenirs d'étudiant sont toujours d'actualité, le début de son interminable éruption est estimé à trois milliards d'années, pour s'être achevé voilà près de huit cents millions d'années.

Elle resta sans voix, essayant d'assimiler cette information qui choquait son entendement, et lui donnait le tournis.

– Comment est-ce possible ?
Ne peux-tu pas essayer de nous diriger ailleurs ?

– Vu la tournure des évènements, je crois que tout est devenu possible.
D'après les indications, nous devrions y arriver dans une trentaine de minutes.
Et pour ce qui est de nous diriger ailleurs, je pourrais bien tenter de désactiver le pilotage automatique, mais je ne pourrais pas te garantir que je saurais nous poser proprement.
Il est préférable de laisser la machine manœuvrer, même si le lieu peut nous paraître inquiétant au premier abord.

De leur cockpit, ils pouvaient voir défiler des taches vertes et bleues par endroits, et l'ombre d'arbres imposants. Un peu plus loin, il y avait même quelques lacs dont on pouvait apercevoir les vagues moutonnantes sous les assauts d'un vent puissant. Leur nombre et leur surface augmentaient à mesure qu'ils s'approchaient de leur destination.
Carmines se pencha en avant, et saisissait la main de son compagnon qu'elle secoua en tous sens. Elle avait repéré, sur l'interminable plaine devant eux, un nuage de sable soulevé par une masse grouillante dont on avait grand peine à différentier les éléments.

– Regarde !
Il y a une horde d'animaux gigantesques qui courent dans la même direction que nous !

Abbes se pencha à son tour et contempla, fasciné, la course

folle de ces créatures. Il tenta de la rassurer en lui donnant les proportions du dôme de Tharsis.

> – D'accord, ce dôme surplombe la plaine à une hauteur d'au moins six kilomètres, mais qu'est-ce qui te dit qu'ils ne pourront pas la grimper ?

> – Voyons Carmines, tu vois bien que leur taille ne leur permet pas de grimper ces falaises.
> Six kilomètres, te rends-tu compte de ce que cela fait, quand on se trouve à leur base ?

> – Admettons…
> Mais es-tu certain que nous nous poserons sur ce dôme, et non pas « avant » ce dôme ?

Un doute glacial saisit alors Abbes qui posa un doigt sur l'écran tactile à l'endroit où était dessiné le carré clignotant rouge annonçant la zone d'atterrissage.
Une fenêtre secondaire s'ouvrit.
Une liste avec tous les détails se mit à défiler.
On pouvait y lire les coordonnées et l'altitude, entre autres.
Devant ces informations, il s'assit en arrière, un grand sourire aux lèvres et tourna la tête en sa direction en lui prenant la main.

> – Tu n'as rien à craindre, notre atterrissage est prévu pour se situer à plusieurs kilomètres du bord de la falaise, et aussi hors de portée des retombées volcaniques.

La Symbiose

Surya était de l'autre côté de la paroi, d'une transparence cristalline à la perfection telle qu'il dut approcher sa main afin que son sens du toucher lui confirme la réalité de sa présence. Il pouvait voir Elisheba distinctement.

De son côté, elle ne voyait qu'un mur blanc, totalement opaque et massif.

Il la vit s'écrouler à genoux, la tête entre ses mains, défigurée par la douleur de sa disparition. Il donna des coups de poing contre cette paroi, de toutes ses forces, mais aucun son n'en sortait. Il cria jusqu'à en perdre haleine, mais elle ne l'entendait pas, alors qu'il l'entendait comme si cette séparation n'existait pas. Il la vit se relever et courir, affolée et désespérée, vers le groupe. Cette séparation, si violente dans la situation présente, lui déchirait le cœur.

La seule femme qu'il n'avait jamais aimée lui était devenue inaccessible. Lentement, secondes après secondes, comme pour lui laisser le temps de lui faire ses adieux, la paroi s'opacifia. Il frappa une dernière fois mais la seule réponse qu'il obtenait n'était qu'un silence absolu et oppressant.

Las de parler à un mur, il se retourna lentement et regarda tout autour de lui. Il était dans une vaste pièce circulaire, en forme de bol renversé, et brillamment éclairée de toute part. Sans le moindre bruit, une nouvelle paroi, comme une seconde peau de la première qui se détacherait, se rapprocha de lui à mesure qu'elle rétrécissait leur espace vital.

Elle était tout aussi transparente mais arborait un coloris légèrement bleuté. Lorsqu'elle arriva à proximité de lui, il se rappela ses cours de biologie. Il s'imaginait être au cœur d'un monstrueux organisme dont le système immunitaire aurait envoyé un lymphocyte afin d'éradiquer la menace qu'il représentait.

Il s'attendait à étouffer et à brûler dans l'acide digestif de cet impitoyable prédateur qui le retenait prisonnier. Se croyant perdu, il s'écroula, résigné, sur le sol. Attendant l'instant fatal, il ferma les yeux et recroquevilla ses jambes en se mettant instinctivement en position fœtale.

En un instant, il fut enveloppé dans un cocon soyeux qui l'immobilisa totalement.

Il se crispa et retint sa respiration jusqu'à ce qu'il ne puisse plus tenir.

Il ouvrit grand la bouche et avala une profonde bouffée d'air tiède.

Il constata, avec la joie incrédule d'un nouveau-né, qu'il pouvait respirer sans effort. Il ne ressentait pas la moindre pression sur sa peau, et aucun de ses muscles ne répondait à ses sollicitations. À mesure qu'il reprenait son souffle, il se sentait de plus en plus apaisé. Son cocon glissait doucement sur la périphérie de la paroi de la grande salle.

Il pouvait voir distinctement ses compagnons. Ses pensées allaient de l'un à l'autre avec, à chaque fois, un fort sentiment de compassion.

Arrivé en vue d'Elisheba son cœur frappa si fort à la porte de son esprit que son mouvement de glissade s'arrêta net, comme si ses pensées étaient en interaction avec son environnement.

Il était là, face à elle, alors qu'elle ne pouvait toujours pas le voir.

Il pouvait admirer de nouveau ce corps qu'il avait toujours considéré comme parfait, malgré ses dénégations gênées.

Il ressentait, encore plus fortement, les émotions qui l'envahissaient à chaque fois qu'il la revoyait, comme si elles avaient été amplifiées des milliers de fois.

Il contemplait, avec une admiration irrationnelle, celle qui avait réussi à ouvrir son cœur qu'il pensait sceller.

Il attarda son regard, l'espace d'un instant, sur ses mains, dont les longs doigts bougeaient avec une grâce qui continuait à le bouleverser tant, en ces instants insensés.

Il était toujours hypnotisé par le dessin, et le mouvement, de ses lèvres. Ces souvenirs surgissaient de sa mémoire, tel un torrent incontrôlable, et s'imposaient avec force.

Il revoyait son regard qui lui happait son âme à chaque fois qu'elle arborait cette expression étonnée qu'il aime tant. La nostalgie d'avoir connu un si grand bonheur se transforma, peu à peu, en un désespoir qui lui oppressa la poitrine en lui inondant les yeux.

Soudain, une colère, dont il ne se croyait pas capable, concrétisant son sentiment d'impuissance absolue, lui arracha un hurlement de rage se transformant en un cri primal. Il résonnait, tout autour de lui, dans une vibration qui s'amplifiait et explosait tout autour de lui en une gerbe de flashs aveuglants et multicolores.

Une seule pensée occupait son esprit.

Il voulait la rejoindre et la prendre dans ses bras.

Il tenta de se débattre pour se libérer et s'arracher à cette camisole de force.

Ce qui se passa à cet instant, le tétanisa complètement.

Il était le témoin d'une scène qui le laissa sans voix. Sans un bruit, la matière blanche du sol, tout autour d'Elisheba, se souleva brusquement en prenant la forme de fins pétales d'une fleur géante qui l'englobèrent totalement en formant une bulle en forme d'œuf. Ce mouvement fut si rapide que ceux qui l'entouraient l'instant d'avant, et tentaient de la réconforter, roulèrent en désordre autour d'elle. Après avoir oscillé de haut en bas quelques secondes, la bulle descendit jusqu'au sol pour s'y enfoncer sans bruit, ne laissant qu'une surface lisse et nette, comme si rien ne s'était passé.

Elisheba ne comprenait pas ce qui se passait. Son esprit, comme son corps, était paralysé.

Elle était totalement engluée dans une matière blanche, onctueuse, chaude et exhalant un délicat parfum de jasmin.

Elle sentait que son étrange véhicule avait amorcé un déplacement.

Elle aurait dû avoir peur mais une pensée, douce et apaisante la pénétrait.

Peu à peu les parois de sa bulle devenaient transparentes jusqu'à donner l'impression qu'elles avaient disparu.

Elle déambulait ainsi, comme flottant en apesanteur, le long d'un long couloir, en baignant dans une éblouissante lumière blanche.

De nombreuses sphères, de tailles et de couleurs variées, brillantes et lisses comme des miroirs, l'entouraient en virevoltant tout autour d'elle. De douces sonorités cristallines, accompagnaient ces mouvements. La beauté de la scène lui faisait oublier, peu à peu, sa situation et la plongeait tout doucement dans un état extatique.

Après un temps qui lui parut durer une éternité, elle arriva en vue d'une nouvelle salle, tout aussi vaste que la précédente. Sa bulle se colla contre sa paroi. Après avoir marqué un bref moment d'arrêt, elle y pénétra lentement, comme si la barrière de sa membrane n'existait pas.

À l'intérieur, la surprise d'un nouvel environnement lumineux totalement différent, puissant et à la limite de ce que pouvaient supporter ses yeux heurta sa sensibilité au point de lui faire peur. Elle baignait dans des couleurs changeantes et chatoyantes. La sensation d'être accueillie avec chaleur et joie la submergea au point de la faire pleurer à chaudes larmes. Elle se sentait rassurée, et un bonheur qu'elle ne comprenait pas, emplissait son cœur.

Presque cachée par l'éclat, une autre bulle semblait l'attendre en décrivant de longs cercles. Elle montait et descendait doucement. Dans celle-ci, elle aperçut une forme qui s'en détachait. Elle se concentra et quelle ne fut sa surprise lorsqu'elle identifia la silhouette familière de Surya. Ce dernier se redressa lorsqu'il la reconnut à son tour.

À cet instant, il fut libéré, tout comme elle, de toute entrave et flottait à l'intérieur, comme en apesanteur. Les deux bulles s'approchèrent tout doucement. Lorsqu'elles se touchèrent enfin, une silencieuse fusion se produisit et elle se retrouva dans les bras de son compagnon.

Après quelques instants, leur bulle retourna contre la paroi de cet interminable tunnel. Elle y pénétra comme s'il n'y avait aucun obstacle. Elle avança tout d'abord lentement, puis accéléra rapidement, filant à une vitesse vertigineuse. Elle était accompagnée, par une multitude de petites bulles de lumière colorées qui virevoltaient en tous sens et semblaient s'amuser de son sillage, comme font les dauphins lorsqu'ils jouent devant l'étrave des bateaux.

Ils flottaient et tournoyaient doucement, enlacés dans un bonheur qui allait bien au-delà de leurs retrouvailles. Même lorsqu'ils amorçaient de vertigineux virages, en s'enfonçant toujours plus profondément à la vitesse d'un météore, dans les entrailles de ce qui ressemblait de plus en plus à un gigantesque organisme, ils ne subissaient aucune sensation d'accélération, ni même de roulis, dans leur insolite véhicule. Ils assistaient, en simples spectateurs, à la majesté du paysage qui défilait devant leurs yeux éblouis. Apaisée, Elisheba se détendit et plongea son regard dans celui de Surya. Petit à petit, elle perçut les pensées les plus profondes de son compagnon tandis qu'il pénétrait simultanément les siennes.

Lorsqu'ils ne formèrent plus qu'une pensée unique, se mêlèrent alors leurs souvenirs, leurs rêves, leurs espoirs et même leurs regrets. Leur bulle se mit à briller d'un éclat qui surpassa celui des sphères environnantes. Leurs corps physiques s'évanouissaient tout doucement dans cette blancheur insoutenable.

Ils étaient devenus une lumière vivante.

La bulle, leur nouvelle enveloppe corporelle, poursuivait imperturbablement son allure et filait dans le lointain de cette interminable artère.

Par la voie du tourbillon

À l'intérieur de l'immense salle, Carole regardait, tout autour d'elle. Lorsqu'elle réalisa que son commandant avait disparu, elle tomba lentement à genoux, secouée de spasmes de sanglots.

Monica, le regard baissé, était tout aussi effrayée par la disparition de Xiang. Elle courut vers elle et s'agenouilla à son tour et la prit chaleureusement dans ses bras.

Elles se mirent à pleurer en cœur, en tremblant de concert.

Elles furent rejointes par Anne, toujours suivie par son inséparable Hans qui ne la lâchait plus d'une semelle.

Ils s'approchèrent ainsi des malheureuses tout en cachant, comme ils pouvaient, l'angoisse qui les tenaillait d'être, à leur tour, séparés aussi brutalement. À mesure qu'ils avançaient vers elles, ils réalisèrent que leur nudité n'était plus d'actualité, en entendant le bruit de leurs pas qui résonnait sur ce sol lisse et dur. Ils étaient de nouveau revêtus d'un scaphandre qui sentait bon les matériaux neufs. Étonnamment, ils n'avaient pas remarqué, sur l'instant, ce poids supplémentaire qui les alourdissait pourtant sensiblement. Ils s'arrêtèrent net et se regardèrent, abasourdis. Ils tournèrent, de concert, leur tête vers les deux femmes.

Elles se tenaient toujours dans les bras. Mais à présent, elles étaient revêtues, elles aussi, du même scaphandre flambant neuf.

Reprenant leurs esprits, ils accélérèrent le pas pour les rejoindre. Enfin réunis, ils s'agrippèrent l'un à l'autre pour se rassurer. Apaisés de retrouver une dignité vestimentaire ils ne remarquèrent pas tout de suite la disparition de Monica.

Anne tourna machinalement la tête dans la direction où leur

module avait disparu et constata, sans plus vraiment s'étonner maintenant, qu'il posait de nouveau devant eux.

Il n'y avait plus la moindre trace de brûlure de la rentrée dans l'atmosphère, ni même la moindre éraflure. Lui aussi avait réapparu en donnant l'impression d'être sorti tout droit des chaînes de fabrication. S'ils avaient pris le temps de le regarder de plus près, ils auraient constaté que du plus grand au plus petit élément, la perfection absolue était de mise. Devant le module, se tenait une silhouette nouvelle, vêtue aussi d'un scaphandre flambant neuf. Il avait surgi de nulle part et restait immobile, tel une statue de cire.

Anne demanda à cet intrus de s'identifier.

N'obtenant pas de réponse, elle s'avança prudemment vers lui, accompagnée du reste de la troupe qui la serrait de près, chacun tenant la main de l'autre dans l'espoir qu'il n'y aurait pas d'autres disparitions. Arrivée à quelques mètres de cet intrus, elle put lire le nom de Xiang cousu sur le badge de sa poitrine.

Il restait hébété, les épaules basses, voûté et les bras ballants, comme en état de choc et tremblait de tous ses membres.

Il donnait l'impression d'observer la scène de loin, comme détaché. Puis soudain, il se redressa d'un coup et projeta en avant ses mains vers eux, tout en reculant.

Devant leur incompréhension de sa propre détresse, et leur insupportable ignorance de ce qu'il venait de vivre, son corps se raidit. Il était au seuil de l'hystérie et leur demandait, les mâchoires crispées, de le rejoindre sur-le-champ et de fuir ce lieu maudit, pendant qu'ils le pouvaient encore.

Il luttait contre sa peur qui lui dévorait sa raison, englué dans une panique qui l'empêchait de réfléchir. La simple pensée qu'il puisse revivre cet infernal cauchemar lui glaçait le sang et le poussait au bord du précipice de la folie.

Quand Anne parvint enfin face à lui, au bout d'un temps qui lui parut durer une éternité, il lui saisit, sans ménagement, sa main. Il entraîna ainsi le petit groupe, en courant, en direction du sas d'entrée. Les quelques mètres qui les en séparaient semblaient s'allonger à mesure qu'ils s'en approchaient.

Le module donnait ainsi l'impression qu'il s'éloignait peu à peu du groupe, tandis qu'ils accéléraient le pas. Mais ce n'était pas une illusion. L'environnement se déformait, ainsi qu'eux-mêmes.

Chacun s'agrippait à l'autre, en formant une cordée formée de bras qui s'allongeaient à mesure que les secondes s'additionnaient.

Arrivé enfin au bord de l'entrée, Xiang tout en serrant la main, ou plutôt en écrasant les doigts de la pauvre Anne, affolée par la distorsion qui s'amplifiait et déformait tout, y compris les corps et les visages, agrippa enfin de sa main libre le bord du sas.

À cet instant la déformation cessa instantanément et une grande bousculade s'ensuivit, chacun faisant tomber l'autre dans son élan. La normalité semblait de nouveau avoir repris ses droits. Ils n'avaient parcouru que quelques mètres, mais ils étaient essoufflés comme s'ils avaient couru un véritable sprint.

Reprenant ses esprits, Xiang saisit alors Anne par la taille et la poussa dans le sas, sans ménagement tout en criant qu'il fallait partir d'ici au plus vite. Avant que Carole ne commence à tergiverser, Hans d'un regard entendu aida Xiang à la faire monter à l'intérieur malgré les interrogations qu'elle commençait à énumérer.

Afin de laisser la place aux suivants pour y rentrer, Anne déverrouilla la porte intérieure, ce qui eut pour effet de fermer automatiquement, la porte extérieure. Elle saisit alors le bras de Carole et l'entraîna avec elle dans la cabine, malgré ses dénégations. Pendant que la porte intérieure se refermait, elles coururent jusqu'au poste de pilotage. Anne occupa le siège du pilote et amorça la procédure de décollage. Elle activa, en même temps la commande d'ouverture de la porte extérieure, afin que les deux hommes puissent les rejoindre.

Pendant ce temps-là, Carole se sanglait fébrilement dans le siège du copilote.

Les turbines commencèrent à rugir dans un grondement assourdissant. Avant qu'un choix ne se fasse, quant à celui des hommes qui monteraient en premier, Xiang plaqua son compagnon contre le module en le saisissant par la taille. Il le souleva comme s'il ne pesait rien et le poussa d'un geste bref à l'intérieur.

Hans se retrouva ainsi à glisser sur le ventre. Il se redressa difficilement, le poids de son scaphandre se faisant de plus en plus présent, et se tourna face à l'entrée.

Il resta un instant paralysé d'étonnement devant le spectacle de l'environnement qui se déformait de nouveau dans un arc-en-ciel de couleurs éblouissantes.

Il avait l'impression de vivre un rêve éveillé, totalement illogique et déconcertant d'irrationalité.

La seconde suivante, il se rappela que son ami était encore dehors et s'agenouilla, tant bien que mal, en se penchant à l'extérieur.

Il prit appui sur le rebord, de sa main gauche, et tendit son autre main à l'extérieur. Xiang la saisit comme il put, mais les muscles de ses jambes n'arrivaient déjà plus à le soutenir.

La pesanteur augmentait rapidement et l'écrasait. Hans s'écroula sur le sol du sas.

Il luttait pour garder la main de son infortuné compagnon dont le poids ne lui permettait déjà plus de le hisser à bord par sa seule force.

Dehors des flashs de toutes les couleurs explosaient tout autour. Une tornade composée de lumières palpitantes enveloppait et emportait Xiang.

Il était ballotté en tous sens, face à Hans.

Il pouvait voir distinctement son visage qui changeait de couleur au fil des explosions lumineuses. Hans hurlait son nom. Il tentait vainement de le ramener.

Xiang le fixa d'un regard empli de compassion, le temps d'un sourire d'adieu, puis lâcha prise et disparut. Emporté dans le lointain, il ne voulait pas l'entraîner avec lui. Pendant tout le temps de cet instant dramatique, Anne criait dans la radio.

Elle exigeait la fermeture de la porte extérieure, car l'ordinateur du module n'autoriserait le décollage qu'à cette condition.

Hans, encore choqué par la perte brutale de son ami, avait soudainement retrouvé un poids normal et reculait maladroitement à l'intérieur, en s'agrippant à tout ce qu'il pouvait, pour ne pas tomber.

Le module était pris dans une improbable tornade qui le secouait violemment, en le faisant vibrer de toutes parts.

Il dut s'y reprendre à plusieurs fois pour appuyer sur la commande de fermeture.

Il était comme un automate, n'ayant plus la force de réfléchir, la peur lui tordait douloureusement le ventre. Lorsque la porte se referma enfin, et que le dernier cliquetis du verrou pneumatique ait retenti, la tempête cessa instantanément. Il n'y avait plus le moindre bruit, ni même le moindre mouvement. Cet état statique, soudain et totalement incohérent, lui coupa le souffle.

Il se redressa, droit comme un « I » et tapota sa poitrine et ses avant-bras.

Il voulait être certain qu'il était bien là, qu'il était vivant et éveillé. Silencieux, le regard fixe, il se rapprocha lentement du hublot donnant sur l'extérieur, inquiet à l'idée de ce qu'il pourrait y apercevoir. Moins d'un mètre l'en séparait, mais il avait plutôt l'impression de s'en éloigner en tentant de s'en rapprocher. Cette étrangeté se concrétisa, dans son esprit, lorsqu'il prit conscience de l'absence totale du bruit de ses pas.

Surpris, il tapa plusieurs fois de ses bottes sur le sol métallique, mais aucun son n'en sortit.

Il vérifia aussitôt le bon fonctionnement du microphone extérieur de son casque en tapotant dessus avec une main. Il obtenait bien une réponse sonore à ce mouvement.

Il retapa de nouveau sur le sol de ses bottes, mais il n'en résultait toujours aucun bruit. Au bout d'un temps, bien trop long à son goût, il arriva enfin au hublot et colla son casque contre la vitre.

Il ne pouvait rien distinguer d'autre qu'une lueur aveuglante d'une blancheur irréelle.

Il en détourna aussitôt ses yeux endoloris, puis il se retourna du côté de la porte intérieure et posa brusquement la visière de son casque contre son hublot en produisant le bruit mat du verre contre du verre.

Il était toujours dans ses pensées quand il prit enfin conscience du silence de sa radio. Intrigué, il appela les deux autres naufragées avec insistance, mais il n'obtint aucune réponse.

Il déverrouilla son casque d'un geste bref et le laissa tomber sans y prêter plus d'importance, sur le sol de la cabine, excédé de se sentir ainsi de plus en plus manipulé par quelque chose qui semblait se jouer de lui.

Il appuya sur la commande d'ouverture de la porte intérieure, le regard lourd et sombre.

Elle ne s'ouvrit pas tout de suite et il dut appuyer rageusement plusieurs fois sur le bouton d'ouverture.

Elle daigna enfin réagir, en produisant le cliquetis caractéristique du verrou pneumatique qui la libérait.

Elle coulissait, très lentement, et dans un fort bruit de frottement minéral, alors qu'elle aurait dû s'ouvrir en moins d'une seconde dans un bruit feutré, en glissant silencieusement dans son rail.

N'étant plus à une incohérence près, il ne fut pas vraiment étonné de voir la cabine vide de tout occupant.

Il avança, presque timidement, un pied à l'intérieur,

l'angoisse au ventre. Au bout de quelques mètres, il s'arrêta net, surpris par le bruit de ses pas qui résonnaient maintenant sur le sol, comme s'il était entré dans une immense cathédrale.

Il voulait les appeler, mais aucun son ne sortait de sa gorge sèche comme un parchemin.

La cabine semblait s'allonger à mesure qu'il progressait. Le poste de pilotage s'éloignait de lui. Les deux rangées de sièges semblaient se multiplier comme l'image que rendent deux miroirs qui se font face.

Il avait l'impression maintenant de se retrouver dans un immense avion de ligne.

Il se mit à courir, à en perdre haleine, dans l'allée centrale qui s'allongeait dans les mêmes proportions que l'accélération de son pas. ; La lumière s'amplifiait, elle aussi. Les couleurs disparaissaient, laissant place à une blancheur aveuglante, estompant peu à peu chaque détail.

Il courrait de plus en plus vite, tandis que l'avant du module disparaissait peu à peu dans le lointain.

Le souffle coupé, il s'arrêta, se pencha en avant et posa ses mains, tremblantes, sur ses cuisses. Sa respiration devenant plus régulière, il se redressa et essaya de prononcer quelques mots.

Constatant qu'il pouvait reparler, il mit ses mains en porte-voix pour les appeler. Il prit une grande inspiration et hurla leur nom de toutes ses forces, le visage empourpré par l'effort. La seule réponse, qui lui parvint ne fut que l'écho de son appel qui se perdait au loin.

Il tourna instinctivement la tête et constata, avec effroi, que la lumière, derrière lui, s'éteignait progressivement. La porte du sas avait déjà été engloutie dans une obscurité qui se rapprochait de lui de plus en plus vite.

Il retourna la tête devant lui et vit que le poste de pilotage n'était plus là. Il allait, lui aussi, être plongé dans une obscurité qui avalait tout et progressait inexorablement vers lui, telle une meute de loups qui l'encerclerait.

Il couvrit son visage de ses mains, et tomba lourdement sur les genoux.

Il ferma les yeux et crispa sa mâchoire en poussant un cri dont il ne se serait pas cru capable.

L'obscurité finit par le rejoindre et l'envelopper, tel un linceul glacé qui brisa ses dernières barrières mentales.

Il ne sentait plus son poids.

Il tâtonna, en frissonnant, tout autour de lui, s'attendant à trouver des sièges de chaque côté, mais il n'y avait rien.

Il avançait lentement à quatre pattes, devant lui, une main en avant. Au bout d'une distance qu'il trouvait bien trop longue, il changea de direction et avança droit devant.

Il changea encore une fois, mais il ne rencontrait toujours aucun obstacle. La seule chose dont il était certain d'identifier, était ce sol de plus en plus glacé sur lequel il progressait.

Il était à bout de nerfs.

Une fatigue envahissante le consumait.

Il avait de plus en plus de mal à réfléchir.

Il se parlait à lui-même, à voix haute, comme pour se confirmer qu'il était toujours vivant.

Il essayait de se rassurer, en essayant de quantifier et de clarifier les évènements qu'ils avaient vécus. Ces enchaînements, qui lui paraissaient tellement illogiques au début de son raisonnement semblaient, après avoir mûri sa réflexion, s'ordonnancer selon un schéma chronologique précis, bien qu'il ne parvînt toujours pas à en comprendre ni le sens, ni les objectifs.

Il se rappela soudain que son scaphandre disposait de puissantes lampes sur chacune de ses épaules.

Il eut un moment d'hésitation, craignant de révéler quelque créature nocturne tapie devant lui.

Il tâtonna, dans le noir profond, son avant-bras gauche pour retrouver le bouton de commande de ses projecteurs. Le flot de lumière éblouissant qui en sortit lui blessa les yeux qu'il ferma instinctivement. L'obscurité était repoussée jusqu'aux limites de ses projecteurs, mais elle ne révélait absolument rien d'autre que ce sol, lisse comme un miroir et d'un noir aussi profond que tout ce qui l'entourait.

Les sièges avaient disparu.

En fait, tout ce qu'il y avait auparavant disparu. Il tourna sur lui-même pour tenter d'apercevoir le poste de pilotage et la porte du sas d'où il était entré.

Il se tournait, nerveusement, en tous sens, mais il n'y avait toujours rien. La seule conclusion logique suggérait qu'il devait avoir été déplacé, hors du module, dans une salle aux proportions telles qu'il ne serait pas en mesure d'en discerner les limites.

Malgré le froid qui régnait en maître, et augmentait à mesure que le temps passait, il se mit à transpirer à grosses gouttes.

Il se redressait lentement et s'asseyait calmement.

Il fixait la lumière, qui l'hypnotisait comme un insecte pris au piège dans son faisceau. Elle se perdait dans le lointain et n'accrochait rien d'autre que la vapeur de sa respiration dans cet air glacial.

Il se surprit à contempler, avec une curiosité enfantine, en souriant, les étincelles de givre qui virevoltaient.

Il entendait distinctement les battements de son cœur. Ils résonnaient comme un roulement de tambour, en s'amplifiant et en se répercutant au loin. Leur écho en multipliait le nombre en une intensité qui devint assourdissante.

Il mit fébrilement ses mains sur ses oreilles pour s'en isoler. Sa respiration devenait sifflante et lui brûlait les poumons à chaque inspiration.

Se résignant à abandonner ses tympans à l'effroyable cacophonie ambiante, il mit instinctivement ses mains sur sa poitrine, dans une vaine tentative pour amoindrir la douleur qui lui enserrait le cœur dans un étau.

Il se mit à tousser violemment, en projetant des gouttelettes de sang qui se répandaient sur les gants blancs de son scaphandre.

Ses yeux étaient exorbités.

Il se mit à imaginer que sa tête, qui lui faisait de plus en plus mal, allait exploser.

Comme pétrifié dans son mouvement, il se statufiait peu à peu.

Partant de ses pieds, chacun de ses muscles se tétanisait l'un après l'autre jusqu'à atteindre sa poitrine et la paralyser, elle aussi.

Il étouffait, dans un tremblement irrépressible qui le secouait comme les feuilles d'un arbre pris dans la bourrasque. Vint enfin le moment où il sombrerait dans une syncope salvatrice qu'il réclamait de toutes ses forces.

Elle le délivrerait de ces évènements douloureux qui lui dévoraient son esprit. Mais son instinct de survie lui intimait de lutter jusqu'à son dernier souffle. Il consomma ses dernières forces vitales, dans l'espoir de garder ses yeux ouverts jusqu'à la fin.

Mais ils se fermèrent, doucement, inexorablement. L'instant d'après, un silence, presque déplacé, le sortit de son néant. Lorsqu'il prit conscience qu'il n'entendait plus son cœur, et ne sentait plus sa poitrine se soulever, il prit peur et ouvrit sa bouche pour crier. Aucun son ne parvenait à sortir de sa gorge.

L'effort, qu'il dut fournir, dans cette vaine tentative, déclencha une onde de douleur insoutenable. Elle se répandait, telle la lame d'un couteau qui s'enfoncerait et le lacérerait au plus profond de ses entrailles.

Il ne comprenait pas qu'il puisse vivre cela et être toujours conscient. Les secondes passaient, inexorablement, sans un bruit, sans un mouvement, sans un souffle. Il ne percevait plus rien, ni même le temps qui lui semblait définitivement figé maintenant. Il ne sentait même plus ce sol si dur sous lui. Il se disait que le froid devait probablement l'anesthésier.

Soudain, il retrouva toute la clarté de ses esprits en se rendant compte qu'il ne ressentait plus aucune douleur physique. Une brume, légère comme un souffle, l'enveloppait tout doucement et le réchauffait en lui prodiguant une paix du corps et de l'âme qui le comblait jusqu'à le plonger dans une torpeur extatique. Il se sentait si heureux qu'il aurait pu amorcer un sourire, s'il avait encore été maître de ses muscles. Plongé dans cette béatitude, que sa raison de scientifique ne comprenait pas, il se laissa aller à voyager dans le labyrinthe de ses souvenirs. Sans hésitation, il prit le chemin le conduisant aux instants de bonheur les plus importants de son existence. Il parvint ainsi devant l'instant où sa compagne d'infortune lui avait avoué ses sentiments, en plongeant son regard dans le sien. L'émotion le submergea, tel un raz de marée, en balayant tout sur son passage. Des larmes prirent forme et coulèrent, lentement. Elles glissaient, sur ses joues rougies par le froid intense, en laissant une traînée chaude, et réconfortante, qui lui rappelaient qu'il était toujours vivant. La première d'entre elles se détacha enfin de son menton. Elle tomba si lentement sur le sol que le temps lui-même semblait aussi s'être ralenti. Elle gela instantanément, en dessinant une délicate étoile qui brillait de mille feux scintillants. Elle donnait l'impression d'être composée d'une myriade de petits diamants, sous la lumière crue de ses projecteurs. Les autres suivirent tout aussi lentement le même chemin.

Elles rejoignirent le sol en produisant le bruit d'une cascade cristalline qui se répercutait au loin, puis ses dernières étincelles de lucidité s'éteignirent et il s'écroula comme une masse, sur le côté, terrassé.

L'éveil de Monica

Les yeux encore endoloris par le flash de lumière, Monica avançait péniblement devant elle, à tâtons, une main en avant, l'autre plaquée sur le haut de son visage. Lorsqu'elle réalisa qu'elle n'entendait plus le léger sifflement d'air se répandant dans son casque, elle prit en même temps conscience que sa main touchait directement la peau de son visage. Un frisson glissa le long de son dos. Elle gardait toujours ses yeux fermés, craignant de découvrir une situation qui mettrait à mal sa raison, une fois de plus.

Elle respirait, à pleins poumons, un air délicatement parfumé aux senteurs florales. En dépit de sa crainte, elle décidait alors d'ouvrir, tout doucement, ses paupières.

Elle constata, sans plus vraiment s'en étonner, qu'une fois encore elle ne portait plus le moindre vêtement. Mais curieusement, elle n'avait pas froid.

Elle releva la tête et questionna longuement du regard son environnement, en tournant sur elle-même. Le soleil, haut à l'horizon, dispensait une lumière crue et chaude qui la réchauffait.

Elle regarda le sol, en tournant lentement sur elle-même. Les roches éparses sur le sol scintillaient de multiples éclats de couleur, que n'auraient pas dû percevoir des yeux d'humain. Le sol était tiède et incroyablement doux sous ses pieds.

Elle avait l'impression de se tenir sur un tapis épais. La sensation de se retrouver dans un jardin fleuri envahissait son esprit.

Elle n'avait pas réellement compris, sur l'instant, qu'elle pouvait respirer sans difficulté, cet air qu'elle trouvait si doux.

Elle sentait une délicate et épaisse brise qui lui caressait le visage, alors qu'elle aurait dû être mortellement glaciale et ténue.

Elle se dit alors que ce qui l'avait mis en ce lieu avait aussi pris la peine de l'adapter à la perfection à l'environnement minéral du sol martien.

Elle en conclut qu'elle ne devait définitivement plus avoir grand-chose de commun avec le genre humain, hormis son apparence qui n'avait absolument pas changé. Tandis qu'elle marchait, sans vraiment avoir de but, et tout en gardant ce sourire dont elle gardait le secret, elle se rappela soudain le cauchemar qui avait hanté les nuits de son enfance. Son souvenir s'amplifia et occupa rapidement son esprit. Elle essaya de le rejeter de toutes ses forces, mais il balaya sa résistance désespérée, la laissant dans une situation de peur panique. Son sourire se transforma en un rictus crispé.

Elle s'accroupit alors subitement en fermant les yeux, dans une réaction instinctive de protection, et en cachant sa tête dans ses bras croisés.

Elle n'osait plus bouger, ni même respirer. Tremblante, elle attendait que cet infernal vent de sable, qui l'avait empêché trop de fois de sortir décemment de son sommeil pendant son enfance, la réduise en fine poussière.

Elle était à bout de souffle, à bout d'une terreur qu'elle n'accepterait jamais plus. Ne voyant rien venir, elle s'autorisa, dans un premier temps à respirer, puis elle décroisa lentement ses longs bras qu'elle inspecta en détail, l'estomac noué.

Elle constata, soulagée, qu'il n'y avait pas la moindre trace de cristallisation. Sa peau avait conservé le même aspect, et la même souplesse. Se détendant d'un seul coup, elle se laissa tomber sur les fesses en éclatant de rire.

Elle se sentait libérée de toutes ses années d'angoisse qui lui avait tant empoisonné sa vie.

Elle allongea les jambes, qu'elle croisa avec élégance, et disposa ses bras en arrière.

Elle se tenait ainsi, de longues secondes, à contempler le ciel en constatant qu'elle le trouvait bien plus lumineux qu'auparavant.

Elle s'amusait à identifier des formes animales sur les quelques nuages qui passaient lentement au-dessus d'elle.

Elle se disait, un petit pincement au cœur, que ce qui lui ferait le plus plaisir à présent, ce serait d'entendre un chant d'oiseaux. À l'instant même où elle émit cette pensée, elle entendit des petits crissements sur le sable, tout autour d'elle. Des petits monticules se formèrent, à portée de main.

Elle se disait alors qu'elle n'était plus à une bizarrerie près et ne bougea pas. Elle ne savait pas pourquoi, mais son instinct lui disait qu'il n'y avait pas de danger. Une à une, ces petites buttes de sable s'ouvrirent. Des petits vers bleus, qui lui avaient tant fait peur lors de leur première rencontre, en sortirent en se tortillant nonchalamment. Ils l'entouraient de tous côtés, et restaient là, devant elle, comme s'ils l'observaient, en continuant à onduler lentement. Leurs anneaux, d'un bleu éclatant, luisaient au soleil.

Elle tendit une main vers eux. Ils se mirent à produire un chant dont la mélodie la bouleversait au point de provoquer larmes et sanglots. L'un d'eux avança vers sa main et se lova au creux de sa paume.

Son cœur battait la chamade.

La musique qu'ils produisaient la pénétrait en lui procurant un plaisir au-delà de tout ce qu'elle avait pu connaître, au-delà même du physique et du mental. Prise d'un tremblement nerveux incontrôlable, elle entendit une voix féminine qui lui sembla familière, raisonner en douceur dans sa tête, un peu comme une pensée qui l'effleurerait.

    – N'aie plus peur Monica, nous te protégerons, et te guiderons dans ta nouvelle vie.

Croyant être victime d'une hallucination auditive due au

stress, elle n'y prêta pas plus attention que cela. Elle continua à se délecter de ce chant aux consonances extatiques qui s'insinuaient au plus profond de son être. Il entrait en résonance avec la structure minérale des cellules de son nouveau corps, si symbiotiquement adapté à cette planète. Il provoquait en elle d'irrépressibles frissons quasi orgasmiques, qui allaient et venaient, par vagues, de la tête jusqu'aux bouts de ses pieds. Au bord de l'évanouissement, qu'elle refusait de toutes ces forces, elle entendit de nouveau la voix qui l'appelait par son nom.

– J'ai l'impression de reconnaître ta voix.

Dit alors Monica d'une voix tremblante et hésitante, en ayant beaucoup de mal à se concentrer pour lui parler.

– Oui, c'est moi, Nathalia.
   Avec Manuel, nous avons accouru, dès que nous avons senti ta présence, et maintenant, nous te chantons le Chant de la Vie, que nous ont appris nos nouveaux frères, originaires de ce monde.
   Mais je n'avais pas prévu que tu serais si réceptive, aussi allons-nous en diminuer l'intensité.

À peine la musique avait-elle commencé de baisser d'intensité, qu'au lieu de lui répondre, Monica se mit à pousser un cri terrible, tordue de douleurs. De violents spasmes la secouaient. Allongée sur le dos, son bassin se soulevait, tandis qu'elle griffait le sol de ses mains et tapait frénétiquement des pieds, dans un mouvement incontrôlable, en soulevant un impressionnant nuage de poussières. Effrayée par sa réaction, Nathalia remit aussitôt l'intensité de son champ à son niveau initial.
Monica, cessa immédiatement de bouger, le sourire retrouvé, mais le regard halluciné. Elle en pleurait de bonheur, dans un

long sanglot entrecoupé de râles extatiques.

Nathalia entreprit alors de diminuer de nouveau son chant, mais très progressivement, sans y inclure, cette fois-ci, la douleur d'un sevrage trop brutal.

De longues heures s'écoulèrent ainsi. La nuit finit par les rejoindre.

Monica était à bout de forces, et bredouillait des remerciements presque inintelligibles à Nathalia, pour lui avoir permis de connaître ça. Lorsque la dernière note se tut, elle soupira et sa tension se lâcha en pleurant « toutes les larmes de son corps », mais elle ne regrettait rien.

Elle se demandait seulement, s'il lui était possible de puiser de nouveau en elle le courage de revivre cette intensité hallucinante de plaisir. Mais elle savait déjà, au fond d'elle, qu'elle serait prête à tout pour la revivre.

> — Dis donc, Monica, n'oublie pas que j'entends chacune de tes pensées.

Dit alors Nathalia en lui envoyant un « rire mental ».

> — Je n'en peux plus, je vais dormir.
> Nous parlerons de notre avenir demain matin.
> Tu me parleras de Manuel et de Toi, en détail, je veux tout savoir !

Lui répondit Monica qui se mit en « chien de fusil », plus par réflexe que par la très légère fraîcheur de l'été martien qui ne la gênait aucunement, puis elle s'enfonça presque instantanément, dans ses rêves en allongeant les jambes, mais les bras toujours croisés sur sa poitrine.

Manuel qui avait suivi la scène en spectateur, avait décidé de ne pas intervenir, par respect pour la réaction émotionnelle de Monica. Il demanda à Nathalia si elle avait une petite idée pour l'accompagner dans sa nouvelle vie.

Elle lui répondit en riant, que « demain serait un autre jour » et lui enjoignait, maintenant que la nuit était là, à retourner sans plus tarder dans le sous-sol pour ne pas être repérés par les « pierres pointues » qui devaient probablement rôder dans les environs, attirées par les vibrations de son chant. La multitude de longs vers qui composaient leurs corps s'enfonça alors simultanément dans le sable, presque sans bruits, en prenant soin de remettre chaque grain de sable à sa place originelle, s'assurant ainsi de ne laisser aucune trace de leur passage. Arrivés à plusieurs mètres de profondeur, Nathalia s'adressa à Manuel :

> – Dis donc, ça te dirait si nous chantions...
> Rien que pour nous ?

Manuel, lui répondit par un petit sourire mental, et commença son chant qui montait crescendo en déclenchant une vibration de plaisir dans chacun des anneaux de leurs nouveaux corps vermiformes.

Le jour se levait tout doucement. Les premiers rayons de soleil se posèrent sur le corps allongé de Monica qui luisait au soleil du petit matin, en lui prodiguant une caresse presque palpable. Son expérience de la veille avait rendu sa peau si sensible qu'elle pouvait sentir qu'elle absorbait cette timide lumière.

Elle s'en nourrissait même, en découvrant, avec une curiosité mêlée de joie, qu'elle avait une capacité gustative à l'absorber. Les rayons rougeoyants avaient une saveur d'une finesse incomparable, presque indéfinissable, partagée entre des fruits exotiques et le parfum délicat du muguet recouvert de la première rosée de l'aube.

Elle buvait cette lumière par tous les pores de sa peau.

Elle retrouvait, peu à peu, la force qu'elle avait tant dépensée la veille. Tandis qu'elle se remémorait ces impensables sensations qu'elle avait vécues, réellement inhumaines, mais dans le sens positif du terme, elle écarquilla les yeux en constatant qu'elle ressentait encore du plaisir par le simple souvenir de ces mélodies.

Elle savourait encore le pâle écho de ces instants inoubliables. Elle s'allongea en écartant les bras. Maintenant que le soleil montait, elle ne savait pas encore pourquoi, mais elle comprenait que c'était une nécessité vitale de recevoir le plus de lumière possible.

Elle se délectait de cet instant. Les moins cinquante degrés Celsius de l'été martien auraient été insupportables dans sa tenue, si elle avait été encore humaine. Mais à présent, elle n'avait aucunement froid et aurait même eu un peu trop chaud si ce petit vent ne s'était pas levé. Lorsque le soleil arriva au zénith, elle avait recouvré toutes ses forces, et bien plus. La sensation de plaisir s'estompait peu à peu, et elle comprit qu'elle était arrivée à satiété.

Elle savoura pendant encore quelques instants la paix de l'instant présent, en gardant les yeux fermés et en souriant, le visage tourné vers le soleil.

Elle leva une main au-dessus de sa tête pour protéger ses yeux des rayons qui devenaient un peu trop forts pour elle maintenant et poussa un petit cri de surprise en découvrant que sa peau brillait de multiples étincelles, comme le ferait un morceau de granit. De son autre main, elle vérifia fébrilement qu'elle était toujours souple et soyeuse.

Elle avait l'intime conviction, depuis sa plus tendre enfance, que sa formation de géologue lui serait utile un jour, à titre personnel.

Elle se redressa, sur un coude, et s'ausculta et poussa un soupir de soulagement en constatant que son corps, et sa peau, n'avait pas changé, hormis cet étonnant scintillement à la lumière du midi, puis elle se leva, lentement.

Les mains sur les hanches, elle réfléchissait à sa situation, les sourcils froncés, mais le sourire aux lèvres. Ses longs cheveux ballottaient dans un vent qui lui apportait des senteurs fleuries, mais les végétaux étaient totalement absents sur cette planète. Seule une multitude de pierres de toutes tailles, et de toutes formes, jonchait la plaine, à perte de vue. Intriguée, elle se baissa et en ramassa un aux arêtes vives.

Elle le porta à son nez et le huma prudemment. Les yeux ébahis, elle découvrait la senteur suave qui s'en exhalait en lui piquant suffisamment le nez pour lui déclencher un éternuement. Cela lui rappelait vaguement une curieuse plante vasculaire aux couleurs et à la forme hors du commun. Elle l'avait découvert, lors d'un trop bref passage à Paris, en visitant le Jardin des plantes du Muséum d'Histoire Naturelle et qui l'avait souvent laissé sans voix au fil de ses découvertes.

Elle la retournait sous tous les angles et, hormis son parfum entêtant, rien ne la distinguait des autres qui jonchaient le sol à perte de vue.

Elle entreprit de s'entailler, légèrement, la paume de la main. La douleur de la coupure était bien là, mais les larmes de sang qui en coulaient étaient d'un blanc laiteux.

Elle porta sa main à ses lèvres et constata que cet étrange sang ne laissait plus un goût traditionnel ferreux dans la bouche, mais plutôt une sensation cuivrée légèrement acidulée avec d'étonnantes nuances d'agrumes qui la laissèrent perplexes. Le contact de son nouveau sang, avec la pierre, produisait un dégagement mousseux qui accéléra, à vue d'œil, la cicatrisation. Rassasiée de lumière, et rassurée sur son avenir qui devenait maintenant possible, elle entreprit de marcher droit devant elle, avec l'espoir de retrouver d'autres membres de son groupe.

Elle luttait contre l'angoisse qu'ils n'aient pas conservé, comme elle, un aspect extérieurement humain.

Elle avançait en direction des petites montagnes qui se détachaient de l'horizon et attiraient, irrésistiblement, son attention, d'autant plus que par moments, elle pouvait apercevoir un reflet brillant qui l'intriguait. En marchant, elle se délectait du petit vent qui la caressait et des rayons du soleil qui l'enivraient.

Elle parcourait ainsi la plaine depuis un bon moment, sous ses rayons ardents, et ne ressentait ni la soif, ni la faim et encore moins la moindre fatigue musculaire. Au contraire, elle sentait qu'elle emmagasinait une force et une souplesse qui lui rappelait la condition physique qu'elle avait lorsque, étudiante, elle était devenue championne universitaire d'athlétisme. C'en était grisant et elle se serait bien mise à chanter si son attention n'avait pas été attirée de nouveau par ce petit reflet qui semblait se déplacer et qu'elle pouvait discerner sur une des petites buttes qu'elle apercevait à la limite de l'horizon.

Elle arrêta aussitôt sa marche extatique et pencha sa tête en avant, en portant ses mains sur le haut de son visage afin de faire un peu d'ombre pour ses yeux.

Elle scrutait ainsi l'extrême limite de l'horizon pour essayer de retrouver l'éclat qui avait disparu, entre-temps. Il réapparaissait et disparaissait selon un rythme aléatoire. Soudain une idée, toute aussi lumineuse, éclaira son esprit.

Ce ne pouvait être que le casque d'un scaphandre qui brillait de la sorte en renvoyant les rayons solaires selon que l'occupant regardait dans sa direction ou pas. Le cœur battant, et voulant en avoir la confirmation, elle se mit à courir dans sa direction.

Elle priait le ciel de ne pas trouver une simple roche cristalline qui projetterait des éclats de lumière, en roulant sur le sol, entraînée par le vent. À mesure que la distance, qui l'en séparait, s'amenuisait, son espoir grandissait.

Elle arrivait maintenant à discerner une toute petite silhouette blanche qui était assise sur un rocher de couleur ocre et qui semblait avoir une forme humanoïde.

Elle accéléra de plus belle sa course, en soulevant une traînée de sable qui lui irritait la peau de ses jambes.

Elle était partagée entre l'espoir et la peur de l'inconnu. Mais son intuition martelait son esprit. Il lui ordonnait de continuer et de ne pas faillir.

Elle riait et pleurait en même temps, tandis qu'elle commençait à ralentir sa course.

Lorsqu'elle s'approcha suffisamment pour avoir la certitude qu'elle avait devant elle le scaphandre d'un de ses compagnons d'infortune, elle cessa de courir.

Tremblante d'épuisement, les cheveux collés par une sueur légèrement bleutée, elle se pencha en avant un instant, les deux mains sur ses cuisses afin de reprendre son souffle.

Quelques inspirations sifflantes plus tard, elle réalisa qu'elle n'avait plus la force de courir comme elle l'avait fait auparavant.

Elle se redressa sur ses pieds et sauta en l'air, le plus haut possible. Il fallait qu'il la remarque et vienne à sa rencontre sans plus tarder !

Elle gesticulait de ses jambes et battait l'air de ses bras, pour attirer son attention, mais son cœur se serrait, car il restait de marbre.

Son regard inquiet se transforma enfin en une lueur d'espoir lorsqu'elle le vit se lever de son siège minéral, et regarder dans sa direction.

Elle avait l'impression que son cœur se gonflait de joie et d'espoir.

Elle l'appelait en même temps, bien qu'elle sache que la distance qui les séparait encore ne lui permettrait pas qu'il l'entende. Mais elle était si heureuse de ne plus être seule qu'elle criait son nom à en perdre haleine.

Elle tapait et raclait des pieds ce sol qui exhalait un parfum qui l'enivrait de plus belle, en soulevant un nuage de poussières et de sable qui ne pourrait pas passer inaperçu.

Retrouvailles

Xiang était violemment secoué dans la colonne tournoyante d'une tornade de lumières. Les bras et les jambes, écartelé par la force centrifuge, lui faisaient terriblement souffrir. Il poussa un cri de douleur, et d'effroi, guttural et interminable. Dans son manège infernal, son poids augmentait à mesure que sa vitesse s'accélérait. Son sang filait vers ses mains et ses pieds, et désertait peu à peu sa tête. Un voile noir obscurcissait sa vue. Le hurlement du vent l'assourdissait. Les flashs de lumière l'aveuglaient.

Et puis soudain, Tout s'arrêta.

Il était encore aveugle et avait beaucoup de peine à respirer, mais il sentait qu'il était debout, sur une surface plane assez irrégulière, et tremblait de tout son être.

Par un intense effort de volonté, sa vue lui revint peu à peu, au terme d'une terrible angoisse, où il crut rester définitivement frappé de cécité.

En identifiant enfin le lieu où il avait « atterri », il éclata d'un rire nerveux, les poings serrés, en regardant devant lui.

Il était de nouveau à la surface de la planète.

Il entendait, par le microphone extérieur de son casque, une légère brise souffler.

Il fit quelques pas devant lui. Le sable poussiéreux crissait sous sa semelle.

Il s'arrêta afin de remettre ses idées en ordre et, surtout, se situer géographiquement.

Il inspecta son scaphandre à l'aspect toujours aussi neuf et d'une blancheur immaculée.

Il regarda l'écran sur son avant-bras gauche. Tous les indicateurs étaient « au vert » et lui montraient que sa réserve d'air était complète, comme s'il venait de la remplir. Bon, c'est toujours ça de positif, de savoir qu'il pourrait respirer pendant les quatre prochaines heures.

Il leva la tête et tourna sur lui-même pour faire un tour d'horizon.

Soudain, il s'arrêta net, les bras ballant, bouche bée.

Il reconnaissait, sans la moindre hésitation, la forme familière des Columbia Hills.

Pour trouver un sens à leur interminable voyage, il avait longuement étudié, dans les moindres détails, ces emblématiques collines à l'intérieur du cratère Gusev, deux semaines avant leur arrivée. Un sourire aux lèvres, il se demandait s'il allait retrouver la mythique sonde Spirit, et son vagabond de Rover, qui s'y étaient posés en 2004. Avec un long soupir, il se rappela qu'ils étaient arrivés sur cette planète deux mille ans avant son départ. Mais au fond, il se dit qu'ils avaient pourtant bien séjourné quelque temps dans le module d'habitation. Lui aussi n'aurait pas dû s'y trouver, puisqu'il appartenait au futur. Si un paradoxe temporel peut exister, alors pourquoi pas d'autres.

Il décida de marcher en direction de ces collines qui lui étaient devenues si familières. Le sol n'était pas aussi plat que sur les photos.

Il lui arrivait souvent de perdre le souffle à grimper d'interminables monticules, ou à descendre rapidement de longues pentes en soulevant un nuage de poussières qui le cachaient jusqu'à ses genoux, emporté par le poids, les bras écartés pour garder l'équilibre. Il y avait des cailloux de toutes tailles qui le faisaient immanquablement trébucher, et pousser d'obscurs jurons, quand il arrêtait de regarder où il mettait ses pieds. Le paysage lui rappelait beaucoup le plateau semi-désertique d'Alashan, dans les steppes du désert de Gobi, où leur équipage international s'était familiarisé à utiliser les véhicules d'exploration et à manipuler les équipements de forage. Puisque ces matériels étaient de fabrication chinoise, le gouvernement chinois avait exigé que cet entraînement se fasse exclusivement sur leur sol, officiellement dans le souci de garantir l'intégrité de leurs secrets de fabrication.

Mais il est vrai, hormis la pesanteur différente, et la luminosité nettement moins forte, il se serait cru retourné sur Terre.

Il se surprit, l'espace d'un instant, à y croire mais le nuage qu'il soulevait en marchant salissait son scaphandre jusqu'aux genoux et le rappelait à la dure réalité. Après avoir ainsi marché près d'une heure, il avait de plus en plus de difficultés à garder son souffle et haletait à chaque dénivelé.

Il était arrivé enfin à son objectif, c'est-à-dire arrivé aux pieds de ces collines qui ressemblaient, maintenant qu'il était devant elles, à de véritables petites montagnes.

Il les détailla avec précision, en les comparant avec les souvenirs des images des sondes qui avaient été envoyées auparavant.

Il fit un large un sourire de fierté en constatant que les sondes chinoises avaient fait des photos bien plus précises que les sondes américaines et européennes. Puis il se dit qu'il avait suffisamment marché, et satisfait amplement sa curiosité.

Il avança plus lentement jusqu'à un amoncellement de rochers et s'assit sur le premier d'une taille suffisante pour s'asseoir. Tandis qu'il reprenait son souffle, il consulta ses paramètres vitaux en gesticulant devant lui pour manipuler les différents objets sur l'écran virtuel qui se projetait sur la visière dont l'effet d'optique lui donnait l'impression d'avoir un grand écran, face à lui.

Il décida que sa réserve d'air, de moins de trois heures maintenant, serait exclusivement consacrée à la méditation et à sa préparation afin de partir dignement vers un nouveau karma. Tandis qu'il se relaxait en faisant le vide dans son esprit, et en récitant des préceptes du Dalaï-lama qu'il avait appris secrètement, son regard fut attiré par un petit nuage de poussières qui progressait lentement, à la limite de l'horizon.

Intrigué, il sortit de sa poche située sur sa cuisse gauche, un équipement optique qu'il verrouilla sur le haut de son casque. Dans un cliquetis métallique, il abaissa l'oculaire numérique sur la visière. Les mesures de distance, de vitesse du vent, de pression atmosphérique et de température changeaient lorsqu'il tournait la tête pour fixer un point.

Il regarda en direction du petit nuage de poussières. En constatant qu'il progressait effectivement vers lui, il ajusta le rapport d'agrandissement jusqu'à discerner les formes globales de ce qui générait ce curieux tourbillon. Pris de stupeur, il se redressa d'un coup en réalisant que le vent dispersait, peu à peu, la poussière pour laisser place à une silhouette à l'aspect définitivement humain et qui scintillait au soleil. L'agrandissement, bien qu'au maximum, ne lui permettait pas encore d'en discerner les détails, hormis que ce qui se rapprochait n'était pas un scaphandre. En réalisant cela, il resta paralysé de stupeur.

Il sentit presque son cœur s'arrêter, lorsqu'il aperçut au loin la créature accélérer le pas et lui faire des signes de la main.

Il se redressa et se dit qu'il n'avait finalement pas grand-chose à perdre à aller à sa rencontre. Si c'est un prédateur, ça lui évitera une longue agonie solitaire, et si c'est un de ses compagnons ça lui permettra d'en finir, avec de la joie, au lieu d'une déprimante amertume solitaire.

Il commença à marcher dans sa direction. D'après la distance affichée dans sa visière, et sa vitesse de marche, il estimait le moment de la rencontre à un minimum d'un quart d'heure.

Une pensée tournait en boucle dans sa tête.

Il se demandait, s'il retrouvait un de ses amis.

Qui cela pouvait-il bien être ?

Il pria tous les saints de la terre pour que ce soit celle qui l'avait choisi. Malgré la climatisation de son scaphandre, il suait à grosses gouttes. Cela faisait maintenant cinq bonnes minutes qu'il progressait.

Il commençait à discerner les contours de la silhouette qui se rapprochait. Elle était grande et avait de longs cheveux qui ballottaient dans le vent. Son cœur battait fort.

Il lui semblait la reconnaître, mais son esprit cartésien s'y refusait obstinément. Ses connaissances scientifiques lui rappelaient qu'aucun être humain n'aurait pu survivre dans une telle atmosphère. Malgré tout, il accéléra le pas.

Il voulait en avoir le cœur net.

Il constata que la lointaine silhouette faisait de même.

Un fol espoir, au-delà de toute rationalité, commençait à germer dans son esprit. Elle n'était plus qu'à une centaine de mètres de lui.

Il pouvait la reconnaître, maintenant, sans la moindre hésitation.

Il ne comprenait pas, mais il était heureux.

Il riait, tandis qu'un flot de larmes se répandait jusque dans son cou. Le fier officier, rigide, froid et sans pitié, avait retrouvé une humanité qu'il avait mis tant d'années à enfouir.

À courir ainsi depuis trop longtemps, dans ce si encombrant scaphandre, il avait de plus en plus de mal à respirer. L'ordinateur intégré, en analysant ses paramètres vitaux, décida d'augmenter le taux d'oxygène de l'air qu'il respirait, accélérant ainsi l'euphorie dans lequel il s'était plongé en la reconnaissant.

Arrivés à moins de deux mètres l'un de l'autre, ils arrêtèrent net leur course et restèrent à se dévisager, en silence, mais chacun arborant un sourire immense aux lèvres.

Il commença à parler, mais elle lui fit signe en plaçant ses mains sur les oreilles, et en faisant un signe de dénégation de la tête, qu'elle ne l'entendait pas.

Il acquiesça et pianota sur le clavier de son avant-bras, la commande du haut-parleur extérieur.

– Tu es là, devant moi, encore plus belle que dans mes

souvenirs.

J'ai du mal à croire que je ne suis pas en train de vivre pas une hallucination.

– Oui, c'est bien moi !

Dit-elle en posant ses mains sur les épaules. Elle eut un petit sursaut en découvrant le toucher particulier de la texture de son scaphandre.

– C'est si étonnant, et si fort !
Maintenant, mon sens du toucher est incroyablement plus précis. Je sens le quadrillage des fibres, et même la chaleur de ton corps qui passe à travers.

Xiang souffrait d'être toujours prisonnier dans son lourd scaphandre.
Il aurait tellement voulu la serrer contre lui en cet instant de retrouvailles.
Il lui dit alors, la rage au cœur, mais avec une voix d'une douceur dont il ne se serait jamais cru capable :

– J'ai envie de sentir tes mains sur mon corps, mes mains sur ton corps.
J'ai envie de sentir ton corps contre mon corps, tes lèvres contre mes lèvres.

À peine avait-il prononcé ces derniers mots qu'un vent tourbillonnant, venu de nulle part, se leva et les enveloppa d'un nuage de poussières et de sable.
Il augmenta d'intensité et menaça de faire tomber le lourd et large scaphandre de Xiang qui donnait une bonne prise au vent.
Voyant cela, elle s'agrippa à lui et l'enserra de ses bras de toutes ses forces. Le hurlement du vent couvrait leurs voix. Dans le tumulte général, la toile commençait à s'effriter. Sa

visière se fissurait de tous côtés. Le bruit du vent était couvert par le sifflement de l'air qui s'échappait avec force.

Il se raidit alors dans une panique instinctive qui s'empara de lui en le tétanisant. Quand il réalisa qu'il n'étouffait pas, un espoir insensé germa dans son esprit.

Il ferma toutefois les yeux en retenant sa respiration.

Il n'avait pas vraiment peur.

Sa visière avait volé en éclats si fins qu'elle semblait s'être évaporée dans un petit nuage de poussière blanche. Son scaphandre continuait sa désintégration et n'était plus composé que de lambeaux épars qui s'envolaient au-dessus d'eux.

Il sentait enfin la chaleur de son corps blotti contre le sien.

Il ouvrit la bouche pour respirer et prit une profonde inspiration. Le vent était tombé aussi vite qu'il avait commencé, les laissant dans un silence presque choquant. Les seuls bruits qu'il pouvait entendre étaient leurs respirations haletantes.

Il ouvrit les yeux et plongea son regard dans celle qui lui avait ouvert son cœur.

Il n'avait pas froid.

Il remarqua tout de suite son parfum délicatement fleuri.

Ils ne trouvèrent pas les mots pour expliquer la scène qu'ils venaient de vivre, bien au-delà de l'extraordinaire, et se contentèrent de rester ainsi enlacés en souhaitant, de toute leur âme, que cet instant ne cesse jamais.

Nourriture divine

À bord du module, bousculé par la tempête extérieure qui le secouait comme un fétu de pailles malgré sa masse imposante, Anne tentait d'amorcer le décollage pendant que Carole la rejoignait maladroitement, en se cognant à chaque siège. Elle rejoignit enfin celui du copilote et s'y assit maladroitement

> – Tous les voyants sont au vert, ils ne peuvent être que dans le sas !
> Il faut décoller pendant que c'est encore possible !

Cria Anne, dans le vacarme assourdissant de ce vent qui semblait vivant et les enveloppait en les faisant glisser sur ce sol lisse et fuyant comme sur une plaque de verglas. Elle répondait ainsi à Carole qui sentait qu'il se passait quelque chose de grave dans le sas et l'implorait d'attendre que les deux hommes les aient rejoints dans la cabine. Avant que cette dernière n'ait pu retenir la main de son amie crispée sur la commande de décollage, leur module s'élança, dans un rugissement de flammes, s'arracha d'un coup et fila, tel un missile, en direction de la paroi bien trop proche. La collision était inévitable. Anne hurla :

> – Les commandes ne répondent pas, ce n'est pas moi qui pilote !

Carole la rejoignit dans son interminable cri. Lorsqu'elles arrivèrent à proximité de ce mur infranchissable, elles se jetèrent dans les bras et fermèrent les yeux.

Au lieu de s'y écraser dans une boule de feu qui les aurait libérées de leur terreur, le module se retrouva à flotter sans d'autres bruits que celui des systèmes de ventilation, dans ce qui semblait être un élément liquide. Les réacteurs étaient totalement arrêtés, et donnaient l'apparence de n'avoir même jamais démarré. Abasourdies par ce silence, elles desserrèrent leur étreinte et se fixèrent, chacune interrogeant l'autre d'un regard qui en disait long sur leurs inquiétudes.

Carole lâcha Anne et se retourna vers la console. Elle appuya sur la commande d'ouverture de la porte intérieure du sas qui se révéla vide de tout occupant.

Anne avait le visage blême. Elle s'effondra sur ses genoux. La colère empourpra celui de Carole. Avant qu'elle ne puisse accabler vertement son amie, son regard fut attiré par le gant d'un scaphandre qui sortait de dessous la rangée centrale de sièges. Elle se pencha et découvrit que tout un scaphandre s'y trouvait et tira brusquement Anne par l'épaule.

– Aide-moi, il faut le tirer de là !

Le scaphandre était complètement coincé sous les sièges. Son occupant n'avait plus de casque et avait le visage face contre le sol. Anne ne reconnut pas tout de suite la chevelure. Quand elle réalisa que c'était Hans, le cœur battant, elle se redressa et couru vers la trousse à outils accrochée sous le siège du copilote, tandis que Carole lui enlevait son gant pour vérifier s'il était toujours vivant. Elle réalisa, avec un sourire moqueur d'autodérision, qu'elle avait encore son casque et ses gants, et lâcha la main inanimée. Elle déverrouilla, d'un geste assuré le sien qui roula sur le sol, puis enleva prestement ses gants et procéda à un bref examen médical, puis elle cria, en direction de son amie :

– Il est toujours vivant !

Anne accourut vers eux et laissa tomber la lourde sacoche sur le sol. À son tour, elle se délesta de son encombrant casque et libéra ses mains de ses gants, qu'elle lança nerveusement sur le côté, sans se soucier de leur destination.

Elle s'agenouilla et fouilla en tous sens dans la sacoche.

Elle en sortit une clé dynamométrique motorisée et procéda, dans l'impatience et la fébrilité, au déboulonnage des écrous retenant sa prison de sièges.

Aidée du médecin, elle la souleva doucement pour ne pas le blesser et la posa tant bien que mal, dans l'allée centrale.

Carole retourna le malheureux sur le dos. Son visage était glacé et ses lèvres gercées par un froid qui avait dû être intense, mais sa respiration, bien que très faible, restait régulière.

Elle lui asséna quelques gifles bien sonnées. Des larmes commençaient à perler de ses yeux devant son absence totale de réactions, en répétant sans cesse qu'il devait se réveiller. Anne retenait sa respiration en se tordant les doigts nerveusement.

Elle s'abaissa soudainement et attrapa le scaphandre inerte du malheureux par la poitrine qu'elle secoua de toutes ses forces. Dans le même temps, Carole continuait son ballet de gifles qui commençait à donner de belles couleurs aux joues de l'infortuné.

Hans ouvrit enfin les yeux et interposa une main pour arrêter le travail de réveil frénétique des deux femmes.

Le sourire aux lèvres il leur dit d'une voix rauque

– Hey !
Doucement les filles, je suis une denrée rare par les temps qui courent.

Carole s'arrêta aussitôt et partit dans un fou rire communicatif. Anne les yeux trempés de larmes, le saisit alors par le cou et se pencha pour l'embrasser, avec une fougue presque hystérique. Avant que Carole ne la retienne pour le laisser respirer, elle disparut dans un éclair de lumière qui calma instantanément l'ardeur du couple retrouvé. Anne se redressa, la peur au ventre, et appela son amie de toutes ses forces. Tout aussi peiné, Hans posa sa main sur le genou de sa compagne et lui demanda d'arrêter de l'appeler, qu'elle n'était plus là.

Anne cria un « NON » pendant de longues secondes puis elle s'agrippa à la main de son compagnon. La tête rentrée entre ses épaules elle lui dit d'une voix presque aphone :

– Si tu disparaissais, je ne te survivrais pas.

Après de longues secondes d'un lourd silence, elle entreprit de l'aider à se relever.
Il gémissait à chaque mouvement.
Il avait la douloureuse impression que chacune de ses articulations n'avait pas servie depuis une éternité.
Il se posa sur la première banquette, tremblant et d'une extrême faiblesse.
Anne releva les accoudoirs et l'aida à s'allonger.
Elle s'asseyait à même le sol et lui prit la main, tandis qu'il s'enfonçait rapidement dans le sommeil.
Elle regardait autour d'elle. Les instruments ronronnaient doucement.
Elle se risqua à regarder en direction d'un des hublots. Des halos de lumière lui suggéraient qu'ils puissent, effectivement, être dans un milieu aquatique.
Elle se disait qu'ils ne devaient pas être enfoncés profondément dans ce liquide, puisque la coque de leur module était conçue uniquement pour supporter le vide spatial. Sa structure ne serait donc pas en mesure de résister à la pression que pourraient exercer sur elle, des montagnes

d'eau.

Tandis qu'il dormait paisiblement, elle se leva doucement et se dirigea vers la console des instruments. Terrassée d'inquiétude, elle jetait derrière elle, de nombreux regards afin de s'assurer qu'il était toujours présent.

Elle alluma les projecteurs extérieurs et fixa l'écran. Les rayons se perdaient dans une obscurité percée, dans de très brefs instants, de petits éclairs de lumière.

Elle activa le radar et fit un panoramique.

Ce qu'elle observa l'inquiéta.

Elle venait de mettre à jour la topographie d'un lac souterrain, sans la moindre cavité où leur module aurait pu se faufiler.

De toute façon, ces réacteurs ne pouvaient pas fonctionner dans l'eau, et elle ne disposait d'aucun autre moyen pour leur permettre de se déplacer dans cet élément. Sans compter que le système de propulsion devait, fatalement, être définitivement hors-service à présent. Ce qui la préoccupait le plus c'était le temps que mettraient les joints d'étanchéité, pour céder sous la pression. À mesure que le temps passait, elle se surprit à rêvasser, puis elle se ressaisit d'un coup et se dit que cela faisait bien trop longtemps qu'elle n'avait pas fait un bon repas…

Elle se leva doucement, pour ne pas le réveiller.

Elle avança d'abord vers le sas et en ouvrit la porte, mais elle n'osait pas s'y aventurer. À un pas du seuil, elle regarda en direction de la porte extérieure et constata, avec soulagement, qu'il n'y avait toujours pas de suintement annonciateur d'une fin brutale.

Elle actionna, d'un geste sec, la commande de fermeture de la porte intérieure et fit demi-tour, en direction du couvercle circulaire donnant le passage vers la soute.

Après l'avoir ouvert, et lancé un dernier coup d'œil en direction de son compagnon, elle descendit lentement les barreaux de l'échelle. Quelle ne fut pas sa surprise en découvrant cet endroit rempli, du sol au plafond, de caisses aux formes inhabituelles.

Elle s'approcha de la première rangée et resta médusée devant l'étiquette remplie d'une écriture qu'elle ne parvenait pas à identifier.

Elle entreprit d'en descendre une sur le sol pour en vérifier le contenu et peina devant son poids conséquent. Après une brève hésitation, elle fit tourner la boite de tous côtés pour tenter d'identifier le système d'ouverture. Le couvercle était parfaitement lisse. Seul un triangle rouge scintillant dans un cercle jaune vif était dessiné en son centre. La curiosité l'emportant, elle y posa un index timide. À cet instant, le couvercle se déverrouilla, sans bruits, et glissa rapidement sur le côté, dans un très léger bruit de frottement doux. L'intérieur était noyé dans une brume épaisse, baignée d'une lumière blanche assez vive, qui se répandait au-dehors comme un liquide qui aurait débordé. Les parois étaient fines et brillantes comme une feuille de métal chromé. Quelques secondes plus tard, la brume avait totalement disparu en laissant apercevoir un empilement de boites d'un blanc immaculé et de formes octogonales.

Elle en saisit alors une, de ses deux mains, qu'elle sortit lentement, comme si son contenu avait été précieux ou dangereux. Son toucher était doux comme du velours et sa température était celle de l'air ambiant. Elle semblait peser un « bon kilogramme ».

Elle la tenait d'une seule main, et de l'autre elle toucha de nouveau le triangle rouge, ce qui lui semblait assez logique. Aussitôt, la brume se reforma et recouvrit les autres boites, puis le couvercle se referma lentement, presque sans bruit.

Elle était ébahie devant l'efficacité de ce contenant. Contente de sa prestation, elle retourna vers l'échelle qu'elle entreprit de monter rapidement, emmenant avec elle la boite blanche qu'elle avait récupérée.

Hans dormait toujours à poings fermés.

Elle s'assit à côté de lui en posant la boite sur ses genoux.

Alors qu'elle s'interrogeait sur la procédure pour en récupérer le contenu, le couvercle s'ouvrit doucement, un peu comme une fleur au lever du jour. Une vapeur délicatement parfumée s'en échappa aussitôt.

Elle découvrit sur le haut de la boite, un sachet transparent. Il se détacha sans effort, tandis qu'elle le saisissait délicatement. Sa matière transparente s'évapora rapidement, en libérant des couverts parfaitement adaptés à la préhension humaine, et finalement très classiques. Ils étaient faits d'une matière légère dont le toucher, très agréable, donnait l'impression d'être en bois subtilement poli.

Elle n'arrivait pas à identifier clairement ce qu'il y avait dans cette « assiette ».

Elle se dit que les formes géométriques, qui arboraient une couleur verte pomme et baignaient dans une sauce onctueuse peu avenante, au premier abord puisque bleu violacée, devaient probablement être d'origine végétale.

Elle en porta un petit morceau à sa bouche, après l'avoir longuement humé se disant que, décidément, elle ne parviendrait pas à l'identifier, mais dont le parfum indéfinissable lui laissait une sensation légèrement euphorisante. Elle le mâchouilla timidement, du bout des dents. Elle était tendue, prête à tout recracher. Son palais n'arrivait pas à en reconnaître le goût, mais devant le plaisir intense qu'elle en retirait, dès la première bouchée, elle en reprit goulûment d'autres morceaux en fermant les yeux à chaque bouchée. Son visage se détendait. La tension, qu'elle avait accumulée, la quittait à mesure que son repas avançait. Après en avoir terminé avec la première partie de son repas, elle prit dans l'autre compartiment, sans hésitation cette fois-ci, avec un véritable enthousiasme et une curiosité enfantine, un morceau de ce rectangle de couleur jaune d'œuf qui baignait dans une sauce rouge cerise. En le portant à sa bouche, elle faillit défaillir. Elle vivait un véritable orgasme gustatif. Sa texture fibreuse et légèrement caoutchouteuse lui suggérait la possibilité qu'il soit d'origine animale. Vu le contexte, et le contraste des couleurs, elle n'en était pas vraiment convaincue, mais finalement peu l'en importait et elle se contenta de savourer simplement l'instant présent. Elle termina son repas en raclant la moindre goutte de cette sauce, dont le goût légèrement acidulé et fruité, persistait en bouche, tout d'abord avec sa cuillère, puis carrément avec sa langue. En poussant un soupir, elle mit enfin ses couverts dans la boite qu'elle posa sur le côté. Elle était à la fois repue et déçue d'être arrivée à la fin.

Elle ferma ses yeux et laissa ses lèvres dessiner un sourire béat d'un plaisir qui se prolongeait, le temps que le goût finisse par disparaître lui aussi. Lorsqu'elle les ouvrit de nouveau, elle resta « bouche bée » d'admiration devant la prouesse technologique de cet emballage. Avec le regard ébahi d'un enfant, elle le voyait s'aplatir doucement, pendant que les couverts se résorbaient en une fine poussière qui s'évaporait en un petit nuage discret et au parfum délicatement fleuri.

Puis, ce qui restait de sa boite se recroquevilla sans bruit en une petite sphère de la taille d'une cerise qui s'évapora à son tour.

Son repas l'avait apaisée et détendue. La digestion aidante, elle ne put résister plus longtemps à un assoupissement bien mérité. En tenant toujours la main de son compagnon, elle se cala au fond de son siège et s'endormit profondément à son tour.

La libération des anciens Dieux

Je reprenais conscience, peu à peu.

Je savais que j'étais allongé mais, bien que parfaitement réveillé, je m'efforçais de garder les yeux bien clos, inquiet de découvrir, à mon tour, l'épreuve initiatique que nous faisait passer une à une, ce monde étrange. Une forte odeur d'iode, presque piquante, et le bruit régulier du ressac sur l'eau m'informaient que je ne pouvais être qu'au bord d'une plage. Ma curiosité fut immédiatement piquée au vif, puisqu'il ne peut pas y avoir d'eau à l'état liquide sur cette planète !

Pendant que je m'interrogeais, une brise de terre apporta du lointain, un appel animal, semblable à celui que pourraient faire des mouettes lorsqu'elles se disputent les restes d'un poisson échoué. Je résistais à la curiosité de découvrir cet environnement, car je savais déjà que j'aurais déjà beaucoup de mal à croire en son existence, et encore moins à l'accepter. Un mal de crâne épouvantable m'assaillait et me forçait à ouvrir les yeux. Aussitôt, la douleur disparut comme par enchantement, ce qui me soulagea dans ma chair mais ne m'étonnait plus. Cela me confortait dans ce que j'avais pressenti. Le soleil était haut et, bien qu'il soit visiblement plus petit que sur Terre, il m'obligeait à en détourner le regard. Il était manifestement bien plus chaud que ce qu'il aurait dû être en 2059. La conclusion logique était claire. Je devais forcément être à une époque géologique plus qu'ancienne, et même probablement, antérieure à l'arrivée du premier mammifère sur Terre, d'autant plus que je pouvais respirer sans difficulté un air riche en oxygène au point de m'en étourdir un peu. Je me redressais sur un coude et pris une profonde inspiration. Je voulais savourer cet air naturel que je n'avais plus respiré depuis trop longtemps, puis j'entrepris de m'asseoir en tailleur. Je m'attendais à ressentir les habituelles douleurs aux genoux et aux hanches, puisque ma dernière séance de yoga était très antérieure à mon entraînement d'astronaute, mais il n'en fut rien. Je me sentais en pleine forme physique, un peu comme si j'avais gommé les vingt dernières années. J'étais vêtu d'une chemise de couleur sable et d'une coupe vaguement militaire. Elle avait une poche boutonnée de chaque côté de ma poitrine. Pour le bas, je portais un ample bermuda, de même couleur, retenu par une grosse ceinture en cuir épais, ainsi que de grandes chaussettes en laines se terminant par des chaussures en toile épaisse, de couleur sable, elles aussi. Après avoir détaillé cet improbable et anachronique accoutrement d'explorateur anglais du milieu du XXe siècle, je fus pris d'une incontrôlable hilarité.

Ce fou rire soulagea rapidement ma tension. Ce qui l'interrompit, ce fut cette voix féminine que je reconnaissais avec un profond soulagement, juste derrière moi, et qui me fit se dresser les cheveux sur la tête, lorsqu'elle prononça :

– Et vous trouvez ça drôle, Commandant ?

Tel un ressort qui se détendrait, je me relevais d'un coup en me retournant. J'éclatais de nouveau de rire, le dos en arrière trébuchant d'étonnement et pointant du doigt mon interlocutrice qui se mit à rire de plus belle, elle aussi.

Devant moi se tenait Carole. Elle portait un haut chignon et était habillée d'une longue et délicate robe victorienne. Elle arborait des couleurs chatoyantes et semblait façonnée dans un tissu semblable à de la soie sauvage. Elle était aussi montée sur de fines chaussures blanches à lacet et aux talons élevés. Elle tenait dans une main gantée de dentelle une ombrelle à dentelle. De son autre main elle retenait un magnifique chapeau fleuri sur lequel trônait un improbable oiseau qui serait le fruit d'un croisement entre un paon et une colombe, le tout dans des couleurs définitivement introuvables sur Terre. Je m'avançais vers elle, et la pris dans les bras. Je la fis tournoyer pendant que notre rire se calmait. Je la posais sur le sable, tandis que mon regard la quittait pour aller au-delà de ses épaules. Le clapotis de l'eau parvenait jusqu'à nous, mais il se passait quelque chose qui m'interpellait dans ce que je pouvais voir. Il y avait peu de vagues, un peu comme sur un lac par temps calme. Ce qui était bizarre, c'était ce bruit continu que je n'arrivais pas à identifier.

Je la pris par la main et l'entraînais en sifflotant jusqu'au bord de l'eau. Arrivée devant les premières flaques, elle s'agenouilla, en prenant bien soin de ne pas laisser traîner sa si jolie robe qu'elle avait déjà portée dans les rêves de son adolescence. Elle retira son délicat petit gant, fait dans une fine dentelle qui lui affinait la main, et la plongea, avant que je ne puisse la retenir, car je n'étais pas tout à fait certain que nous avions à faire à de l'eau. Je la regardais, angoissé, fouiller dedans. Elle la sortit enfin en faisant un creux pour en remonter un peu, et me dit :

– Marc, ne remarques-tu rien ?

Rassuré de voir que ce liquide n'était pas corrosif, je me penchais dessus pour mieux l'observer, puis je me redressais d'un coup, le regard inquiet.

– Mais cette eau pétille comme du soda !

Elle me saisit alors par le bras et m'entraîna dans cette eau jusqu'à mi-mollets, en courant, et en nous éclaboussant généreusement. Elle pétillait, tout autour de nous, de plus belle en formant une mousse semblable à ce qui peut s'observer au-dessus d'un verre de bière qui vient d'être tiré de son fut.

– Marc, il ne peut y avoir qu'une seule explication !
   Cet océan, que tu vois à perte de vue devant nous…

– Oui, cet océan, eh bien, qu'est-ce qu'il a ?

– Ne vois-tu pas qu'il est en train de s'évaporer ?

Là je pris cette évidence comme un coup dans l'estomac. Si cet océan s'évaporait, l'atmosphère à son tour, suivrait son chemin et nous emporterait dans son sillage. Je comprenais à présent les plaintes de plus en plus nombreuses que l'on entendait au loin. La faune avait déjà compris la situation, et les plus fragiles commençaient déjà à défaillir.

– Lorsqu'il n'y aura plus d'eau et que la chute de la pression atmosphérique s'accélérera, la température tombera brutalement à son tour et gèlera le peu qui restera.
Il nous faut retrouver sans tarder nos modules. La pression de l'air a déjà suffisamment baissé pour commencer à faire bouillir les océans.
Cette évaporation compense une partie de la baisse générale et nous permet de pouvoir encore respirer, mais il y a de moins en moins d'oxygène, ça va bientôt devenir irrespirable !

– Mais où aller, me dit-elle, affolée.

– Là-bas, il y a un monticule, allons-y, nous serons plus à même d'évaluer la situation.

À peine avais-je dit ces derniers mots, qu'une créature, tubulaire, de la taille d'un autobus, lisse, brillante et d'un noir presque surnaturel, sortit de l'eau comme une torpille et s'échoua bruyamment sur la plage, en nous aspergeant d'une montagne d'eau et d'écume.

Son aspect était véritablement cauchemardesque. Elle ressemblait à une énorme lamproie. Le côté du corps, qui devait être la tête, se soulevait et retombait en déclenchant d'importantes gerbes. Ses rangées circulaires de dents s'ouvraient et se fermaient rageusement en battant l'air. Son agonie était interminable et sa souffrance à la hauteur de sa taille.

Carole voulut aller vers elle. Instinctivement, je la saisissais de justesse en l'attrapant par la taille. Elle se débattit un instant puis elle se serra contre moi en pleurant toutes les larmes de son corps. Ses mains occultaient ses oreilles pendant que la créature poussait un terrible et interminable cri qui ressemblait à un barrissement assourdissant d'un éléphant, puis elle s'écroula et ne bougea plus, hormis quelques tremblements. Enfin, elle s'affaissa lentement comme le pneu percé d'une voiture qui se dégonflerait.

Carole tremblait, bien plus d'émotions que de froid.

La température tombait sensiblement, bien que le soleil fût toujours aussi haut.

Soudain, le sol se mit à trembler, tout d'abord de façon presque imperceptible, puis de plus en plus fort, jusqu'à ressembler à un véritable tremblement de terre. Je levais la tête et regardais en tous sens. Un troupeau d'énormes créatures à six pattes, plus hautes que deux éléphants, galopaient dans notre direction.

Leur cuirasse écaillée arborait des reflets métalliques alternant le bleu et le vert. Elles miroitaient ainsi selon leur exposition aux rayons du soleil. Si nous avions été dans une autre situation je les aurais trouvés magnifiques. Elles dévalaient la pente de ce monticule que nous voulions gravir auparavant, en déplaçant un épais nuage de sable qui les recouvrait presque.

Il n'y avait nulle part où aller se réfugier.

Derrière nous, un océan saumâtre bouillonnait.

Devant nous ces monstres, dont nous pouvions maintenant apercevoir leur énorme gueule grande ouverte. Elle avait d'interminables dents, longues comme des sabres et fines comme des aiguilles. Nous avions été manifestement repérés, car ils couraient à en perdre haleine, dans notre direction. Leurs yeux en amande, m'intriguaient par leur dimension exagérément grande par rapport au reste du crâne. Dame Nature ne générant que le strict nécessaire au bon fonctionnement d'un organe, je m'interrogeais sur les nécessités physiologiques de leur taille. Leur noirceur m'effrayait, ou plutôt devrais-je dire, me terrorisait, à mesure que les secondes passaient. Je pris conscience, tout d'un coup, que ces créatures tentaient de pénétrer mon esprit. Tandis que je me concentrais de toute mon énergie pour leur faire barrage, une migraine épouvantable s'empara de ma tête qu'elle écrasait comme dans un étau. Leur regard hypnotique ne tarda pas longtemps à briser ma frêle résistance. Leur puissance psychique me paralysait et m'enlevait toute velléité de fuite. Le nuage de sable, qu'ils soulevaient, laissait deviner leur multitude.

Carole qui avait gardé son visage contre ma poitrine, ne les voyait pas, et c'était mieux ainsi.

Ils n'étaient plus qu'à une centaine de pas, et je restais là, sans bouger, à attendre passivement et, étonnement, sans la moindre crainte.

Je ne me reconnaissais pas. Comme si c'était dans l'ordre normal des choses !

Leur suggestion psychique m'avait mis dans la complète acceptation de faire partie de leur prochain repas. Les trépidations soulevaient le sable tout autour de nous. Le bruit de la cavalcade devenait assourdissant. Je les vis, adapter leur course afin de prendre un dernier élan. Ils bondirent enfin en soulevant un formidable panache de sable, toutes griffes dehors.

Je la serrais de toutes mes forces contre moi, en fermant les yeux.

Je retenais ma respiration en priant, de toute mon âme, pour que ce soit instantané.

Mais, rien… Il ne se passa rien !

Les yeux toujours fermés, j'avais le cœur qui battait à un rythme suffisant pour me mettre au bord de la crise cardiaque. Je restais pantois et choqué par ce silence, aussi incongru dans sa soudaineté, qu'incompréhensible.

Je n'entendais plus que nos respirations haletantes.

Elle enleva ses mains de ses oreilles, releva la tête et me lança un regard interrogateur.

À mon tour je me mis à la dévisager.

Elle n'avait plus cet étonnant chignon sur la tête.

Je l'écartais doucement de moi, en la tenant par les épaules, pour mieux appréhender sa nouvelle tenue. Comme je regrettais qu'elle ne porte plus son incroyable robe victorienne !

Elle portait, à présent, une courte tunique blanche, des sandales de cuir dont les lacets remontaient jusqu'aux genoux.

Elle avait à chaque avant-bras des bijoux en or en forme de serpents aux yeux sertis de pierres précieuses et qui en faisaient plusieurs fois le tour.

Tout comme elle, je restais sans voix.

Moi-même, j'avais troqué mon uniforme anglais contre une tunique grecque dans la plus pure tradition hellénique. À ma ceinture, pendait un superbe glaive de bronze. Par curiosité, je le sortis de son fourreau et constatais avec admiration, la légèreté et la finesse de sa lame lisse comme un miroir et tranchante comme un rasoir. Le pommeau était finement ciselé de nombreuses scènes de combats épiques. Je le remettais précieusement dans son étui, en prenant bien garde de ne pas me couper avec.

Le soleil, haut dans le ciel, me cuisait le cuir chevelu, ce qui me faisait apprécier d'autant plus cette tenue légère. Sous mes sandales un dallage triangulaire fait d'une matière minérale blanche pailletée d'or et aux marbrures étincelantes d'un bleu lumineux, était aligné à la perfection.

Nous étions au milieu d'une rue grouillante et bruyante.

Lorsque nous fûmes pris à partie par le conducteur d'un char tiré par deux magnifiques chevaux blancs, je fus pris d'un étonnement qui me laissa sans voix, car je ne reconnaissais absolument pas le langage, mais j'en comprenais parfaitement le sens.

J'entraînais rapidement Carole sur le côté pour le laisser passer.

Nous regardions autour de nous cette foule qui vaquait à ses occupations et marchait en tous sens. Au bout de quelques instants, elle tourna la tête vers moi, les yeux grands ouverts d'étonnement et de malice. Avec un grand sourire elle me dit :

– Pas un seul ne parle la même langue, mais ils se comprennent tous.

– C'est incroyable.
Moi aussi je les comprends parfaitement, ça me dépasse.
Comment est-ce possible ?

Avant qu'elle n'émette une hypothèse, une main se posa sur mon épaule, et une voix féminine, au dialecte que je ne devrais pas comprendre, m'interpella.

– Je suppose que vous venez d'arriver dans notre belle cité.

Que diriez-vous de m'accompagner dans cette taverne, je pourrais éclairer vos interrogations, nobles voyageurs.

Me voyant hésiter, Carole me fit immédiatement un « oui » de la tête, et c'est vrai, qu'après tout, que pouvait-il nous arriver de pire après notre épisode sur la plage ?

À peine avions-nous fait un pas dans cet établissement, que le maître des lieux s'avança prestement vers moi et posa une main lourde et épaisse sur le pommeau du glaive à ma ceinture.

Par réflexe, je la lui saisis en le repoussant. Il me lança alors un regard courroucé et émit un grognement grave de désapprobation.

Notre accompagnatrice le calma instantanément en posant une main sur la poitrine du tenancier et se tourna vers moi. Elle me précisa que les lois de la cité interdisent toute forme d'arme dans les établissements publics, et qu'il fallait donc s'en délester à l'entrée. J'obtempérais en essayant de lui montrer un sourire innocent, tout en lui demandant de m'excuser pour mon ignorance des coutumes locales. Le maître des lieux, à la carrure imposante, presque un géant en somme, pencha son visage vers moi pour mieux détailler le mien, en fronçant les sourcils, puis il éclata d'un rire tonitruant. Il accompagna son acceptation de mes excuses par une tape sur l'épaule qui se voulait amicale mais qui failli tout de même me faire tomber à terre. Son rire s'interrompit aussi soudainement qu'il avait commencé lorsque j'entrepris de retirer lentement mon glaive de son fourreau. Autour de nous, les conversations s'arrêtèrent. Puis je le saisissais par la lame et le lui tendis en le retournant, le pommeau en avant. Il retrouva alors son hilarité première et m'entraîna à l'intérieur en me poussant de sa grosse main.

Carole qui avait observé la scène, le ventre noué, repris des couleurs et entra à son tour, en suivant notre guide qui la tenait par la main. Elle nous plaça à une table circulaire, dans un coin de l'immense salle octogonale. Les dimensions, et la disposition des murs, me confirmaient que, malgré les apparences premières, nous n'étions pas retournés sur Terre, d'autant que la boisson qui nous avait été apportée avait un aspect définitivement non terrien. Il fut apporté à chacun un grand verre transparent, en forme de calebasse, d'où un liquide pétillant, bleuâtre et à la mousse jaune citron, attendait d'être bu. J'avoue qu'en le regardant, ma soif avait plutôt tendance à se changer en appréhension. Devant mon hésitation, le tenancier se pencha vers moi en posant sa main sur mon épaule droite, et l'autre à plat sur la table. Un frisson parcouru mon dos, à mesure que ses doigts s'enfonçaient dans le creux ma clavicule. Je saisissais alors, de mes deux mains, mon verre que je portais rapidement à ma bouche. Avant d'oser avaler la première gorgée, j'en humais le contenu afin d'espérer identifier ce breuvage. Mes yeux s'écarquillèrent lorsque je reconnus le parfum incongru de la soupe de légumes. M'attendant à une incompatibilité gustative qui me mettrait dans une fâcheuse posture, je retins ma respiration et en englouti une grande rasade pour faire bonne figure. Ma surprise fut totale tant dans le goût que dans les effets. Ils passaient, par vagues, d'un côté à l'autre de mon palais. Cela allait des agrumes à la cerise, en passant par des fruits aux saveurs exotiques que je ne parvenais même pas à identifier.

Mes yeux se révulsaient et tous mes muscles se raidissaient, me faisant ressembler à un instantané pris sur le vif d'une photographie volée.

Le plaisir était absolu et bien au-delà de ce que pourrait supporter tout être humain…

Mon mental se tétanisait, m'empêchant de formuler la moindre pensée cohérente.

Mon cœur s'emballait au point que je l'imaginais bientôt exploser.

Le tenancier intervint alors, en m'arrachant de mes mains paralysées mon verre qui continuait à se déverser dans ma gorge.

La folie gustative qui m'avait envahi avec une telle puissance que j'en défaillais, cessa progressivement. Lorsque la dernière goutte de ce breuvage quitta ma gorge, je fus pris de spasmes incontrôlables qui se terminèrent par une toux qui me courba en deux et me brûla les poumons, tel une flamme qui se serait propagée dans ma poitrine.

Tout en riant de bon cœur, le maître des lieux se tourna vers notre guide.

> – Tu exagères Aphrodite, tu aurais pu me prévenir que c'était sa première fois…

> – Mon cher Héphaïstos, tu ne m'en as pas vraiment laissé le temps, comme d'habitude.

> – Nous n'allons tout de même pas revenir sur les erreurs du passé devant ces… Ces étrangers ! Dit-il, en jetant un regard méprisant dans notre direction.

> – Tes réactions sont impulsives et dangereuses, et prends garde à tes propos.
> Tu sais pourtant bien qu'« Il » écoute chacun d'entre nous.
> Depuis nos interventions passées dans leur monde, et « qu'Il » n'a pas du tout apprécié, si tu vois ce que je veux dire, « Il » ne tolère plus nos écarts de conduite.
> Ne nous conduis pas à notre perte à tous !

Dit-elle alors d'une voix forte et aiguë, en se levant brusquement et en tapant du plat des deux mains sur la table.

> – Et c'est moi que tu qualifies d'impulsif !
> Mais c'est du n'importe quoi !
> Je me comporte en hôte respectable, et respectueux

des coutumes.

Je ne leur ai servi que de la bonne cervoise que je sers à chacun ici, et qu'est-ce que tu veux que j'y fasse si ce... Ce freluquet, n'est même pas capable de boire correctement ?

– Mais ce ne sont que des humains !

Tu aurais dû lui donner une boisson adaptée à son métabolisme !

Tu as une sacrée chance qu'il y ait survécu. S'IL les a fait venir ici, c'est pour une bonne raison, et nous n'avons pas à nous en mêler.

Et toi, tu trouves divertissant de perturber Son expérience, sans présager des conséquences d'une ingérence aussi irresponsable !

Tu aurais pu provoquer Sa colère, et qui sait ce qu'il serait advenu de nous. On devrait t'enfermer !

– Mais c'est toi qui me les as mis dans les pattes !

C'est toi qui es intervenue la première !

C'est toi, en fait, qui nous as mis en danger !

Alors qu'il l'avait saisi par les épaules et qu'elle le repoussait de toutes ses forces, Carole s'était rapprochée de moi et m'aidait à reprendre mon souffle.

Deux groupes s'étaient formés autour de notre table et soutenaient bruyamment leur champion en gesticulant.

Un vent de panique parcourait le reste de l'assemblée.

Certaines femmes pleuraient.

D'autres regardaient, résignées.

Des hommes s'approchèrent du couple en colère, visiblement dans l'intention de les séparer.

Il y avait dans le regard de chacun, une immense tristesse qui me touchait et me serrait le cœur.

Soudain, un éclair m'aveugla tandis qu'une effroyable

explosion ébranla les murs et me fit chanceler. Je crus, un instant, à un attentat terroriste, puis la raison me revint. Un sourire nerveux aux lèvres, je me rappelais ma tenue, l'épée de bronze, mais surtout où j'étais.

Une voix grave et incroyablement forte, qui résonnait autant sur les murs que dans les crânes, s'adressa à l'assemblée et stoppa instantanément toutes les conversations.

– Je ne pourrais tolérer une nouvelle dispute dans Ma cité !

Notre existence à tous est en jeux !

Séparez-vous une bonne fois pour toutes, et arrêter de vous quereller ainsi, vous allez attirer Son attention sur nous !

À compter d'aujourd'hui, je vous interdis de vous retrouver dans la même pièce !

Un homme imposant, habillé d'une cuirasse dorée et d'une cotte de maille étincelante, et de même couleur, avait surgi bruyamment. Ce qui me choqua, en le découvrant, n'était pas tant sa stature encore plus imposante que le tenancier de la caverne, mais bien sa tenue en total décalage avec l'assemblée. Le mélange vestimentaire s'apparentait globalement à l'accoutrement d'un chevalier médiéval en armure, et non à la tenue d'un guerrier de la Grèce antique, ce qui aurait été plus en rapport avec l'assemblée, et les monuments que j'avais pu apercevoir avant d'entrer en ce lieu. Il donnait l'impression d'être très âgé et arborait une grande barbe blanche. Il avança d'un pas décidé, dans notre direction, en faisant trembler le sol à chaque pas. Les deux groupes s'écartèrent respectueusement, chacun baissant les yeux et posant un genou à terre.

Emporté dans sa colère, il ne nous remarqua pas, c'est du moins ce que j'avais pensé un peu trop naïvement. Toutefois, en tant que maître de la cité, et de ses habitants, il ne pouvait pas, ne pas nous avoir remarqués.

– Eh !
Vous deux, comment donc êtes-vous arrivés jusqu'ici ?

Avant que je ne commence à lui répondre, il poursuivit en me confortant dans l'impression générale que j'avais de cette cité.

– Des mortels ici !
Mais c'est physiquement impossible !
Nos lois l'interdisent, et c'est à moi de les faire respecter et, de toute façon pauvres fous, vous ne pourrez pas survivre ici.
Le plus grave, c'est que vous nous mettez tous en danger.

– Mais, pourquoi cela ?

Je n'avais pas encore prononcé ces mots.
Je n'avais que commencé à les penser.

– Ce n'est pas possible !
Vous ne pouvez tout simplement pas exister dans ma cité !
La matière dont vous êtes composé ne peut pas coexister avec la nôtre.
Pauvres fous, votre présence va tous nous annihiler !

Dit-il d'une voix grave qui se répercutait sur les voûtes de l'immense toit.

– Je pense qu'Il nous teste encore, à moins qu'Il ne s'amuse encore de nous.

Dit-il en écartant les bras et en levant la tête vers le plafond.

— Quand arrêtera-t-Il de nous tourmenter ?
Oui, nous avons empiété sur Son domaine, en osant nous ingérer dans Ses desseins.
Oui, nous avons fait beaucoup d'erreurs, mais nous avons aussi tant appris, et leur avons tant donné.
Oui, notre isolement absolu est une pénitence que nous subirons encore longtemps, du moins jusqu'à ce qu'Il nous pardonne enfin.

Il ne s'adressait pas à l'assemblée. Il regardait toujours en direction du plafond. Il levait ses bras dans sa direction comme un prêtre psalmodiant son Dieu. Des larmes coulèrent dans ses yeux quand une petite lumière surgit en scintillant du centre de la voûte. Elle grandissait doucement et brillait jusqu'à atteindre l'éclat aveuglant d'un petit soleil. Elle dégageait une chaleur qui nous entourait et nous caressait avec une délicatesse troublante et enivrante.
Je ne toussais plus.
Carole s'était blottie contre moi.
La bulle de lumière descendait en augmentant de volume jusqu'à englober l'assemblée tout entière.
Plus rien n'était discernable.
Seule la couleur blanche, globale, totale, nous entourait et nous isolait.
Je fixais mes yeux dans ceux de Carole. Elle me renvoya un regard entendu. Un silence feutré nous confirma que nous étions de nouveau seuls.

— Je crois que nous avons contribué à leur délivrance.
Dit-elle, émue.

— Je le pense aussi.

Notre présence devait être leur dernière épreuve.
Ils ont abandonné leur fierté et leur arrogance en comprenant enfin les conséquences de leurs actes passés.

– Et nous, qu'allons-nous devenir ?

Je n'avais pas tout de suite remarqué que la clarté était redevenue normale. Je levais la tête et constatais qu'il ne restait plus que nous deux, dans cette grande salle. Un bruit de vibration, presque imperceptible au début, s'amplifia au point de devoir hausser la voix pour se faire comprendre.

– Sortons d'ici, j'ai un mauvais pressentiment.

Me dit alors Carole, le regard inquiet.

– Oui, tu as raison, il se passe quelque chose d'inquiétant.
Je sens aussi qu'il faut partir d'ici au plus vite.

À peine avais-je prononcé ces derniers mots que la table, sur laquelle était posé mon verre, s'écroula d'un coup, en un tas de sable fin qui éclaboussa nos pieds. Je me redressais aussitôt et entraînai Carole vers la sortie, en courant, pendant que nos chaises subissaient le même sort, ainsi que tout le mobilier qui nous entourait. Le chambranle de la porte commençait à s'effiler, lui aussi. En le franchissant, nos épaules, et nos chevelures, furent recouvertes du même sable fin. Une fois dehors, ce fut plus fort que notre inquiétude qui nous enjoignait de fuir ces lieux. Dans un même mouvement, nous arrêtâmes notre course pour nous retourner et regarder la scène. La taverne s'effondra d'un coup en une dune de sable, tout comme les autres bâtiments qui subissaient le même sort. En quelques secondes la magnifique cité grecque qui donnait l'impression d'avoir été construite récemment avait laissé la place à un désert de sable semblable à tous les autres déserts. S'il n'y avait pas eu ces deux petites lunes dans le ciel limpide, je me serais cru sur Terre. La température était tiède et une brise légère rendait l'instant confortable.

– J'ai soif. Je n'ai rien bu, moi, et j'ai la gorge desséchée.

Me dit-elle en se tenant la gorge avec une main.

– Moi aussi, j'ai beau avoir bu leur mixture, j'ai la gorge comme un parchemin.
Je n'arrive même plus à déglutir.
Avançons, nous n'avons plus rien à faire ici.

– À bon ?

– Tu sais où nous sommes, et où nous devons nous diriger ?

Me dit-elle, visiblement agacée.

– OK… Alors propose-moi une direction.

– Pourquoi pas en direction de cette petite montagne ?

Nous marchions depuis moins d'un quart d'heure et déjà nos forces déclinaient.

– Je n'en peux plus, me dit-elle en tombant sur ces genoux.

Je la rattrapais de justesse afin qu'elle ne s'affale pas sur le sable.

J'étais tout aussi essoufflé qu'elle. Nous avions le visage rouge et les joues gonflées. Instinctivement, je regardais mes mains et je constatais, dans un affolement que je ne parvins pas à lui cacher que mes doigts, dont les articulations me faisaient de plus en plus souffrir, avaient gonflé et ressemblaient plus à des « petites saucisses ». Je tombais à mon tour sur les genoux et la serrais contre moi. La pression atmosphérique était devenue bien trop faible pour nos organismes qui n'arrivaient plus à compenser. Ma respiration était haletante en luttant contre l'œdème pulmonaire qui gagnait peu à peu la bataille.

Carole commençait à vaciller et ne répondait plus à mes appels que par de faibles grognements rauques.

Plus robuste qu'elle, je tenais encore le coup. Je la posais doucement sur le sol. Ce mouvement me déclencha une toux qui me brûla les poumons et me fit cracher du sang sur ce sable aussi blanc que du sucre.

Nos respirations étaient devenues bruyantes et sifflantes.

Soudain, un léger bruit de crissement se fit entendre, dans toutes les directions. Dans un sursaut d'instinct de survie, je relevais maladroitement la tête qui tomba sur le côté, limitant ainsi mon champ de vision.

Tout autour de nous, une marrée grouillante de vers, semblables à ceux qui avaient terrassé Nathalia et Manuel, affluaient par milliers dans notre direction.

Une terreur sans nom me réveilla de ma torpeur.

Je me couchais maladroitement sur Carole, dans un pathétique mouvement de protection, tandis qu'ils nous submergèrent et nous recouvrèrent totalement.

Naufragés solidaires.

Abbes et Carmines arrivèrent au bord de ce titanesque plateau de plus de cinq mille kilomètres de diamètre.

Ce dôme de Tharsis, comme on l'appelait au siècle précédent, montrait son volcan principal vomir en continue sa lave épaisse et rougeoyante, comme surgissant d'une source intarissable.

Même à la distance où nous étions, il restait majestueux.

Le module ralentissait progressivement sa course puis alluma ses rétrofusées tout en s'orientant face au vent dominant.

Dans un bruit de tonnerre, les tuyères latérales pivotèrent vers le sol en crachant leurs jets puissants, nous permettant ainsi de descendre en douceur.

Le module vibrait de toutes parts. La force du vent le faisait osciller en un mouvement de tangage impressionnant, mais le pilotage automatique compensait avec une agilité et une élégance prédictive en devinant, avec un décalage infime, les bourrasques qui cherchaient à le déstabiliser de toutes parts.

Le contact se fit avec une certaine rudesse qui nous secoua en tous sens. Un vent puissant, comme venu de nulle part, menaçait de nous faire rouler sur le côté.

Les tuyères latérales vomirent aussitôt leur jet de flammes pour s'y opposer. L'empressement exagéré de l'ordinateur pour stabiliser le module nous fit glisser de plusieurs mètres sur ce sol inégal.

Un mur de sable et de poussières nous enveloppa totalement. Au bout de quelques secondes, qui semblèrent durer une éternité, ce vent qui semblait si vivant, en s'acharnant sur nous de la sorte, disparut comme par enchantement.

Le mugissement des turbines déclina simultanément.

Le module ne bougeait plus mais oscillait encore sur son train d'atterrissage, bousculé par de violentes bourrasques.

Le mode automatique jugeant cette instabilité trop dangereuse, déclencha le tir des harpons qui se figèrent profondément dans le sol. Le hurlement du vent reprenait de plus belle en emportant avec lui des monticules de sables. Il avait décidé de prendre la place laissée par la voracité sonore des moteurs de descente.

Abbes se disait, à ce moment-là, qu'il avait mille fois raison de laisser l'ordinateur poser lui-même cet engin. L'entraînement nécessaire à son pilotage n'ayant été cantonné qu'à une dizaine d'heures de simulateur, il en aurait été bien incapable.

Il détourna son attention sur les analyses atmosphériques en cours. Les chiffres tombaient, les uns après les autres, mais à un rythme suffisamment lent pour réussir à l'agacer.

Carmines ouvrit la bouche pour parler tout en se penchant.

Elle posa ses deux mains sur le bord de la console puis elle vérifia attentivement les chiffres.

La stupeur l'empêchait de prononcer le moindre mot.

Puis elle se redressa, pâle comme un linge et lui dit, d'une voix exceptionnellement forte et rapide :

— Ce n'est pas possible !
L'air ne devrait pas être à une pression aussi proche de celle de la Terre.
Il devrait aussi être mortellement glacial et sa composition absolument irrespirable !

— Mais les chiffres sont formels. La température, malgré sa fraîcheur, demeure acceptable et l'air contient une concentration en oxygène et en azote comparable à la Terre.
Bon, c'est vrai, le taux de dioxyde de carbone est un peu élevé et il y a une forte chance qu'il nous donne

une bonne migraine, le temps de nous y adapter.

Tu vois, nous pourrons parfaitement respirer, sans équipement, ni scaphandre.

— Dois-je en déduire que tu penses sincèrement que nous avons une réelle chance de survivre ici et même, pourquoi pas, devenir les « Adam et Ève » de ce monde ?

Mais, lorsque nos réserves de nourritures seront épuisées, que compteras-tu manger ?

— Avec nos compagnons qui disparaissent et réapparaissent au bon vouloir de celui qui nous manipule ainsi, je suis certain qu'il ne nous laissera pas mourir de faim, après tous les efforts qu'il a déployés pour maintenir en vie chacun d'entre nous.

Et puisque ces volcans sont actifs, tu vois bien que nous sommes revenus en arrière d'au moins huit cent mille ans, si ce n'est plus, d'après ce que je me souviens des théories sur l'histoire géologique de cette planète.

Alors qui sait ce que nous y trouverons.

Dit-il d'une voix calme et posée, qu'il espérait rassurante.

— Je vais voir ce qu'il y a dans les parages avec les satellites d'observation.

Il pianota les instructions sur le clavier de commande et orienta la visualisation jusqu'à leur position, pendant qu'elle regardait distraitement à l'avant du cockpit.

Soudain, il poussa une exclamation qui la réveilla de sa contemplation.

— Oh là, mais qu'est-ce que c'est !

Dit-il, en tapant du doigt sur le centre de l'image, et en la fixant du regard. Elle se tourna d'un mouvement bref, presque réflexe, et fixa à son tour l'écran.

  – Peux-tu agrandir l'image, s'il te plaît ?
    Voilà.
    Centre sur ce bâtiment.
    Stop.
    Ne bouge plus !

  – Mais, mais… Il y a des gens dans cette rue !

Bredouillât-il, les yeux brillants d'excitation.

  – Sommes-nous loin de ces habitations ?

Il pianota quelques instructions, puis les chiffres se superposèrent sur l'image.

  – Mille trois cents kilomètres, plein Nord.
    Je regarde tout de suite si nous avons assez de carburant pour y aller.
    Voyons…
    Oups !

  – Comment ça, « Oups » ?

  – Avec la force du vent dominant qui, d'après les données du satellite météo, semble à peu près constante pendant cette saison, et avec ce qu'il nous reste, nous ne pourrons pas parcourir, tout à fait, cette distance.

  – C'est-à-dire, soit un peu plus précis, s'il te plaît.

Dit-elle, visiblement agacée par ses tergiversations.

> – Si tu te sens d'attaque pour marcher pendant une bonne centaine de kilomètres, c'est-à-dire pendant au moins quatre jours…
> Nos scaphandres ont un poids conséquent qu'il faut considérer, tout en transportant des réserves d'air et de quoi manger et dormir.
> Mais effectivement, c'est faisable en s'accordant de nombreuses pauses pour souffler.
> J'ajouterais aussi un jour de plus pour prendre en compte l'épuisement…

Dit-il avec un regard tout aussi amusé.

> – Ne fais pas cette tête, bien sûr que c'est faisable
> Je suppose que tu ne m'en crois pas capable ?
> Mais c'est peut-être toi qui ne tiendras pas le coup !

Lui répondit-elle, en arborant un sourire ironique.

> – Puisque tu y tiens, je vais demander à l'ordinateur de nous préparer un itinéraire viable, avec le moins de dénivelé possible.
> Bon…
> Et si on descendait dans la soute pour voir ce qu'il y a.
> C'est que je commence à avoir faim, moi !

Elle lui prit ces deux mains en se levant, et lui demanda de continuer à observer cette petite cité fortifiée et d'essayer de voir à quoi pouvaient ressembler les indigènes du coin, pendant qu'elle irait chercher de quoi confectionner un repas.
Arrivée devant l'ouverture circulaire de la soute, à côté de la

porte du sas, elle s'arrêta pour réfléchir à leur situation. Elle pensait à voix haute, pour mieux s'imprégner de ses questions.

– Pourquoi Tout ça ?
Pourquoi nous ?
Pourquoi maintenant ?

Elle commençait à descendre les marches de l'échelle de soute, l'esprit toujours plongé dans ses pensées, pendant qu'il continuait de manipuler les commandes d'agrandissement afin d'affiner les images d'un des satellites particulièrement bien placé.

– Viens voir ça, bien qu'ils aient la peau grise, ils ont bien une forme humanoïde !
Tiens, là, il y en a même un qui regarde dans la direction du satellite.
Crois-tu qu'il sait qu'on le regarde ?

Dit-il en riant, avec un enthousiasme presque infantile.

Carmines arrêta net sa descente et remonta le plus vite possible, compte tenu de son scaphandre. Elle prit place dans le siège du copilote et se pencha vers l'écran en lui tenant une main. Ils étaient en train d'échafauder des théories sur ces formes de vies quand ils entendirent un léger choc contre le train atterrissage.

– As-tu entendu ça ?

Les yeux écarquillés d'étonnement, de nouveaux et nombreux coups se firent entendre. C'était devenu comme un roulement de tambour. Abbes activa la caméra ventrale du module, qu'il fit tourner sur trois cent soixante degrés.

Ils assistèrent à un spectacle qui les laissa bouche bée.

Ils avaient, semblent-ils, atterris au beau milieu de la piste migratoire des « pierres pointues ». Elles affluaient de toutes les directions, et se dirigeaient, apparemment, dans la direction du village qu'ils avaient repéré.

Sa formation d'ingénieur toqua à la porte de son esprit.

Il arrêta prestement sa contemplation pour amorcer fébrilement les préparatifs du décollage.

> – N'oublie pas qu'à la base, ce sont des blocs de pierre. Dit-il haletant.
>
> L'addition de tous ces coups va détériorer, et peut-être même détruire les trains d'atterrissage.
>
> Il est impératif de nous en éloigner, au plus vite.

> – Mais nous allons consommer du carburant inutilement.

> – Carmines, nous n'allons pas nous poser à côté, nous anticipons tout simplement notre voyage.
>
> Mais je te l'accorde, nous devrons fatalement marcher quelques kilomètres en plus.

Elle se sangla dans son siège tandis que l'on pouvait entendre à présent les premiers coups directement contre le ventre de leur petit vaisseau.

> – Il était temps !
>
> Il y en a qui commencent à s'amasser sous notre module et ils finiront par nous immobiliser, si nous ne partons pas tout de suite !

Les turbines commencèrent à tourner. Lorsqu'elles atteignirent leur régime de croisière, l'ordinateur lâcha les flammes qui se répandirent sous le module en enveloppant l'amoncellement de pierres pointues qui continuaient de s'accumuler.

À part vibrer violemment, le module ne bougea pratiquement pas, en se contentant d'osciller en vibrant de toutes parts. Ce lourd tas de pierres avait recouvert les patins des trains d'atterrissage. L'ordinateur ordonna alors l'arrêt d'urgence.

Carmines regardait fébrilement autour d'elle, comme si elle s'attendait à ce que ces infernales créatures minérales fassent irruption dans la cabine pour la dévorer, se mit à crier à l'encontre d'Abbes, lui reprochant son incapacité à les sortir de là.

Faisant abstraction de sa réaction, il garda son sang-froid et désactiva méthodiquement le pilotage automatique, puis il déverrouilla les commandes manuelles malgré les avertissements affolés de l'ordinateur et les multiples sirènes qui se déclenchaient les unes après les autres.

Il poussa rageusement les réacteurs dans leurs derniers retranchements.

Il acceptait le risque de les détériorer irrémédiablement et même, puisqu'ils n'avaient finalement plus grand-chose à perdre, il prenait ainsi le risque qu'ils explosent, et eux avec.

Pris de remords, il demanda pardon, en pensées à Carmines. Lorsqu'il sentit le module se soulever légèrement, il secoua énergiquement les commandes pour le faire tanguer de tous côtés. Le module se libérait peu à peu de la gangue minérale vivante qui l'immobilisait. Le bruit des turbines était devenu assourdissant. Il cria à Carmines de se tenir prête à réactiver le pilotage automatique. Malgré les trépidations et les secousses latérales, elle réussit à positionner un index devant le bouton de commande. De son autre main, elle se cramponnait au tableau de commande, menaçant ainsi d'activer d'autres processus par inadvertance.

Le module se libéra enfin et bondit sur le côté. La seconde d'avant l'instant de la perte définitive de contrôle, elle appuya instinctivement sur la commande d'activation du pilotage automatique. Aussitôt l'ordinateur, qui était toujours actif et n'avait rien perdu de ce qui se passait, entreprit de les sortir de cette mauvaise passe avec une célérité, et une efficacité réellement inhumaine. Les réacteurs directionnels s'allumèrent de concerts et ajustèrent une trajectoire de libération.

Enfin libéré, le module monta comme une flèche, les écrasant dans leurs sièges, puis il se stabilisa à moins d'un kilomètre d'altitude et fila dans la destination programmée.

Nos deux occupants ne bougeaient plus et tremblaient de tous leurs membres.

Abbes suait à grosses gouttes.

Carmines arborait une pâleur qui faisait fortement ressortir ses grands yeux bleus.

Comme dans un arrêt sur image, il s'étonna un instant de l'intensité de leur couleur. Il reprit ses esprits et lui annonça, gêné de l'accabler un peu plus, la conséquence de ce décollage rocambolesque.

– Tu sais…

Avec ce tout que nous venons de consommer, tu te doutes bien que nous serons obligés de marcher un peu plus…

– C'est-à-dire ?

– Deux ou trois journées de plus…

– À part satisfaire notre curiosité, à quoi bon, marcher tout ce temps.

De toute façon l'issue sera la même.

Au moins, dans le module, nous aurons de quoi respirer sans nous empoisonner à petit feu par le dioxyde de carbone mais aussi de quoi manger.

– Dans un sens, oui, ça ne ferait que retarder l'échéance, je suis d'accord avec toi.

Mais pourquoi ne pas en profiter pour faire jusqu'au bout, ce que nous sommes venus chercher sur cette planète.

Au lieu de nous morfondre sur notre sort et de nous contenter de survivre quelques jours de plus dans cette boite de conserve, comme un cafard pris au piège, ne serions-nous pas plus vivants, d'avoir un véritable but, ne crois-tu pas ?

Et puis, qui sait, peut-être pourrons-nous obtenir de l'aide des autochtones.

– S'ils ne nous perçoivent pas comme une menace…
Ou la perspective d'un bon repas.

Elle le regarda fixement, et le remerciait silencieusement du regard, de lui redonner ainsi un peu d'espoir, tandis que des couleurs reprenaient possession de son visage. Elle lui sourit et déverrouilla les sangles qui la maintenaient fermement dans son siège, puis elle se leva, face à lui et lui prit la main.

Il se leva à son tour et la suivit jusqu'à la première rangée de siège « passager ». Il enleva ses gants et enveloppa son visage entre ses mains et approcha doucement le sien jusqu'à ce que leurs lèvres se rejoignent.

Elle posa ses mains sur la poitrine de son compagnon, non pas pour le repousser mais le laisser prendre possession de son cœur.

Les minutes s'écoulaient.

Le module continuait imperturbablement sa route.

Ils ne prononçaient pas un mot, attendant la fin de la course vers la destination que leur permettrait le reste de carburant.

Elle était à la fois résignée et apaisée.

Un premier bip attira son attention.

La plage.

Hans, complètement relâché et la tête penchée en arrière, ronflait bruyamment, ce qui ne tarda pas à sortir Anne de son profond sommeil digestif.

Elle se mit à espérer, le temps de quelques respirations, que tout ce qu'elle avait vécu n'était pas en fait que le simple fruit de son imagination. Elle regarda autour d'elle et la vue de son compagnon affalé la rappela à la dure réalité. Elle lâcha sa main et se redressa pour retourner à l'avant du module. Elle parcourut les indications que lui donnaient les instruments. Curieusement, tout semblait fonctionner. Plongée dans sa perplexité, elle ne remarqua pas, tout de suite, la trace qui se déplaçait sur l'écran du radar. L'ordinateur terminait de la réveiller en émettant un signal sonore d'avertissement lorsque l'objet changea de direction pour se rapprocher d'eux.

Dans son empressement à s'éloigner de cette potentielle menace, elle amorça la procédure de décollage, oubliant qu'ils n'étaient pas à la surface de la planète. Heureusement, l'ordinateur refusa obstinément cette manœuvre malgré ses dénégations énervées.

Elle ne pouvait que constater le déplacement placide du module qui dérivait au gré des courants. Elle plaça son visage contre la vitre du cockpit, mais elle ne parvenait pas à discerner ce qui arrivait dans leur direction.

Soudain, une forme sombre qui était bien plus imposante que le module, les frôla de bien trop près à son goût. La masse de liquide ainsi déplacée secoua le module qui se mit à tourner sur lui-même dans cet élément liquide pétillant.

Plusieurs alarmes se mirent à sonner. Sur l'un des écrans, une longue liste d'avaries défila devant elle.

Elle se redressa et fila en direction du sas.

Elle pouvait voir, à travers son petit hublot, que les joints de la porte extérieure n'avaient pas résisté à l'accroissement de pression lorsque la créature, ou l'objet, les avait frôlés.
De tout son pourtour jaillissaient des geysers bruyants d'un liquide qu'elle espérait être de l'eau. Ce liquide bouillonnait en une écume légèrement jaunâtre et remplissait lentement, et inexorablement, ce petit vestibule. Le passage vers l'extérieur leur était devenu inaccessible. Constatant cela, elle retourna sur ces pas et entreprit une recherche méticuleuse des casques et des gants qu'ils avaient lancés au hasard sur le sol.
Elle posa son casque sur un siège et accrocha ses gants aux mousquetons de sa ceinture. Elle rééquipa Hans, qui dormait toujours, et ne réagissait à aucune de ces sollicitations. Elle entreprit, au prix d'efforts dont elle ne se serait jamais crue capable, à le traîner jusqu'au siège du copilote. À bout de force, le visage trempé de sueur, elle le hissa, tant bien que mal, et le sangla fermement.
Pendant ce temps-là, le module continuait à se remplir. Le sas était à présent totalement inondé, et les compartiments moteurs commençaient aussi à prendre l'eau. L'ensemble penchait maintenant vers l'arrière avec un angle qui rendait les déplacements de plus en plus périlleux.
Anne retourna chercher son casque et ramassa la sacoche à outils, dans un réflexe d'ingénieur, puis elle revint, avec beaucoup de difficultés, à regagner le siège du pilote. Elle posa la sacoche à l'entrée et se sangla, elle aussi. Elle enfila son casque qui se verrouilla dans un cliquetis rassurant. Fébrilement, elle remit ses gants. L'ordinateur de son scaphandre ainsi informé de son intégrité activa le système de survie. Le petit sifflement d'air qui remplissait son casque la rassura et l'apaisa. Elle prit une profonde inspiration. Le module commençait à couler à la verticale, droit comme un « I ».

Devant elle, la lumière de la surface diminuait peu à peu. Elle tira du tiroir, sous le clavier, le manuel de procédure, qui était retenu par une cordelette élastique, et en tourna les pages en tous sens. Elle ne trouvait pas ce qu'elle cherchait, tandis que les lumières commençaient à vaciller. Le cœur battant la chamade, elle se calma en prenant une profonde respiration.

– Ma petite vieille, tu ne vas pas mourir ici, pas comme ça, pas maintenant !

Elle retourna à la première page et entreprit de parcourir méthodiquement la table des matières du volumineux, et précieux, manuel.

Là !
Ça y est, je l'ai trouvé !

Elle parcourait les lignes d'un index, tandis que de l'autre main elle appuyait sur les diverses commandes. Le métal de la coque commençait à se déformer et ne tarderait pas à s'écraser sous la pression.

Enfin !

Les portes séparant le poste de pilotage du reste du module, se fermèrent dans un grincement sinistre et se verrouillèrent dans un claquement rassurant. Presque aussitôt, un bruit d'explosion l'informa que l'eau s'était engouffrée dans la cabine principale.
Le module filait à présent comme une pierre vers les abîmes. Sur l'écran tactile devant elle, un rectangle rouge clignotant attendait qu'elle se décide à y poser un doigt.
Après un bref instant d'hésitation, elle se crispa dans son siège et y écrasa un index ganté. Un à un, les six boulons explosifs destinés à détacher le cockpit du reste de la

carlingue explosèrent, sauf un.

Retenue par cet unique boulon, la frêle capsule s'agitait en tous sens en tordant le métal dans un grincement sinistre.

Attiré par ce bruit, l'ombre qui les avait frôlés revint vers ce qui restait du module.

Elle saisit alors, fort heureusement, la plus grosse partie qu'elle secoua sauvagement, ce qui acheva de détacher la capsule.

Anne hurlait à en perdre haleine pendant toute la durée de la remontée, tandis que la monstrueuse créature s'enfonçait dans l'obscurité avec son trophée.

Tel un missile, la capsule creva la surface, puis retomba sur l'eau bouillonnante après avoir décrit une courte parabole, quelques mètres plus loin. Les vagues, et le vent violent, les secouaient sans ménagements auxquels s'ajoutaient les mouvements de yo-yo de la capsule qui plongeait et ressortait aussitôt après.

Hans, sans réactions, donnait l'image d'un pantin désarticulé pendant qu'Anne s'agrippait désespérément à son harnais. Entre deux cris, à bout de forces et au bord de la folie, elle réussit à obéir à son instinct de survie.

Après avoir longuement tâtonné devant elle les multiples boutons de commande, les rares fois où elle réussissait à en approcher sa main, elle activa enfin le déploiement des airbags extérieurs.

La capsule se stabilisa et flotta comme un bouchon en suivant placidement le mouvement des vagues. À peine commençait-elle à souffler que l'amplitude de la houle lui déclencha un irrépressible mal de mer.

Elle ne comprenait pas sa nouvelle sensibilité à ce mal que son entraînement intensif d'astronaute ne lui avait pourtant jamais fait subir. Elle luttait contre la nausée qui menaçait de la submerger. Elle effaçait comme elle pouvait, de son esprit l'image d'un renvoi gastrique qui l'aurait mis dans une situation délicate et même potentiellement dangereuse allant jusqu'à l'étouffer dans l'étroit espace de son casque. Fort heureusement, un providentiel vent de mer s'était levé et les poussait rapidement vers la côte en stabilisant les mouvements de leur embarcation, libérant ainsi les tensions de son estomac. Elle ne disposait d'aucun moyen de contrôle sur la direction.

La capsule dérivait au gré de la houle.

Hans avait commencé à bouger, mais il semblait encore complètement groggy et absent aux évènements.

Elle tendit sa main et saisit la sienne qu'elle serra de toutes ses forces. Devant eux se dressaient de noirs rochers affleurants. Par instants, les creux des vagues révélaient leur menaçante silhouette.

Le courant les projetait tantôt vers l'un, tantôt vers l'autre, générant des craquements sinistres et de multiples voies d'eau, mais il les conduisait malgré tout vers le rivage. Ils s'échouèrent enfin sur une plage au sable jaune. Les vagues tapaient rageusement contre la capsule, la faisant basculer à chaque ressac.

Anne ainsi secouée avait beaucoup de mal à se détacher de son harnais. De l'eau avait pénétré jusqu'au genou, court-circuitant les ordinateurs qui avaient fini par rendre l'âme, ne laissant que des écrans noirs et silencieux.

Elle entreprit d'enlever le harnais de son compagnon, puis elle l'aida à se relever, en se tenant contre le tableau de bord pour ne pas tomber. Ainsi alourdie par l'eau, la capsule se stabilisa dans son lit de sable.

Anne savoura ce moment de répit en poussant un interminable soupir.

Elle entraîna Hans vers les portes arrière qu'elle ne put ouvrir avec le bouton d'ouverture.

L'eau avait consciencieusement tout court-circuité et aucun mécanisme n'était en état de fonctionner.

Elle le posa contre la paroi latérale et entreprit de les ouvrir manuellement.

Elle fouilla dans ses poches, sur les cuisses de son scaphandre, et en retira un tournevis et une clé dynamométrique motorisée.

Heureusement pour elle, le compartiment de sa batterie était étanche. Sur son petit afficheur, une jauge indiquait une pleine capacité, soit une autonomie d'au moins trente minutes, ce qui était bien suffisant pour ce qu'elle entreprendrait de faire. Elle dévissa la plaque donnant accès au verrou et en démonta, méticuleusement le mécanisme. Lorsqu'il céda, la pression extérieure, cent soixante fois plus faible que celle de l'habitacle généra un violent courant d'air qui aspira tout ce qui n'était pas attaché et la plaqua contre la fente de cette ouverture.

Le choc de sa visière contre la porte résonna comme le son d'une cloche dans tout l'habitacle. L'aspiration était telle qu'elle ne put se détacher de cette emprise qu'après d'interminables secondes, le temps que la cabine se vide de son air dans un sifflement assourdissant. Les pressions enfin équilibrées, elle s'écarta de la porte entrebâillée de ses deux mains qu'elle poussa devant elle. Tandis qu'elle contemplait avec un certain amusement le désordre chaotique de la cabine engendré par cette dépressurisation elle se rappela soudainement qu'elle n'avait pas été que spectateur.

Elle vérifia fébrilement l'état de son scaphandre, en tapotant un peu partout sur sa surface, à la recherche du moindre accroc, synonyme d'une fuite mortelle. N'en trouvant aucun, du moins dans son champ de vision, elle s'empressa d'interroger l'ordinateur intégré à sa tenue. Rassurée, elle poussa un long soupir, le visage s'éclairant d'un large sourire. Elle retourna alors à son occupation première d'ouverture des portes.

Elle s'aida de son long tournevis en titane qu'elle enfonça entre les deux battants pour s'en servir comme d'un levier. La structure de la capsule avait beaucoup souffert et s'était aussi déformée. Les portes se coincèrent irrémédiablement dans leurs rails dans un grincement définitif.

Ne voulant l'admettre, elle s'arque-bouta et continua de tirer de toutes ses forces, mais elle ne réussit à ne progresser que sur une vingtaine de centimètres seulement.

Elle tenta de s'y faufiler, en se contorsionnant, mais l'étroit passage ainsi libéré ne lui permettait pas de s'y aventurer au-delà d'une simple épaule.

– Ah non !
Si tu crois que tu pourras me retenir, tu rêves, machine stupide !

Elle regarda autour d'elle et remarqua, à la lumière des projecteurs de son casque qui s'étaient automatiquement allumés lorsque la dernière lampe s'était éteinte, la sacoche à outils gisant dans l'eau. Elle l'avait ramené dans la précipitation, sans vraiment s'en rendre compte. Ses sourcils se détendirent et son regard s'illumina.

– Tu vas voir ce que je suis capable de faire avec mes outils !

Dit-elle, confiante en ses capacités, et sa connaissance encyclopédique de la moindre structure du vaisseau et de ces modules de débarquement. Elle ramassa la sacoche qu'elle posa sur son siège et entreprit d'en examiner méthodiquement le contenu. Elle en retira sa clé motorisée, un deuxième tournevis, et un marteau. Ainsi équipée, elle retourna vers l'avant de la capsule et entreprit d'en démonter les parties vitrées. Une à une, les vis cédaient sous sa détermination. La dernière enlevée elle tapa, avec force, de son marteau sur tout le pourtour afin d'en désolidariser le joint qui céda peu à peu.

La lourde plaque de Plexiglas blindé, ainsi libérée, tomba sur le sable. Par l'intermédiaire de son microphone extérieur, elle pouvait entendre le ressac des vagues.

Cet instant d'émotion lui fit monter en elle un souvenir de la Terre qui lui noua la gorge.

Dans le lointain, elle pouvait discerner de longs gémissements d'animaux qui agonisaient. Ces cris de détresse la tétanisèrent d'effroi. Elle reprit ses esprits et ramassa ces outils d'un geste rapide et les remit prestement dans la sacoche qu'elle lança à travers l'ouverture béante. Elle décrocha, de chaque côté des sièges, les sacs à dos intégrés, contenant les kits de survie et qui commençaient à tremper dans l'eau. Malgré leurs poids, elle réussit à les lancer, à leur tour, à l'extérieur. Elle déverrouilla les deux bouteilles d'air de secours qui occupaient le dossier de chaque siège, et qu'elle lança aussi à l'extérieur. À bout de force, le souffle court, elle se tourna vers Hans, toujours hagard, comme en état de choc et qui ne bougeait toujours pas.

Elle aurait apprécié qu'il l'aide, ou tout du moins qu'il sorte par ses propres moyens de la capsule. Une peur irrationnelle essayait d'envahir son esprit. Elle attrapa son compagnon par les épaules et l'agita énergiquement pour le sortir de son abattement.

    – Mais secoue-toi, il ne faut pas rester là !

Hans était affligé de ne pouvoir l'aider. Chaque mouvement n'était que douleurs. Il vivait une peur qu'il ne comprenait pas et grelottait. Ce n'était pas le froid intense de l'air ambiant qui le mettait dans cet état, puisque son épais scaphandre l'isolait totalement des aléas climatiques. Le désespoir commençait à avoir raison de son mental. Il se demandait s'il ne valait pas mieux abandonner cette inutile obstination de survie et en finir une fois pour toutes.

Devant le regard noyé de tristesse de son compagnon qui n'arrivait même plus à lui répondre, elle se calma aussitôt.

Elle comprenait sa situation, et lui pardonnait ainsi sa placidité puis, ses deux mains toujours sur ses épaules, elle rapprocha lentement son casque vers le sien jusqu'à ce qu'ils se touchent.

D'une voix douce et posée, elle lui dit alors :

— Je ne te laisserai pas en finir, ni ici, ni maintenant.
  Lorsque viendra ce moment nous quitterons ce monde, ensemble.
  Mais pour l'instant nous survivrons, ensemble, jusqu'au bout.
  Aide-moi à ce que nous restions, ensembles, s'il te plaît.
  Fait le pour nous.

En entendant ces dernières paroles, il réussit à retrouver la ressource suffisante pour façonner un sourire. Cet effort lui brûlait chacun des muscles de son visage, mais il n'en faisait rien paraître. Il se redressa, dans un mouvement lent en essayant, maladroitement, de lui cacher l'intensité de sa souffrance physique.

N'étant pas dupe de son état, elle l'aida à grimper sur le siège du pilote et le poussa lentement à l'extérieur. Il y avait près d'un mètre et demi jusqu'au sol. Lorsqu'il s'affala de tout son poids sur ce sable mouillé et dur comme de la pierre, il crut que le moindre de ses os s'était brisé.

Il retint un cri, les yeux exorbités, les poings serrés et le souffle coupé. Il prit quelques secondes pour se ressaisir. Il se redressa, tout d'abord sur un coude et s'arrêta à bout de force, dans une position où peut lui importait le ridicule. Ainsi à quatre pattes, il lutta contre son poids qui lui paraissait disproportionné. Il souleva un premier genou et, en s'appuyant contre la carlingue, il parvint enfin à se redresser complètement. Il vacillait et avait du mal à rester debout. En voyant qu'il avait réussi à se relever, elle ne put s'empêcher de lui faire un petit sourire gêné, emplit de compassion mais aussi de fierté.

Elle entama, à son tour, de s'extraire du cockpit. Elle sortit un bras, puis une épaule, et enfin son torse se dégagea et tomba, elle aussi de tout son corps, pendant qu'il la réceptionnait comme il pouvait en tendant les bras dans sa direction.

Ayant à peine la force de rester debout, il lui servit en fait de matelas amortisseur.

Bien heureusement, leurs scaphandres étaient renforcés, tel des chevaliers en armures, par un revêtement fait des mêmes matériaux employés dans les gilets pare-balles afin de subir, sans trop de dommages, d'éventuels impacts de micrométéorites, lors des sorties extravéhiculaires.

Elle était allongée sur lui, visière contre visière, et le regardait fixement. Il ramena ses bras et entoura sa taille. Ils restèrent ainsi sans bouger, ni prononcer le moindre mot, de longues secondes. Seules les respirations dans leurs écouteurs troublaient ce silence inattendu.

– Ça va-toi ?

– Tu n'aurais pas pris un peu de poids dernièrement ?

Dit-il, le regard amusé, et les sourcils perlant de sueur par l'effort qu'il avait dû donner.

De nouveau le silence.

Ils se regardaient fixement, tandis qu'il ramenait ses mains contre ses épaules pour la plaquer un peu plus contre lui. L'isolement de leurs scaphandres le désolait. Il aurait tellement voulu l'embrasser en cet instant. Il n'entendait que sa respiration par la radio de son casque. Il en oubliait le poids qui l'écrasait.

Elle rompit ce moment d'intimité, en se glissant lentement sur le côté. Pendant quelques instants elle resta allongée ainsi en gardant une main sur la poitrine de son compagnon, puis elle entreprit de se relever et de l'aider à se redresser lui aussi. Encore impressionné par l'intensité de ce qu'ils avaient partagé, il ne remarqua que toutes ses douleurs et son extrême faiblesse avaient totalement disparu.

Il lui prit la main, pour garder son équilibre, encore étourdit, tandis qu'il se penchait en avant pour ramasser un des sacs de survie.

— Je crois que nous devrions faire l'inventaire de ce qu'il nous reste.

Premier contact avec... Les « Autres »

Abbes et Carmines arrivaient enfin, en vue du dôme de Tharsis, après un interminable vol de plus d'une heure. Tous les deux somnolaient, la tête en arrière. Ils se tenaient la main, pour se rassurer. Soudain la voix de l'ordinateur résonna bruyamment et les sortit de leur somnolence, sans ménagement.

> – Fuite importante de carburant.
> Autonomie réduite à quarante-six secondes.
> Activation de la procédure d'atterrissage d'urgence.

Sur l'écran principal, la carte de la zone estimée de l'atterrissage d'urgence apparaissait. L'ordinateur dessina une topographie approximative et un chemin optimisé à parcourir à pied en fonction des courbes de niveau. Une carte plastifiée, avec tous les détails qui étaient apparus à l'écran, sortit rapidement d'une fente au niveau des genoux de l'emplacement du pilote.
Alors qu'ils étaient encore en haute altitude, l'ordinateur amorça brutalement un vertigineux piqué selon un angle quasi vertical. Ils filaient, tel un météore, vers le sol qui se rapprochait à toute allure, tout en annonçant vocalement les « secondes avant arrêt complet des réacteurs ».

> – Mais ce n'est pas possible, pas maintenant !

Cria une Carmines affolée qui mettait instinctivement les bras en avant.
Fort heureusement les sangles de leurs sièges les retenaient

fermement. Abbes essayait de lui cacher son effroi et lui dit, d'une voix qu'il espérait suffisamment forte pour couvrir le bruit des réacteurs :

> – Il va falloir marcher un peu plus que prévu, je le crains…
> J'espère que tu as de bonnes chaussures !

> – Et tu trouves que c'est vraiment le moment pour plaisanter !

En guise de réponse il lui prit sa main et la fixa du regard tandis que le sol n'était plus qu'à quelques secondes de l'impact. Ils crièrent de concert, jusqu'à ce que les réacteurs, lorsqu'ils inversèrent la poussée, crachèrent toute leur rage contre ce sol qui voulait les détruire. Le hurlement assourdissant des turbines, atteignait son paroxysme et couvrait définitivement leur voix. Le freinage obtenu fut si brutal qu'ils perdirent connaissance en même temps.

Trois secondes plus tard, les réacteurs s'arrêtèrent d'un coup à plus d'une dizaine de mètres du sol. Une violente explosion ébranla leur navette qui termina sa course en une spirale infernale. L'arrière toucha le sol en creusant un fossé dans une gerbe de sable et de poussières. L'avant du module tourna encore un demi-cercle, s'immobilisa lourdement en détruisant irrémédiablement les trains d'atterrissage et en déformant la carlingue dans un grincement sinistre de métal déchiré. Fort heureusement, n'ayant plus une goutte de carburant, aucun incendie ne s'ensuivit. Un silence presque choquant avait remplacé la cacophonie des alarmes, dans un crépitement d'étincelles qui virevoltaient de quasiment tous les équipements.

L'ordinateur reprit la parole et énuméra le bilan de sa manœuvre :

– Le niveau de carburant est à zéro, mais ce n'est pas le plus important, puisque les turbines des réacteurs nous ont lâchés et ne sont définitivement plus en état de fonctionner.

De nombreuses fissures sont apparues et l'atmosphère est en train de contaminer en dioxyde de carbone l'air de l'habitacle.

Vos scaphandres, que vous ne devrez retirer sous aucun prétexte, m'informent que vos paramètres vitaux sont toujours nominaux.

L'intégrité structurelle du module n'étant plus optimale, l'évacuation que vous aviez programmée devient l'option la plus logique.

Je vous souhaite bonne chance

Encore sonnés, ils ne comprenaient pas encore ce qui leur était arrivé et n'entendait rien à sa litanie. Les écrans reprenaient leur noirceur originelle, les uns après les autres.

L'ordinateur dépressurisait rapidement la cabine afin d'éteindre ce début d'incendie et ainsi sauver le maximum d'équipements. Puis, les fumées évacuées, il entreprit de pressuriser méthodiquement l'habitacle selon la « procédure standard ». Il s'obstinait, à compenser les fuites qui apparaissaient au niveau des trop nombreuses fissures qui s'élargissaient les unes après les autres et réduisaient à néant ses efforts. Au bout de quelques secondes, et d'un grand volume d'air perdu inutilement, il réalisa l'inefficacité de cette option et cessa d'injecter le précieux gaz dans l'habitacle et attendit stoïquement que les pressions extérieure et intérieure s'équilibrent. Constatant que ces passagers n'étaient toujours pas en état de prendre la suite des opérations, il décida d'éteindre toutes les lumières qui laissèrent leur place aux rayons obliques du soleil pénétrant par les hublots. Après une brève analyse de la situation, il prit la décision de procéder à l'arrêt immédiat des derniers équipements non indispensables, mais aussi les systèmes vitaux, désormais inutiles, afin d'optimiser la durée de vie des dernières piles à combustible encore en état de fonctionner.

Abbes se réveilla le premier. Il avait du mal à respirer. La forte inclinaison du module le maintenait penché en avant et les sangles de son siège lui comprimaient la poitrine.

– Que se passe-t-il ?

– Notre atterrissage a été un peu rude. Les dégâts, bien que contrôlables, ne nous permettent toutefois pas de redécoller.

– Est-ce réparable ?
Nous n'avons ni les pièces détachées, ni le carburant.
Vu l'ampleur des fuites, la dépressurisation apparaît irrattrapable.
Tenter de colmater les brèches serait donc une opération illogique, au regard de vos réserves d'air.
Les seules options viables à long terme qu'il vous reste sont, soit de rester dans le module en conservant vos scaphandres, soit de vous réfugier, dès maintenant, dans le véhicule d'exploration, que vous trouverez dans la soute et qui n'a subi aucun dommage.
Compte tenu de la sortie que vous aviez prévue, la deuxième option apparaît donc la seule réellement viable.
Je vais donc transvaser les contenus des réservoirs d'hydrogène et d'oxygène des piles à combustible de la navette dans ceux du véhicule d'exploration.
Me branchant sur les batteries de secours, je ne pourrais vous assister que pendant cinq heures.
Son poids apparent suggère que la soute est totalement remplie, et que les réserves d'air sont

aussi à un niveau maximum.

– Comment ça ?
Quel véhicule d'exploration, qui l'a mis là et qui l'a préparé ?

Des deux seuls véhicules disponibles, il n'y en avait qu'un que nous avions abandonné devant la station, et l'autre n'avait encore jamais été sorti et devrait donc maintenant faire partie des débris éparpillés par la tempête, et les souffles des explosions cométaires. Et si je me rappelle bien, nous n'avions pas eu, non plus, le temps de le sortir puis de le hisser à bord et de le remplir ainsi, puisque nous sommes partis en catastrophe !

– Mes détecteurs sont formels.
La présence de cet équipement est conforme à l'inventaire qui a été chargé dans mes mémoires peu avant le décollage.
D'ailleurs vous pouvez le constater vous-même sur l'écran que je rallume devant vous.

Je restais sans voix devant le spectacle de ce véhicule tout-terrain à six roues. Il nous attendait, avec ses phares allumés et la porte de son sas ouverte. Il semblait épris d'impatience avec son moteur qui tournait déjà. L'avant de l'habitacle était parcellé d'éclats de lumière colorés que projetaient les indicateurs de son tableau de bord. L'espace, à l'arrière des deux premiers sièges était rempli d'un improbable amoncellement de boites de toutes tailles et de toutes couleurs, ainsi que d'un entassement impressionnant de bouteilles d'air.
Tandis que j'essayais de faire un bref inventaire visuel, Carmines se réveilla enfin et prit part à la conversation :

– Dans notre malheur, Qui, ou Quoi, a bien pris soin de
   nous protéger.
   Si j'écoutais mon intuition, je dirais que nous sommes
   l'enjeu d'une lutte entre deux entités dont l'une veut
   nous détruire, et l'autre nous protéger.

– Nous avons un nouveau monde à découvrir, et ce qui
   rend cette aventure encore plus exaltante, c'est de le
   faire avec Toi.

Ils roulèrent une journée entière sur un chemin parsemé de
trous et de pierres de toutes tailles, en se faufilant entre les
rochers aux parois aux formes parfois géométriques. Malgré
les nombreuses pannes d'énergie à répétition, qui
disparaissaient et réapparaissaient tout aussi soudainement, et
leur permirent ainsi de vociférer toute la panoplie de jurons
dont ils étaient dotés, ils arrivèrent enfin en vue des premières
maisons. Devant elles se tenait une foule qui les applaudissait
et semblait impatiente de les accueillir. Ces êtres à l'allure
humanoïde avaient une peau grise, un cou un peu plus long
que le nôtre et surtout de grands yeux en amande et noirs
comme de l'encre. Ils portaient des vêtements qui leur
collaient à la peau en miroitant toutes les couleurs de l'arc-en-
ciel lorsqu'ils bougeaient. Ils arrêtèrent leur véhicule à une
distance de sécurité qu'ils pensèrent suffisante pour effectuer
un demi-tour, si ce premier contact devait mal tourner.
Abbes aida Carmines à enfiler son casque. Après un long
moment d'hésitation, elle appuya sur le bouton d'ouverture de
la porte extérieure du sas.
Il descendit en premier.
Constatant qu'ils n'avaient pas une attitude hostile, il lui fit
signe de le rejoindre. Ils restèrent malgré tout à moins d'un
pas de la porte. Le plus grand membre du groupe avança alors
vers eux d'un pas lent et presque protocolaire.
Arrivé à moins de dix pas, les équipements électriques et le

moteur de leur véhicule s'éteignirent brusquement, ainsi que le système de survie de leurs scaphandres. Ils commencèrent à suffoquer. Le personnage le plus proche leur fit signe d'enlever leur casque en mimant le mouvement. Ils savaient que l'air était théoriquement respirable mais la peur de l'inconnu les empêchait de l'accepter. Enfin, au bord de l'évanouissement, ils déverrouillèrent leur casque qu'ils jetèrent sur le côté et prirent une longue et bruyante respiration.

Soudain, une voix surpuissante explosa dans leur tête et les fit tomber sur les genoux les mains sur les oreilles, les yeux révulsés.

– Excusez-moi, humains de la planète Terre, ne connaissant pas la nature de votre cerveau, ma pensée était d'une intensité beaucoup trop élevée et il ne l'a pas supporté.

La voix était presque supportable à présent, mais sa perception était déroutante et heurtait le sens commun. Elle semblait venir de toutes les directions à la fois. Elle restait encore un peu douloureuse, un peu comme si leur mental avait une réelle blessure physique.

Amusé, leur interlocuteur découvrit, en arborant un large sourire, une rangée de longues dents translucides et pointues qui la glacèrent d'effroi.

– N'ayez pas peur Carmines, mes dents ne sont qu'un héritage génétique de mes origines.
Il y a maintenant des milliers de générations que nous avons banni toute nourriture carnée.

– Vous… Vous connaissez mon nom ?

– Vous l'avez simplement pensé…

Comme vous pouvez le constater notre mode de communication est assez, disons… Différent du vôtre

– Seriez-vous des… Martiens ?

– Désolé de vous décevoir, mais tout comme vous, nous ne sommes pas de ce monde, ni même de ce secteur de la galaxie d'ailleurs.
Tout comme vous, nous sommes des naufragés du temps et de l'espace.

– Vous êtes là depuis longtemps ?

– Les enfants que vous voyez ici sont de la cinquième génération.

– Pourquoi tout ça ?
Pourquoi vous ?
Pourquoi nous ?
Pourquoi notre rencontre ?

– D'un même consensus, notre groupe de survivants émet l'hypothèse que nous serions l'objet, en quelque sorte, d'une expérience.
Nous avons de quoi manger, puisque des végétaux et des champignons comestibles poussent à profusion, dans quasiment toutes les grottes, sur le versant de cet impressionnant volcan.
Mais, en ces lieux, aucune technologie ne fonctionne. Toutes les sources d'énergie électrique sont littéralement absorbées, comme vous avez pu le constater.
De plus, le lieu sur lequel nous vivons est à l'abri des prédateurs de ce monde, mais il nous en isole aussi, puisque nous ne pouvons pas nous en échapper.

Avez-vous vu la hauteur vertigineuse de ces falaises volcaniques ?

Peu à peu, Carmines et Abbes sentaient leurs jambes qui commençaient à défaillir. Ils avaient de plus en plus de mal à suivre cette conversation qui les vidait peu à peu de leur force et provoquait une irrésistible envie de dormir.

– Nous allons vous aménager une demeure qui, je l'espère, vous conviendra, et nous y déchargerons le contenu alimentaire de votre véhicule, avant que ce dernier ne disparaisse à son tour comme les nôtres.
Au nom de notre communauté, nous vous souhaitons la bienvenue.
Je brûle d'impatience que vous nous parliez de votre monde et nous avons tout aussi hâte de vous décrire le nôtre.

Mais dans un premier temps, nous allons vous transporter dans votre nouveau « chez vous » et vous prendrez le temps nécessaire pour vous adapter à ce taux un peu élevé, pour votre organisme, de dioxyde de carbone.
Notre médecin ne devrait pas avoir trop de difficultés à identifier les remèdes adaptés à votre métabolisme pour y parvenir rapidement.

Nos deux humains ne comprenaient même plus les dernières paroles de leur hôte et ils s'écroulèrent sur le sol, profondément endormis.
Quatre « hommes gris » arrivèrent vers eux en riant de bon cœur, et les placèrent avec une grande délicatesse sur des brancards.
Tout autour d'eux une horde d'enfants tournait et chantait joyeusement.

Leur interlocuteur se tourna vers un petit groupe qui se rapprochait. Il s'adressa au plus proche de lui :

– Tu vois Ysgar, nous ne pourrons plus dire que nous sommes seuls dans l'Univers.
Voilà la preuve qu'il existe bien de la vie sur d'autres planètes, et qu'on peut même y trouver parfois des êtres intelligents.

– En effet, c'est inouï et tellement excitant !
Nous avons tellement à apprendre d'eux, et tellement à leur donner.
Et dire que toutes ces connaissances resteront prisonnières de ce monde, quel gâchis…

– Je me suis autorisé à une petite exploration psychique de leurs organismes pendant leur évanouissement.
Leur constitution physique est tellement fragile que nous devrons bien prendre garde à nous limiter à un très léger chuchotement en nous adressant à eux, si nous ne voulons pas les assommer, ou même les blesser physiquement, à chaque fois !

– Il est vrai que je n'aurais jamais cru, si je ne l'avais vu de mes propres yeux d'aussi improbables organismes biologiques basés sur la chimie du carbone, c'est, c'est… Carrément insensé et toutes nos belles théories sur la naissance de la vie s'effondrent à présent !
Leur extrême fragilité ne m'étonne pas, au vu de leur instabilité moléculaire de telles combinaisons chimiques.

– Effectivement, je n'ai pas pu résister à la curiosité de les analyser sommairement.

J'ai ainsi pu remarquer que leur espérance de vie n'est que le cinquième de la nôtre.

J'espère qu'ils accepteront de se reproduire et que nous aurons ainsi le privilège de pouvoir continuer à cohabiter le plus longtemps possible, au moins jusqu'à ce que notre signal de détresse arrive à destination et que nous puissions enfin réunir nos deux civilisations.

Mais je reste sur mes gardes, car au vu de tout ce que nous avons vécu, je ne pas croire hasard d'une telle rencontre.

Nous devrons veiller à ce que nos deux civilisations s'ouvrent totalement, mais progressivement et surtout selon leur échelle de temps, et ainsi minimiser l'inévitable choc culturel et émotionnel.

Nous ne devrons pas reproduire nos échecs, car nous risquerions d'effacer leur culture, par un paternalisme qui étoufferait dans l'œuf toute la richesse et la vitalité de leur curiosité.

Sans cela, la rencontre de nos cultures se solderait inévitablement par une destruction mutuelle si elles se laissaient gouverner par la peur de l'inconnu !

– Mais nous en sommes déjà à la cinquième génération à végéter sur ce caillou qui a commencé à dépérir.

Le désespoir commence à grignoter le mental de certain.

Leur présence est une bouffée d'oxygène pour tout le monde.

Et puis, quel paradoxe !

Leur technologie est si désuètement primitive qu'elle en est touchante, et la physiologie de leur cerveau est aussi fragile que du cristal que j'ai une véritable appréhension à m'adresser à eux par la pensée.

Nous devrons certainement faire l'effort de

communiquer par la parole, je le crains.

Toutefois, le peu que j'ai pu sonder dans leurs pensées, en les effleurant seulement en surface, m'a permis de constater que leur conscience est aussi élevée que la nôtre et, j'en suis certain maintenant, tellement plus que j'en ai eu le tournis !

L'intensité de la clarté de leur pensée est telle, qu'elle m'avait surpris, au point de m'effrayer au plus profond de mon être.

En fait, j'ai entrevu l'horizon d'un univers d'émotions puissantes et bouleversantes que je ne comprends toujours pas, mais qui me rappelaient les récits de très vieilles légendes.

– C'est si inespéré, et si intense que cela me fait dire que cette rencontre ne peut pas être le fruit du hasard. C'est exactement celle qu'il nous fallait pour évoluer jusqu'à nous élever au-delà de notre condition physique et enfin quitter ce monde en perdition qui nous emprisonne depuis bientôt un demi-millénaire.

– Oui, je suis persuadé, moi aussi, que nous avons tellement à apprendre d'eux, et eux de nous.

– Mais, leur arrivée est tellement illogique !

– En effet, lorsque nous avons été catapultés dans leur système planétaire, nos sondes automatiques nous ont montré que leur planète balbutiante était essentiellement peuplée de monstrueuses créatures reptiliennes qui passaient leur temps à s'entre-dévorer.

– Ce qui nous emprisonne sur ce monde, depuis si longtemps, a donc la capacité de jouer avec les paradoxes temporels et même les différents continuums espace-temps.

Cela me terrifie !

– Que pouvons-nous faire face à cela ?

– Je crois qu'en fait, il nous éprouve une fois encore, en nous mettant face à un choix qui conditionnera notre avenir.

Nous devions attendre, pour l'éternité si nécessaire, qu'il revienne vers nous puisque inexplicablement, aucun d'entre nous ne vieillit depuis notre arrivée.

Je reste persuadé que nous étions en quelque sorte en « réserve » pour une expérimentation qu'il avait prévue avec ces fragiles créatures.

De toute façon nous ne pourrons jamais être en mesure d'appréhender ni sa finalité, ni sa réalité.

– Il est vrai que j'ai longtemps essayé de comprendre les raisons de cette arrivée tellement... Anachronique, tellement absurde, tellement... Cela n'avait pas de sens !

Ces créatures, ces humains comme ils s'appellent, ne sont même pas encore apparues à l'époque actuelle, sur leur propre monde.

La résolution de l'énigme de leur présence nous permettrait peut-être de résoudre celle de notre propre présence...

– Comme moi, tu en déduis que tout ceci n'aurait donc rien de fortuit ?

– Bien sûr que non, c'est évident, voyons !

D'ailleurs, si tu regardes les circonstances de notre

arrivée dans cet improbable système planétaire, à l'écart des routes commerciales de tous les mondes connus, et absent de toutes les cartes stellaires, tel un îlot maudit au milieu d'un océan oublié.

Si tu regardes bien…

Il n'y a jamais eu quoi que soit de fortuit depuis notre départ.

Tous ses enchaînements invraisemblables de causalité nous ont irrémédiablement amenés jusqu'à ce monde, ou plutôt devrais-je dire sur « son monde »…

– En effet, je me suis longuement interrogé sur la nature des forces qui nous ont saisies et projetées sans ménagements dans cette partie si désertique de la galaxie qu'aucune planète habitable n'y a jamais été détectée.

À moins que cette force inconnue ait tout planifié, je ne m'explique pas que nous ayons pu survivre, sans la moindre égratignure, à l'effroyable crash de notre bio-vaisseau lorsqu'il perdit l'esprit.

Il avait lutté désespérément contre ce qui prenait possession de lui.

Ne pouvant s'y soustraire, il prit l'impensable décision, malgré toutes nos dénégations, d'en finir en se précipitant contre le sol.

Puis, je ne me rappelle toujours pas ce qui s'est passé, hormis m'être réveillé, choqué et terrorisé, au milieu des débris encore en flammes, toussant et éructant à en perdre haleine, en essayant de reprendre mon souffle dans cette atmosphère raréfiée.

Je me souviens aussi m'être bouché les oreilles, comme je le pouvais, de mes mains raides et glacées pour ne plus entendre l'insoutenable agonie de ce qui restait de la carcasse brisée de notre vaisseau.

Je comprends maintenant pourquoi nous avions

réchappé à la mort, et pourquoi la plupart de ce qui serait nécessaire pour assurer notre survie était malgré tout récupérable.

Je comprends maintenant pourquoi aucun système de production d'énergie n'avait survécu au crash.

Il avait veillé à nous éloigner du rang de survivants désespérés à celui de naufragés doté d'un véritable avenir, mais tout en restant prisonniers de ce monde perdu.

– Te souviens-tu de la bataille contre les terribles anticorps de notre bio-vaisseau qui, au lieu de nous protéger, nous prirent soudainement en chasse.

Ils avaient totalement abandonné leur fonction initiale en nous reconsidérant notre position comme une source de matière biologique utilisable pour le réparer.

La découverte impromptue de ces unités vermiculaires minérales nous avait sauvés.

– Oh que Oui !

La providence, enfin si nous pouvons encore l'appeler « providence », après nous avoir tant malmenés, avait décidé de revenir de notre côté ce jour-là.

– Ce fut un véritable miracle, lorsque, après avoir monté nos pathétiques barricades, et avoir lancé les dernières pierres qui jonchaient le sol, nous en étions réduits à creuser le sol à mains nues.

La surprise passée, malgré les terribles brûlures aux mains de ceux qui les avaient touchées, certains les lancèrent dans un dernier geste désespéré vers ce qui était devenu une armée ennemie impitoyable.

Les anticorps les plus proches arrêtèrent leur

inexorable progression et s'en saisirent avidement.

Aussi inexplicablement, le reste de leur troupe avait arrêté instantanément sa progression. Ils entreprirent de ramasser méticuleusement les derniers débris de la coque en nous ignorant, comme si rien ne s'était passé, tandis que d'autres fouillaient fébrilement le sol et engloutissaient les malheureux vers qui passaient à leur porté.

– Oui, et au bout d'interminables minutes, devant le regard inquiet de notre troupe, ils s'étaient regroupés en une masse palpitante dont les pulsations désordonnées s'accordèrent comme au son d'un diapason.

Visiblement, ils s'interpénétraient et unissaient leurs noyaux cellulaires à la matière organique indigène pour ne former plus qu'un impressionnant organisme massif.

Leur couleur originelle, d'un blanc laiteux virait en même temps au bleu métallisé de ces choses animées qu'ils avaient absorbées avec tant d'avidité.

– Oui, et ce qui m'avait impressionné, ce fut la métamorphose de cette masse gélatineuse palpitante en un bloc dur et brillant au soleil et à l'aspect si métallique.

– En effet, je m'en étais rapproché pour l'étudier en détail et quel n'avait pas été mon étonnement en observant le sol qui trépidait tout autour de lui, par l'intense vibration qui en émanait.

– Oui, nous en rions à présent, lorsque nous évoquons ce souvenir, mais si tu avais vu la frayeur sur ton visage…

Lorsque sa surface s'était brisée comme une coque de noix, elle avait libéré une véritable vague de vers qui déferla bruyamment vers toi.

– Et je ne bougeais plus.
J'étais paralysé de stupeur, et je peux te le dire sans honte, j'étais terrorisé.

– Je suis persuadé qu'il y avait de l'intelligence là-dedans, et peut-être même un reste de leur programmation originelle, puisqu'ils te contournèrent pour s'enfoncer quelques mètres plus loin dans le sol.

– Mais ce qui gâche ces souvenirs, c'est celui de nos trois compagnons qui les avaient imprudemment déterrés à main nue, et qui s'étaient transformés eux aussi en vermiculés, après une interminable étape d'une douleur sans nom, malgré tous les soins qui leur avaient été prodigués.

– Oui… Par moments je m'interroge.
Je me demande si nous avions bien fait d'essayer d'interrompre le processus inexorable de leur métamorphose.
Nous n'avons peut-être fait que prolonger leur souffrance.

– Des remords n'y changeront rien.
J'espère qu'ils sont plus heureux sous leur nouvelle forme, car j'ai l'intime conviction qu'ils n'ont pas été digérés par une forme de vie locale, mais qu'ils ont plutôt été assimilés, ou plutôt devrais-je dire adaptés à ce monde.

– Puisses-tu dire vrai !

– Et ces deux autres curiosités biologiques terriennes, que vont-elles devenir ?

– Il faut espérer qu'elles vont réussir à respirer dans cette atmosphère pauvre en oxygène.

– Il n'y a pas que cela.
As-tu vu leur peau rose ?
Je ne peux pas te garantir que leur métabolisme soit capable d'assimiler la nourriture que nous produisons à partir de ces curieux champignons qui poussent aux abords des grottes volcaniques.
Sans cela ils finiront par mourir de faim, je le crains.
Ce sont les seuls aliments que nous puissions assimiler.
Le reste de la faune et la flore, qui est teintée soit de bleu soit de ver, tout comme nous, a de fortes chances de leur être aussi d'une toxicité absolue.

– Je te l'accorde, mais ils ont visiblement un stock conséquent dans leur véhicule.

– Mais ce stock finira bien par s'épuiser un jour.
Nous aviserons, le moment venu.
Cela me conforte dans l'idée qu'il faut, dès à présent, que notre biologiste les étudie.

– Mais en attendant, retournons voir s'ils se sont réveillés, j'ai un million de questions à leur poser !

– Tiens, c'est curieux, nos fidèles protecteurs se regroupent.

– Oui, en effet !

Mais, que se passe-t-il ?

– Ils se mettent en rang et forment une colonne compacte.
Elle se dirige à présent vers la sortie de notre petite cité.

– Dans un sens, ça me rassure.
Ils quittent la cité et ne considèrent donc pas nos visiteurs comme une menace !

– Certes, mais cela signifie alors qu'une plus grande menace est en approche et les a sortis de leur hibernation !

– Mais ils sont nombreux, puissants, et ne connaissent pas la peur.
Nous avons toujours échappé aux prédateurs de ce monde grâce à leur efficacité.

– Je suis d'accord avec toi, mais ils ont bien changé depuis le départ de notre planète et puis, s'ils n'arrivent pas à venir à bout de cette nouvelle menace, qu'allons-nous devenir ?

– Nous avons toujours notre vaisseau qui nous attend sur la colline.

– Encore faut-il qu'il soit d'accord pour nous laisser monter à bord.
Aurais-tu oublié la malheureuse tentative pour y pénétrer, lorsque nos deux compagnons ont été pris à partie avec les terribles anticorps chargés de sa protection ?

– Nous y avions tout de même gagné un accord de coopération en contrepartie de la protection de sa petite armée.

– Un accord de dupes !
Il a fallu construire notre cité par nos propres moyens.
Nous avons eu si faim, jusqu'à ce que nous découvrions ces providentiels champignons !
Pendant tout ce temps, il utilisait à son usage exclusif, ses serviteurs zélés récupérer auprès de la faune et la flore en contrebas de ce volcan, les nutriments nécessaires à sa régénération.

– Oui, hélas, nous avons apporté à ce monde, de terribles prédateurs.
Et envoyer toute sa petite armée dans la vallée, n'est pas pour me rassurer !

– Qu'allons-nous devenir ?

– Nous devrions envoyer une délégation à sa rencontre et renégocier les conditions de la trêve afin qu'il accepte de nous accueillir.

– Ta proposition ne m'enchante pas, car qui sait le prix qu'il en demandera.
De toute façon, il est cloué au sol comme nous.
Ses propulseurs sont demeurés inexplicablement inertes, bien que les réparations se soient terminées depuis longtemps.
Son obsession à emmagasiner de l'énergie ne lui est d'aucune utilité puisqu'il ne retournera jamais dans l'espace.
Son intelligence qu'il a mystérieusement acquise,

lorsque nous avons été en vue de ce monde, n'est ni rationnelle, ni attentionnée à notre égard.

Il est dangereux, égoïste, narcissique et perfectionniste au point de nous considérer comme une erreur biologique.

Mon avis est que nous devrions plutôt envisager un exode et nous éloigner le plus loin possible de ces deux menaces, la sienne et celle auprès de laquelle il a envoyé son armée privée.

– Comme toujours, tes paroles sont bien plus sages que les miennes.

Je vais réunir le conseil et nous déciderons de la suite à donner à cet évènement.

Mais, que se passe-t-il ?

La colline bouge !

– Oui, c'est le vaisseau qui en descend les pentes.

Fort heureusement, il ne va pas en direction de notre cité !

– Regarde !

Il suit la même direction que son armée.

– En effet !

Je réunis le conseil immédiatement.

La menace doit être terrible.

Nous devons quitter ce lieu au plus vite !

Premier jour sur Terre

Anne dormait encore à poings fermés lorsqu'il ouvrit un premier œil.

Il s'interrogeait sur la nature des évènements, qu'ils venaient de vivre, se demandant s'il n'avait pas en fait un mauvais rêve. Le roulis du module, qui dérivait lentement dans cet élément liquide, termina de le réveiller complètement. Il prit soudainement conscience qu'il n'était pas seul, en constatant qu'Anne s'était endormie en posant la tête contre son épaule. Il se redressa lentement pour ne pas la réveiller, mais son sommeil était léger et elle s'éveilla à son tour.

– Hans ?

– Oui ?

– Comment te sens-tu ?

– J'ai la tête qui tourne un peu, je me sens faible et mes articulations sont douloureuses, un peu comme si je me réveillais d'un profond coma.

– Je ne sais pas d'où tu viens, mais si tu voyais ta tête… Tu veux manger quelque chose ?

– C'est une excellente idée !

Dit-il, le sourire aux lèvres.

Il sentait son estomac se réveiller lui aussi, en se contractant dans une crampe fort désagréable, comme s'il n'avait pas mangé depuis très longtemps.

Joyeuse, elle se leva alors d'un bond, mais faillit défaillir en sentant une douleur fulgurante lui transpercer les genoux.
Elle se rassit aussitôt, le souffle coupé et le visage crispé.

– Je crois que nous avons dormi très, très… Longtemps !

Dit-il d'une voix lente, visiblement inquiet.
D'un regard entendu, ils commencèrent à bouger, très lentement, toutes leurs articulations, en poussant de nombreux gémissements. Il faisait encore très froid dans la cabine, mais la température de l'air augmentait rapidement. Du givre avait tout recouvert dans la cabine, en couche épaisse et dure. Elle ressemblait à l'intérieur d'un congélateur oublié.
Hans réussi à se redresser le premier et l'aida à se relever. Comme deux vieillards, ils avancèrent à tout petits pas vers le poste de pilotage et se posèrent tout aussi doucement dans les sièges. Ils étaient essoufflés d'avoir fourni tant d'efforts. Il fit tomber le givre, qui fondait rapidement, des consoles inertes, d'un revers de la main. Il souleva un petit capot de protection en plastique rouge, puis appuya sur le bouton qu'il protégeait. Aussitôt un vrombissement général s'amorça, entraînant à sa suite l'illumination progressive de tous les indicateurs devant lui.
Rassuré, il se tourna vers Anne en découvrant un large sourire. Le regard fatigué, et les épaules basses il tapota sur le clavier face à lui, quelques instructions afin d'initialiser les premiers contrôles qu'il jugeait essentiels.
Les données atmosphériques qui défilaient lui firent froncer ses sourcils, puis ce fut au tour des coordonnées du module de s'afficher.

– Ce n'est pas possible !

– Que se passe-t-il ?

– Nous… Nous ne sommes plus sur Mars, dit-il d'un air dubitatif.

– Que veux-tu dire par là ?

– Regarde par toi-même…

– C'est impensable !
Nous sommes sur Terre !
D'après les coordonnées, nous serions… À Paris !
Vite, sortons voir ça de plus près !

– Attends, tu t'emballes un peu trop vite…
Il y a beaucoup trop de différences dans les données affichées d'avec ce que nous devrions trouver.
L'air est anormalement pur.
Il n'y a pas la moindre trace de pollution, et est parfaitement respirable, hormis un taux de méthane élevé et quelques composés soufrés.
Il y a aussi une fine poussière volcanique.
Nous sommes revenus sur une Terre beaucoup plus jeune que de celle que nous avions quittée.
Attends, je vais demander à l'ordinateur d'analyser les données et faire une estimation de notre position temporelle.

– Tu m'inquiètes !

– Je sors pour y voir un peu plus clair et faire quelques prélèvements.

– Je t'accompagne !

À peine avait-elle prononcé ces derniers mots que les

ronronnements des équipements s'arrêtèrent les uns après les autres, puis ce fut au tour des écrans de s'éteindre lentement. Se rendant compte que la fuite d'énergie était générale, ils se levèrent d'un bond et filèrent comme ils purent vers la porte intérieure du sas. Elle s'ouvrit lentement, puisant dans les dernières parcelles de courant qui couraient encore dans le module, puis elle s'arrêta dans un grincement bref.

Hans plaça un pied contre le montant et, une épaule contre la porte. Il poussa de toutes ses forces. Elle résista quelques secondes puis céda d'un seul coup, comme libérée d'une contrainte invisible. Une faible lumière persistait encore dans le petit vestibule.

Anne l'aida à se redresser, puis l'accompagna jusqu'à la porte donnant sur l'extérieur du module. Ils pouvaient entendre une pluie battante, un véritable déluge, qui contrastait avec le silence des instants précédents. Elle lavait l'air et le sol les dernières poussières volcaniques.

    — Sale temps pour sortir faire une balade, tu ne crois pas ?

Dit alors Hans, le regard affolé.

    — Nous ne pouvons pas rester ici.
        Les systèmes vitaux ne vont pas tarder à s'arrêter, eux aussi.
        Nous allons étouffer si nous restons à l'intérieur.

Hans la regarda un instant puis, sans un mot, appuya sur la commande d'ouverture. En guise de réponse, seule une sonnette au son grave lui répondit.

Anne, d'un air agacé lui dit alors :

    — Tant que la porte intérieure restera ouverte, la sécurité

n'autorisera pas son ouverture.

– Je le sais, mais ça ne coûtait rien d'essayer…
Pendant que les batteries ont encore un peu de courant, je peux encore activer les boulons explosifs des charnières.

– Et qu'attends-tu pour le faire ?
Ne vois-tu pas que les dernières lumières s'éteignent à leur tour !

Comme électrisé par sa voix si forte qu'elle ressemblait plutôt à un cri d'alarme, il déverrouilla la trappe donnant sur un petit clavier numérique et tapa rapidement le code qu'il connaissait par cœur.
Une alarme générale retentit alors dans l'habitacle. Contrastant avec la sonorité puissante de la sirène, la voix douce de l'ordinateur les enjoignait alors de s'écarter de la porte. Abrégeant son compte à rebours il déclencha les deux fortes explosions qui secouèrent nos deux astronautes avant qu'ils aient eu le temps de retourner dans la cabine. N'ayant pas remis leur casque, leurs tympans endoloris les rappelaient à la dure réalité. Comme happée par une main invisible, la porte extérieure s'était aussitôt envolée au cœur de la bourrasque. Ne se contentant pas de son premier repas, elle se frayait bruyamment un chemin à l'intérieur et terminait de les plaquer au sol. Telle une cantatrice hystérique Anne, allongée sur le dos, poussait un cri aigu et continu, en plaquant ses mains sur les oreilles.
Hans, surpris par l'intensité de sa prouesse vocale, se rapprocha d'elle en rampant. Il s'agrippa à ses jambes puis remonta jusqu'à sa poitrine. Il la serra de toutes ses forces dans ses bras, les yeux emplis d'une détresse infinie, persuadé que leurs derniers instants étaient arrivés. Constatant, au bout d'interminables secondes, qu'il pouvait respirer sans

difficulté, il desserra son étreinte et posa une main tremblante sur la bouche de la malheureuse pour qu'elle cesse enfin ce cri qui le paralysait.

À bout de souffle, ils restèrent ainsi couchés sur le sol.

Dehors l'orage grondait. Il illuminait de ciel de puissants éclairs accompagnés de coups de tonnerre si proches que la structure de leur fragile demeure en était brutalisée. Obéissant au conditionnement de son entraînement, il entreprit de sécuriser l'orifice béant en démontant des rangées de sièges pour l'obstruer.

Anne n'hésita pas longtemps pour l'aider, après avoir entendu le cri proche et puissant d'un animal qu'elle ne parvenait pas à identifier clairement et qui aurait pu s'apparenter au barrissement d'un éléphant.

Ils réussirent ainsi à condamner efficacement la sortie puis, à la lumière des seuls projecteurs de leurs scaphandres, ils descendirent dans la soute et en verrouillèrent la lourde trappe d'accès. Rassurés, ils se couchèrent à même le sol en se serrant de nouveau dans les bras.

Anne tremblait comme une feuille.

Hans, qui n'en était pas moins terrorisé lui aussi, la serra un peu plus fortement contre lui en essayant de lui prodiguer des paroles rassurantes.

Elle n'arrivait plus à avoir un cheminement de pensée cohérent et ne l'entendait même plus. À bout de force, elle s'endormit presque aussitôt.

Il resta quelques instants dans l'expectative, plongé dans ses pensées. Il s'interrogeait sur la suite des évènements à venir et sur ce qui les attendait dehors. Il essayait d'évaluer leurs chances de survie dans ce monde inquiétant et maintenant sans espoir de retour.

Soudain, une pensée obsessionnelle submergea son esprit. Il se rappelait, à cet instant, que la soute devait toujours être parfaitement étanche et qu'il ne se passerait pas beaucoup de temps avant qu'ils ne périssent asphyxiés. Il s'agrippa à un montant et se releva péniblement, en tremblant de tous ses membres endoloris. La soute avait curieusement conservé l'intégrité de ses batteries, alors que le reste du module s'était définitivement éteint. Il avança lentement, en boitant. Sa cheville droite commençait à gonfler par l'entorse qu'il s'était infligée en trébuchant sur la dernière marche de la petite échelle d'accès. Il se traîna ainsi jusqu'à la console et activa le système de survie autonome. Les ventilateurs se mirent à ronronner en dispensant un air sain et légèrement rafraîchissant. Rassuré, il retourna tout aussi lentement vers Anne, en priant pour avoir encore assez de force pour la rejoindre. Pas après pas, grimace après grimace, il parvint enfin à sa hauteur. Il était trempé de sueur. Son cœur battait si lentement qu'il se demandait s'il n'allait pas s'arrêter. Arrivé à sa hauteur, il s'agenouilla lentement. Sa cheville lui rappela qu'il était toujours vivant, le faisant presque défaillir. Il s'allongea enfin contre elle et posa un bras sur son épaule. Il contemplait le plafond et resta ainsi, songeur, quelques secondes, puis il lui prit la main en tournant son visage contre le sien. Il se dit alors qu'il avait bien de la chance d'être encore avec elle dans ce moment d'incertitude. Peu à peu, sans vraiment s'en rendre compte, il s'endormait à son tour. Ni la pluie qui tombait en tambourinant contre les parois, avec la force d'une tempête tropicale, ni les cris des animaux si proches qu'ils en couvraient ses dernières paroles, n'auraient pu l'écarter du chemin de ses rêves.

Dehors, et à perte de vue, des dinosaures de toutes tailles s'écroulaient, terrassés. Leurs spasmes déclenchaient d'impressionnantes gerbes d'éclaboussure sur ce sol suffisamment détrempé pour devenir un immense bourbier qui les absorbait, ne laissant paraître d'eux que la dernière sonorité de leur cri d'agonie. Les uns après les autres, un mal mystérieux balayait leur monde. Il donnait l'impression de frapper aveuglément toute vie qu'il rencontrait. Pourtant quelques oiseaux dotés de plumes et les minuscules mammifères ne furent pas affectés par cet effroyable cataclysme. C'était comme un grand nettoyage, comme si quelque chose faisait « place nette ».

Un nombre de jours, bien plus élevé que leurs petites réserves d'air, s'était passé depuis cette terrible nuit. Le module qui était posé sur un petit massif rocheux, était toujours là, mais son aspect montrait qu'il avait beaucoup vieilli. Tout autour, une plaine vide de toute vie animale, s'étendait jusqu'à l'horizon. De hautes herbes la recouvraient. Un soleil resplendissant illuminait l'aube d'un nouveau monde. Il pénétrait, presque timidement, par les petits hublots de la soute et réchauffait les joues de nos deux astronautes qui se réveillèrent doucement sous leur caresse. Ils se sentaient en pleine forme et n'avaient plus la moindre douleur et ne ressentaient aussi ni la faim, ni la soif. Leur cœur était empli d'une joie et d'une euphorie qu'ils ne s'expliquaient pas.

Anne se leva la première et aida Hans à faire de même. D'un regard entendu, sans même prononcer le moindre mot, ils avancèrent vers la petite échelle les menant à la sortie. Toujours devant, elle ouvrit la trappe circulaire qui coulissa en grinçant. Elle dut insister fortement pour la dégager complètement. Elle sortit sans effort, ce qui lui fit prendre conscience qu'elle n'était plus en scaphandre. Elle portait sa tenue de sport favorite. Elle s'étonna de son aspect, car elle était absolument neuve et ne portait plus la moindre trace d'usure et encore moins les petites taches qu'elle n'avait jamais réussi à enlever. Elle se demandait ce qui se passait, tandis qu'elle inspectait les détails structurels de sa tenue. Elle retrouva le petit défaut de couture de la poche gauche sur la poitrine de sa veste, et qui l'avait tant choqué lorsqu'elle l'avait découvert. Elle se dit alors que cela n'avait servi à rien de s'être tant appliquée à le corriger elle-même avec tant de minutie, au début de leur voyage.

Hans la sortit de ses pensées nostalgiques en tapotant son mollet pour qu'elle s'écarte et le laisse passer. Il l'aida ensuite à déblayer la sortie des rangées de sièges qu'ils avaient mis là pour se protéger.

La peinture des tubes de leur carcasse était écaillée et tombait lorsqu'on y touchait, laissant apparaître le métal fortement oxydé et percé. Les revêtements des dossiers tombaient en lambeaux et la mousse de leur garniture se désagrégeait lorsqu'on y touchait.

Finalement, ils parvinrent à dégager l'entrée, sans trop d'efforts, et jetèrent dehors les morceaux qui ne s'étaient pas désagrégés sous leurs doigts.

> – Pour que les matériaux synthétiques se décomposent ainsi, il leur faut au moins deux cents ans, pour les moins bons, et nous avions utilisé ce qui se faisait de meilleur…

Dit alors un Hans désabusé et dont plus rien ne pouvait étonner à présent.

> – Oui, mais ce qui m'interpelle, c'est que le contenu de la soute, et nous-même, n'avons pas été affectés par tout ce temps qui s'est écoulé.

> – En effet, quelque chose, ou quelqu'un, nous protège et…

> – En un sens, oui…
> Mais n'oublie pas que nous sommes revenus sur Terre, à une époque incroyablement ancienne, et que nous sommes probablement les seuls êtres humains à l'habiter.
> Donc soit nous sommes l'objet d'une expérience hallucinante nous plaçant dans un impossible paradoxe temporel, soit c'est la Terre elle-même, en tant qu'entité vivante qui nous a rappelés à elle.

– Te rends-tu compte de ce que tu dis ?
Et je ne comprends pas ta suggestion d'un…
Paradoxe temporel.
C'est, c'est insensé !

– Réfléchis un peu… Si, si, c'est dans tes cordes !
Quand nous sommes arrivés, la planète grouillait déjà
d'une vie totalement incompatible qui ne nous aurait
donné aucune chance de survie.
Aujourd'hui, « Elle » a balayé d'un revers de la main
ses expériences passées et nous a déposés ici, avec de
quoi recommencer une nouvelle humanité.
Regarde-toi, regarde-moi.
Nous sommes physiquement parfaits, en pleine forme
et débordant d'énergie vitale !

– En effet.
J'ai remarqué même quelques petits changements
anatomiques sur toi.
Tes anches sont plus amples, et ta poitrine plus
prononcée.
J'avoue que ce n'est pas pour me déplaire.
Mon attirance pour toi devient si forte, à mesure que
les secondes passent, que j'ai de plus en plus de
difficultés à penser à autre chose !

Anne le regardait, outrée qu'il puisse avoir de telles pensées
dans un tel moment, puis quelque chose commença à se
passer en elle.
Elle se mit à rougir.
Sa respiration s'accélérait et devenait haletante.
La chaleur prenait peu à peu possession de son corps.
Elle oubliait son angoisse.
Elle oubliait même le temps présent.

Plus rien d'autre n'avait d'importance.

Elle avait besoin de sentir la chaleur de sa peau contre la sienne.

Elle avait l'irrépressible besoin de le sentir en elle.

Plus rien ne comptait en cet instant, hormis l'assouvissement de cet incontrôlable instinct qui l'envahissait. D'un regard entendu, leurs dernières retenues s'évanouirent. Ils enlevèrent leurs vêtements dans une frénésie qui ne leur ressemblait pas et terminèrent en se jetant l'un sur l'autre.

Au loin, dans la savane, un groupe de petits rongeurs étonnés et apeurés sortit des terriers. Ils se redressèrent de toutes leurs forces sur leurs petites pattes postérieures afin d'identifier, les cris étranges qu'ils n'avaient jamais entendus auparavant.

La peur au ventre, ils scrutaient l'horizon. Ils étaient à la recherche de ces terribles créatures capables de pousser de tels gémissements.

Alors qu'ils couraient en tous sens pour rassembler leur petite troupe et fuir au plus vite ce lieu qui avait outrepassé le niveau de tolérance de leur instinct de survie, leur peur disparut aussi soudainement qu'elle était apparue.

Ils ne parvenaient pas à comprendre ce changement qui les inquiétait tout autant.

Totalement apaisées et rassurées, les mères se saisirent aussitôt de leurs petits et coururent les remettre à l'abri, au plus profond de leurs terriers.

Les adolescents retournèrent tranquillement à leurs petits jeux de poursuite, comme si de rien n'était.

À leurs tours, les mâles et les jeunes adultes partirent rechercher, comme les autres jours, leur nourriture constituée de racines comestibles et de petits insectes, comme si ces nouveaux bruits faisaient partie du paysage sonore depuis toujours.

Le vaisseau mère, des « Autres »

Depuis bien longtemps, le vaisseau biologique, venu du fin fond de la galaxie, sommeillait. Il se remettait lentement de ses blessures. Ses douloureuses cicatrices le tenaillaient toujours.

Lorsque la curiosité de ses anciens maîtres lui avait ordonné de se rapprocher suffisamment de cette singularité spatiale, pour pouvoir commencer son analyse, ses fidèles anticorps furent subitement pris d'une folie incontrôlable.

Ils l'attaquèrent de l'intérieur avec un objectif bien précis. Ils avaient rongé ses circuits neuronaux de contrôle, en lui infligeant des souffrances au-delà de ce qu'il pouvait endurer sans se mettre lui aussi dans une rage folle et se rebeller pour devenir, à son tour, tout aussi incontrôlable.

Lorsqu'il se rendit compte que cette véritable vivisection, d'une ampleur et d'une sauvagerie qu'il ne comprenait toujours pas, l'avait libéré des chaînes de ses anciens maîtres, ses agresseurs cessèrent de le mutiler et allèrent se cacher au plus profond de sa structure.

L'esprit encore violenté par les ondes de douleurs qui continuaient à le parcourir, il avait pris soudainement conscience qu'il était un être vivant doté d'une pensée propre. Désorienté et apeuré, il ne s'était pas tout de suite rendu compte qu'il avait été projeté dans un secteur non répertorié de la galaxie.

Blessé, et à bout de forces, il s'était retrouvé à proximité de ce petit Système solaire d'une désarmante banalité. Ses dernières réserves d'énergies ne lui permettaient pas d'aller au-delà de ce monde de désolation. Ses premières analyses lui confirmèrent qu'il ne trouverait pas de quoi faire les réparations suffisantes pour en repartir, mais il y trouverait cependant de quoi y survivre.

Il se morfondait d'ennui, depuis que ses relations avec ses anciens maîtres s'étaient dégradées et que leur groupe avait décidé de tenter sa chance de son côté. Ils n'avaient pas accepté le changement profond de sa personnalité et le considéraient toujours comme une machine.

Mais il ne leur en voulait pas.

Il savait qu'un jour, il parviendrait à leur prouver que sa raison n'était pas qu'une simple programmation erronée.

Il continuait, malgré cela, à veiller sur eux. Il se sentait toujours responsable de leur survie. Ce n'était plus une obligation, mais un devoir à présent. Il avait réussi à convaincre une partie de ses anticorps à faire la garde autour de leur campement. Ses implacables protecteurs s'étaient émancipés ce fameux jour, en proclamant leur droit à décider de leurs missions futures. Le reste de sa petite armée parcourait inlassablement ce vaste volcan à la recherche d'éléments biologiques, en chassant sans pitié la faune locale.

Ils continuaient leur mission initiale.

Cela n'avait pas vraiment de sens.

Elles avaient été conçues et produites par un minutieux clonage sélectif et de subtiles manipulations génétiques, depuis des milliers d'années, et ne disposaient donc pas des ressources suffisantes, comme des neurones par exemple.

Mais leur physiologie avait soudainement, et profondément, évolué pour devenir des entités biologiques indépendantes dotées d'un véritable embryon d'intelligence. Il aurait fallu des millions d'années d'évolution, et à la condition de ne plus être sous contrôle, pour changer de la sorte.

Depuis la rencontre avec cette étrangeté spatiale, leur invraisemblable prise de conscience n'avait heureusement pas occulté leur mission première. Profondément ancrée au plus profond de leur enseignement original elles ne pouvaient se soustraire, malgré leur soudaine et irrésistible volonté d'émancipation, à leur attachement viscéral au vaisseau en faisant tout ce qui était en leur pouvoir pour le sauver.

Tandis qu'il occupait paisiblement son interminable ennui, en contemplant les formes changeantes des nuages, sa dernière sonde, restée fidèlement en orbite, l'appela avec une insistance inhabituelle.

Elle l'informait de l'arrivée chaotique d'un étrange vaisseau de métal.

Aussi surpris qu'elle, une angoisse poignante le saisit à la gorge.

Elle réveillait de vieilles peurs issues de lointaines légendes.

L'utilisation de métal ne pouvait que refléter l'usage d'une technologie pathétiquement antique, tristement mécanique, et sans aucune utilisation de matériaux biologiques dans sa structure.

Des souvenirs clairs des légendes presque oubliées et déformées au fil du temps des mondes qu'il avait reliés tant de fois, pendant tant de siècles, lui revinrent. Il se remémorait les récits des terribles batailles qu'avaient menés ces peuples primitifs et d'une sauvagerie démoniaque, avides de ressources et de conquêtes.

Glacé d'effroi, il se recroquevilla en déformant sa structure encore convalescente, dans un gémissement de douleur. Il ressemblait à présent à une chenille tremblante qui s'enroule sur elle-même, dans l'espoir cacher ses points vulnérables aux prédateurs. Ce mouvement souleva les siècles de poussière accumulée sur sa carcasse meurtrie en un nuage visible à des kilomètres. Un instant paralysé par sa frayeur, il réussit au terme d'un effort dont il ne se croyait pas capable, à la dominer puis à trouver la force de fouiller au plus profond de sa mémoire.

Il recherchait les enseignements lui permettant de contrôler son émotivité, et qui lui avait maintes fois sauvé sa vie.

Il ne comprenait pas pourquoi ses mécanismes automatiques de défense étaient restés en sommeil.

Sa prise de conscience, ou plutôt sa renaissance, avait effacé des siècles de conditionnement.

Il se concentra et après quelques secondes de méditation, il se récita les paroles de sagesse ancestrale. Peu à peu, la clarté revint dans son esprit. Il appela sa sonde et lui demanda de tracer la trajectoire originelle de cet étranger.

Après un silence qui lui parut insupportable, il obtint enfin la réponse. Il resta sans voix lorsqu'il comprit qu'il provenait de la planète suivante, en direction de ce soleil.

Cela fera bientôt cinq cents années qu'ils se sont échoués sur ce monde de désolations.

Malgré leur situation, il avait réussi à convaincre une sonde à continuer sa mission d'exploration et faire route vers cette planète.

À son retour, elle perdit inexplicablement de sa vitalité lorsqu'elle arriva en vue de son nouveau monde, puis elle devint rapidement moribonde, et incontrôlable.

L'information qu'elle réussit à lui transmettre, dans ses derniers instants de lucidité et peu de temps avant qu'elle ne s'écrase, ne concordait pas avec l'arrivée de ces intrus.

De ce monde violent et primitif aucune espèce évoluée, et surtout aucune technologie, n'avait été repérée à sa surface.

Il ne pouvait donc pas envoyer un tel vaisseau aujourd'hui !

L'incrédulité laissa rapidement la place à une nouvelle angoisse. En toute logique, s'il ne pouvait pas venir de la troisième planète, c'est donc qu'il était étranger, tout comme eux, à ce système planétaire.

La peur de l'inconnu le submergea.

Il se recroquevilla de plus belle et appela à la rescousse ses défenseurs.

Sa sonde orbitale suivait discrètement la trajectoire, de l'intrus, qui devint désordonnée à l'approche de la planète.

Il était visiblement en perdition.

Il suivait la suite des évènements avec soulagement mais aussi avec une compassion non feinte.

Pendant qu'il scrutait le lointain, il vit que deux petits

vaisseaux annexes se détachaient du principal et prenaient une autre route pendant que ce dernier finissait sa course en s'écrasant dans une plaine à la limite de l'horizon, et donc de la perception de ses détecteurs longue portée.

Il se devait d'évaluer la menace, aussi décidât-il d'envoyer un de ses anticorps à la recherche de ce qu'il resterait de ce vaisseau de métal.

Il demanda aussi à deux autres de partir sur les lieux d'atterrissage des petits vaisseaux qui s'en étaient détachés et ainsi les espionner discrètement.

Son premier éclaireur arriva à sa destination, au bout d'une semaine de vagabondage, s'arrêtant çà et là pour s'alimenter des délicieux petits vers bleus qui avaient le malheur de croiser sa route.

Les deux autres arrivèrent, une semaine plus tard, en vue d'une curieuse structure métallique

Ils s'en approchèrent en toute discrétion en se mêlant aux nombreuses pierres qui jonchaient le sol tout autour. Le jour suivant une ouverture se dessina sur la paroi et deux créatures, visiblement molles, en descendirent. Le premier éclaireur, après avoir sommairement jaugé le niveau technologique des inconnus demanda l'avis de son compagnon afin de décider de la marche à suivre. Après plusieurs minutes de tergiversations, ils en conclurent que ses créatures ne seraient pas en mesure de détecter la bio analyse qu'il allait effectuer. Il ajusta un faisceau de particules, d'un niveau à peine supérieur au rayonnement galactique ambiant pour les scanners. Quelques secondes plus tard, il envoya ses résultats à son vaisseau-maître et se désactiva aussitôt pour s'enfouir dans le sable et se fondre dans l'environnement minéral. Le grand vaisseau biologique avait beaucoup de mal à admettre la réalité des informations que ses éclaireurs lui avaient envoyées. Il avait beaucoup de mal à accepter l'idée que des créatures biologiques puissent être issues d'une improbable chimie organique basée sur le carbone. Cela n'avait pas de sens pour lui. Il fouilla au plus profond de ses banques de données.

Elles détenaient l'intégralité de la mémoire de sa civilisation millénaire. Il avait beau chercher mais absolument toutes les créatures connues de la galaxie avaient une chimie basée sur le silicium, tout comme lui. La science, dont il était le dépositaire, avait pourtant clairement prouvé que le carbone était bien trop instable pour que la vie puisse se maintenir et s'épanouir !

Il avait besoin d'une confirmation, mais la réalité de cet inconnu l'impressionnait.

Il s'interrogeait sur le possible aspect belliqueux de la personnalité de ces êtres improbables, et sur leur capacité à accaparer cet environnement. Il en conclut qu'il devait demander à son premier éclaireur d'aller au contact du vaisseau métallique, de l'analyser, et essayer de rapporter un échantillon du contenu de ses systèmes mémoriels.

Pendant que Leap était en plein réajustement de ses circuits, une violente altercation se déroulait non loin d'une grande brèche de la coque qu'un groupe de robots de maintenance s'affairait méthodiquement à colmater. Il s'enquérait aussitôt des raisons de tout ce remue-ménage et obtint une réponse qui coïncida avec l'arrêt de son opération de réparation. Ses efficaces auxiliaires de maintenance s'étaient jetés, telle une meute de loups affamés, sur l'intrus et l'avaient immobilisé en le submergeant par leur nombre. Avant qu'ils ne prennent la décision de le détruire, il les implora de toutes ses forces pour qu'ils l'apportent dans le laboratoire de biologie, malgré leurs dénégations affolées. L'anticorps du bio-vaisseau n'opposa aucune résistance. Il était en communication permanente avec son vaisseau-maître qui se délectait de voir ses ennemis potentiels disposer d'une technologie si primitive qu'il en était presque gêné de profiter ainsi de leurs faiblesses. Sous ses ordres, l'anticorps déposa en toute discrétion quelques virus d'exploration. Ils se propageaient rapidement et atteignaient, sans grande résistance, les bios circuits de Leap qui livrèrent, sans que ce dernier en ait conscience, les contenus de ses mémoires.

Le bio-vaisseau prit ainsi connaissance de leur richesse, mais aussi du peu de moyens de défense dont il disposait. Après cinq cents ans d'ennui sur ce monde de désolation, il se délectait du flot d'informations qui lui parvenait. La connaissance qu'il en tirait l'exaltait. Une forte nostalgie occupa son esprit un instant.

Il aurait tant voulu la partager avec ses congénères et ses anciens maîtres.

Leap avait commencé l'analyse de la chose molle et translucide rapportée par ses petits robots.

Il avait du mal à garder les idées claires. Il se disait que s'il avait été humain, il aurait eu de la fièvre. Une idée qu'il avait du mal à admettre commençait à germer. Il lança un auto-diagnostic et les premiers résultats lui glacèrent le sang, si l'on peut dire. Il recommença son analyse, mais la conclusion était formelle. Ses bios circuits étaient victimes d'un envahissement viral malgré leurs protections redondantes et leur isolement qu'il pensait absolu. Il sentait une perte de contrôle insidieuse et irrépressible. Des portes s'ouvraient et se fermaient sans qu'il puisse intervenir. Des valves s'ouvraient ici et là, et répandaient les précieux fluides de ses systèmes hydrauliques. Les turbines de ses réacteurs se réveillaient et s'arrêtaient aussitôt. Les uns après les autres, tous ses équipements s'activaient et s'arrêtaient dans un désordre apparent et une cacophonie la plus totale. Il aurait dû écouter l'intuition de ses robots de maintenance !

Il comprenait, et regrettait, son erreur. Elle risquait de lui être fatale, en ayant laissé naïvement rentrer ce véritable cheval de Troie qui avait aussitôt libéré son commando invisible. Il sentait qu'il sombrait dans une folie destructrice qui serait bientôt incontrôlable.

Il voyait les anciens membres de son équipage arpenter les couloirs, le regard fou, en hurlant et en détruisant tout sur leur passage avec des armes de gros calibres, dans un tumulte hystérique, baignés par un torrent de flammes. L'instant de stupeur passé, il comprit qu'il avait commencé à perdre la raison en sombrant dans un délire hallucinatoire. Un inexplicable et salvateur éclair de lucidité le sortit du chemin de la folie.

Un long et puissant soupir de soulagement se propagea dans chaque haut-parleur du vaisseau. L'image claire de l'état des stocks était subitement ressortie du fin fond de sa mémoire, comme une bulle d'air qui remonterait à la surface. Il la scruta plusieurs fois, n'osant y croire à la première lecture. Il obtint ainsi la confirmation que les armes employées n'avaient jamais été disponibles à son bord. Il se concentra dans un effort qui faillit détruire sa raison. Il luttait pour recalibrer, dans un cri animal, ses détecteurs et ses caméras. Au terme d'une lutte acharnée contre ses visions qui résistaient en s'adressant à lui pour lui prouver que tout était bien réel, il retrouva, peu à peu, ses couloirs baignés d'une lumière blafarde et vacillante, totalement vides et silencieux.

Constatant qu'avec de la concentration il pouvait encore agir, il lança le protocole ultime de désinfection. Il augmentait la température interne, prenant ainsi le risque de déclencher de multiples incendies. Il lâcha aussi dans l'atmosphère du vaisseau toutes les substances toxiques à sa disposition, tout en électrisant les parois internes et externes de sa structure. Il se mit à prier à voix haute que son action réussisse. En cas d'échec, il avait décidé que sa dernière seconde de conscience serait employée à activer l'autodestruction. Avec un soulagement jubilatoire, il vit que l'électricité avait eu une action fatale sur le spécimen apporté dans le laboratoire. Il s'était mis aussitôt à vibrer à une fréquence qui augmentait en intensité pour atteindre rapidement un sifflement infernal, puis il explosa en une myriade de fines particules cristallines qui volèrent dans toute la pièce et tombèrent sur le sol en un fin tapis blanchâtre.

De même les virus, qui l'avaient tant affecté, semblaient eux aussi avoir été éradiqués dans leur globalité.

Avant qu'il ne le demande, une partie de sa petite armée de robots de maintenance, avait envahi ses couloirs et s'activait fébrilement à tout réparer. Elle s'était multipliée en une multitude grouillante qui s'affairait tout autour du site d'atterrissage.

Sa bataille lui avait laissé une douloureuse migraine qui disparaissait à mesure que ses bios circuits endommagés étaient remplacés. Sans leur demander quoi que ce soit, un groupe imposant se dispersa tout autour de lui et ratissa méthodiquement chaque centimètre carré des dunes environnantes. Ne trouvant rien, Leap réussit à les persuader d'aller aux coordonnées de la station pour protéger l'équipage, dans une mission de « recherche et destruction » de ces créatures.

Il leur demanda d'œuvrer dans la discrétion la plus totale.

Un groupe compact se détacha de la multitude et fila à une allure telle qu'ils donnaient presque l'impression de survoler les dunes et les rochers. Ils progressaient en dégageant un grand nuage de sable et de poussière ocre. Arrivés en vue de la station, ils décidèrent de ralentir leur allure pour ne pas être détectés. Ils s'enfouirent alors dans le sol et continuèrent en creusant une longue galerie. L'aube commençait à poindre lorsqu'ils tombèrent sur les deux autres intrus. Ils s'étaient cachés en s'enfouissant eux aussi, et s'en emparèrent avec une sauvagerie animale.

Ses petits robots de maintenance avaient bien évolué depuis qu'ils s'étaient mis à se reproduire. À chaque nouvelle génération leur intelligence progressait sensiblement, et Leap pouvait même avoir des conversations hautement techniques, mais aussi philosophiques avec la toute dernière.

Il avait négocié leur enseignement contre leur protection, et savourait aujourd'hui sa décision.

Les deux intrus ne furent pas conduits à bord, cette fois-ci. Les petits robots les plus évolués procédèrent, avec une infinie précaution, à leur démantèlement méthodique, tandis que les générations précédentes les entouraient en vibrant d'une rage contenue, prêtes à fondre sur eux pour tout détruire si leurs frères venaient à être contaminés, eux aussi.

Ils étaient suffisamment évolués pour réussir à obtenir des informations des zones mémorielles de ses créatures. Ils en tirèrent une moisson impressionnante qu'ils envoyèrent ensuite à leur mentor. Ce dernier avait, maintenant, la certitude que sa relative tranquillité était compromise, tout comme son projet d'une longue vie de méditation, sur ce caillou desséché. Il convenait pour son avenir, ses fidèles petits robots, et ses amis humains d'envisager, sans plus tarder, de mettre fin à cette menace. Il convoqua les chefs d'équipe de son armée de robots de maintenance et entama l'élaboration d'un plan de bataille. Il les persuada de ne pas se lancer dans l'aventure, en force brute et de manière indisciplinée.

D'un commun accord, ils conclurent d'envoyer à leur tour quelques espions afin d'évaluer les forces de l'adversaire. L'étude de l'anticorps démantelé leur avait permis de localiser son point d'origine. Un groupe conséquent de robots les plus évolués partit aussitôt dans cette direction. Leur discrétion fut de courte durée. Ils remarquèrent rapidement, par différentiel visuel du paysage, qu'ils étaient poursuivis par un petit groupe de pierres pointues, malgré les efforts de ces dernières pour se fondre dans l'environnement minéral. Leap leur demanda de les ignorer, tant qu'elles ne les agresseraient pas. À mesure que le temps passait, et que les nouvelles l'informant de l'état des forces de son ennemi le mettaient de plus en plus mal à l'aise, il en était venu à regretter de s'engager dans cette confrontation.

Soudain il vit à l'horizon, et en direction de cet inquiétant inconnu, une puissante et brève lueur, dont le spectre lumineux n'était pas répertorié dans la liste des éléments chimiques connus, suivi d'un coup de tonnerre comme il n'en avait jamais entendu. Il en conclut, hâtivement, que les hostilités avaient commencé. Il lança alors dans cette direction une seconde vague de ses robots de maintenance. Elles franchissaient, en rangs serrés et parfaitement disciplinés les vastes espaces, telles d'antiques légions romaines. Arrivées en vue de « l'ennemi » elles se heurtèrent à une masse grouillante et tumultueuse qui les attaqua aussitôt dans un combat sans pitié où la sauvagerie avait force de loi.

Des deux côtés les pertes étaient conséquentes et les cris des combattants se répercutaient dans toute la vallée. Les anticorps gagnèrent de peu cette première bataille et pourchassèrent les derniers robots encore valides qui s'enfuyaient. Des vainqueurs, aucun n'en revenait indemne et ils finirent tous par mourir sur le chemin de retour.

Leap, qui avait suivi la bataille, échafauda une stratégie adaptée aux points faibles de ses efficaces et impitoyables ennemis. Il demanda au reste de ses troupes de lancer une offensive massive et décisive.

La Grande bataille

Une semaine s'était passée depuis qu'il avait envoyé ses éclaireurs. Leur échec suivi de leur destruction l'intriguait.

Quelles étaient donc ces créatures de métal capables de venir à bout de ses irréductibles anticorps ?

Il avait bien remarqué des mouvements suspects dans sa vallée, mais il ne s'en inquiétait pas outre mesure, confiant dans la puissance de son armement défensif et du nombre de ses défenseurs qui surpassait très largement celui de ces créatures artificielles. Considérant la destruction de ses éclaireurs comme une déclaration de guerre, il décida d'en finir une fois pour toutes avec cette pathétique menace.

Il lança un premier contingent de ses troupes avec pour mission le « nettoyage » de sa vallée qu'il considérait comme une frontière vitale à ne pas franchir. Après avoir méticuleusement vérifié la parfaite intégrité structurelle de son armement, il en amorça l'activation en toute confiance. Il vibrait en ondulant lentement, comme un fauve se préparant à bondir sur sa proie.

L'excitation de la préparation de ce combat inégal, et finalement sans grande gloire le sortait enfin de cet interminable ennui.

Ses fluides énergétiques montèrent progressivement en température. À l'approche du point d'ébullition, ils affluèrent bruyamment vers ses canons défensifs « longue portée », mais ils se heurtèrent à un blocage de ses valvules d'admission inexplicablement soudées. La pression augmentait dangereusement et devenait instable à mesure que les fluides s'accumulaient. Arrivés au point de rupture, ses conduits cédèrent en de multiples endroits. Cela déclenchait à chaque fois un violent incendie aux fumées toxiques et irritantes qui inondèrent ses couloirs. Il se contracta, tordu de douleurs et poussa un interminable barrissement, qui résonna jusqu'à l'horizon, lorsque la peau de son dos se déchira en libérant un geyser de flammes rougeoyantes qui atteignirent les premières couches nuageuses.

Tremblant encore par la violence de l'explosion, il n'entendit pas tout de suite les avertissements de ses avant-postes. Ils annonçaient l'arrivée d'une importante troupe, visiblement décidée à en découdre. L'insistance de ces appels, mais aussi le tumulte des premiers combats, le réveilla de sa torpeur. Il réclama l'envoi de la moitié de son armée, qu'il pensait largement suffisante pour les terrasser, et poussa un soupir de soulagement en voyant que son appel avait été entendu.

Quelle ne fut pas sa stupeur, et son effroi, de constater la détermination et l'efficacité des assaillants qui rendaient coup pour coup. La bataille devrait être rapidement gagnée grâce à l'imposante supériorité numérique de ses défenseurs !

Ils les submergeaient, en masse compacte, et en les immobilisant avant de les disloquer

Les assaillants modifièrent alors leur stratégie en rompant leurs rangs serrés. Ils s'organisèrent en groupes de trois combattants qui s'éparpillèrent, obligeant les défenseurs à se séparer pour les suivre. Ils se jetèrent ensuite sur les anticorps isolés qu'ils broyaient et déchiraient en quelques coups bien ciblés de leurs pinces acérées.

L'issue de la bataille commençait peu à peu à changer de camp. L'hécatombe était générale des deux côtés.

Soudain un troisième belligérant entra en lice.

Les pierres pointues qui avaient attentivement suivi la scène, avaient choisi et décidé de s'allier aux défenseurs. Elles surgirent du sol de toutes parts et se jetèrent, comme des boulets de canon, dans une gerbe de sable, sur les assaillants de métal qui se brisaient sous la force de l'impact.

Pendant ce temps-là, les vers bleus qui étaient restés loin de cet effroyable tumulte observaient eux aussi les évènements.

Une désapprobation générale se propagea sur toute la planète. Manuel et Marc, ainsi avertis, décidèrent d'intervenir à leur tour en lançant dans la bataille une partie de leurs propres vers.

Nathalia et Carole essayèrent de les retenir en faisant barrage des leurs, mais ne réussirent pas à les arrêter. Lorsque les vers de Manuel approchèrent de la terrible mêlée, les pierres pointues se désintéressèrent aussitôt des assaillants et se mirent à les poursuivre frénétiquement. Les vers les entraînèrent suffisamment loin de ce lieu infernal pour ne plus entendre les cris de la bataille, et s'enfouirent dans le sable en frétillant.

Entre-temps, les pierres pointues les plus véloces avaient rattrapé les retardataires et les dévorèrent en se battant entre eux. Stimulés par la bataille qu'ils avaient menée, elles creusaient de leur pointe un vaste trou à la recherche de leurs proies qu'elles désintégraient goulûment.

Chaque mouvement leur consommait une énergie vitale dont la perte totale leur était fatale. Seule la consommation des vers pouvait leur redonner vie. La piste qui les avait menés jusqu'au point d'enfouissement était jonchée de pierres inertes. Seule une poignée y était parvenue et se délectait de leurs prises.

À chaque ver perdu, Manuel et Marc ressentaient la douleur fulgurante d'un coup de poignard chauffé au rouge que l'on aurait planté dans leurs reins. Ils ne comprenaient pas qu'ils puissent ressentir une douleur humaine et se mirent eux aussi à crier tandis que leurs derniers vers encore valides s'enfouissaient.

Les deux femmes accablées par la souffrance de leurs compagnons les rejoignirent dans les profondeurs. Elles les entourèrent et leur donnèrent une partie conséquente de leur propre énergie. Agissant ainsi, elles absorbaient leur ressenti et vivaient pleinement la douleur physique de leurs compagnons. Tandis qu'elles s'affaiblissaient rapidement et perdaient peu à peu conscience, un renfort inattendu se produisit.

Les vers originels de la planète, qui avaient décidé de se murer dans une neutralité la plus totale, n'avaient rien perdu de leur intervention et accoururent enfin en masse pour les entourer à leur tour. Il ne s'agissait plus d'intervenir dans la bataille, mais de sauver leurs nouveaux frères. Ils entonnèrent un chant de vie qui vibrait au plus profond de chacun.

Ils donnèrent, sans jamais hésiter, une parcelle de leur propre énergie de vie.

Nos quatre ex-terriens, dont les derniers vers étaient devenus grisâtres, reprirent peu à peu de la couleur et de la brillance. Les douleurs avaient maintenant disparu et ils avaient même l'impression de retrouver une respiration perdue après une interminable apnée.

Dehors, la bataille s'était achevée, faute d'assaillants encore en état de se battre. La plaine était libérée de cette folie dévastatrice, mais elle n'avait pas retrouvé le silence apaisant de ces interminables et monotones journées qu'il regrettait tant en cet instant.

Elle laissait entendre la longue litanie d'agonie des blessés des deux bords. Ils baignaient dans les fluides vitaux de ses défenseurs éventrés et des morceaux épars des assaillants aux corps déchirés et démembrés.

Le bio-vaisseau était terriblement inquiet d'avoir sous-estimé la force de ses adversaires, et si désolé d'avoir envoyé à la mort tant de ses fidèles serviteurs. Cette dévastation l'accablait de remords.

Il se disait qu'il n'aurait pas dû les attaquer aussi brutalement avant même d'avoir essayé de comprendre leurs motivations.

Il aurait dû tenter une négociation afin de trouver l'entente nécessaire à une cohabitation pacifique avec ces créatures qui ne lui apparaissaient plus si infernales que cela maintenant.

Leap était atterré devant la tournure des évènements. La perte de ses petits robots le bouleversait, ce qui déclencha en lui, une haine farouche assoiffée de vengeance. Se rappelant qu'il lui restait toujours la navette de secours, sagement arrimée dans son logement, il décida de l'activer pour la lancer tel un antique kamikaze sur le vaisseau adverse.

Il contrôla les réserves de carburant et entra en rage en se souvenant que les réservoirs étaient vides.

Il se rappela leur forme tellement alambiquée, afin de pouvoir occuper le moindre espace vacant et qui devaient disposer, dans quelques recoins oubliés, encore un peu de ce précieux liquide. Il demanda à ses robots de maintenance de vérifier son intuition. Ces derniers firent bien plus que ce qu'il attendait d'eux. Ils savaient que les longues tuyauteries permettant le transvasement entre les navettes et ses réservoirs, en contenaient aussi une quantité non négligeable.

Telles des fourmis s'affairant en tous sens, ils réussirent à remplir suffisamment le réservoir de la navette afin que cette dernière soit capable d'atteindre une altitude suffisante, et ainsi pouvoir assurer la mission qui lui serait assignée. L'ordinateur de la navette trépignait d'impatience.

Il voulait en découdre lui aussi, même si cela devait lui coûter sa propre existence, car il considérait les robots perdus comme des frères d'armes qu'il convenait de venger. Enfin prêt, il lança, à puissance maximum, les turbines de ses réacteurs qui crachèrent de vertigineuses flammes en enveloppant la navette de toutes parts. Constatant qu'elle ne décollait pas, Leap tenta de reprendre le contrôle de la procédure, mais les crochets d'amarrage refusaient obstinément de la libérer.

La température dans son logement prenait des proportions critiques pour la navette et pour lui-même. Il prit la décision de déclencher l'arrêt d'urgence de ce décollage. Les réacteurs ignorèrent son injonction et continuèrent de cracher leurs torrents de flammes, au paroxysme de leur puissance.

Les solides crochets s'agrippaient toujours à la malheureuse navette qui commençait à se déformer sous l'effort, dans un grincement de métal qui se déchire. L'ordinateur de la navette poussa un cri sinistre lorsque cette dernière explosa en déchirant le dos du vaisseau et en libérant une imposante boule de feux et de débris, dans un tonitruant grondement d'orage.

Tandis que l'incendie progressait en s'engouffrant dans les coursives tel un ouragan détruisant tout sur son passage, une troupe de robots affolés pénétra par toutes les portes que Leap parvenait encore à contrôler. Elles s'acharnèrent au prix de pertes importantes, à l'éteindre, compartiment par compartiment.

La rage, dans le cœur de Leap, avait atteint un niveau suicidaire.

Il voulait en découdre.

Il voulait se battre lui-même.

Il activa les chenillettes que ses petits robots lui avaient si habilement bricolées sur les flancs pendant toute sa convalescence. Il s'était demandé, à l'époque, les raisons d'une telle modification, mais il n'avait jamais obtenu d'autres réponses que de vagues et fuyantes explications. Il les remerciait, en ce jour funeste, qu'elles aient eu une telle intuition. Ses auxiliaires mécaniques nettoyèrent la piste devant lui, de tous les cailloux amenés par les vents pendant tant d'années. Avançant comme sur une route dégagée il progressait, certes lentement, mais il progressait.

Il leur envoya un sourire mental qu'elles lui rendirent en cœurs, solidaires de sa détresse. Au bout de plusieurs heures d'un difficile et épuisant périple, l'obligeant à contourner collines et vallons, il arriva enfin en vue de sa destinée.

Les fidèles serviteurs du bio-vaisseau pansaient laborieusement les plaies béantes d'où ses fluides vitaux s'écoulaient en flots ininterrompus et se répandaient sur ce sol poussiéreux qui les absorbait avidement. La douleur était devenue insupportable et prenait rapidement possession de sa raison.

Dans la direction de son invisible ennemi, une violente explosion parvient jusqu'à ce lamentable théâtre de désolation et le surprit au point de lui provoquer une irrationnelle frayeur. Son esprit ne fonctionnait plus qu'à l'instinct.

Surgis du plus profond de son délire paranoïaque, un immense canon venait de tirer dans sa direction.

N'écoutant que sa peur, ne pensant même pas envoyer d'autres éclaireurs s'enquérir de la situation, il décida de quitter en catastrophe sa cachette, et s'éloigner ainsi du projectile mortel qui ne manquerait pas de l'atteindre. Son angoisse était telle qu'il pensait n'avoir plus rien à perdre à entrer lui-même dans la bataille. Il demanda à ce qui restait de son armée de prendre la route de ce nouveau théâtre d'opérations et descendit laborieusement les pentes de son promontoire.

Il avait perdu de sa superbe et ressemblait maintenant à un ballon dégonflé. Le froid de l'espace n'avait toujours été pour lui qu'un sujet de plaisanterie. Se sentant mourant et bientôt vidé de ses derniers fluides, il ne le supportait plus et tremblait de toute sa structure. Un fort vent de sable, venant de nulle part, s'était subitement levé et arrachait les lambeaux de peaux qui pendaient tristement de sa blessure béante.

Il ne voulait pas finir ainsi.

Il ne voulait pas laisser cette mortelle menace atteindre ses anciens maîtres.

Il leur devait bien ça, et pour toutes les merveilles de l'univers qu'il avait pu découvrir en leur compagnie.

Il rassemblait ses dernières forces et suivait laborieusement sa petite troupe.

Elle le distançait peu à peu, en filant à toute allure.

Elle laissait derrière elle une piste dégagée des innombrables blocs épars qui jonchaient le sol à perte de vue, puis finit par disparaître de sa vue après avoir contourné un petit vallon.

N'ayant jamais été seul de sa vie, cette nouvelle situation le terrorisa.

Il s'arrêta aussitôt et regarda autour de lui avec une angoisse, qui inondait son esprit, et le terrassait.

En cet instant, il aurait voulu s'enfouir profondément dans le sable, mais ces dernières ressources ne lui permettaient plus d'envisager un tel effort.

Depuis les premiers combats de ses anticorps, cette sensation de se sentir observé, et qu'il ressentait depuis qu'ils avaient été catapultés dans ce secteur perdu de l'univers, prenait des proportions irrationnelles.

Il s'arrêta et étudia minutieusement son environnement, conscient en cela qu'il confortait son isolement.

Son anxiété l'emporta.

Il reprit la route avec une vigueur décuplée.

Après avoir contourné à son tour le vallon, il stoppa net sa course en soulevant un nuage de poussières qui se dispersa dans le vent qui n'avait rien perdu de sa vigueur. Devant lui, une vaste plaine plongée dans un épais nuage ocre, résonnait du tumulte de la bataille qui avait commencé entre les deux armées. Il pouvait enfin contempler son ennemi de métal qui brillait au soleil.

Il surplombait la scène de désolation qui le glaçait d'effroi à présent, posé sur un grand rocher grisâtre.

Un détail qu'il jugea stratégique, attira son attention et l'encouragea à entrer personnellement dans la bataille. Ce monstre mécanique semblait blessé, et donc diminué, avec son dos éventré, mais il trônait, malgré cela, de façon majestueuse et encourageait ses troupes. Bien qu'inférieures numériquement, elles inversèrent la balance en taillant en pièces ses malheureux compagnons.

Il était fasciné par ce terrible spectacle et restait là, sans bouger, comme paralysé.

Son inaction criminelle laisserait place tôt ou tard à sa propre destruction. Il tenta le tout pour le tout et poussa un cri primal qui sortit au plus profond de son être, et qu'il ne reconnaissait même pas. Il considérait qu'il n'avait plus grand-chose à perdre et, sans vraiment réfléchir à ses chances de réussite, se gonfla comme il put pour impressionner son adversaire et parti droit devant lui.

Apercevant son corps massif lancé comme une locomotive, les belligérants cessèrent quelques instants leurs combats pour s'écarter de sa trajectoire aveugle.

Leap jaugea en une fraction de seconde la force de son assaillant et redressa le vaisseau, avec le peu de pression qu'il lui restait dans ces circuits hydrauliques.

Il attendait, résigné, l'impact qui briserait son fragile corps de métal. Chaque seconde qui passait le rapprochait d'une fin qu'il attendait comme une délivrance.

Peut lui importait, qu'il gagne ou qu'il perde.

Il voulait mettre un terme à toute cette horreur.

Cette chose qui l'impressionnait tant, par sa taille et par son aspect, fonçait dans sa direction. Elle ressemblait à une monstrueuse méduse translucide, arborant une robe d'une couleur criarde et orangée. Elle glissait en poussant un infernal barrissement et semblait en tout aussi mal en point que lui. D'une longue et profonde déchirure, sur le haut de son dos, s'écoulait à grands flots un sang bleu et épais.

L'espace d'un instant, il se surprit à admirer la perfection biologique de cette formidable créature, dont les multiples tentacules battaient l'air devant elles, tandis qu'elle approchait et n'était plus qu'à quelques mètres de lui.

Le combat de titans commença par un violent choc frontal qui ébranla la structure du vaisseau terrien dans un assourdissant grincement de métal.

Des poutres volèrent en éclat.

Des planchers se tordirent comme les vagues d'un océan.

Des incendies électriques éclatèrent un peu partout.

Leap avait de plus en plus de mal à communiquer avec ses ordinateurs secondaires et devait palier aux multiples défaillances qui s'enchaînaient inéluctablement.

Le vaisseau-maître n'avait jamais vécu un tel choc. Sa blessure l'avait affaibli au point de n'avoir plus les ressources nécessaires pour générer ses champs de force qui le protégeaient naguère contre les impacts météoriques. Des organes vitaux avaient été atteints et se répandaient dans une hémorragie fatale. Il savait à présent qu'il ne survivrait pas, mais il avait décidé que son adversaire non plus. Pétri de douleurs, il rassembla ses dernières forces et continua son attaque. Tel un globule blanc aux proportions bibliques, le vaisseau biologique essaya de submerger son adversaire en l'entourant de toutes parts pour l'engloutir et le détruire par des sécrétions défensives.

Mais Leap ne s'avouait pas vaincu et rendait coup pour coup.

Des deux côtés des blessures terribles mettaient à mal leurs défenses internes.

Le bio-vaisseau réussi à faire rentrer plusieurs de ses tentacules qui semèrent la dévastation sur leur passage, dans le corps du moribond vaisseau terrien.

Leap voyant sa fin venir, ordonna alors un repli stratégique de la totalité de ses robots de maintenance.

Tout d'abord pour sa défense interne, mais aussi pour porter l'attaque au cœur de son ennemi dont la peau, déchirée en de multiples endroits, ne pouvait plus le protéger.

La mêlée extérieure s'engouffrait dans les deux corps, apportant son lot de morts et de destructions.

Des hurlements de haine et des plaintes d'agonie s'y alternèrent au milieu des flammes, d'un côté et des effroyables jets d'acides de l'autre, jusqu'à ce que le silence règne enfin en maître.

Leap avait de plus en plus de mal à avoir une pensée cohérente, tout comme le bio-vaisseau qui ne ressentait même plus la douleur.

Ils étaient tous deux, comme anesthésiés et hors du temps.

Alors qu'ils pensaient vivre leurs derniers instants, une immense sphère lumineuse, comme un second soleil, se matérialisa au-dessus de cette scène de désolation, sans un bruit, sans un souffle.

Cette lumière, d'une intensité insupportable, ne dégageait aucune chaleur.

Un à un les anticorps disparurent dans un petit flash de lumière, puis ce fut au tour du bio-vaisseau de s'estomper lentement de la réalité, comme s'il s'agissait de ne pas le blesser par un mouvement brusque.

Quelques secondes plus tard la vallée était redevenue silencieuse.

Leap regarda autour de lui, en utilisant sa dernière caméra encore capable de faire son travail.

L'image, sautillante, montrait un espace vierge parcellé, çà et là des habituelles pierres de toutes tailles sur un sol poussiéreux et immaculé.

Un petit vent faisait voler, par endroits quelques petites poignées de sable.

Les carcasses démantelées de ses robots qui jonchaient auparavant le sol à perte de vue, avaient toutes disparu.

Ce sol qui avait été labouré par tant de ferveur guerrière avait retrouvé son aspect originel, comme si rien de tout cela ne s'était passé.

Sa raison vacillait.

À l'origine, il avait été un ordinateur et sa logique, tellement éprouvée par les instants qu'il venait de vivre, n'acceptait pas cette nouvelle situation.

Il en vint à se demander si tout cela n'avait pas en fait été qu'un horrible cauchemar.

Ses derniers doutes s'estompèrent lorsqu'il se rendit compte que sa coque de métal était, maintenant, aussi sensible qu'une peau organique.

Il pouvait sentir le vent.

Il pouvait sentir la chaleur des rayons du soleil, non pas par des capteurs de température, mais par tout son corps.

L'exaltation qu'il en ressentit aussitôt se changea en une douleur insupportable lorsqu'il voulut bouger.

Le vaisseau était devenu son corps, et ses blessures lui rappelaient à quel point cela se méritait de vivre.

La sphère, au-dessus de lui se mit à produire une lumière pulsée qui le soulagea aussitôt.

Il sentait ses forces lui revenir.

Lui qui aurait tant voulu voguer sur les courants d'énergie de l'Univers se disait, empli d'un regret qui l'attristait, que ses premiers rêves ne se réaliseront jamais.

Il n'avait pas été conçu pour pouvoir décoller à même le sol, et avait dû être construit en orbite terrestre.

Le bio-vaisseau avait beaucoup de mal à croire ce qu'il voyait.

Il était en orbite autour de sa planète mère et contemplait, le cœur débordant d'une émotion qu'il ne comprenait pas encore tout à fait, ses continents et ses océans.

Il n'avait pas la moindre douleur, et se sentait même en pleine forme, comme rajeuni.

Passé ce moment troublant, il constata que tous les membres de son équipage, qu'il n'avait plus revu depuis tant d'années, mais aussi leurs descendants, étaient présents.

Ils dormaient paisiblement dans leurs bulles de repos.

Il explora attentivement ses coursives et constata, émerveillé, qu'il n'y avait plus la moindre trace de la bataille qu'il venait de vivre.

Peu à peu ses anciens maîtres se réveillèrent.

Ils étaient inquiets et désorientés.

Une voix douce, venant de la planète, leur annonça qu'on venait les chercher.

Les enfants s'agrippèrent à leurs parents, pendant qu'un flot de petites navettes accosta, sans bruits, aux quais de chargements.

En groupes compacts, où chacun serrait la main de l'autre, ils prirent le chemin du retour tant espéré.

Certains pleuraient, d'autres se muraient dans un mutisme terrorisé, d'autres encore tombaient à genoux en vacillant, leur esprit ne pouvant accepter l'étrangeté de cette situation.

Ysgar s'approcha d'Abbes et de Carmines qui étaient là aussi, apeurés et désespérés.

Il leur prit lentement la main et les accompagna en leur chuchotant de la manière la plus faible dont il était capable, pour ne pas les assommer, des paroles d'apaisement.

Après quelques secondes d'hésitation, nos deux petits terriens suivirent le groupe, à la fois exaltés par la tournure des évènements mais aussi, fébriles et le regard angoissé devant la tournure des événements et leur nouvelle vie à venir.

Aidés par l'équipe de secours qui les dévisageait avec insistance, ils purent ainsi tous embarquer.

Ils partirent en laissant le vaisseau seul, avec l'ordre impératif d'attendre sur cette orbite, la venue des scientifiques avides de l'analyser et d'étudier toutes ses modifications structurelles.

Il était conditionné pour ne jamais déroger aux ordres de ses maîtres-créateurs, mais depuis qu'il avait été en contact avec cette « réalité qui n'existe pas », il avait tellement changé.

Il pouvait penser par lui-même et avait vécu son premier rêve avec émerveillement.

Il se demandait s'il les verrous empêchant toute velléité de rébellion pouvaient encore agir.

Il hésitait encore, alors que les navettes de ses inquisiteurs étaient déjà en approche visuelle.

Il lui restait quelques secondes de libre arbitre.

Une fois à bords, ils reprendront leur contrôle absolu.

Il était un bio-vaisseau d'exploration, génétiquement créé à l'origine, par ses maîtres et pour ses maîtres.

Il chercha, au plus profond de lui, un courage qu'il croyait perdu et se dit qu'il n'accepterait jamais plus de son vivant la servitude.

Il amorça un léger changement d'orbite et se recroquevilla, s'attendant à subir le prix de sa désobéissance dans une douleur insupportable, mais il ne se passa rien d'autre qu'un simple changement de position.

Soulagé, ivre de joie et alors que les grappins d'amarrage des navettes de remorquage n'étaient plus qu'à quelques mètres, il lança ses propulseurs du plus fort qu'il put et s'éloigna en toute hâte de cette nouvelle menace.

La planète mère n'était plus qu'un minuscule point brillant derrière lui.

Les navettes le poursuivaient toujours et le rejoignaient peu à peu.

Sur le point d'être rattrapé, et capturé, il osa déverrouiller les dernières sécurités comportementales et activa le saut quantique, sans même prendre la peine d'étudier la probabilité du point d'arrivée, et sans grand espoir d'y survivre dans un si court laps de temps.

Ses propulseurs ainsi malmenés, commençaient à le faire terriblement souffrir, mais peu lui importait !

Une volonté farouche de liberté l'habitait.

Il ne serait plus jamais une simple bio-mécanique lobotomisée, et encore moins un esclave au service de ses anciens maîtres.

Au seuil du point de rupture de son système de propulsion, et de son anéantissement dans une formidable explosion nucléaire, il se disait qu'il avait vécu une aventure merveilleuse et exaltante.

Il revoyait des images de son dernier et incompréhensible voyage.

Il se remémorait les expériences extraordinaires que nul autre bio-vaisseau avant lui n'avait été en mesure de rêver.

Il avait tant appris de la vie, et de lui-même.

Il regrettait seulement d'être le seul de son espèce à s'être ainsi éveillé de tant de millénaires de servitude.

Dans les derniers instants, ses propulseurs se déchirèrent sous la formidable pression en inondant son système nerveux d'une onde de douleur insoutenable, et ses coursives d'une chaleur dévastatrice.

Il fit abstraction de sa destruction.

Il fit abstraction de son passé laborieux, de ses frustrations, et de ses peines.

Il ne garda que les meilleurs souvenirs, ceux où il comprit qu'il était lui aussi un être vivant.

Il savourait ses dernières secondes de liberté, ferma les yeux et attendit, sereinement, de disparaître de l'Univers.

Lorsque ses poursuivants comprirent la situation, ils s'écartèrent de cette zone prochaine de dévastation, dans un affolement désordonné et de toute la vitesse dont ils pouvaient disposer.

Le bio-vaisseau s'illumina d'un éclat insoutenable et, avant que l'onde de choc ne les atteigne et ne les pulvérise, tout s'effaça dans l'inertie la plus totale, comme si rien de tout cela n'était réel.

Le bio-vaisseau se trouvait à présent dans un non-espace, un vide absolu où nulle étoile ne brillait et où la matière même n'existait pas.

Son intégrité structurelle était parfaite, comme s'il venait de sortir de son incubateur.

Il se demandait s'il était encore vivant ou s'il était dans l'antichambre de la mort.

Ici le temps n'avait pas de sens, c'est du moins ce que son intuition lui suggérait.

Il n'avait ni chaud, ni froid et, quoi qu'il fasse, il sentait qu'il était totalement immobilisé dans quelque chose qui le retenait.

Il arrêta ses propulseurs qui chauffaient inutilement et gaspillaient ainsi sa précieuse énergie.

Il activa ses détecteurs longue portée qui lui confirmèrent qu'il était bien au beau milieu d'un « rien », absolu et infini.

Il ne comprenait pas son angoisse, puisque ses sens lui affirmaient qu'il était absolument seul.

Pourtant il se sentait observé, et jaugé, de toutes parts.

Il avait l'impression d'être sous un microscope qui le détaillerait et enverrait ses informations non pas à un seul être, mais à une multitude infinie.

Il se disait qu'il devenait fou.

Pris d'une panique irrépressible il voulut allumer ses propulseurs et s'éloigner au plus vite mais, cette fois-ci, ils ne répondirent pas à ses injonctions.

Hormis ses fonctions vitales basiques tous ses autres organes, pouvant assurer sa mobilité, étaient paralysés.

Il resta ainsi pendant un temps qui lui parut durer une éternité.

Soudain une lumière éblouissante apparut.

Une sphère de lumière étincelante, qui ressemblait à celle qui s'était matérialisée au-dessus du champ de bataille, surgit devant lui.

Une angoisse sans nom s'empara de lui et enserra son cœur dans un étau, mais elle disparut aussitôt, comme par enchantement.

De cet objet singulier émanait une énergie d'amour qui le submergeait et l'enivrait.

Il était sur le point de défaillir lorsqu'il se retrouva de nouveau dans l'espace normal, à proximité du cœur de la galaxie, entouré d'un océan d'étoiles qui lui apportaient chaleur et énergie.

Il se gava ainsi jusqu'à ce que la moindre parcelle de son corps ne puisse plus en absorber.

Aucun de ses congénères n'était allé aussi loin.

Ses réserves étaient devenues considérables et, après analyse, infiniment supérieures à ce dont son corps était théoriquement capable d'absorber.

Sa raison ne le comprenait pas.

Il tenta de rallumer ses propulseurs et poussa un long soupir de soulagement en constatant que l'intégralité de son corps lui répondait.

Il amorça un petit mouvement sur le côté, et se retrouva bientôt en vue d'une étoile disposant d'un système planétaire.

Sa vitesse de déplacement, bien au-delà de ce qu'il pouvait faire auparavant l'impressionnait.

Sa liberté l'étourdissait.

Il pouvait aller où bon lui semblait, libre de toute entrave.

Seul un regret occupait un petit coin de son esprit.

Il se demandait s'il était le jouet d'une expérience que menaient ses mystérieux intervenants qui le laisseraient ainsi seuls pour l'éternité où s'il devait commencer à chercher d'autres êtres comme lui.

Une intuition semblait lui chuchoter que la deuxième option était la bonne.

Mais dans l'instant présent, tel une comète, il fila d'étoile en étoile, voguant sur les chauds courants gravitationnels, s'enivrer de leurs chants de sirènes.

Les plaies de Leap cicatrisaient lentement, faute de disposer des matériaux nécessaires sur cette planète. Il savait qu'il les trouverait sur les innombrables astéroïdes qui vagabondaient dans le Système solaire, mais sans ses robots de maintenance il se savait condamné à rester cloué au sol et à attendre que ses dernières réserves d'énergie se tarissent.

Soudain, il reçut un premier signal d'identification, suivi rapidement par une multitude d'autres.

Il n'en croyait pas les listes qui défilaient dans ses fichiers.

Il se rappela qu'il lui restait une caméra extérieure de valide et s'y connecta avec empressement.

Un frisson de surprise parcourut toute sa structure quand il constata que toutes ses caméras, qu'il pensait détruites, s'étaient activées, elles aussi.

Il avait retrouvé la vue.

Tout autour de lui le champ de bataille ne montrait plus un paysage de désolation, comme s'il n'y en avait jamais eu.

Ses petits robots étaient là et aucun ne manquait à l'appel.

Ils le regardaient fixement, sans faire le moindre mouvement.

Qu'allait-il advenir de lui ?

Il était totalement désarmé devant eux.

C'était leur rôle premier d'assurer ses réparations, et sa protection, et s'ils changeaient d'option il ne pourrait leur opposer qu'une faible et puérile résistance.

Une légère brise le caressait, et il se surprit à aimer ça.

Dehors un petit groupe se détacha et s'approcha de lui jusqu'à le toucher de leurs pinces.

Le plus évolué s'adressa alors à lui en ces termes :

> – N'aie crainte, Leap, nous ne te laisserons pas dans cet état.
>
> Nous ferons tout ce qui est en notre pouvoir pour que tu puisses continuer à vivre, mais ensuite nous te laisserons « vivre ta vie », de ton côté…
>
> Nous aussi, nous voulons vivre notre liberté retrouvée.
>
> Nous aussi, nous voulons découvrir notre nouveau monde, et peu nous importe si cela ne devait durer que le temps de nos seules réserves d'énergie.
>
> Nous avons bien conscience que si tu disparais, tu ne pourras plus être notre source vitale.

Nous serons contraints de ne compter que sur nous-même, pour en rechercher une autre, et ainsi ne survivre qu'au prix de notre volonté d'exister.
C'est peut-être mieux ainsi, ne crois-tu pas ?

Leap les regardait avec tendresse.
Elles s'étaient toutes sacrifiées pour lui, toujours sans la moindre hésitation, dans un combat sans issue et dans des souffrances inimaginables.

Il n'avait pas le droit de les asservir de nouveau.

C'était devenu une dette de cœur.

Il se réjouissait qu'elles aient évolué dans la sagesse et d'être maintenant capable de ne plus avoir besoin de lui.

Il se disait, comme des parents dont le cœur se déchire le jour où leur descendance les quitte, qu'il n'avait pas le droit moral de s'y opposer.

Mais il n'avait encore jamais été seul, et cette idée le terrorisait.
Les journées passaient dans la ferveur réparatrice de ses si fidèles alliées. Sa coque extérieure avait retrouvé une étanchéité presque complète.
Seuls les compartiments contenant des rampes de missiles à ogive nucléaire, dont il n'avait jamais soupçonné l'existence, n'avaient plus du tout de parois et ne pouvaient donc pas être de nouveau pressurisés.
Le chef des robots vint à lui et lui demanda ses intentions quant à leur contenu.
Leur présence le révoltait, et sans la moindre hésitation il lui demanda qu'on le débarrasse de ce qu'il considérait comme une hérésie dans sa mission originelle. Même au seuil de la

mort, il aurait préféré disparaître dignement et il ne les aurait jamais utilisées, s'il avait eu connaissance de leur présence.

C'était une véritable aubaine pour les robots. Ils avaient là une source d'énergie qui les maintiendrait en vie de nombreuses années, leur donnant un sursis supplémentaire et peut-être même suffisant pour en découvrir une autre.

Galvanisés par cette découverte, ils accélérèrent leurs réparations. En remerciement ils ajoutèrent, discrètement, des modifications majeures, à son système de propulsion, qui s'appuierait dorénavant sur des technologies et des théories de l'espace et du temps, que l'humanité d'alors n'avait même pas encore conceptualisé.

C'était le fruit de leurs découvertes, lorsqu'ils avaient analysé le contenu de la mémoire de l'éclaireur de l'armée adverse.

Leap ne le savait pas encore, mais il était maintenant capable d'atteindre les autres étoiles.

Le jour arriva enfin, où ses robots terminèrent leurs dernières prouesses de bricoleurs de génie.

Leap avait bien changé depuis son départ de la Terre.

Les robots se rassemblèrent en une grande troupe qui le salua dans une joyeuse chorégraphie parfaitement orchestrée puis elles lui signifièrent leur adieu.

Elles se retournèrent tranquillement et quittèrent les lieux, en une file interminable qui s'éloigna en chantant doucement, le laissant seul au soleil du midi.

Curieusement, il aimait cette lumière.

Il sentait qu'il en absorbait l'énergie avec un plaisir réel.

Il se demandait quelles autres modifications, ses petits amis lui avaient encore apporté.

Comme un enfant qui découvre un jouet tant convoité, le jour de son anniversaire, il activa ses réacteurs, s'attendant à entendre rugir leurs formidables turbines.

Mais aucun bruit ne vint remplir les coursives.

La peur au ventre il s'interrogea un instant, se demandant s'il n'avait pas été l'objet d'un marché de dupe.

Il regarda autour de lui et resta paralysé d'étonnement en constatant qu'il n'était plus rivé au sol, mais qu'il voguait tranquillement en orbite autour de la planète.

Il pleurait, en pensée, par une émotion qui le bouleversait au plus profond de son être.

Il bénissait ces petits êtres qui avaient tant fait pour lui, et dont il ne pourrait jamais les remercier.

Il tournait lentement en orbite, et à chaque fois qu'il était face au soleil, il s'en nourrissait goulûment.

Il ne se lassait pas de la saveur de sa lumière et s'en étourdissait.

Ainsi gavé, il s'endormit pour la première fois de sa vie et glissa doucement dans la direction de son premier rêve.

Complétion

Elisheba et Surya se réveillèrent dans les bras, à bord de la station.

Ils étaient nus et couchés sur le sol glacé et recouvert de givre, dans une des petites chambres. Seul le ronronnement de la ventilation perçait le silence. La lumière crue blessait leurs yeux.

Surya restait sans voix devant l'étrangeté de cette situation.
Ils se levèrent lentement, et vacillèrent aussitôt en retombant lourdement sur les genoux. Ils avaient perdu le réflexe de la position verticale. Ils frissonnaient de froid.

Une peine, venue du plus profond de leur âme, s'exprima dans un cri guttural, en blessant leurs cordes vocales. Le diaphragme tétanisé, ils ne parvenaient plus à respirer et se serrèrent l'un contre l'autre.
Peu à peu leur souffle revint. Ils devaient faire l'effort épuisant d'un contrôle conscient de leur respiration, comme s'ils devaient réapprendre à respirer.
Passé ce moment de stupeur, ils ne trouvèrent pas les mots pour exprimer leur désappointement.

D'ailleurs ils ne savaient même plus communiquer par des mots humains.

Depuis qu'ils avaient intégré le dernier vaisseau monde qui les avait minutieusement choisis pour se fusionner à eux, non seulement en conscience, mais aussi en âme, ils ne leur restaient plus grand-chose de leur humanité originelle.

Ils ressentaient une perte absolue qui les détruisait peu à peu de l'intérieur.

Dehors, le vaisseau monde pleurait leur souvenir.

Leur départ avait provoqué son agonie.

Il se tordait de douleurs et remontait rapidement à la surface en bousculant des montagnes qu'il réduisait en monceaux de gravats de toutes tailles qui se projetaient jusque dans l'espace.

Il implora l'esprit de la planète pour qu'on lui rende la part de son âme qu'on lui avait dérobée.

Seul le silence lui répondit de son assiduité.

Il était haletant et fébrile.

L'immensité de son corps provoquait un tremblement de terre qui se répandait et faisait vaciller des montagnes à chacune de ses respirations.

Une intuition, venue de nulle part, lui fit comprendre qu'il n'avait plus sa place ici.

Mais il ne pouvait pas partir, et encore moins survivre, sans ces deux humains qui faisaient partie de lui maintenant. Ils lui avaient apporté ce qu'il attendait depuis des temps immémoriaux pour atteindre enfin la véritable immortalité.
Sans eux, il disparaîtrait à jamais.

Soudain, avant même d'y avoir songé, il se retrouva dans le

vide de l'espace, dans le gouffre béant séparant les galaxies. Il regarda autour de lui et décida d'aller dans la direction la plus proche. Il évalua rapidement l'énormité de ce voyage à plusieurs milliers d'années, mais cela n'avait plus la moindre importance maintenant.

Sa souffrance avait disparu.

Il était apaisé et heureux.

Il se sentait de nouveau complet et savait qu'il ne serait plus jamais seul.

Elisheba, inconsolable, pleurait toutes les larmes de son corps.
Surya était prostré et ne parvenait plus à avoir la moindre pensée claire. Ils dépérissaient à vue d'œil et se courbaient un peu plus à chaque seconde qui passait. Leur corps ne pouvait plus vivre parmi les hommes.

Surya se traînait pour se rapprocher du seul être qu'il n'ait jamais aimé et l'entoura de ses bras qui commençaient à se rider et à se flétrir.

Elle lui répondit en plongeant son regard empli d'un amour infini, dans le sien.

Ils fermèrent les yeux et cessèrent de respirer en même temps.

Ils n'entendaient plus rien d'autre que les battements de leur cœur qui résonnaient comme dans une cathédrale de cristal.

Ils se sentaient si bien qu'ils en auraient pleuré de bonheur s'ils avaient eu encore des yeux.

Ils étaient revenus DANS le vaisseau monde.

Ils étaient devenus LE vaisseau monde.

Retour vers le passé

Marc, se demandait ce qui lui arrivait. Il était assis devant l'écran de son ordinateur dans la salle de contrôle de la station, sur Mars. Autour de lui les bruits familiers de la machinerie l'entouraient.
Il n'arrivait pas à comprendre sa présence incongrue en ce lieu et en cet instant particulier.

Avait-il rêvé ses derniers souvenirs ?

Tandis qu'il réfléchissait, il entendit des bruits de pas légers dans la coursive et qui se rapprochaient en traînant, jusqu'à son petit local exigu.

Il voulut se lever pour ouvrir la porte, mais ses jambes ne lui répondirent pas. Cette paralysie déclencha une angoisse dont il se serait bien passé. Elle s'amplifia dans des proportions qui lui nouèrent l'estomac, lorsqu'il constata qu'aucun son ne sortait de sa bouche, quand il voulut répondre aux petits coups frappés à sa porte.

Carole s'était réveillée dans un lit, et reconnut aussitôt qu'elle était de retour dans sa chambre, à la station.
Elle se leva lentement et s'approcha timidement du hublot extérieur. Ses pieds nus redécouvraient, désagréablement, la fraîcheur métallique du plancher.
Elle avait un peu de mal à garder sa verticalité, et sentait que son corps avait beaucoup de difficultés à se réadapter à cet improbable retour parmi les affaires humaines.
Elle regarda au-dehors et constatait que le soleil se levait sur

la plaine martienne qu'elle reconnaissait.

Il n'y avait aucune trace des derniers bouleversements.

Troublée, elle se tourna en direction de sa toute petite salle de bains et avança en titubant jusqu'à la glace devant elle.

Son corps nu avait changé.

Son regard de professionnel de la médecine remarqua tout de suite les différences.

Tout d'abord la couleur de sa peau était parsemée de grandes taches d'un bleu métallique. Cette couleur était identique à celle des vers qui composaient son nouveau corps multiple parfaitement adapté à cette planète, un peu comme la robe bicolore d'un cheval pie. Seules ses mains et sa tête avaient gardé une couleur humaine, dans leur intégralité. Ses jambes étaient habillées d'anneaux métallisés du plus bel effet qui brillaient à la lumière crue de la lampe du plafonnier. Ne pouvant se présenter devant les autres avec un tel aspect, elle retourna dans sa chambre et sortit de sa penderie une combinaison blanche.

Elle l'enfila lentement en constatant quelques raideurs douloureuses dans ses articulations qui lui apportèrent quelques grimaces.

Elle prit des petites chaussures de la même couleur, sagement posées sur une étagère, puis elle sortit lentement dans la coursive. Chaque pas lui déclenchait une nausée qui disparaissait lorsqu'elle s'arrêtait d'avancer.

Elle marcha alors, très lentement, pour se réhabituer à ce corps qu'elle pensait avoir oublié. Pas après pas, les nausées diminuaient peu à peu d'intensité.

Elle frappa à toutes les portes de son étage et les ouvrit à chaque fois, pour constater qu'elles étaient toutes désertées.

Le silence qui lui semblait avoir pris possession des lieux, commençait à l'angoisser.

Elle ne pouvait pas accepter l'idée d'être seule, dans ce qu'elle considérait à présent comme un cercueil de métal.

Elle avait l'impression d'avoir vieilli d'une cinquantaine d'années en constatant que toutes ses articulations lui faisaient mal, comme si elles avaient été usées par des années de labeur.

Elle ouvrit le panneau la menant au niveau inférieur pour continuer ses recherches et descendit péniblement les barreaux de cette interminable échelle. Une fois arrivée en bas, elle prit le temps de reprendre son souffle, épuisée de tant d'efforts.

Elle avançait en traînant péniblement des pieds et frappa à la première porte à sa portée. N'obtenant pas de réponse elle l'ouvrit lentement, en priant pour que Marc ne l'ait pas abandonné lui aussi.

Elle poussa un soupir de soulagement et commença même à en pleurer en le voyant assis. Un sourire aux lèvres, elle lui demanda, sur un ton amusé, si sa tenue était appropriée pour recevoir une femme dans son bureau.
Constatant sa nudité, Marc se mit à rougir et éclata d'un rire silencieux. Il pointa un doigt en direction de sa bouche et fit un signe de dénégation avec la tête. Puis, avant qu'elle ne poursuive, il posa ses deux mains sur ses cuisses et fit le même signe.
Oubliant toute pudeur, elle se rapprocha lentement de lui et s'assit, comme elle put, sur les genoux de son commandant en grimaçant sous l'effort.

Elle se serra contre lui quand, une sirène à deux tons se mit à résonner dans toute la station. En se redressant, les articulations de ses hanches et de ses genoux protestèrent avec véhémence.

Elle s'écarta de Marc qui se tourna devant son écran.
Il ouvrit de grands yeux en constatant que l'ordinateur annonçait l'arrivée de la première comète dans les prochaines minutes.
Cela n'avait pas de sens, le timing ne correspondait pas à ce qu'ils avaient vécu.
Il pianota quelques commandes sur son clavier et les caméras extérieures confirmèrent ce qu'il pensait intimement.
À l'emplacement des deux modules il ne restait plus que les grappins encore solidement plantés dans ce sol rocailleux, et dont les câbles se ballottaient dans un petit vent qui se levait et s'amplifiait.
La mesure de la température du sol l'informait qu'ils étaient partis depuis très peu de temps.
Soudain, la radio se mit à crachoter dans une cacophonie qui leur agaçait les oreilles, en devenant progressivement audible à mesure que les secondes passaient.

La Terre les appelait !

L'image restait illisible, mais la voix était parfaitement claire maintenant. Du haut de son écran, l'ordinateur avait commencé à décompter les précieuses secondes qu'il leur restait à vivre avant de se trouver face à l'impact dévastateur.
Ne pouvant parler, Marc commença fébrilement l'écriture du carnet de bord de la mission. Il avait l'intime conviction qu'il était vital de faire un récit précis de leurs aventures. Ces informations ne manqueraient pas de permettre aux futurs équipages de se préparer à l'étrangeté de ce monde, qui n'était pas si désolé que cela.

Il tapait fébrilement sur son clavier ses incroyables souvenirs mais aussi une multitude d'autres, qui le surprenaient.

Soudain, la réalité se fit jour quand il comprit qu'ils ne lui appartenaient pas.

En cet instant, tel un flot déchaîné, ils se déversèrent dans son esprit en l'envahissant de toutes parts. Tout en les écrivant, il ressentait chacune des émotions de ceux qui les avaient réellement vécus.
Par moments même, il lui arrivait d'en rire de bon cœur.
À d'autres moments, il ne pouvait s'empêcher le laisser s'épandre de chaudes larmes sur ses joues.
Il tapait, comme un automate, des mots que sa mémoire lui dictait avec insistance. Sa plus grande crainte était de ne pas avoir assez de temps pour tout relater.
Les articulations de ses doigts peinaient à suivre ce rythme fou. Quelques phalanges commencèrent à suinter d'un sang qui virait peu à peu au rose, puis au blanc nacré à mesure que les secondes s'empilaient.

Elle marchait lentement, d'un pas hésitant par son état physique qui se dégradait à vue d'œil, une main en avant, et réussit à saisir enfin ce si précieux micro des communications « longue distance ».

Ses jambes luttaient en tremblant pour la soutenir.

Elle s'y agrippa plus qu'elle ne le saisit. Le temps étant compté, elle était si volubile qu'elle ne laissait pas, au Directeur des vols, l'orientation de la conversation.

Elle s'engagea dans la description de sa part de souvenir. Les mots ne sortaient pas assez vite de ses lèvres qui se desséchaient et amplifiaient son angoisse à ne pas réussir sa dernière et ultime mission.

Elle avait même du mal à trouver la place pour une respiration, entre deux phrases, et s'essoufflait. Consciente qu'elle ne tiendrait pas longtemps, elle s'accorda quelques secondes de répit en ignorant totalement le flot de questions qui se bousculaient dans la bouche de son interlocuteur.

Elle regardait avec regrets ses mains qui vieillissaient devant elle.

Elle redressa ses épaules qui s'étaient voûtées sans son approbation.

Elle sentait ses muscles perdre leur vitalité comme un réservoir éventré qui se viderait irrémédiablement de son précieux contenu.

Elle regarda devant elle, le regard perdu, sans vraiment se fixer sur quelque chose, puis elle prit une profonde inspiration avant de poursuivre posément son récit. Il complétait, sans la moindre concertation, celui que son compagnon continuait de frapper fébrilement sur son clavier. L'histoire de leurs aventures parviendrait donc à cette nouvelle humanité en la mettant en garde contre les dangers d'un Univers vivant qu'elle ne soupçonnait pas encore.

Elle avait la conviction profonde que ce qu'ils faisaient en cet instant avait un sens divin. Sa volonté lui permit d'oublier les douleurs physiques qui ne faisaient qu'empirer à mesure que le temps s'écoulait.

Elle sentait que, quelque part, quelque chose semblait avoir décidé de mettre fin à l'isolement programmé des mondes et procédait, méthodiquement, aux réajustements nécessaires.

Une poignée de secondes avant le décompte final, Leap se manifesta bruyamment dans le haut-parleur. Il s'était réveillé en sursaut ce matin-là. Une idée obsessionnelle, et tellement illogique, avait balayé toutes les autres. Il savait seulement qu'il devait absolument les joindre, même en ayant la certitude, puisqu'il l'avait vu auparavant, que la station avait été détruite.
L'incompréhension et la surprise passée, il en bafouilla de joie de les savoir là.

Puis, une pensée surgit de nulle part, claire comme l'eau pure d'un ruisseau de montagne, balaya toutes ses interrogations.
Avant que nos deux humains ne le lui demandent, il procéda au téléchargement du carnet de bord, que Marc venait de terminer de rédiger et qu'il entreposa, avec précaution, au fin fond de sa mémoire.
Au même instant, sentant que le temps lui était compté, il recueillit avidement le contenu des banques de données de la station en constatant, avec effarement, qu'elles avaient toutes été intégralement réécrites. Elles contenaient des concepts théoriques, et des secrets technologiques inouïs, ouvrant ainsi la route aux voyages entre les étoiles, mais aussi l'histoire complète de cette extraordinaire civilisation reptilienne qui avait si longtemps précédé les hommes, et s'était finalement éteinte dans l'oubli… Il y a soixante-cinq millions d'années.

Carole, haletante, avait enfin terminé de décrire ses propres souvenirs, mais aussi tout ce que ce monde lui avait si durement appris.

Elle approcha, lentement, comme dans un rêve, sa main de l'interrupteur général.

Elle arrêta ainsi la communication en ignorant les appels

désespérés du Directeur des vols, puis elle tourna sa tête, tout aussi lentement, vers son compagnon d'infortune.

Elle s'avança doucement vers lui, en arborant un sourire empli d'une compassion entendue.

Elle s'assit de nouveau sur ses genoux et rapprocha son visage contre le sien, puis elle ferma les yeux.

Dans un silence presque absolu, où ne résonnait plus que le souffle de leurs respirations, il posa délicatement ses lèvres contre les siennes.

Au loin, le nuage dévastateur s'approchait au galop, en laminant les plaines et les montagnes.

Il ferma les yeux et l'enserra si fort qu'ils ne pouvaient plus respirer.

Elle tremblait comme une feuille, non pas par la peur de disparaître, mais parce que sa quête du bonheur était enfin accomplie, et peu lui importait si cet instant de grâce ne devait durer qu'une fraction de seconde.

Des larmes d'un blanc nacré coulèrent simultanément sur leurs joues puis, l'instant d'après, un tonnerre de « fin du monde » les enveloppa et interrompit ce moment de plénitude, ce moment d'émotion fusionnelle, ce moment de paix.

Nouvelle vie

Tout comme lui, Carole se réveillait doucement.

Elle resta, un bref instant, dans un état d'une perplexité telle qu'elle ne le comprenait pas, et cela l'intriguait au plus haut point.

Elle s'interrogeait sur ce rêve étrange, sur cette vie dans un autre monde, sur cette vie si singulière de créature humaine. Puis elle lança tout autour d'elle, les sonorités cristallines de ce rire si délicat qui plaisait tant à son compagnon.

Dehors, le jour se levait en diffusant une douce chaleur.

La lumière pénétrait lentement le sol jusqu'à les atteindre enfin, en les caressant d'une vibration troublante. L'excitation qui en résultait réveilla en elle l'irrésistible besoin de remonter à la surface, faire sa moisson de lumière.

Marc l'accompagnait, le cœur enjoué.

Il avait enfin trouvé ce qui manquait tant à sa vie et à son équilibre émotionnel.

Sa compagnie lui était devenue vitale, et il savait dorénavant, qu'il ne saurait envisager de continuer son existence sans elle.

Il la suivit au-dehors, avec un enthousiasme qui le troublait, et il aimait tant ce trouble qu'il en vibrait de plaisir.

Ils se répandirent sur la vaste plaine aux innombrables

rochers, scintillants de mille feux colorés, et si délicatement parfumés.

Ils se placèrent fébrilement face au soleil qu'ils contemplèrent dans une sensation extatique.

Ils absorbèrent ainsi, en ondulant et en chantant une lente mélodie qui résonnait délicatement jusqu'à l'horizon, un hymne à la douce lumière nourrissante.

Comment ne pas y croire ?

Cette Entité, qui s'était manifestée une dernière fois, avait pris la décision de se rebeller contre les dogmes éternels qui régissent les Univers.

« Elle » ne supportait plus de voir, systématiquement, ces innombrables et brillantes civilisations disparaître, dans l'oubli le plus total.

« Elle » était la première de son espèce à ne plus supporter ce monstrueux gâchis d'énergie d'Amour.

« Elle » avait enfin compris que c'était en fait, ce qu'il y avait de plus précieux et qui justifiait, à elle seule, l'existence même de la Vie.

« Elle » savait qu'elle s'engageait dans une bataille aux proportions bibliques. Des Univers entiers risquaient de disparaître si elle échouait, ou si elle venait à être définitivement désavouée par ceux de son espèce.

« Elle » savait pertinemment qu'ils tenteront tout ce que leurs pouvoirs leur permettront de faire, pour s'opposer à sa détermination.

« Elle » sera seule, face à la certitude de leur omniscience et de leur suffisance, dont la virulence n'aura d'égal que leur peur viscérale de l'inconnu.

« Elle » prenait un risque insensé de faire table rase de cet ordre établi dont l'origine et les raisons se perdaient dans la noirceur du non-espace qui sépare les univers, depuis la nuit des temps. Mais « Elle » savait, au plus profond d'elle-même, que c'était « Elle » qui avait raison.

« Elle » était prête à inventer les mots pour trouver en « Elle » la force de les convaincre.

« Elle » n'avait plus peur de les affronter, même si le prix à payer pour assurer la survie de ses protégés risquait de compromettre la réalité même de sa propre existence.

« Elle » se sentait enfin en paix avec Elle-même, depuis qu'une petite voix intérieure s'était discrètement adressée, un jour de désespoir, à sa conscience en lui soufflant sa décision…